LES LARMES DU DRAGON

DU MÊME AUTEUR
CHEZ POCKET

FIÈVRE DE GLACE
LE MASQUE DE L'OUBLI
MIROIRS DE SANG
LA MORT À LA TRAÎNE
LA NUIT DES CAFARDS
LA NUIT DU FORAIN
LA PESTE GRISE
UNE PORTE SUR L'HIVER
LA VOIX DES TÉNÈBRES
LES YEUX DES TÉNÈBRES
LUNE FROIDE
LA CACHE DU DIABLE
MR. MURDER
ÉTRANGES DÉTOURS
DÉMONS INTIMES

En Pocket Thriller

PRISON DE GLACE

COLLECTION TERREUR
dirigée par Patrice Duvic

DEAN KOONTZ

LES LARMES DU DRAGON

PLON

Titre original :
DRAGON TEARS

Traduit de l'anglais (États-Unis) par
Michel Demuth

Si vous souhaitez recevoir régulièrement
notre zine **« Rendez-vous ailleurs »**, écrivez-nous à :

PRESSECO
PAPIER RECYCLÉ
NATURE PROTÉGÉE

ISBN : 2-266-07742-2

Ce livre est pour des gens bien particuliers,
qui vivent bien trop loin,
Ed et Carol Gorman,
en souhaitant que notre monde moderne se soit
vraiment réduit à la taille d'une petite ville,
comme le prétendent avec insistance les philosophes
des médias. Alors, nous pourrions nous
retrouver dans ce petit café à l'angle de Main Street et
de Maple Avenue pour déjeuner, bavarder et rire.

PREMIÈRE PARTIE

CE VIEUX BASTRINGUE DE FOUS

Car voyez-vous, un rêve est comme une rivière,
Dont le cours est toujours changeant.
Et le rêveur, lui, est comme un bateau,
Qui suit les eaux là où elles roulent.
Vouloir tirer les leçons du passé,
Sans jamais savoir ce qui vous attend,
Fait de chaque jour une bataille
Entre les deux rives, pour rester à flot.

The River, Gart Brooks, Victoria Shaw.

Cours droit et vite vers la vie
Ou bien reste chez toi et attends.
Toutes choses bonnes et mauvaises
Arriveront à toi : c'est le sort.

Écoute la musique, danse si tu le peux.
Habille-toi de loques ou porte tes bijoux.
Bois à ton caprice, noie ta peur
Dans ce vieux bastringue de fous.

Le Livre des chagrins comptés.

I

1

Ce mardi s'annonçait comme une belle journée californienne, pleine de soleil et de promesses, jusqu'à ce que Harry Lyon ait à abattre quelqu'un au déjeuner.

Pour son breakfast, assis à la table de la cuisine, il avait pris des muffins anglais, de la marmelade de citron et un café jamaïcain noir et fort, avec une pincée de cannelle qui lui ajoutait un arôme épicé et séduisant.

Par la fenêtre, il découvrait la ceinture de verdure qui entourait Los Cabos, l'ensemble résidentiel tentaculaire d'Irvine. Harry était président de l'association des propriétaires et il était constamment sur le dos des jardiniers, surveillait régulièrement leur travail pour s'assurer que les arbres, les buissons et la pelouse étaient aussi proprement taillés que dans un paysage de conte de fées, comme s'ils étaient entretenus par des escouades d'elfes de jardinage armés de centaines de minuscules sécateurs.

Enfant, il aimait les contes de fées encore plus que tous les autres enfants. Dans le monde des frères Grimm et de Hans Christian Andersen, les collines, au printemps, étaient toujours d'un vert immaculé, douces comme du velours. Tout était parfaitement en ordre. Les méchants étaient invariablement soumis à la justice, et les vertueux récompensés – quoique, parfois, ce fût après d'abominables souffrances. Hänsel et Gretel ne mouraient pas dans le four de la cuisine de la sorcière, c'était la vieille elle-même qui rôtissait toute vive. Au lieu d'enlever la petite fille nouveau-née de la reine, Rumpelstiltskin était déjoué et, de rage, se déchirait.

Dans la vie réelle, durant la dernière décennie du XXe siècle, Rumpelstiltskin se serait probablement emparé de la petite fille de la reine. Il l'aurait sans doute habituée à l'héroïne, l'aurait mise sur le trottoir, lui aurait confisqué tout ce qu'elle possédait, l'aurait battue par plaisir, mise en pièces, et aurait échappé à la justice en prétextant que l'intolérance de la société envers les trolls méchants et mauvais l'avait rendu temporairement dément.

Harry but sa dernière gorgée de café et soupira. Comme de nombreuses gens, il aurait aimé vivre dans un monde meilleur.

Avant de partir, il fit la vaisselle, l'essuya et la rangea. Il avait horreur de retrouver du désordre en rentrant.

Il s'arrêta devant la glace en pied, près de la porte, pour ajuster le nœud de sa cravate. Il enfila un blazer bleu marine et s'assura que l'arme, dans son holster d'épaule, ne faisait pas une bosse visible.

Comme tous les jours depuis six mois, il évita les autoroutes saturées et emprunta les rues en surface pour gagner le Centre des Projets Spéciaux de la Multi-Agence d'Application de la Loi, dans Laguna Niguel. Il avait calculé un itinéraire pour réduire au minimum son temps de trajet. Il arrivait à son bureau au mieux à huit heures quinze, au plus tard à huit heures vingt-huit. Jamais plus.

Ce mardi-là, en garant sa Honda dans le parking à l'ombre, à l'ouest de l'immeuble à deux étages, la montre de bord indiquait huit heures vingt et un. Ce que confirma sa montre-bracelet. Toutes les pendules de l'appartement de Harry, comme celle de son bureau, marquaient très exactement huit heures vingt et un. Il les synchronisait toutes deux fois par semaine.

En sortant de sa voiture, il inspira profondément pour se relaxer. Il avait plu durant la nuit et l'air était tout propre. Le soleil de mars donnait à cette matinée les tons dorés d'une pêche bien mûre.

Le Centre des Projets Spéciaux se conformait aux normes architecturales de Laguna Niguel : il était de style méditerranéen, avec une promenade à colonnades. Entouré d'azalées luxuriantes et de mélaleucas aux branches en dentelle, il n'avait rien d'un immeuble de police. Certains des flics qui y travaillaient le trouvaient dépassé, mais il plaisait à Harry.

Le décor fonctionnel de l'intérieur, par contre, n'avait rien à voir avec le pittoresque de l'extérieur. Dalles de vinyle bleu. Murs gris pâle. Plafonds acoustiques. Néanmoins, l'impression d'ordre et d'efficacité qui s'en dégageait était rassurante.

L'heure était matinale, mais on circulait déjà beaucoup dans les couloirs et les salles. La plupart des hommes avaient le physique et l'assurance des flics de carrière. Quelques-uns seulement étaient en uniforme. Les Projets Spéciaux engageaient des inspecteurs en civil de la criminelle aussi bien que des détectives venus des agences fédérales, municipales, d'État ou de comté pour faciliter des investigations criminelles qui couvraient de nombreuses juridictions. Les équipes des Projets Spéciaux – parfois des forces d'intervention entières – avaient affaire à des gangs de jeunes, à des meurtres en série, à des violeurs à répétition et à du trafic de drogue à grande échelle.

Harry partageait un bureau du deuxième étage avec Connie Gulliver. La moitié qui lui était réservée était adoucie par un petit palmier, des conifères chinois et les longues tiges d'un pothos. Du côté de Connie, il n'y avait pas de plantes. Sur le bureau de Harry, il y avait un nécessaire à stylos, un registre, et une petite pendule en cuivre. Sur celui de Connie, des piles de dossiers, de la paperasse en désordre et des photos.

Ce matin-là, ce qui était surprenant, elle était arrivée la première. Elle lui tournait le dos, accoudée à la fenêtre.

– Bonjour, dit-il.

– Vraiment ? fit-elle d'un ton aigre.

Elle se retourna. Elle était chaussée de Reebok hors d'usage, et portait un jean, une chemise à carreaux rouges et bruns et une veste de velours côtelé brune. Elle affectionnait cette veste et la portait si souvent que le velours était usé jusqu'à la trame par endroits, les poignets effilochés, avec des plis sur les manches qui évoquaient autant de lits d'arroyos à sec creusés dans le roc au fil du temps.

Elle avait fini son café et tenait sa tasse en carton. Elle l'agita d'un geste presque furieux et la jeta sur le sol. La tasse rebondit jusqu'au secteur de Harry.

– On file, dit-elle en se dirigeant vers la porte.

Il fixait la tasse.

– Pourquoi cette hâte ?

– On est des flics, non ? Alors on ne va pas rester là les bras croisés. On va faire notre boulot de flics.

Elle disparut dans le couloir et il posa les yeux sur la tasse, abandonnée sur *son* côté du bureau. Du pied, il la repoussa de l'autre côté de la frontière imaginaire qui divisait la pièce.

Il gagna la porte pour suivre Connie, mais s'arrêta sur le seuil. Ses yeux revinrent à la tasse en carton.

Connie devait déjà avoir atteint le bout du couloir. Elle descendait peut-être l'escalier.

Harry hésita, puis prit la tasse froissée et la jeta dans la corbeille. Pendant qu'il y était, il fit de même avec les deux autres tasses qui traînaient.

Il rattrapa Connie dans le parking. Elle ouvrit la portière de la voiture banalisée de service. Il s'installa à côté tandis qu'elle lançait le moteur en tordant la clé de contact avec violence.

– Vous avez passé une mauvaise nuit ? demanda-t-il.

Elle embraya d'un coup sec.

– Mal à la tête ?

Elle recula trop vite pour sortir du parking.

– Une épine dans la patte ?

Elle fonça dans la rue.

Harry se crispa, mais il ne s'inquiétait pas trop de la façon dont elle conduisait. Elle s'en tirait bien mieux au volant qu'avec les gens.

– Vous voulez me parler de ce qui ne va pas ?

– Non.

Pour une fille qui vivait sur la corde raide, qui semblait n'avoir jamais peur face au danger, qui faisait du saut libre et du VTT pendant ses week-ends, Connie Gulliver était d'une réticence hautaine et frustrante en ce qui concernait les révélations personnelles. Ils faisaient équipe depuis six mois et, même si Harry connaissait beaucoup de choses sur elle, il lui semblait parfois qu'il ne savait rien d'*important*.

– Ça vous soulagerait peut-être d'en parler, insista-t-il.

– Non, ça ne me soulagerait pas.

Il la dévisagea à la dérobée, en se demandant si elle avait des problèmes avec un homme. Il était flic depuis quinze ans et il en connaissait suffisamment sur la duplicité humaine et le malheur pour savoir que les hommes étaient à la source de la plupart des problèmes des femmes. Mais il ne connaissait rien de la vie amoureuse de Connie, ni même si elle en avait une.

– Est-ce que cela a quelque chose à voir avec cette affaire ?

– Non.

Il la crut. Elle essayait, et elle réussissait apparemment à ne pas se laisser souiller par la boue dans laquelle sa vie de flic l'obligeait à patauger.

Elle ajouta :

– Ce qui est sûr, c'est que je veux épingler Durner, ce fils de pute. Je crois qu'on est tout près de l'avoir.

Doyle Durner, un marginal qui traînait dans le monde du surf, était recherché pour interrogatoire à la suite d'une série de viols qui étaient devenus de plus en plus violents, jusqu'à ce que la dernière victime soit battue à mort. Une collégienne de seize ans.

Durner était le principal suspect parce qu'on savait qu'il avait subi une opération autologue [1] d'engorgement pénien circonférentiel. Un chirurgien plasticien de Newport Beach avait pratiqué une liposuccion dans la taille de Durner et lui avait réinjecté la graisse dans le pénis afin d'en augmenter le diamètre. Une procédure désavouée par l'American Medical Association. Mais, si le chirurgien avait une lourde hypothèque à honorer et un patient obsédé par la grosseur de son pénis, les intérêts financiers l'emportaient sur les soucis de complications postopératoires. La circonférence du membre viril de Durner avait été augmentée de cinquante pour cent, ce qui était assez important pour provoquer occasionnellement un certain inconfort. Les rapports semblaient indiquer qu'il était satisfait des résultats, non parce qu'il était censé impressionner les femmes, mais parce qu'il pouvait leur faire mal, ce qui était l'essentiel. Les descriptions que les victimes avaient données de cette anomalie chez leur agresseur avaient fait converger les soupçons des autorités sur Durner. Trois des femmes avaient remarqué un tatouage de serpent sur son pubis, ce qui avait été porté dans son dossier d'inculpation pour deux viols à Santa Barbara, huit ans auparavant.

Avant midi, Harry et Connie avaient interrogé des employés et des habitués de trois repaires très fréquentés

1. Se dit d'une greffe pratiquée sur un même organisme sans apport de greffon extérieur (organes ou tissus). *(N.d.T.)*

des surfers et autres plagistes de Laguna : une boutique qui vendait des planches de surf et autres équipements de ce genre, une autre spécialisée dans les yoghourts et les produits diététiques, et un bar vaguement éclairé où une dizaine de clients buvaient des bières mexicaines à onze heures du matin. Si l'on en croyait ce qu'ils disaient, ce qui était impossible, ils n'avaient jamais entendu parler de Doyle Durner et ils ne le reconnaissaient pas sur les photos qu'on leur montrait.

Entre deux arrêts, Connie régalait Harry des dernières nouveautés de sa collection de délits.

– Vous avez entendu parler de cette femme, à Philadelphie ? On a trouvé deux bébés morts de malnutrition dans son appartement avec des dizaines de flacons de cocaïne-crack. Elle était tellement camée que ses bébés en sont morts. Et vous savez de quoi elle a été inculpée ? De négligence coupable.

Harry se contenta de soupirer. Lorsque Connie décidait de se lancer dans ses discours sur ce qu'elle appelait parfois « la crise permanente » ou, plus sarcastique, « le bal du bimillénaire », ou encore, plus tristement, « les Nouveaux Âges obscurs », il ne fallait pas compter sur lui pour réagir. Et elle se satisfaisait parfaitement de son monologue.

Elle reprit :

– Un type, à New York, a assassiné la fille de sa nana. Elle avait deux ans. Il l'a tuée à coups de poing et à coups de pied parce qu'elle dansait devant la télé. Ça l'empêchait de voir. Il regardait sans doute *La Roue de la fortune*. Il ne voulait surtout pas rater les jambes fabuleuses de Vanna White.

Comme la plupart des flics, Connie avait un sens prononcé de l'humour noir. Un mécanisme de défense. Sans lui, on devenait dingue ou on sombrait dans la déprime avec ces innombrables exemples du mal et de la perversité des hommes qui étaient l'essentiel de leur boulot. Pour ceux qui ne connaissaient la police que par les feuilletons mal fichus de la télé, l'humour des vrais flics pouvait paraître grossier, insensible quelquefois – mais un bon flic, un vrai, n'avait rien à cirer de l'opinion des autres s'ils n'étaient pas des flics.

Connie freina au feu.

– À Sacramento, dans un centre de prévention des suicides, l'un des permanents a fini par en avoir marre qu'un retraité dépressif l'appelle tout le temps. Avec un copain, ils ont pénétré dans l'appartement du vieux, et ils lui ont tranché les poignets et la gorge.

Parfois, sous l'humour le plus ténébreux de Connie, Harry décelait une certaine amertume qui, elle, n'était pas communément répandue chez les flics. C'était peut-être plus grave encore que de l'amertume. Que le désespoir. Mais elle était si secrète qu'il était difficile de déterminer exactement ses sentiments.

À la différence de Connie, Harry était un optimiste. Mais pour le rester, il s'était aperçu qu'il ne fallait pas s'appesantir sur la folie des hommes et leur méchanceté.

Essayant de changer de sujet, il demanda :

– Et pour déjeuner ? Moi, je serais plutôt pour cette formidable petite trattoria avec des nappes en toile cirée, des bouteilles de chianti qui servent de chandeliers, de bons gnocchis, et des manicottis fabuleux...

Elle fit la grimace.

– Nooon... On va juste s'arrêter à un drive-through pour prendre des tacos et on mangera en route.

Ils établirent un compromis et s'arrêtèrent dans une boîte à hamburgers à un demi-bloc au nord de Pacific Coast Highway. Le décor était sud-ouest et il y avait une dizaine de clients. Le dessus des tables de bois blanc était protégé par trois centimètres d'acrylique. Les sièges étaient recouverts d'un tissu pastel à motif de flammes. Il y avait des cactus en pots. Des lithos de Gorman et de Parkison. Le genre d'endroit où l'on se serait attendu à trouver de la soupe aux haricots noirs et du bœuf grillé au mesquite plutôt que des hamburgers-frites.

Harry et Connie s'étaient installés à une petite table près de la paroi. Lui avait pris un sandwich au poulet grillé bien sec, et elle un cheeseburger flasque et odorant avec des pommes allumettes, quand un type assez grand entra dans un reflet de soleil qui jouait sur la porte en verre. Il s'arrêta devant le comptoir de l'hôtesse tout en regardant autour de lui.

Il était parfaitement propre sur lui, bien habillé : pantalon de velours côtelé gris clair, chemise blanche, veste de daim gris sombre, mais, instantanément, quelque chose en lui mit Harry mal à l'aise. Son sourire vague et son air légèrement distrait lui conféraient un air curieusement professionnel. Il avait le visage rond et lisse, avec un menton peu marqué et des lèvres pâles. Il semblait timide, absolument pas redoutable. Mais, malgré tout, Harry sentit une tension au niveau du bas-ventre. L'instinct du flic.

2

Sammy Shamroe était connu sous le nom de « Sam the Sham [1] » alors qu'il était cadre dans une agence de publicité de Los Angeles. Il avait alors un talent créatif certain – et un goût prononcé et malheureux pour la cocaïne. Cela remontait à trois ans. Une éternité.

Pour l'instant, il rampait afin de s'extraire de la caisse d'emballage dans laquelle il vivait, entraînant avec lui les vieux chiffons et les journaux qui lui servaient de lit. Il s'arrêta dès qu'il eut dépassé les branches retombantes du buisson de laurier-rose qui poussait à l'entrée du terrain vague et dissimulait en grande partie son habitation. Il demeura encore un instant à quatre pattes, la tête penchée, observant les pavés de la ruelle.

Depuis longtemps, il ne pouvait plus se payer les drogues dures qui avaient complètement ruiné sa vie. Il ne souffrait que d'un mal de tête dû au mauvais vin. C'était comme si on lui avait fendu le crâne pendant son sommeil et que le vent avait planté des chardons dans son cerveau à nu.

Il n'était pas du tout désorienté. Parce que le soleil brillait droit sur la ruelle, ne laissant que quelques ombres à l'arrière des immeubles du côté nord. Et Sammy savait ainsi qu'il était midi. Il n'avait jamais porté de montre, jamais vu de calendrier, occupé un emploi ou eu le moindre rendez-vous en trois ans, mais il avait toujours conscience de la saison, du mois, du jour. Mardi. Il savait avec précision où il se trouvait (Laguna Beach), comment il y était arrivé (il avait retenu chacune de ses fautes, de ses faiblesses, de ses actes autodestructeurs en détail), et ce qu'il pouvait attendre du reste de la vie (la honte, les privations, la lutte, les regrets).

Le pire aspect de cette chute d'état de grâce était la clarté inébranlable de son esprit, que l'absorption d'alcool en quantités énormes n'altérait que brièvement. Les picotements des chardons poussés dans sa gueule de bois n'étaient qu'un inconvénient mineur comparé aux

1. « Sam la Frime ». *(N.d.T.)*

épines douloureuses de la mémoire et de cette conscience qui se hérissait tout au fond de son cerveau.

Il entendit des pas. Des pas lourds. Quelqu'un qui boitait légèrement : le bruit d'une chaussure qui raclait le pavé. Il connaissait cette démarche. Il se mit à trembler. Il baissa la tête et ferma les yeux, en souhaitant très fort que les pas diminuent, disparaissent dans le silence. Mais ils se rapprochaient, et leur bruit était de plus en plus fort... Ils s'arrêtèrent devant lui.

– Alors, tu as réfléchi ?

C'était cette voix profonde et rauque qui avait commencé depuis peu à hanter les nuits de Sammy. Mais il ne dormait pas. Ça n'était pas le monstre de ses rêves agités. C'était la *vraie* créature qui était à la source de ses cauchemars.

Avec peine, il ouvrit ses yeux irrités et leva la tête.

L'homme-rat se dressait devant lui avec un sourire.

– Tu as réfléchi ?

Grand et robuste, son abondante chevelure hirsute, la barbe souillée de miettes et de débris écœurants, l'homme-rat était terrifiant à contempler. Autour de sa barbe, sa peau était déformée par les cicatrices, comme si on l'avait frappé avec un fer à marquer. Son grand nez crochu était cassé, ses lèvres couvertes de plaies suintantes. Dans ses gencives noirâtres et malades, ses dents ressemblaient à de vieilles tombes de marbre jaunies par les âges.

La voix rauque se fit plus forte.

– Peut-être que tu es déjà mort.

La seule chose qui fût ordinaire chez l'homme-rat, c'était sa tenue : chaussures de tennis, treillis sorti d'un magasin de charité, chemise en coton et imperméable noir terriblement abîmé. Le tout taché et froissé. L'uniforme des gens des rues, ceux qui, par leur faute ou non, étaient passés à travers les fissures du plancher de la société moderne et rampaient dessous, dans l'ombre.

La voix de l'homme-rat se radoucit tandis qu'il se penchait.

– Déjà mort et en enfer ? Est-ce possible ?

Ce qu'il y avait de plus dérangeant, dans tous les traits extraordinaires de l'homme-rat, c'était ses yeux. Ils étaient d'un vert intense, et rare. Mais, le plus curieux, c'était ses pupilles noires, elliptiques comme celles d'un chat ou d'un reptile. Elles donnaient l'impression que tout son corps n'était qu'un déguisement, un habit de caoutchouc, comme si un être innommable se cachait sous ce costume, pour lorgner un monde dans lequel il n'était pas né mais qu'il convoitait.

La voix de l'homme-rat diminua encore jusqu'à n'être plus qu'un chuchotement râpeux :

– Mort, en enfer, et moi je suis le démon chargé de te torturer ?...

Sachant ce qui allait suivre pour l'avoir enduré auparavant, Sammy tenta de se dresser. Mais l'homme-rat, vif comme le vent, lui lança un coup de pied avant qu'il réussisse à s'écarter. Il fut cueilli à l'épaule gauche. L'homme-rat avait manqué de peu sa tête, et il portait apparemment des bottes, pas des tennis. En tout cas, des chaussures en os, en corne, ou en carapace de scarabée. Sammy resta en position fœtale, se protégeant le crâne de ses bras croisés. Du mieux qu'il pouvait. L'homme-rat shoota du pied droit, du pied gauche, encore et encore, comme s'il dansait une espèce de gigue, bien en rythme, une-deux, une-deux, sans émettre le moindre son, sans gronder de rage, sans rire de mépris, sans même haleter sous l'effort.

Enfin les coups de pied s'arrêtèrent.

Sammy se recroquevilla encore un peu plus sous la douleur, il se mit en boule comme un cloporte.

Un silence anormal régnait sur la ruelle, à l'exception des sanglots de Sammy, et il se dégoûtait lui-même. Le bruit des voitures dans les rues proches était complètement étouffé. Derrière lui, le laurier ne bruissait plus dans la brise. Et quand Sammy se dit qu'il devait se comporter en homme, quand il eut ravalé ses larmes, le silence qui s'installa était mortel.

Il osa ouvrir les yeux pour risquer un regard entre ses bras, vers l'entrée de la ruelle. Les yeux voilés, il cilla et distingua alors deux voitures arrêtées dans la rue, au loin. Les conducteurs attendaient sans bouger. Ils n'étaient que des formes sombres.

Plus près de lui, droit devant ses yeux, il y avait un perce-oreille de trois centimètres, étrangement déplacé dans cet environnement de bois pourrissant et de recoins sombres. Il s'était figé dans sa traversée de la ruelle. La double pince de l'insecte, au bout de la queue, semblait dangereuse, recourbée comme le dard d'un scorpion. Mais, en réalité, elle était inoffensive. Si certaines de ses pattes étaient en contact avec le pavé, les autres étaient arrêtées dans leur mouvement. Même ses antennes ne bougeaient plus. Il était paralysé par la peur, ou bien prêt à attaquer.

Sammy regarda vers l'entrée de la ruelle. Là-bas, les voitures n'avaient pas bougé. Et les hommes qui se trouvaient à l'intérieur étaient comme des mannequins.

Il revint à l'insecte. Toujours immobile. Il aurait pu aussi bien être mort, épinglé sur une planche d'entomologiste.

D'un geste las, Sammy décroisa les bras. En geignant, il roula sur le dos et leva les yeux avec réticence sur son tourmenteur.

L'homme-rat lui parut mesurer plus de vingt mètres. Il observait Sammy avec un intérêt grave.

– Tu veux vivre ? lui demanda-t-il.

Ce ne fut pas tant la question que son incapacité à y répondre qui surprit Sammy. Il était coincé entre la peur de la mort et le désir de mourir. Chaque matin, il était déçu de se réveiller dans le monde des vivants, et chaque soir, quand il se recroquevillait dans sa niche de chiffons et de papiers, il espérait un sommeil sans fin. Pourtant, tous les jours, il se battait pour trouver de quoi manger, un refuge pour les nuits rares où la Californie oubliait qu'elle avait un climat de paradis. Il essayait de rester au sec quand il pleuvait pour échapper à la pneumonie, et il regardait toujours des deux côtés avant de traverser une rue.

Il ne voulait sans doute pas vivre, mais il appelait le châtiment de l'existence.

– J'aimerais mieux que tu souhaites vivre, dit l'homme-rat. Pour moi, c'est mieux.

Le cœur de Sammy battait très fort. À chaque battement, la couleur de sa peau changeait là où les coups féroces de l'homme-rat avaient marqué sa peau.

– Il te reste trente-six heures à vivre. Tu ferais mieux de faire quelque chose, non ?... L'horloge marque toutes les minutes. Tic-tac, tic-tac...

– Pourquoi tu me fais ça à moi ? demanda Sammy d'un ton plaintif.

L'homme-rat ne répondit pas directement.

– Demain, à minuit, les rats viendront te chercher.

– Je ne t'ai jamais rien fait.

Les cicatrices, sur le visage brutal de son bourreau, devinrent livides.

– ... Ils te grignoteront les yeux...

– Je t'en prie.

Les lèvres blêmes de l'homme-rat se durcirent, montrant un peu plus ses dents cariées.

– ... et ils te déchireront les lèvres pendant que tu crieras, ils te rongeront la langue...

L'homme-rat devenait de plus en plus agité, mais son attitude fébrile était maintenant froide. Il pleuvait de ses yeux reptiliens un givre qui pénétrait la chair de Sammy, jusqu'aux tréfonds de son esprit.

– Qui es-tu ? demanda-t-il, une fois encore.

L'homme-rat ne répondit pas. Il était boursouflé de rage. Ses doigts boudinés et sales se serraient comme des poings, avant de se redéployer, de se recroqueviller. Il aspirait l'air comme s'il voulait en tirer du sang.

Sammy avait une question prête, mais qu'il n'osait poser : *« Qu'est-ce que tu es ? »*

– Des rats ! siffla l'homme-rat.

Ce n'était pas la première fois, mais Sammy, effrayé de ce qui allait survenir, battit en retraite sur le cul en direction du laurier qui abritait à demi sa caisse, en essayant de mettre un maximum de distance entre lui et le clochard géant.

– Des rats ! répéta l'autre en se mettant à trembler.

Ça recommençait.

Sammy était paralysé par la terreur, incapable du moindre geste.

Le tremblement de l'homme-rat devint un frémissement. Qui se changea très vite en spasmes violents. Ses cheveux huileux lui fouettaient la tête, il gesticulait, sautillait frénétiquement, et son imperméable noir claquait comme une voile dans un cyclone. Mais aucun vent ne soufflait ou ululait. L'air de cette matinée de mars était d'un calme surnaturel, comme si le monde était un décor peint devant lequel ils n'étaient que deux acteurs.

Rejeté dans des récifs noirs, Sammy Shamroe se dressa enfin. Poussé sur ses pieds par la peur de la marée tourbillonnante de griffes, de crocs acérés et d'yeux rouges qui allaient bientôt le cerner.

Sous ses vêtements, le corps de l'homme-rat se déformait comme un sac de toile rempli de serpents à sonnettes en colère. Il... il *changeait*. Son visage fondait et se reformait comme sous l'effet d'une forge contrôlée par quelque déité démente qui s'essayait à mouler des monstruosités diverses, de plus en plus épouvantables. Oublié les cicatrices livides, oublié les yeux reptiliens, la barbe échevelée, les cheveux emmêlés, la bouche cruelle. Un instant, la tête de l'homme-rat ne fut plus qu'une masse de chair sans marque, un morceau mou et suintant, rougi de sang, puis brun et plus sombre encore, luisant comme un agglomérat tombé d'une boîte de nourriture pour chiens. Brutalement, le tissu se solidifia, et la tête était maintenant composée de rats noués les uns autour des autres, une boule de rats, dont les queues pendaient comme des nattes rastas, avec des yeux écarlates qui brillaient comme des gouttes de sang. Et des rats avaient aussi remplacé les mains : ils débordaient des poignets, hirsutes. D'autres têtes de rongeurs commençaient à émerger entre les boutons de la chemise boursouflée, distendue.

Et, bien qu'il ait déjà assisté au spectacle, Sammy essaya de hurler. Sa langue gonflée était collée à son palais desséché, et un vague son de panique monta de sa gorge. Mais il ne servait à rien de crier, de toute façon. Il avait déjà crié, lors de ses précédentes rencontres avec son tourmenteur, et nul ne lui avait répondu.

L'homme-rat se disloqua comme un épouvantail dans la tempête et des fragments de son corps tombèrent. Chacun se transforma en rat. Les moustaches hérissées, le museau humide et les dents aiguës, les répugnants rongeurs s'agglutinèrent, leurs longues queues fouettant le pavé. D'autres vinrent les rejoindre, se déversant de la chemise et du pantalon, plus nombreux que possible : dix, vingt, quatre-vingts, cent et peut-être plus encore...

Tel un ballon dégonflé mais grossièrement façonné selon une forme humaine, la chose perdit ses vêtements. Qui se transformèrent à leur tour. Les lambeaux de tissu fripé qui tombaient produisaient chacun un rongeur de plus. Enfin l'homme-rat et ses habits en guenilles ne furent plus qu'un entassement grouillant de vermine qui se débattait avec cette agilité qui la rendait si répugnante.

Sammy ne parvenait plus à respirer. L'air était devenu plus pesant encore qu'à l'ordinaire. Auparavant, les vents mouraient, mais aujourd'hui, une immobilité anormale semblait être tombée jusqu'aux niveaux les plus profonds du monde naturel. La fluidité des molécules d'oxygène et d'azote déclinait de façon dramatique, comme si l'atmosphère s'épaississait pour devenir liquide, et il avait le plus grand mal à emplir ses poumons.

À présent que tout le corps de l'homme-rat s'était désintégré en une multitude de bêtes qui se tortillaient, il se dispersait. Les rats gras et ondoyants surgissaient de l'amoncellement pour fuir dans toutes les directions, ils couraient autour de Sammy avant de s'enfuir, ils escaladaient ses chaussures, se faufilaient entre ses jambes. Cette marée abominable, vivante et dégoûtante se propagea entre les ombres des immeubles, sur tout le terrain désert, avant de se couler dans les trous des murs, dans la terre, dans des repaires que Sammy ne pouvait discerner. Ou de disparaître simplement.

Une brise soudaine se leva et emporta les feuilles mortes et les papiers devant lui. Des voitures passèrent devant la ruelle et il entendit à nouveau le ronronnement des moteurs, le chuintement des pneus. Une abeille passa en bourdonnant à hauteur de son visage.

À nouveau, il parvenait à respirer. Il resta encore un instant immobile, la bouche ouverte, dans la brillante clarté de midi.

Le plus grave était que tout ça lui arrivait sous le soleil, à l'air libre, sans fumée ni miroirs, sans éclairages subtils ni fils de soie, sans trappes, sans aucun des instruments de la trousse d'un magicien.

Sammy avait rampé hors de sa caisse avec la ferme intention de commencer la journée malgré sa gueule de bois, peut-être pour partir en quête de boîtes d'aluminium qu'il pourrait apporter au centre de recyclage, tout en faisant un peu la manche sur la jetée. Sa gueule de bois s'était envolée, mais il n'était plus certain de vouloir affronter le monde.

D'une démarche incertaine, il retourna jusqu'au laurier chargé de fleurs rouges épanouies. Il écarta les branches et son regard se posa sur la caisse de bois.

Il prit un bâton et le piqua dans les chiffons et les journaux, s'attendant à voir un ou deux rats s'échapper. Mais ils étaient partis ailleurs.

Il tomba à genoux et rampa à l'intérieur de son refuge, laissant les frondaisons du laurier retomber sur lui.

Dans sa maigre réserve de provisions, au fond de la caisse, il prit une bouteille de bourgogne à bas prix et dévissa le bouchon. Il but une longue gorgée et le vin le réchauffa.

Adossé à la paroi, les mains serrées sur la bouteille, il essaya d'oublier ce qu'il avait vu. À bien y réfléchir, l'oubli était le seul espoir de s'en sortir. Il n'arrivait plus à aborder les problèmes du quotidien. Alors, comment pouvait-il envisager d'être confronté avec une chose aussi extraordinaire que l'homme-rat ?

Un cerveau qui avait macéré dans beaucoup trop de cocaïne, assaisonné avec tant d'autres drogues et mariné dans l'alcool pouvait produire le plus extravagant zoo de créatures hallucinatoires. Et lorsque sa conscience le ramenait à ce qu'il y avait de meilleur en lui, qu'il luttait pour prolonger ses rares périodes de sobriété, il basculait dans le *delirium tremens*, peuplé d'une fantasmagorie de bêtes encore plus colorées et menaçantes. Mais aucune n'était aussi spectaculaire et aussi profondément dérangeante que l'homme-rat.

Il prit une autre gorgée de vin et laissa aller sa tête en arrière, toujours cramponné à sa bouteille.

Jour après jour, comme les années passaient, Sammy avait de plus en plus de difficulté à discerner la réalité du rêve. Depuis longtemps, il avait cessé de se fier à ses perceptions. Pourtant, une chose restait certaine : la réalité de l'homme-rat. Il était impossible, fantastique, inexplicable – mais réel.

Sammy n'espérait pas trouver de réponses aux questions qui le hantaient. Mais il ne cessait de se demander : quelle était cette créature ? D'où venait-elle ? Pourquoi venait-elle tourmenter et tuer un vagabond aux cheveux gris, meurtri dont la mort – ou la survie – n'avait aucune importance aux yeux du monde ?

Il but encore.

Trente-six heures. Tic-tac. Tic-tac.

3

L'instinct du flic.

Quand le client en pantalon de velours côtelé gris, chemise blanche et veste de daim gris était entré dans le restaurant, Connie l'avait repéré et s'était dit aussitôt qu'il avait quelque chose de particulier. Et quand elle vit que Harry, lui aussi, l'avait remarqué, son intérêt pour le type augmenta de façon spectaculaire parce que Harry avait un flair à rendre jaloux un chien de chasse.

L'instinct du flic se fonde moins sur l'instinct pur que sur un talent pour l'observation longuement aiguisé et le bon sens nécessaire pour interpréter correctement ce que l'on observe. Chez Connie, il s'agissait plus d'une perception subconsciente que d'un contrôle calculé de quiconque traversait son champ visuel.

Le suspect attendait près de la caisse, tandis que l'hôtesse installait un jeune couple à une table, près de l'une des grandes baies.

Il semblait ordinaire à première vue, et même inoffensif. Mais, en l'examinant plus attentivement, Connie reconnut les incongruités qui avaient éveillé son subconscient et déclenché ce second examen. Sur son visage débonnaire, on ne lisait aucune trace de tension, et son attitude était calme – pourtant, il avait les mains serrées, comme s'il réprimait avec peine un besoin urgent de frapper quelqu'un. Son sourire vague renforçait son expression absente – mais fluctuait, parfois marqué d'incertitude, révélant une turbulence profonde. Sa veste de sport était boutonnée, ce qui était bizarre, car il ne portait pas de cravate et la journée était plutôt chaude. Plus important encore, cette veste était mal ajustée, comme si quelque chose de lourd déformait les poches intérieures et extérieures, saillant au-dessus de sa boucle de ceinture. Comme s'il dissimulait une arme sous la ceinture.

Bien sûr, un flic ne pouvait pas toujours se fier à son instinct. La veste du type était peut-être vieille et déformée. Et il pouvait très bien être le prof étourdi auquel on pensait. Et dans ce cas, le sinistre contenu de cette veste était composé d'une pipe, d'une blague à tabac, d'une règle à calculer, d'une calculette, d'un carnet de notes et de tout un fatras qu'il avait glissé dans ses poches sans y penser.

Harry, dont la phrase s'était interrompue, posa lentement son sandwich au poulet. Son regard était rivé sur l'homme à la veste déformée.

Connie avait piqué quelques pommes allumettes. Elle les reposa dans son assiette, s'essuya les doigts huileux sur sa serviette, le tout sans cesser d'épier le nouveau client.

L'hôtesse, une petite blonde qui n'avait pas vingt ans, regagnait la caisse, et l'homme en veste de daim lui sourit. Elle lui adressa quelques mots, il répondit, et elle eut un rire poli comme s'il venait de faire une plaisanterie plutôt amusante.

Il ajouta quelque chose et la fille rit de nouveau. Connie se détendit un peu. Elle récupéra deux frites.

L'homme attrapa l'hôtesse par la ceinture, l'attira violemment contre lui et agrippa sa blouse. L'attaque fut si soudaine et inattendue, et les gestes de l'homme si rapides et félins qu'il avait déjà soulevé la fille avant qu'elle ne se mette à crier. Il la lança comme un chiffon vers les tables proches.

– Merde ! fit Connie en se levant.

Elle plongea une main sous sa veste pour saisir son revolver dans le *holster*, au creux de ses reins.

Harry s'était déjà dressé, l'arme au poing.

– Police !

Son cri fut noyé dans le fracas : la petite blonde venait d'atterrir sur une table qui bascula. Les verres éclatèrent et les clients furent balayés de leurs sièges. Dans tout le restaurant, les regards se levaient.

La sauvagerie et l'extravagance de l'homme pouvaient sans doute s'expliquer par la drogue – à moins qu'ils n'aient affaire à un psychotique ordinaire.

Connie ne prit pas de risques : elle se jeta au sol en levant son revolver et cria comme Harry :

– Police !

Le type avait dû entendre le premier avertissement de Harry, ou bien il les avait aperçus du coin de l'œil, en tout cas, il se ruait déjà vers le fond du restaurant, sinuant entre les tables.

Et il tirait. Avec un Browning 9 mm, jugea Connie, au bruit des détonations et à ce qu'elle avait pu entrevoir. Il faisait feu au hasard, et un pot en grès vernissé explosa près d'elle. Elle reçut une averse de fragments acérés, et la *dracœna margenata* lui tomba dessus, la griffant de ses longues feuilles. Elle se recroquevilla derrière le bouclier d'une table.

Elle avait terriblement envie de flinguer ce salopard, mais il y avait bien trop de risques qu'elle atteigne un des clients. Elle balaya la salle du regard, en se disant qu'elle avait peut-être une chance de lui pulvériser les genoux en quelques coups, et elle le vit. Il se précipitait vers le fond. L'ennui, c'était que les clients paniqués, le regard fou, s'étaient tous réfugiés sous les tables.

– Oh, merde ! fit Connie.

Elle s'élança derrière le dingue en essayant de ne pas se transformer en cible. Elle savait que Harry courait lui aussi, en tangente.

Les gens hurlaient parce qu'ils avaient peur, ou parce qu'ils avaient été touchés. Et l'autre salaud n'arrêtait pas de tirer. Ou bien il rechargeait à une vitesse surhumaine, ou il avait une autre arme.

Dans un bruit énorme, une baie éclata en débris de verre qui rejaillirent sur les dalles.

Elle rampait de table en table, et récupérait sous ses Reebok des frites écrasées, du ketchup, de la moutarde, des morceaux de cactus suintants, et des fragments de verre. Quand elle passait près des blessés, ils criaient ou lui tapaient dessus.

C'était affreux pour elle de les ignorer, mais il ne fallait pas qu'elle se laisse arrêter si elle voulait avoir une chance de tirer sur l'autre crachat en veste de daim. Et puis, elle ne pouvait guère leur porter secours. Il n'y avait rien à faire contre la terreur et la douleur que l'autre fils de pute avait déjà déclenchées, mais si elle voulait l'empêcher de faire encore un peu plus de mal, elle avait intérêt à rester bien carrée sur son cul.

Elle leva la tête, au risque de se prendre une balle en plein front, et vit que l'ordure avait atteint le fond du restaurant et se tenait devant une porte battante avec un hublot rond au centre. En souriant, il vida plusieurs chargeurs sur tout ce qui se trouvait dans son champ de vision. Apparemment, il avait autant de plaisir à dégommer une plante en pot qu'un être humain. Mais son apparence était toujours aussi anodine, le visage rond et lisse, le menton effacé, les lèvres molles. Même avec son sourire, il n'avait pas l'air d'un fou. À vrai dire, ce sourire était celui d'un gamin qui vient de voir un clown au cirque. Mais il n'y avait aucun doute : il était dingue et dangereux : il tira sur un grand cactus saguaro, puis sur un type en chemise à carreaux, revint au saguaro. Et Connie vit alors qu'il avait deux flingues.

Bravo les années quatre-vingt-dix, se dit-elle.

Elle quitta son abri pour essayer d'ajuster le type.

Harry lui aussi profita très vite de l'acharnement soudain du dingue sur le cactus. Il se dressa brusquement dans un autre coin du restaurant et tira. Connie, elle, appuya deux fois sur la détente. Des échardes de bois explosèrent derrière la tête du dingue, et le verre du hublot vola en éclats. Ils ne l'avaient manqué que de quelques centimètres.

Le type disparut par la porte battante, qui reçut la deuxième salve de Harry et Connie en continuant à tourner. À en juger par le diamètre des trous, la porte devait être creuse, et il y avait une chance que l'autre fils de pute ait été touché de l'autre côté.

Connie courut jusque dans la cuisine en glissant un peu sur les détritus. Elle doutait qu'ils récupèrent l'autre saleté blessée, en train de ramper comme un cafard à moitié écrasé. Il était plus probable que c'était lui qui les attendait. Mais elle était incapable de se maîtriser. Même s'il risquait de surgir sur le seuil pour la descendre sur place. Mais elle était totalement survoltée, bourrée d'adrénaline. Et quand elle était comme ça, elle ne pouvait plus freiner, elle mettait le turbo. Et peu importait qu'elle soit dans cet état la plupart du temps.

Ça, oui, elle aimait vraiment son boulot.

4

Harry détestait ces numéros de cow-boy.

Un flic savait que la violence devait lui tomber dessus tôt ou tard. On pouvait se retrouver avec des loups bien plus méchants que celui du Petit Chaperon rouge. Mais, même si ça faisait partie du boulot, Harry ne trouvait pas ça marrant.

Parce qu'il n'était sans doute pas comme Connie Gulliver.

Tandis qu'il se ruait vers la cuisine, la tête baissée, son revolver braqué, il l'entendit derrière lui. Elle arrivait à toute vitesse et ses chaussures claquaient, craquaient et couinaient sur le sol. Il savait que s'il se retournait, il la verrait toute souriante, un peu comme le maniaque qui venait de mitrailler le restaurant. Même s'il savait qu'elle était du côté des anges, ce sourire l'énervait toujours.

Il s'arrêta pile à la porte, lança un coup de pied et se jeta sur le côté, s'attendant à une averse de balles.

Mais la porte s'ouvrit, revint, et il n'y eut aucun coup de feu. Et quand Harry shoota encore une fois, Connie le dépassa d'un bond pour entrer dans la cuisine. Il la suivit en jurant à mi-voix, comme toujours. Il ne savait jurer qu'à mi-voix.

Dans les confins de la cuisine, humides, claustrophobiques, des hamburgers grésillaient sur une plaque et de la graisse bouillonnait dans une énorme friteuse. Des bassines d'eau frémissaient sur des feux à gaz. Les fours craquaient sous l'effet de la chaleur, accompagnés par le bourdonnement des micro-ondes.

Une demi-douzaine de cuisiniers et d'employés en pantalon blanc et T-shirt, coiffés de calottes blanches, d'une pâleur cadavérique, étaient là, debout, immobiles, ou accroupis. Dans la fumée et les nuages de vapeur, ils évoquaient une assemblée de fantômes. Tous se tournèrent vers Connie et Harry.

– Où ? chuchota Harry.

Un cuisinier pointa le doigt vers une porte entrouverte, tout au fond.

Harry s'avança dans un couloir étroit, entre des rangées d'ustensiles de cuisine et de bocaux. À droite, il y avait une série de billots de boucher, une machine à découper les frites, une autre qui réduisait les laitues en lanières.

Le couloir s'élargit pour déboucher dans une pièce où des éviers profonds étaient alignés entre des lave-vaisselle professionnels. La porte entrouverte était à cinq mètres de là, après les éviers.

Connie se porta à la hauteur de Harry en conservant un écart suffisant entre eux pour qu'ils ne se trouvent pas dans la même ligne de tir.

Derrière la porte, il faisait sombre, ce qui ennuyait Harry. Ils allaient sans doute se trouver dans une remise sans fenêtre. Et l'autre face de lune, acculé, allait être encore plus dangereux.

De part et d'autre de la porte, ils hésitèrent et prirent un instant pour réfléchir. Harry y aurait volontiers consacré une demi-journée, histoire de laisser le type mijoter. Mais ça ne se passait pas comme ça. Les flics étaient censés agir et non pas réagir. S'il existait une issue, et s'ils attendaient encore, le tireur fou aurait le temps de leur filer entre les doigts.

Et puis, quand on avait Connie Gulliver pour partenaire, on ne pouvait pas s'offrir le luxe de ruminer ou de traîner. Elle ne s'arrêtait jamais, à la fois prudente et professionnelle – mais si rapide et agressive qu'on avait quelquefois l'impression qu'elle avait été refilée à la criminelle par le SWAT[1].

Connie s'empara d'un balai posé contre le mur. Elle s'en servit pour ouvrir la porte dans un grincement. Puis le lança à l'intérieur. Il claqua comme un vieil os sur le carrelage.

Ils échangèrent un regard.

La pièce était silencieuse.

Sans s'exposer à un tir éventuel, Harry risqua un œil vers l'étroite bande d'ombre, au-delà du seuil.

Ils n'entendaient que les bouillonnements et les grésillements des marmites et des friteuses de la cuisine, et le ronronnement des ventilateurs d'aération fatigués.

Le regard de Harry s'habitua à la pénombre. Il discerna des formes géométriques gris sombre sur un fond noir. Et réalisa qu'ils n'étaient pas dans une remise mais au pied d'une cage d'escalier.

Il jura.

Connie souffla :

– Qu'est-ce que c'est ?

– Un escalier.

Il s'avança, sans plus se préoccuper de sa sécurité que Connie, parce qu'il n'y avait vraiment rien d'autre à faire. Les escaliers étaient autant de pièges où il n'était pas facile d'éviter facilement une balle, et les pires, bien sûr, étaient les plus sombres. L'ombre était telle qu'il ne pouvait savoir avec certitude si leur homme était là, mais il se dit qu'ainsi dessiné sur le fond clair de la cuisine, il faisait une cible parfaite. Il aurait préféré bloquer la porte pour trouver un autre chemin d'accès à l'étage. Mais le type se serait sans doute échappé ou barricadé et ils devraient demander du renfort pour l'extirper.

Harry n'avait donc pas d'autre choix que de monter, aussi vite qu'il l'osait, ralenti seulement par la nécessité de se maintenir du côté de la paroi, là où les marches risquaient moins de grincer. Il parvint à un palier exigu et s'avança à tâtons, appuyé à la paroi.

Écarquillant les yeux dans l'obscurité, il se demanda comment un étage pouvait être aussi sombre que le bas de l'escalier.

Un rire bref lui parvint du haut.

Il se figea instantanément. Il n'était plus sur un fond de

1. *Special Weapons and Tactics* : équivalent de notre GIGN. *(N.d.T.)*

lumière, et il se sentit plus confiant en se collant à la paroi.

Connie se cogna contre lui et s'immobilisa à son tour.

Harry attendait que le rire se répète pour lui permettre de localiser l'autre et pouvoir prendre le risque de tirer en révélant ainsi sa propre position.

Rien.

Il cessa de respirer.

Puis, quelque chose cogna une marche. Et roula en cliquetant. Un choc. Un cliquetis. Un choc. Un cliquetis.

Harry réalisa qu'un objet rond descendait vers eux, de marche en marche. Quoi ? Il n'en avait pas la moindre idée. Son imagination l'avait abandonné.

Un choc. Un cliquetis. Un choc.

Intuitivement, il savait que ça n'était rien de bon. C'était pour ça que l'autre avait ri. L'objet était de petite taille, mais certainement dangereux. *Mortellement* dangereux. Harry fut soudain furieux contre lui-même : il était incapable de *penser*, de visualiser l'objet qui descendait à leur rencontre. Il était stupide, inutile. Et baigné de sueur.

L'objet qui roulait atteignit le palier et fut bloqué par le pied gauche de Harry. Il recula d'un bond, puis s'accroupit, palpa le sol et mit la main sur la chose. C'était plus gros qu'un œuf, mais ça en avait à peu près la forme. Au toucher, on aurait pu penser à une pomme de pin. Mais c'était plus lourd. Avec un levier sur le sommet.

– On se baisse !

Il se dressa et relança la grenade vers le haut avant de s'aplatir sur le sol.

Il entendit la grenade heurter un obstacle.

Il espérait qu'il avait réussi pourtant à atteindre le palier supérieur. Mais elle avait peut-être cogné contre une paroi et redescendait droit sur eux, brûlant les dernières secondes avant d'éclater. Ou alors le type l'avait repérée à l'arrivée et la leur avait renvoyée d'un coup de pied.

L'explosion fut énorme, cataclysmique, aveuglante. La douleur fusa dans les oreilles de Harry et chacun de ses os vibra sous l'onde de choc tandis que son cœur accélérait encore. Des fragments de plâtre, de bois et autres débris tombèrent en pluie. Une odeur acre de poudre avait envahi l'escalier. C'était comme un soir de 4 Juillet.

Il visualisa de façon fugace ce qui se serait passé s'il avait réagi avec deux secondes de retard. Sa main arrachée, son bras décollé dans un jaillissement de sang, son visage qui fondait...

– *Mais bordel... ?* fit Connie, de très loin, avec un drôle d'accent. Les tympans de Harry sonnaient toujours.

– Une grenade, dit-il en se redressant.

– Une grenade ? Mais c'est qui ce dingue ?

Harry n'en avait pas la moindre idée, mais il savait maintenant pourquoi la veste en daim du type pendait si lamentablement. L'autre avait peut-être deux grenades, et pourquoi pas trois ?

L'obscurité était encore plus dense qu'auparavant dans l'escalier.

Harry dit au revoir à la prudence et grimpa la dernière volée de marches, certain que Connie lui collait aux fesses. La prudence, ça n'était pas prudent, vu les circonstances. On courait toujours le risque de se prendre une balle, mais si l'autre avait encore des grenades, la prudence ne servait vraiment à rien.

À vrai dire, ils n'avaient pas trop l'habitude des grenades. C'était même leur première expérience.

Il espérait que l'autre fêlé avait attendu, qu'il avait guetté l'explosion – et que l'effet boomerang de la grenade l'avait pris par surprise. Chaque fois qu'un flic tuait un malfaiteur, il y avait des tas de paperasses à remplir, mais Harry était prêt à passer *des journées entières* devant une machine s'il réussissait à transformer l'autre en papier peint fraîchement collé.

Le couloir du haut était aveugle et il avait dû être noir comme la nuit avant l'explosion. Mais la grenade, en éclatant, avait arraché une porte de ses gonds et creusé des trous dans une autre. Des rais de lumière du jour filtraient à travers les fenêtres de pièces invisibles.

L'explosion avait causé pas mal de dégâts. L'immeuble était suffisamment ancien, probablement en plâtre et lattis. Par endroits, le lattis avait été arraché. De vieux ossements cassés qui crevaient la chair desséchée de la momie d'un pharaon. Le plancher avait été décollé et brisé sur une bonne moitié du couloir, révélant le sol et quelques poutres calcinées.

Le souffle initial avait empêché l'incendie. Les quelques traînées de fumée ne réduisaient pas la visibilité mais Harry sentit les larmes affluer dans ses yeus irrités.

Le type n'était nulle part en vue.

Harry respirait par la bouche pour ne pas éternuer. Et les relents de feu avaient un goût amer sur sa langue.

Huit portes ouvraient sur le couloir, quatre de chaque côté, y compris celle qui avait été soufflée de ses gonds. Harry et Connie échangèrent un regard très bref avant de se déplacer, évitant les trous dans le plancher. Ils devaient inspecter le second étage très vite. Chaque fenêtre était une issue possible, et il se pouvait aussi que l'immeuble possède un escalier dérobé.

– *Elvis !*

Le cri leur parvint de la pièce à la porte démantibulée.

Harry regarda Connie. Ils hésitaient l'un et l'autre, car il y avait quelque chose de bizarre et de dérangeant dans cette circonstance.

– *Elvis !*

Il était possible que certaines autres personnes se soient trouvées à l'étage avant l'arrivée du tireur fou, mais Harry avait la conviction qu'ils avaient bien affaire à leur type.

– *Le King ! Le maître de Memphis !*

Ils se positionnèrent de part et d'autre de la porte, comme ils l'avaient fait en bas.

L'autre s'était mis à brailler des titres de chansons d'Elvis :

– *Heartbreak Hotel, Blue Suede Shoes, Hound Dog, Money Honey, Jailhouse Rock...*

Harry jeta un regard à Connie et elle haussa les épaules.

– *Stuck on You, Little Sister, Good Luck Charm...*

Il fit signe à Connie qu'il foncerait le premier, en se baissant, et qu'il comptait sur elle pour tirer par-dessus sa tête à la seconde où il franchirait le seuil.

– *Are You Lonesome Tonight, A Mess of Blues, In the Ghetto !*

Harry était prêt à bondir quand une grenade atterrit dans la pièce. Elle rebondit entre lui et Connie, roula sur le plancher, et disparut dans un des trous creusés par la première explosion.

Ils n'avaient plus le temps d'aller la récupérer à travers les lattes. Ni de se replier vers l'escalier. Et s'ils attendaient, le couloir allait s'abattre sur eux.

Contrairement au plan de Harry, Connie fut la première à s'élancer dans la pièce. Elle s'accroupit en expédiant deux balles à la suite. Immédiatement derrière elle, il doubla son tir et, ensemble, ils butèrent sur la porte arrachée par la première explosion. Ils entrevirent des caisses. Des cartons un peu partout. Mais pas le moindre signe de l'autre. Ils se jetèrent au sol et se calèrent ensemble entre deux piles de caisses.

À la même seconde, le couloir explosa dans un éclair et un fracas intense. Harry essaya de se protéger le visage en repliant le bras.

Un souffle brûlant passa sur eux en même temps qu'une volée de débris, et un plafonnier vola en éclats.

Harry redressa la tête dans l'odeur de feu d'artifice qui commençait à devenir familière. Un *shrapnel* de bois à la forme redoutable – une espèce de couteau de boucher, mais en plus épais et tout aussi aigu – l'avait manqué de quelques centimètres pour se planter dans un carton de serviettes en papier.

La sueur, sur son visage, était visqueuse et glacée.

Il enleva les cartouches brûlées de son revolver, sortit un autre barillet de sa poche et l'engagea avant de faire tourner le cylindre.

– *Return to Sender, Suspicious Minds, Surrender!*

Harry avait une soudaine envie de se retrouver en face des méchants simples et compréhensibles des frères Grimm. La méchante reine qui dévorait le cœur d'un sanglier en croyant que c'était celui de sa belle-fille, Blanche Neige, dont elle enviait la beauté et voulait ravir la vie.

5

Connie releva la tête et regarda Harry, allongé à côté d'elle. Il était couvert de poussière, d'échardes, de bouts de verre. Exactement comme elle.

Elle remarquait qu'il ne s'en tirait pas aussi bien qu'elle, pourtant. Harry était content d'être flic. Pour lui, il était le symbole de la justice et de l'ordre. Et ces actes de dément le peinaient profondément parce qu'il était obligé d'imposer l'ordre avec la même violence que déployait le malfaiteur. Et la justice due aux victimes ne pouvait être exercée quand on avait affaire à un malfaiteur qui était allé trop loin pour éprouver du remords ou redouter les représailles.

Et le type cria à nouveau :

– *Long Legged Girl, All Shook Up, Baby Don't Get Hooked on Me !*

Et Connie chuchota :

– Elvis Presley n'a jamais chanté *Baby Don't Get Hooked on Me.*

Harry tiqua.

– Comment ?

– C'est Mac Davis qui chantait ça, Bon Dieu !

– *Rock-a-Hula Baby, Kentucky Rain, Flaming Star, I feel So Bad !*

La voix du dingue semblait venir du haut.

Prudemment, Connie se redressa un peu, en pointant son arme. Elle risqua un coup d'œil entre les cartons, puis par-dessus.

À l'autre bout de la pièce, dans un coin, une trappe était ouverte. Et une échelle y était accrochée.

– *A Big Hunk o'Love, Kiss Me Quick, Guitar Man !*

L'autre ordure avait atteint l'échelle. Il était dans le grenier et n'arrêtait pas de leur brailler les titres d'Elvis.

Elle avait tellement envie de coincer l'autre, de lui écraser la tête. Ce qui n'était pas une mesure de police mais une réaction impulsive.

Harry avait repéré l'échelle en même temps qu'elle, et il était déjà à son côté. Elle était tendue, prête à se jeter au sol si jamais une autre grenade roulait vers eux.

– *Any Way You Want Me, Poor Boy, Running Bear !*

– Merde ! Mais c'est pas Elvis qui chantait ça ! s'exclama Connie. C'était Johnny Preston !

– Quelle différence ça fait ?

– Ce type est un connard ! dit-elle d'un ton furibond.

Ça n'était pas vraiment une réponse, mais la vérité était qu'elle était dérangée par le fait que l'autre fou ne connaissait pas son Elvis par cœur.

– *You're the Devil in Disguise, Don't Cry Daddy, Do the Clam !*

– *Do the Clam ?* répéta Harry.

– Oui, je crains que ça ne soit Elvis qui l'ait chanté, grinça Connie.

À la lueur des étincelles du plafonnier, ils traversèrent la pièce en suivant les entassements de cartons, droit sur l'accès au grenier.

Dans le monde extérieur, derrière les fenêtres sales, des sirènes ululaient. Renforts et ambulances.

Connie hésitait. L'autre était maintenant dans le grenier et la meilleure solution était sans doute de lui expédier des lacrymogènes, une grenade à concussion pour l'étourdir, et d'attendre l'arrivée des renforts.

Mais ce protocole prudent ne lui convenait pas. Bien sûr, pour elle et pour Harry, ce serait la sécurité, mais sans doute pas pour les habitants de Laguna Beach. Il se pouvait que le grenier ne fût pas une impasse. Et l'autre ordure pouvait très bien s'échapper par une trappe de service ouvrant sur le toit.

À l'évidence, Harry avait abouti à la même conclusion. Il hésita une fraction de seconde de moins, et posa le pied sur le premier barreau.

Elle n'émit aucune objection : il passait devant elle non pour la protéger mais parce que c'était son tour. Instinctivement, ils se partageaient les risques, ce qui faisait d'eux une bonne équipe en dépit des apparences.

Bien sûr, même avec les battements de son cœur qui accéléraient et son ventre serré, elle aurait bien aimé passer la première. Franchir un pont bien solide, ça n'était jamais aussi gratifiant que de faire de la corde raide.

Arrivée en haut, elle n'hésita qu'une fraction de seconde avant de plonger dans l'obscurité derrière Harry. Pas le moindre coup de feu, pas la plus petite explosion. Elle pénétra dans le grenier à la suite de Harry.

Harry venait de quitter le cône de clarté grise et il était accroupi à moins de deux mètres de là, près du cadavre d'une femme nue.

Qui, au second regard, se révéla être un mannequin aux yeux poussiéreux, avec un sourire paisible et effrayant. Elle était chauve, et son crâne de plâtre était marqué d'une tache d'humidité.

Si le grenier était sombre, il n'était pas impénétrable. De minces rais de clarté filtraient par les fentes de ventilation de l'avant-toit et des conduits à ailette placés aux deux extrémités, au travers desquels on apercevait des poutres voilées de toiles d'araignée sous le toit en pente. Au centre, un homme de taille normale pouvait se tenir debout. L'endroit était peuplé d'ombres denses, de piles de coffres et de caisses qui étaient autant de cachettes possibles.

Le grenier semblait avoir été le lieu de réunion d'une

secte satanique. Des silhouettes d'hommes et de femmes se dressaient un peu partout, éclairées en arrière-plan, parfois à peine visibles, immobiles, silencieuses.

Des mannequins semblables à celui que Harry avait rencontré plus bas. Mais Connie avait du mal à soutenir tous ces regards morts.

L'un d'eux, après tout, pouvait la voir vraiment. Il était fait non pas de plâtre, mais de chair, d'os et de sang.

6

Le temps s'était arrêté dans la réserve de mannequins. L'air moite était chargé de poussière, de l'arôme sec de journaux jaunis par les années, de cartons pourrissant et de plaques de moisissure qui s'étaient développées dans les recoins d'ombre et périraient avec la fin de la saison des pluies. Les créatures de plâtre regardaient, sans un souffle.

Harry tenta de se rappeler quel autre commerce se partageait l'immeuble avec le restaurant, mais il ne voyait pas qui pouvait être le propriétaire de ces mannequins.

Du côté est de la pièce, un tambourinement frénétique et métallique leur parvint. Le type devait cogner sur le conduit principal pour essayer de le casser, avec sans doute l'intention de courir le risque de sauter dans la ruelle, le passage ou la rue, un étage plus bas.

Une demi-douzaine de chauves-souris jaillirent de leurs nids et se répandirent dans la mansarde, effrayées par le soleil. Leurs cris aigus dominèrent un instant les sirènes. Harry recula quand leurs ailes le frôlèrent dans un grand souffle d'air.

Il avait décidé d'attendre les renforts. Le type se mit à cogner plus fort.

Le métal grinça comme s'il allait céder.

Non, ils ne pouvaient plus se permettre d'attendre.

Harry, toujours accroupi, se glissa entre les piles de boîtes vers le mur sud, tandis que Connie allait dans la direction opposée. Ils comptaient prendre l'autre en tenaille. Harry progressa jusqu'à ce que la pente du toit l'arrête, et se porta alors vers l'est, vers la source du fracas.

De chaque côté, les mannequins étaient figés dans leur

pose d'éternité. Leurs membres ronds et satinés semblaient absorber et amplifier la clarté qui filtrait par les conduits. Leur chair dure répandait un éclat surnaturel d'albâtre.

Les coups cessèrent. Aucun claquement, aucun bruit de métal déchiré n'indiqua que le conduit avait enfin cédé.

Harry s'était arrêté et attendait. Les sirènes étaient à un bloc de distance et les chauves-souris piaillaient en le survolant.

Il s'avança de quelques centimètres. À cinq mètres de là, tout au bout de la mansarde, une issue invisible diffusait une clarté cendreuse. Probablement le conduit principal sur lequel le dingue s'était acharné. Ce qui confirmait qu'il se trouvait toujours en place. Sinon, le plein soleil se serait déversé dans le grenier.

L'une après l'autre, les sirènes moururent. Six.

En progressant encore un peu, Harry découvrit un entassement de membres dans une niche, entre deux poutres. Il sursauta. Des bras. Tranchés net à l'épaule. Des mains coupées au poignet. Des doigts crispés, comme dans une dernière supplique. Une macabre collection de bouts de mannequins, réalisa-t-il.

Il s'avança en canard. Il n'était plus qu'à trois mètres du fond et il était parfaitement conscient du raclement sonore de ses chaussures sur les lames poussiéreuses. Les chauves-souris s'étaient interrompues en même temps que les sirènes. Des appels et des craquements radio montèrent de la rue, lointains, irréels. Des voix qui se glissaient dans le cauchemar d'où il émergeait, ou bien dans lequel il plongeait. Il s'arrêtait à intervalles réguliers, guettant les moindres bruits que l'autre pouvait faire. Mais il était silencieux comme un fantôme.

À deux mètres du mur est, il s'arrêta de nouveau. Le conduit auquel le type s'était attaqué devait se trouver immédiatement de l'autre côté du dernier tas de boîtes.

Harry retint son souffle et essaya de surprendre celui du type. Mais non : rien.

Il s'avança, jeta un regard de l'autre côté des boîtes. Le type avait disparu.

En tout cas, il ne s'était pas enfui par l'antique conduit d'aération, qui était très esquinté mais d'où filtrait un léger courant d'air et de minces rais de clarté qui révélaient les traces de pas du type dans la poussière.

L'attention de Harry fut soudain attirée par un mouvement du côté nord, et son doigt se crispa sur la détente. Mais c'était Connie, qui se hasardait au coin d'une autre pile de boîtes.

Ils se regardèrent.

Le type avait réussi à les contourner.

Connie était encore dans l'ombre, mais Harry savait avec certitude ce qu'elle proférait en silence : *Merde ! Merde ! Merde !*

Elle se dirigea vers lui. Elle explorait du regard les moindres plages d'obscurité entre les boîtes et les mannequins.

Harry l'imita. Cette mansarde était un vrai labyrinthe où leur monstre quasi mythologique pouvait se déplacer à son aise.

Et la voix maintenant familière lança soudain, de quelque part :

– *All Shook Up, I Feel So Bad, Steamroller Blues* [1] *!*

Harry ferma les yeux très fort. Il aurait tellement aimé être ailleurs. Peut-être au royaume des Douze Princesses, avec leurs douze héritières superbes, des châteaux de lumière souterrains, des arbres au feuillage d'or ou de diamant, des salles de bal enchanteresses tout emplies de musique... Oui, ça lui conviendrait parfaitement. C'était un de ses préférés parmi les contes de Grimm. Jamais personne ne s'y faisait dévorer tout vif ou tailler en morceaux par un troll.

– Rends-toi ! lança Connie [2].

Harry se tourna vers elle en plissant le front. Il craignait qu'elle ne révèle leur position. Mais il était vrai aussi qu'il avait été incapable de repérer l'autre au son : les bruits, dans le grenier, se répercutaient de façon étrange. Ce qui les protégeait autant que le dingue.

Qui se remit à crier :

– *A Mess of Blues, Heartbreak Hotel !*

– Rends-toi ! répéta Connie.

– *Go Away Little Girl !* (Va-t'en petite fille !)

Connie grimaça.

1. Durant tout l'échange qui suit entre Connie et le tueur, le traducteur a pris le parti de respecter les titres originaux des chansons d'Elvis Presley, sans risquer les approximations françaises qui ont rendu certains films musicaux sur le jazz ou le rock assez ridicules. *(N.d.T.)*

2. *Surrender*, évidemment, est l'un des grands succès de Presley. *(N.d.T.)*

– Ça n'était pas d'Elvis, crétin ! C'était Steve Lawrence qui chantait ça ! Rends-toi !

– *Stay Away !* (Tiens-toi à l'écart !)

– Rends-toi !

Harry frotta ses paupières engluées de sueur et étudia Connie. Il ne comprenait pas. Jamais il n'avait senti une situation lui échapper à ce point. Il se passait quelque chose entre Connie et le dingue, mais il n'arrivait pas à deviner quoi.

– *I Don't Care If the Sun Don't Shine.* (Tant pis si le soleil ne brille pas.)

– Rends-toi !

Harry fit soudain le rapprochement avec le grand succès d'Elvis.

– *Stay Away.*

Un autre rock de Presley ?

Connie se glissa dans un renfoncement, échappant soudain à son regard, et cria :

– *It's now or never.* (C'est maintenant ou jamais.)

– *What'd I Say ?* (Qu'est-ce que j'ai dit ?)

Connie s'avança un peu plus profond dans le dédale en lançant deux réponses Presley :

– Rends-toi. Je te le demande.

– *I Feel So Bad.* (Je me sens si mal.)

Connie hésita avant de répondre :

– Dis-moi pourquoi.

– *Don't Ask Me Why.* (Ne me demande pas pourquoi.)

Le dialogue était noué. À coups de titres de chansons d'Elvis. C'était comme une sorte de jeu télé, avec cette différence qu'il n'y avait pas de prix en jeu pour les réponses correctes mais un grand danger en cas d'erreur.

Harry, à son tour, plongea dans un renfoncement et droit dans une toile d'araignée qui se colla à son visage. Il s'en débarrassa tout en s'avançant entre les mannequins.

– Rends-toi ! répéta Connie.

– *Stay Away.*

– *Are You Lonesome Tonight ?* (Es-tu seule ce soir ?)

Après une brève hésitation, l'autre avoua :

– *Lonely Man.* (Homme seul.)

Harry ne parvenait pas à repérer l'origine de la voix. Il était couvert de sueur, des fils d'araignée étaient encore collés à ses cheveux et à ses sourcils, il avait dans la bouche un goût de vieux tube à essai de Frankenstein. Il lui semblait qu'il avait quitté la réalité pour pénétrer dans une vision de drogué.

– *Let Yourself Go* (Laisse-toi aller), dit Connie.

– *I Feel So Bad*, répéta le dingue. (Je me sens si mal.)

Harry se dit qu'il ne devait pas se laisser désorienter par le tour bizarre que prenait cette traque. Après tout, ils étaient dans les années quatre-vingt-dix, un âge de déraison exemplaire où le bizarre tenait parfois lieu de nouvelle définition de la normalité. Par exemple, il y avait eu récemment ces types qui avaient menacé des employés de toilettes publiques, non pas avec des flingues mais avec des seringues remplies de sang contaminé.

Connie trouva un nouveau titre qui, pour Harry, sonnait bizarrement dans ce genre de dialogue :

– *Let Me Be Your Teddy Bear.* (Laisse-moi être ton nounours.)

Ce à quoi l'autre répondit d'une voix émue teintée de soupçon :

– *You Don't Know Me.* (Tu ne me connais pas.)

Il ne fallut que deux secondes à Connie pour répliquer :

– *Don'cha Think It's Time ?* (Tu penses pas que c'est le moment ?)

Et puisqu'on était dans le bizarre... : Richard Ramirez, le tueur en série surnommé le chasseur nocturne, recevait régulièrement en prison la visite de hordes de jeunes femmes qui le trouvaient séduisant, excitant, romantique. Et ce jeune type dans le Wisconsin qui, il n'y avait pas si longtemps, se cuisinait des morceaux de ses victimes pour le dîner, gardant les têtes coupées dans son congélateur. Ses voisins avaient avoué que, oui, bien sûr, de mauvaises odeurs filtraient de son appartement depuis des années, qu'ils avaient entendu des cris, quelquefois, et des bruits de scie électrique, mais tout ça ne durait jamais, et ce jeune gars était tellement gentil, si poli. C'était ça les années quatre-vingt-dix. La décennie sans pareille.

– *Too Much* (C'est trop), dit leur homme, qui était visiblement sceptique quant à l'intérêt romantique de Connie.

– *Poor Boy* (Pauvre garçon), répliqua-t-elle avec une sincérité quasi authentique.

La voix du type se faisait geignarde. Elle résonnait en

échos entre les poutres du dédale. Très quatre-vingt-dix, il résuma le mépris qu'il avait de lui-même :

– *Way Down.* (Tout au fond.)

– *Wear My Ring Around Your Neck* (Porte mon collier autour de ton cou), fit Connie en essayant de le séduire tout en se glissant en avant avec l'intention de lui faire sauter la tête dès qu'il serait dans sa ligne de tir.

Mais l'autre ne répondit pas.

Harry s'avançait, lui aussi, fouillant chaque recoin, chaque niche d'ombre avec l'impression soudaine d'être inutile. Jamais il n'aurait imaginé qu'il finirait cet étrange siècle en spécialiste du rock.

Il détestait ce genre d'embrouille, alors que Connie adorait. Elle nageait avec délice dans le chaos ambiant et il devinait souvent quelque chose de sombre et de dangereux en elle.

Il parvint à un autre couloir perpendiculaire. Il était désert, si l'on exceptait les deux mannequins nus qui avaient depuis longtemps basculé l'un sur l'autre. Il s'avança.

– *Wear My Ring Around Your Neck*, répéta Connie, quelque part.

Le type hésitait probablement parce que c'était à l'homme de faire ce genre de proposition, et non le contraire. Il était peut-être des années quatre-vingt-dix, mais plutôt vieux jeu quant aux rapports hommes femmes.

– *Treat Me Nice*, dit Connie. (Sois gentil avec moi.)

Pas de réponse.

– *Love Me Tender.* (Aime-moi tendrement.)

L'autre ne répondait toujours pas, et cette conversation qui était devenue un monologue rendait Harry nerveux. Le salopard pouvait être tout près d'elle, attendant qu'elle lance un autre titre pour la dégommer.

Il était sur le point de la prévenir quand une explosion secoua l'immeuble. Il s'arrêta net, les bras croisés sur le visage. Mais il n'avait distingué aucun éclair : l'explosion s'était produite ailleurs.

Des cris de souffrance, de terreur et de colère montaient du bas.

À l'évidence, d'autres flics avaient pénétré dans la pièce où accédait l'escalier du grenier, et le dingue les avait entendus. Il avait largué une grenade par la trappe.

Les hurlements réveillèrent une image dans l'esprit de

Harry : celle d'un homme qui essayait de retenir ses intestins de son ventre crevé.

Il savait que Connie et lui étaient dans un de leurs rares instants d'entente absolue, qu'ils ressentaient la même fureur, la même frayeur. Et pour une fois, il oublia complètement les droits civils de l'autre, l'abus de force, la façon légale de procéder. Tout ce qu'il voulait, c'était la mort de ce fumier.

Connie tenta de renouer le dialogue dans la marée des cris.

– *Love Me Tender.*

– *Tell Me Why* (Dis-moi pourquoi), fit l'autre, doutant toujours de sa sincérité.

– *My Baby Left Me.* (Mon bébé m'a quitté.)

Les cris diminuaient. Si quelqu'un était mort, les autres l'avaient évacué.

– *Anyway You Want Me* (Comme tu veux), dit Connie.

Le silence persista un long instant, puis l'autre répondit, de nulle part dans l'ombre :

– *I Feel So Bad.* (Je me sens si mal.)

– *I'm Yours.* (Je suis à toi.)

Harry était stupéfait de la rapidité avec laquelle elle trouvait les titres.

– *Lonely Man,* répondit le dingue, avec un accent de vrai chagrin.

– *I've Got a Thing About You Baby* (J'ai ce quelque chose pour toi), dit Connie.

Elle est géniale, se dit Harry. Et carrément obsédée par Presley.

Il prit le risque d'avancer, comptant sur le fait que l'autre devait être distrait par le bizarre discours de séduction de Connie. Il se trouvait au centre du grenier et il se redressa de toute sa hauteur, fouillant du regard les environs.

Les piles de boîtes atteignaient diverses hauteurs. Et, dans les recoins d'ombres, des formes humaines guettaient : autant de mannequins.

– *Lonely Man. All Shook Up* (Seul, Complètement secoué), dit leur cible d'un ton angoissé.

– *There's Always Me.* (Il y a toujours moi.)

– *Please Don't Stop Loving Me.* (S'il te plaît, n'arrête pas de m'aimer.)

– *Can't Help Falling in Love.* (Je ne peux m'empêcher de tomber amoureuse.)

À présent qu'il était debout, Harry était plus susceptible d'évaluer les directions. Connie et le dingue étaient droit devant lui, mais il ne pouvait décider s'ils étaient réellement près l'un de l'autre. Il ne parvenait pas à voir par-dessus les entassements de boîtes.

– *Don't Be Cruel.* (Ne sois pas cruelle.)

– *Love Me*, répondit Connie d'une voix brûlante.

– *I Need Your Love Tonight.* (Cette nuit, j'ai besoin de ton amour.)

Ils étaient à l'extrémité ouest du grenier, vers la paroi sud, et effectivement *très près* l'un de l'autre.

– *Stuck On You* (Fou de toi), insista Connie.

– *Don't Be Cruel.*

Harry décida de cesser de privilégier la prudence. Il s'avança droit vers leurs voix, dans un secteur où la population de mannequins était dense. Il y en avait dans tous les recoins, dans toutes les niches entre les boîtes. Des épaules pâles, des bras gracieux, des mains tendues. Des yeux maquillés, des lèvres peintes qui esquissaient des sourires, des bouches muettes, entrouvertes sur des soupirs d'amour informulés.

Et des araignées, aussi, dont les toiles collaient à ses cheveux, ses vêtements. Nerveusement, il arrachait les fils, en recrachait, pris de nausée. Il étouffa et rejeta un bourron de poussière, de toile et de mucus.

– *It's Now Or Never* (C'est maintenant ou jamais), promit Connie, non loin de lui.

Et la réponse de l'autre fut plus un avertissement qu'une supplique :

– *Don't Be Cruel !*

Harry avait le sentiment que l'autre n'était pas du tout abusé et qu'une autre explosion n'allait pas tarder.

Il fit encore quelques pas et s'arrêta net, tournant la tête de tous côtés, guettant les bruits les plus infimes, gêné par les battements de son cœur.

– *I'm Yours, Puppet on A String, Let Yourself Go* (Je suis à toi, Marionnette au bout de son fil, Laisse-toi aller), lança Connie dans un chuchotement pressant.

Harry respectait l'instinct et l'habileté de Connie, mais il avait peur que dans son désir d'emballer l'autre elle ne perde de vue que, dans sa confusion, il n'éprouve le même désir.

– *Playing For Keeps, One Broken Heart For Sale* (On joue pour de vrai, Cœur brisé à vendre), dit-elle.

Harry eut l'impression qu'elle se trouvait un peu plus haut que lui, dans le renfoncement suivant, parallèlement à la travée centrale.

– *Ain't That Loving You Baby, Crying in the Chapel.* (N'est-ce pas t'aimer, Pleurant dans la chapelle.)

Le chuchotement de Connie était plus provocant que séducteur, comme si elle savait déjà que quelque chose avait mal tourné dans ce dialogue.

Harry guetta la réponse de l'autre, écarquillant les yeux dans l'obscurité, avant de se retourner lentement, imaginant que le tueur à face de lune se dressait à quelques pas de lui.

Les araignées se dispersaient et des millions de flocons de poussière dérivaient dans le grenier comme autant de planètes et d'astéroïdes dans un espace gris. Et les mannequins, eux, ne voyaient rien, n'écoutaient pas, ne savaient rien.

Il devina que Connie, à présent, serrait les dents : son invite était devenue un défi. Et les titres s'enchaînaient, au rythme d'un rap :

– *Anyway You Want Me*, crevure, allez, viens! *Let Yourself Go...* Tas de merde!

Pas de réponse. *No reply.*

Tout était maintenant silencieux dans le grenier. Et immobile. Comme les pensées d'un mort.

Harry éprouvait le sentiment troublant de devenir un des mannequins, que sa chair se changeait en plâtre coloré, ses os en tiges de ferraille, ses tendons en fils de fer.

Il observa les yeux peints. Les seins dressés, les cuisses rondes, les fesses bien fermes. Des hommes et des femmes. Sans poils. De rares perruques étaient prises dans la poussière.

Les lèvres bien dessinées. Prêtes à donner un baiser, ou bien entrouvertes en un cri étouffé, érotique, au contact électrique des mains d'un amant. Et d'autres encore, timides, pensives, figées dans un rire éternel. Non. Il avait tout faux. Il avait vu des dents briller. Mais les mannequins n'ont pas de salive.

Lequel des quatre qu'il avait en face de lui mimait adroitement l'expression morte d'un mannequin? Lequel, entre ces crânes chauves ou emperruqués, avait les yeux trop brillants? À moins de trois mètres de lui. Lequel avait un sourire trop large qui s'accentuait encore ? Sans humour. Comme une blessure au-dessus du menton effacé, dans cette face de lune. À la seconde où il devinait, à peine audible, un autre titre : *Blue Moon,* Harry leva son revolver et pressa la détente.

L'autre ouvrit le feu avec son Browning 9 mm une fraction de seconde avant lui, et le grenier rugit sous les impacts et les ricochets. Il discerna un canon – oh, Seigneur ! – et vida son chargeur aussi vite que possible, dans un battement de cils, à supposer qu'il eût envie de battre des cils. Son arme sautait avec une telle violence entre ses doigts qu'il crut la lâcher.

Quelque chose le frappa durement au ventre, et il sut qu'il avait été touché. Il ne ressentait aucune douleur, rien qu'une pression très forte, et un élancement de chaleur. Avant que la souffrance ne suive, il fut poussé en arrière, des mannequins s'écroulèrent sur lui. Des piles de boîtes vacillaient et certaines s'écroulaient, un peu plus loin. Harry se retrouva cloué au sol sous un entassement de membres de plâtre, le souffle coupé, luttant pour tenter d'appeler au secours. Mais il n'émettait qu'un vague chuintement et l'odeur du sang montait à ses narines.

Quelqu'un alluma les lumières du grenier : une guirlande d'ampoules suspendues sous l'arête du toit. Harry eut le temps de voir le fou qui faisait partie du poids qui l'écrasait au sol. Il vit sa face de lune entre les corps pâles des mannequins, leurs crânes chauves. Il avait le même regard vide. Et son sourire avait disparu. Ses lèvres étaient maquillées de sang.

Harry savait que personne n'avait éteint mais, apparemment, la clarté des ampoules diminuait de plus en plus. Il essaya encore une fois d'appeler mais le même chuintement monta de sa gorge. Son regard quitta face de lune pour se porter vers les ampoules qui s'obscurcissaient. La dernière chose qu'il vit fut une poutre enveloppée de toiles d'araignée qui pendaient comme les bannières de nations oubliées. Et il s'abîma dans des ténèbres profondes comme les rêves d'un homme mort.

7

Dans le ciel, venant d'ouest-nord-ouest, des nuages menaçants roulaient comme des bataillons de machines de guerre, poussés par les vents d'altitude. La journée était encore tranquille et agréablement douce au sol, mais le ciel bleu, peu à peu, était envahi par l'avant-garde des orages.

Janet Marco gara sa Dodge délabrée au bout de la ruelle. Accompagnée de son fils de cinq ans, Danny, et du chien perdu qu'elle avait recueilli, elle fit le tour des poubelles, cherchant sa survie dans ce que les autres avaient rejeté.

Sur le côté gauche, il y avait un fossé étroit et profond où poussaient d'énormes eucalyptus et un épais taillis. Sur la berge ouest, par contre, des garages s'alignaient, séparés par des barrières de fer forgé et des portails de bois peint. Derrière certains portails, Janet entrevoyait de petits patios, des courettes couvertes de cailloutis, avec des palmiers, des magnolias, des ficus et des fougères d'Australie qui s'épanouissaient dans l'air de l'océan. Toutes les demeures faisaient face au Pacifique, dominant les toits des lotissements inférieurs de Laguna. Pour la plupart, elles avaient trois étages, des piliers de pierre, de stuc, des bardeaux de cèdre blanchis destinés à créer une impression de parfaite habitation de luxe.

C'était un quartier opulent, mais la récolte était à peu près la même que partout ailleurs : des boîtes d'aluminium recyclables pour cinq cents, et des bouteilles consignées. Pourtant, parfois, elle tombait sur un trésor : des sacs de vêtements démodés mais pas usés, des luminaires cassés qui valaient quelques dollars dans n'importe quelle boutique d'occasion, des broches et autres colifichets, des bouquins et des vieux disques qui pouvaient intéresser les collectionneurs.

Danny portait un sac en plastique où Janet jetait les boîtes d'alu. Et un autre où elle mettait les bouteilles.

Le ciel s'assombrissait et, tandis qu'ils avançaient vers le bout de l'allée, Janet jeta un bref regard en direction de la Dodge. Elle essayait constamment de ne jamais trop s'en éloigner. Jamais à plus de deux blocs de distance. Non seulement la voiture était leur moyen de transport, mais aussi un abri contre le soleil ou la pluie, et le seul endroit où ils pouvaient stocker leur maigre récolte. Leur maison.

Janet vivait dans la crainte permanente d'une panne mécanique définitive, irréparable compte tenu de leurs faibles moyens. Mais elle redoutait aussi le vol, parce que, sans la Dodge, ils n'auraient plus de toit, ni d'endroit où dormir.

Elle savait bien qu'il était peu probable que quelqu'un veuille voler une pareille épave. Ou alors, elle aurait affaire à un voleur encore plus misérable qu'elle, ce qu'elle avait du mal à concevoir.

Elle sortit d'une grande poubelle de plastique brun une douzaine de boîtes d'aluminium qui avaient été aplaties et qu'il faudrait séparer pour le recyclage. Elle les mit dans le sac de Danny. Il ne dit rien, le regard solennel. C'était un enfant calme. Son père l'avait rendu muet et, depuis un an que Janet avait rompu avec ce salaud dominateur, Danny n'avait que vaguement récupéré.

Une fois encore, elle regarda derrière elle pour s'assurer que la voiture était toujours là.

L'ombre des nuages avait envahi l'allée et la brise qui s'était levée portait l'odeur saline du Pacifique. Au loin, le tonnerre roula comme une lame mince.

Elle s'approcha de la poubelle suivante, toujours suivie par Danny.

Le chien, que Danny avait appelé Wouf, renifla longuement entre les poubelles avant de trottiner vers un portail voisin et de glisser la truffe entre les barreaux en remuant la queue. Wouf était un corniaud sympa, bien élevé, qui ressemblait un peu à un épagneul au poil brun et noir, et une bonne gueule. Mais si Janet acceptait de le nourrir, c'était uniquement parce qu'il avait fait tellement sourire son fils depuis quelques jours. Jusqu'à l'arrivée de Wouf, elle avait failli oublier que Danny pouvait sourire comme ça.

Une fois encore, elle vérifia que sa Dodge était toujours là.

Puis, elle se tourna vers l'extrémité de la ruelle, et vers les grands eucalyptus aux troncs pelés. Elle ne redoutait pas seulement les voleurs de voitures ou les résidents du coin qui n'appréciaient pas qu'elle fouille dans les poubelles. Elle craignait ce flic qui la persécutait depuis quelque temps. Non. Ça n'était pas vraiment un flic. Il se faisait passer pour un flic. Il avait des yeux bizarres, un visage plein de taches de rousseur qui se transformait souvent en un masque de cauchemar...

Janet Marco avait une religion : la peur. Elle avait été élevée dans cette foi cruelle sans en avoir conscience.

Elle avait les mêmes émerveillements et les mêmes ravissements que n'importe quel enfant. Mais ses parents étaient alcooliques, et leur communion avec les spiritueux avait éveillé en eux une rage démente et une propension au sadisme. Ils avaient instruit Janet dans les dogmes et doctrines du culte de la peur. On lui avait appris l'existence d'un seul dieu qui n'était ni une personne spécifique ni une puissance. Pour elle, Dieu était simplement le pouvoir, et quiconque l'exerçait était automatiquement élevé au statut de déité.

Il n'y avait rien de surprenant à ce qu'elle ait été asservie par la brute, le monstre dominateur qu'était Vince Marco dès qu'elle avait eu l'âge d'échapper à ses parents. Elle était déjà une victime désignée, elle avait besoin d'oppression. Vince était fainéant, instable, ivrogne, joueur, coureur, mais il montrait une énergie et des dons exceptionnels quand il s'agissait de briser l'esprit d'une femme.

Durant huit ans, ils avaient parcouru tout l'Ouest, sans jamais rester plus de six mois dans la même ville. Vince arrivait à gagner sa vie – pas toujours honnêtement, cependant. Il ne voulait pas que Janet se fasse des amis. Aussi longtemps qu'il serait l'unique présence constante dans sa vie, il en aurait le contrôle absolu. Nul ne pourrait la conseiller et l'encourager à se rebeller.

Du moment qu'elle se montrait soumise et craintive devant lui, les tourments et les coups se faisaient moins durs que lorsqu'elle était stoïque et lui refusait le plaisir de montrer son angoisse. Le dieu de la peur appréciait l'expression visible de la dévotion de ses disciples autant que le Dieu chrétien de l'amour. Et, de façon perverse, la peur était devenue pour Janet un refuge et son unique moyen de défense contre des brutalités plus graves encore.

Elle aurait pu continuer ainsi, jusqu'à n'être plus qu'un animal terrifié et tremblant tapi dans son coin... mais Danny l'avait sauvée. Après sa naissance, elle s'était mise à avoir peur pour lui autant que pour elle. Que deviendrait Danny si Vince, certain soir, allait trop loin dans sa sauvagerie d'alcoolique jusqu'à la battre à mort ? Comment Danny pourrait-il survivre, si petit, si vulnérable ? À certains moments, elle craignait pour lui plus que pour elle. Cela aurait dû augmenter encore son fardeau mais, étrangement, elle en éprouvait un effet libérateur. Vince n'en avait pas conscience, mais il n'était plus désormais l'unique présence dans sa vie. Son enfant, du fait même qu'il existait, était une source de courage, un motif de rébellion.

Mais jamais elle n'aurait eu le courage de rejeter le joug de Vince s'il n'avait levé la main sur le petit garçon. Une nuit, l'année d'avant, alors qu'ils habitaient une maison délabrée sur une pelouse roussie par le soleil dans les faubourgs de Tucson, Vince était revenu puant la bière, la sueur, et le parfum d'une autre. Il avait battu Janet par simple plaisir. Danny avait quatre ans. Il était trop petit pour protéger sa mère mais assez grand pour sentir qu'il devait la défendre. Quand il avait surgi dans la chambre en pyjama et tenté de s'interposer, son père l'avait giflé plusieurs fois, violemment. Quand le petit était tombé, il lui avait donné des coups de pied jusqu'à ce qu'il se traîne en rampant jusque dans la cour, en sanglots, terrifié.

Janet avait supporté les coups mais, plus tard, après que son mari et son fils se furent endormis, elle était allée jusqu'à la cuisine, et elle avait pris un couteau sur le râtelier, près de la cuisinière. Pour la première et dernière fois de sa vie elle n'éprouvait aucune peur. Elle avait regagné la chambre et elle avait poignardé Vince plusieurs fois, à la gorge, dans le cou, la poitrine, l'estomac. Il s'était réveillé au premier coup, il avait voulu crier, mais il n'avait émis qu'un gargouillement en crachant un flot de sang. Il n'avait résisté que brièvement.

Après s'être assurée que Danny ne s'était pas réveillé, Janet avait enveloppé Vince dans les draps souillés, elle les avait noués sur ses chevilles et son cou avec de la corde à linge, puis elle l'avait traîné dehors.

La lune paraissait clignoter sous les nuages qui étaient comme autant de galions faisant route vers l'est, dans l'océan du ciel. Mais Janet ne craignait pas d'être vue. Les maisons étaient très espacées au long de la fédérale, et il n'y avait pas une seule fenêtre éclairée dans les plus proches.

Elle savait que la police pourrait lui enlever Danny tout comme Vince l'aurait fait, et elle avança dans le désert qui s'étendait sous la nuit vers les montagnes lointaines. Elle trébuchait et peinait entre les buissons de mesquite et les broussailles, les cuvettes de sable mou et les plaques de schiste.

Quand la lune froide brillait dans le ciel ouvert, elle révélait un paysage hostile d'ombres dures, de formes d'albâtre acérées. C'est dans l'ombre dense d'un *arroyo* creusé par des siècles d'inondations que Janet abandonna le cadavre.

Elle arracha les draps qu'elle enfouit, mais n'enterra pas le corps, en espérant que les vautours et autres charognards nocturnes le nettoieraient jusqu'aux os. Quand ils auraient rongé et picoré tout ce qui restait de chair tendre sur les doigts de Vince, quand le soleil et la vermine en auraient fini, on ne pourrait plus l'identifier que par sa denture. Mais Vince n'avait que rarement consulté un dentiste, et jamais deux fois le même, et la police n'aurait aucun dossier. Avec un peu de chance, le squelette ne serait pas découvert avant la prochaine saison des pluies, et il serait alors emporté, dispersé à des kilomètres de distance, rejoindrait d'autres détritus oubliés, disparus.

Cette même nuit, Janet rassembla le peu de biens qu'ils avaient et partit avec Danny à bord de la Dodge. Elle n'avait aucune idée de sa destination. Elle franchit la frontière de la Californie et roula jusqu'au comté d'Orange. Il avait fallu que ce fût leur destination finale, parce qu'elle n'avait plus d'argent pour faire le plein. Mais elle avait voulu aller aussi loin que possible du cadavre abandonné dans le désert.

Personne à Tucson ne s'inquiéterait au sujet de Vince. Il changeait toujours d'endroit. Bouger sans jamais avoir un point d'amarrage, ç'avait été sa vie.

Mais Janet redoutait de demander du secours ou n'importe quelle forme d'assistance. On pourrait lui demander où était son mari, et elle ne pensait pas qu'elle saurait mentir de façon convaincante.

Et puis, il y avait toujours un risque que, malgré les charognards et le terrible soleil de l'Arizona, quelqu'un soit tombé sur le corps de Vince avant qu'il soit complètement non identifiable. Si sa veuve et son fils refaisaient surface en Californie et demandaient une aide fédérale, on établirait peut-être un rapport dans un ordinateur, et une assistante sociale plus zélée qu'une autre préviendrait les flics. Avec sa tendance à se plier devant quiconque possédait une autorité sur elle – tendance qui n'avait été que vaguement améliorée par le meurtre de son mari –, Janet avait peu de chance d'échapper à une enquête.

Et on lui enlèverait alors Danny.
Ce qu'elle ne pouvait accepter. Pour rien au monde.
Avec pour unique maison la Dodge déglinguée et rouillée, Janet Marco avait découvert qu'elle avait un talent certain pour survivre dans les rues. Elle n'était pas stupide. Mais elle n'avait encore jamais eu l'occasion d'exercer son intelligence. La société dans laquelle elle vivait aurait pu nourrir le tiers monde avec ses rebuts, et Janet avait acquis un certain degré précaire de sécurité auquel elle se cramponnait. Elle arrivait à les nourrir, elle et son fils, en n'ayant que rarement recours aux repas d'associations caritatives.
Elle avait appris que la peur dans laquelle elle avait si longtemps grandi pouvait l'immobiliser. Mais aussi la motiver.

La brise était fraîche à présent. Elle devenait même un vent qui soufflait en bourrasques espacées. Le roulement du tonnerre était encore lointain mais plus fort. À l'est, seule une lanière de ciel bleu apparaissait, et diminuait aussi vite que l'espoir.
Après avoir exploité les poubelles de deux blocs de résidences, Janet et Danny retournèrent vers la Dodge, précédés par Wouf.
À mi-chemin, le chien s'arrêta net et pencha la tête comme s'il venait d'entendre quelque chose dans le murmure du vent et le bruissement des eucalyptus. Il gronda, apparemment intrigué, puis se retourna et courut vers Janet. Il montrait les crocs et son grondement devint plus sourd.
Elle savait ce qui avait alerté Wouf. Elle n'avait pas besoin de regarder.
Pourtant, elle se sentit obligée de se retourner et d'affronter la menace. Pour Danny plus que pour elle. Le flic de Laguna Beach, *ce flic-là,* se tenait à moins de trois mètres de distance.
Il souriait, mais il souriait toujours quand il se montrait. Un sourire affable dans un visage gentil, avec de beaux yeux bleus.
Et, comme d'habitude, il n'y avait pas de voiture de patrouille dans le coin, et rien n'indiquait comment il avait pu arriver comme ça dans la ruelle. Comme s'il avait guetté Janet, caché entre les troncs des eucalyptus, parfaitement conscient que ses fouilles allaient la ramener à cet endroit précis, et à cette heure.

– Comment ça va, ma p'tite dame ? demanda-t-il de sa voix absolument gentille, presque musicale.

Janet ne répondit pas.

La dernière fois qu'il l'avait accostée, la semaine dernière, elle lui avait répondu timidement, nerveusement, en évitant son regard, douloureusement respectueuse de l'autorité comme elle l'avait été toute sa vie – si l'on exceptait cette nuit sanglante de Tucson. Mais elle avait très vite découvert qu'il n'était pas ce qu'il semblait être, et qu'il préférait le monologue au dialogue.

– On dirait bien qu'il va pleuvoir, reprit-il en levant les yeux.

Danny se serrait contre sa mère. Elle l'entoura de son bras libre et le sentit frissonner.

Elle aussi frissonnait. Elle espérait que son fils ne s'en apercevrait pas.

Wouf continuait à montrer les crocs en grondant.

Le regard du flic quitta le ciel tourmenté pour revenir à Janet, et il ajouta sur le même ton musical :

– Bon, on arrête les conneries. On va rigoler, maintenant. Voilà... tu as jusqu'à l'aube. Compris ? Mmm ? À l'aube, je te tuerai, toi et ton garçon.

Sa menace ne surprit pas Janet. Tous ceux qui avaient eu de l'autorité sur elle s'étaient comportés en dieux cruels. Elle s'attendait toujours à la violence, à la souffrance, à la mort imminente. Quiconque doté de pouvoir l'aurait surprise en montrant de la gentillesse, car la gentillesse était infiniment plus rare que la haine et la cruauté.

Le flic souriait toujours, mais son visage d'Irlandais, marqué de taches de rousseur, n'était absolument plus amical. Il était plus glacé que le vent qui venait du Pacifique, précédant la tempête.

– Tu m'as entendu, espèce de pute stupide ?

Elle ne dit rien.

– Est-ce que tu te dirais par hasard que tu peux ficher le camp, aller à Los Angeles, et que je ne t'y retrouverai pas ?

Ce genre d'idée lui était venue. Los Angeles, ou bien vers le sud, San Diego.

– Mais oui, c'est ça, essaie donc. Ça sera encore plus drôle pour moi. Cours, résiste. Où que tu ailles, je te retrouverai, mais ça sera tellement plus excitant.

Janet le croyait. Elle avait été capable de fuir ses

parents, et aussi Vince, en le tuant, mais elle avait rencontré non pas l'un des dieux de la peur qui régnaient sur son existence, mais *Le* dieu dont les pouvoirs dépassaient sa compréhension.

Les yeux du flic changeaient. Ils n'étaient plus bleus, à présent, mais d'un vert électrique.

Une bourrasque s'engouffra soudain dans la ruelle, soulevant les feuilles mortes et les vieux journaux.

Les yeux du flic semblaient lumineux, comme s'il y avait un grand feu sous son crâne. Et ses pupilles s'étaient transformées. Elles étaient allongées comme celles d'un chat.

Le grondement de Wouf se changea en geignement d'effroi.

Dans le fossé, les eucalyptus bruissèrent sous le vent, puis mugirent comme une foule en colère.

Janet eut le sentiment que la créature qui se présentait sous l'apparence d'un flic venait de commander au vent afin d'appuyer sa menace, mais elle n'était pas convaincue qu'il eût autant de pouvoir.

– Quand je viendrai vous chercher, au lever du soleil, je vous ouvrirai et je dévorerai votre cœur.

Sa voix avait changé comme ses yeux. Elle était profonde, rocailleuse, imprégnée d'une méchanceté qui ne pouvait venir que de l'enfer.

Il fit un pas vers eux.

Janet recula de deux pas, en entraînant Danny. Son cœur battait si fort qu'elle était convaincue que son tourmenteur devait l'entendre.

Le chien, lui aussi, avait reculé, gémissant et grondant, la queue entre les pattes.

– À l'aube, pauvre pute. Toi et ton sale morveux. Dans seize heures. Seize heures seulement. Tic-tac... Tic-tac... Tic-tac...

Le vent mourut un instant. Le monde entier était silencieux. Les arbres étaient immobiles et le tonnerre s'était arrêté.

À droite de Janet, à trente centimètres de son visage, une brindille d'eucalyptus aux longues feuilles était suspendue, abandonnée par le vent qui l'avait portée jusque-là, magique. Elle ressemblait à ce scorpion pris dans le presse-papier en résine acrylique que Vince avait acheté dans une station-service en Arizona.

Le visage tacheté du flic s'étira et se gonfla avec une

élasticité stupéfiante, comme un masque de caoutchouc dans lequel on aurait soufflé. Ses yeux de chat semblaient sur le point de jaillir de son crâne affreusement déformé.

Janet aurait voulu courir jusqu'à la Dodge, son refuge, sa maison, fermer la porte et démarrer à toute allure. Mais elle ne le pouvait pas. Il était impossible de lui tourner le dos. Elle savait qu'il la déchirerait malgré le délai de seize heures qu'il avait promis : il voulait qu'elle assiste à sa transformation, il l'exigeait, et il serait furieux si elle l'ignorait.

Ceux qui avaient le pouvoir en tiraient orgueil. Les dieux de la peur avaient besoin de parader, d'être admirés, pour voir à quel point leur puissance écrasait et terrorisait ceux qui leur étaient inférieurs.

Le visage distendu du flic fondit, ses traits fusionnèrent, ses yeux se liquéfièrent en deux mares d'huile rouge qui déborda et se déversa sur ses joues boursouflées jusqu'à ce qu'il n'ait plus que ses orbites. Son nez glissa vers sa bouche, ses lèvres de fendirent jusqu'à son menton et ses maxillaires, et il ne fut plus qu'une masse informe et suintante. Mais sa chair malaxée comme de la cire ne coulait pas sur le sol, et la chaleur n'était probablement qu'une illusion.

Tout cela, après tout, n'était sans doute qu'une illusion, un effet d'hypnose. Ce qui pouvait expliquer beaucoup de choses, tout en soulevant d'autres questions, bien sûr.

Une pulsation agitait son corps, maintenant. Il se convulsait sous son uniforme qui, lui-même, finit par se dissoudre dans son corps. Ses vêtements, en fait, semblaient n'avoir été qu'une part de lui. Brièvement, cette forme nouvelle qu'il avait prise se couvrit d'une toison noire. Une tête immense et allongée poussa à l'extrémité de son cou puissant, ses épaules se tordirent et se voûtèrent. Il avait des yeux jaunes maléfiques, des dents aiguës et féroces, des mâchoires massives : un loup-garou de cinéma.

Quatre fois déjà, elle avait assisté à cette chose, chaque fois différemment, comme s'il voulait l'impressionner par l'étendue de son répertoire. Mais elle n'était pas préparée à ce qu'il était en train de devenir maintenant. Il abandonna sa forme de loup avant même qu'elle ne soit achevée, et reprit une forme humaine, mais il n'était plus un flic. Il était Vince. Même si les traits de son visage étaient encore à demi achevés, elle savait qu'il allait lui apparaître comme son époux mort. Il avait les mêmes cheveux bruns, le même front, les mêmes yeux pâles et mauvais.

Cette résurrection de Vince, abandonné dans les sables d'Arizona un an auparavant, secoua Janet plus fortement que tout ce que la créature avait fait jusqu'alors. Et elle poussa un cri de peur. Danny lui aussi cria et se serra plus fort contre elle.

Wouf n'avait pas le caractère capricieux d'un chien errant. Il cessa de gémir et réagit comme il l'avait fait depuis que Janet l'avait recueilli. En montrant les crocs et en grondant.

Le visage de Vince restait à demi formé, mais son corps se dessinait plus nettement. Il était nu, comme à l'instant où elle l'avait attaqué dans le lit. Sur son cou, sa poitrine et son ventre, il avait les blessures des coups de couteau de cuisine. Elles étaient béantes, elles ne saignaient pas, mais elles étaient sombres et atroces.

Vince leva un bras vers elle.

Le chien attaqua. Sa vie sans collier à travers les rues n'avait en rien affaibli Wouf. C'était un animal musclé et puissant et, quand il se jeta sur l'apparition, il parut s'envoler comme un oiseau de proie.

Son grondement fut interrompu net, et il resta suspendu en plein bond de façon surnaturelle, le corps arqué en plein élan, comme une image vidéo interrompue sur « pause ». Figé. Glacé. L'écume brillait comme du gel sur ses babines et dans le poil autour de sa gueule. Ses crocs étaient comme des rangées de stalactites de glace.

L'atmosphère semblait s'être cristallisée autour de la brindille d'eucalyptus, à droite de Janet, et son chien, à gauche. Wouf, dans son bond courageux, était pris au piège de l'éternité. Mais Janet sut reprendre son souffle.

Toujours à demi formé, Vince fit un pas vers elle, dépassant le chien.

Janet se retourna et se mit à courir en entraînant Danny, s'attendant à être paralysée à chaque foulée. Qu'est-ce qu'elle ressentirait ? Est-ce qu'elle serait projetée dans les ténèbres ou bien Vince surgirait-il derrière elle pour la regarder dans les yeux ? Allait-elle sombrer dans un monde de silence ou continuer d'entendre la voix abjecte de l'homme mort ? Est-ce qu'elle sentirait la pluie de coups qui allait s'abattre sur elle ou serait-elle aussi insensible que la brindille d'eucalyptus ?

Pareil à une inondation brutale, le vent envahit la ruelle et faillit la renverser. Le monde était de nouveau bruyant.

Elle pivota brusquement, à temps pour voir Wouf retrouver la vie et achever son bond. Mais il n'avait plus d'adversaire devant lui. Vince avait disparu. Il atterrit sur les pavés, dérapa, roula sur lui-même et se remit aussitôt sur ses pattes en tournant la tête de tous côtés, effrayé et déconcerté, cherchant cette proie qui avait disparu.

Danny pleurait.

La menace semblait être passée. Dans le fond de la ruelle, il n'y avait plus que Janet, son petit garçon et le chien. Néanmoins, elle entraîna rapidement Danny jusqu'à la voiture, jetant des regards inquiets vers les ombres, s'attendant que le troll ressorte de son repaire, avide de leur dévorer le cœur plus tôt qu'il ne l'avait annoncé.

Un éclair stria le ciel. Le tonnerre roula, plus fort et plus près.

L'odeur de la pluie monta dans l'air. Et la touche acide d'ozone rappela à Janet l'odeur du sang frais.

8.

Harry Lyon était installé à une table d'angle, au fond du restaurant à hamburgers, serrant un verre d'eau dans la main droite, la main gauche crispée sur la cuisse. De temps en temps, il buvait une gorgée, et chacune semblait plus froide que la précédente, comme si le verre se gelait entre ses doigts.

Il promena les yeux sur les meubles renversés, les plantes écrasées, les fragments de verre, la nourriture répandue, et le sang qui se coagulait. On avait évacué les neuf blessés, mais les deux morts étaient encore là où ils étaient tombés. Un photographe de la police et deux techniciens du labo s'étaient mis au travail.

Harry avait conscience de la salle, des gens autour de lui, des flashes, mais il voyait plus nettement encore la face de lune du tueur qui le regardait entre les membres enchevêtrés des mannequins. Ses lèvres entrouvertes et ensanglantées. Les deux fenêtres de ses yeux, l'aperçu de l'enfer.

Il n'était pas moins surpris d'être encore en vie que lorsqu'il avait repoussé le corps de l'autre et les mannequins qui l'écrasaient. Il avait encore le ventre douloureux à l'endroit où la main de plâtre d'un mannequin s'était enfoncée sous le poids du tueur. Il avait cru sur le moment qu'il avait été touché. Le type avait fait feu par deux fois à courte portée, mais il était évident que les projectiles avaient été déviés par la barrière des mannequins.

Et trois des balles qu'il avait tirées avaient causé des blessures mortelles.

Des inspecteurs en civil et des techniciens allaient et venaient entre la cuisine ravagée, le second étage et le grenier. Certains s'arrêtaient pour lui dire quelques mots ou lui tapoter l'épaule.

– Beau boulot, Harry.

– Tu vas bien, Harry ?

– Ça c'est du travail, vieux.

– T'as besoin de quelque chose, Harry ?

– Tu parles d'un beau merdier, hein, Harry ?

Il marmonnait « merci », « oui », ou « non », hochait la tête. Il n'était pas prêt à discuter avec les autres, et certainement pas à être un héros.

Une foule s'était formée à l'extérieur, agglutinée contre les barrières dressées par la police. Toutes les têtes se levaient vers les fenêtres, brisées ou non. Il essayait d'ignorer tous ces gens, parce qu'ils étaient trop nombreux à ressembler au dingue, avec leurs regards fiévreux, leurs visages banals et aimables qui ne cachaient pas vraiment des appétits bizarres.

Connie sortit de la cuisine, s'empara d'une chaise renversée et s'installa près de lui. Elle ouvrit un petit carnet et lut :

– Il s'appelait James Ordegard. Trente-deux ans. Célibataire. Il habitait Laguna. Ingénieur. Pas de dossier. Ni même de poursuites pour des amendes.

– Quel rapport pouvait-il avoir avec ce resto ? Est-ce que son ex ou sa petite amie travaillent ici ?

– Non. Jusqu'à maintenant, on n'a trouvé aucun rapport. Personne ne l'a jamais vu.

– Il a laissé un mot d'adieu ?

– Non. Ça ressemble à une crise de violence.
– On a parlé à l'un de ses collègues ?
Connie acquiesça.
– Oui. Ils sont effondrés. C'était un bon ingénieur, un type agréable à...
– Le citoyen modèle.
– C'est ce qu'ils disent.
Le photographe prit encore des clichés du corps le plus proche – une jeune femme dans la trentaine. Entre deux éclairs, Harry prit conscience que les baies s'étaient assombries depuis qu'ils étaient entrés pour déjeuner.
– Il a des amis, de la famille ?
– Nous avons des noms, mais nous n'avons encore contacté personne. Ses voisins non plus. (Connie referma son carnet.) Comment ça va ?
– Je me sens mieux.
– Et le ventre ?
– Presque normal. Je crois que ça sera plus dur demain. Mais où est-ce qu'il a pu se procurer des grenades, merde ?
Elle haussa les épaules.
– Ça, on finira bien par le découvrir.
La troisième grenade, qui avait été lâchée de la trappe du grenier, avait pris un agent de police de Laguna Beach par surprise. Il était au Hoag Hospital, luttant contre la mort.
– Des grenades, répéta Harry, toujours incrédule. Vous avez déjà entendu parler d'un truc pareil ?
Immédiatement, il regretta sa question. Il venait de la lancer sur son sujet préféré – la crise continue des Nouveaux Âges obscurs.
Connie plissa le front.
– Si j'ai déjà entendu parler d'un truc pareil ? Pas exactement, je pense, mais pire, bien pire encore. L'année dernière, à Nashville, une femme a assassiné son ami handicapé en mettant le feu à sa chaise roulante.
Harry soupira.
– Huit adolescents de Boston ont violé et tué une femme. Et vous savez quelle a été leur excuse ? Ils s'ennuyaient. C'était la faute à la ville, vous comprenez ? Parce qu'elle ne fournit pas assez de loisirs gratuits aux jeunes.
Il jeta un regard vers la foule amassée derrière les barrières, puis revint à Connie.

– Pourquoi vous collectionnez ces charmants petits contes ?

– Écoutez, Harry, nous sommes dans l'Âge du Chaos. Il faut vivre avec son temps.

– Je ferais peut-être bien de rester un vieux chnoque.

– Pour être un bon flic des années quatre-vingt-dix, il faut en faire partie. Être en phase avec les rythmes de destruction. La civilisation s'écroule autour de nous. Tout le monde veut des privilèges, mais pas de responsabilités, alors le centre ne résistera pas. Il faut savoir quand on doit violer une règle pour sauver le système – comme surfer sur les déferlantes en folie.

Il se contentait de la regarder, ce qui était assez facile, bien plus facile que de réfléchir à ce qu'elle venait de dire, car il avait très peur qu'elle n'ait raison. Il n'arrivait pas à y penser. Il ne le voulait pas. Pas maintenant, en tout cas. Son joli visage était un soulagement bienvenu.

Connie Gulliver ne correspondait pas aux normes américaines courantes de la beauté absolue telles qu'elles étaient définies par les pétasses des pubs de bière à la télé. Elle ne possédait pas non plus ce charme exotique et torride des rock stars femelles avec leurs poitrines de mutantes et les quatre kilos de maquillage qui faisaient vibrer toute une génération de jeunes mâles. Elle était attirante. Du moins aux yeux de Harry. Il ne lui portait pas d'intérêt sentimental. Non. Mais c'était un homme, Connie était une femme, et ils travaillaient ensemble. Aussi était-il naturel qu'il remarque que son abondante chevelure brun sombre avait un éclat soyeux, même si elle se coiffait souvent court et se peignait avec les doigts. Ses yeux étaient d'un bleu étrange, presque mauve sous certains angles, et ils auraient pu être fascinants sans cet éclat particulier, vigilant et soupçonneux, propre aux flics.

Elle avait trente-trois ans, quatre ans de moins que Harry. À certains moments, très rares, quand elle abaissait sa garde, elle n'en paraissait que vingt-cinq. Mais la plupart du temps, la sombre sagesse qu'elle avait acquise en travaillant dans la police la faisait paraître plus vieille que son âge.

– Qu'est-ce que vous regardez comme ça ? dit-elle.

– Je me demandais si vous étiez aussi dure à l'intérieur que vous prétendez l'être.

– Vous devriez déjà le savoir.

– C'est justement ça : je devrais le savoir.
– Pas de numéro freudien avec moi, Harry.
– Je n'en ai pas l'intention.
Il but une gorgée d'eau.
– C'est une chose que j'aime chez vous : vous n'essayez pas de psychanalyser tout le monde, dit-elle. Tout ça, c'est un tas de conneries.
– Je suis d'accord.
Il n'était pas surpris de découvrir qu'ils étaient d'accord sur un point. Malgré toutes leurs différences, ils se ressemblaient suffisamment pour faire une bonne équipe. Mais à cause de la réticence de Connie à se livrer, il ne savait pas s'ils avaient abouti aux mêmes opinions pour des raisons similaires – ou totalement opposées.
Parfois, il lui semblait important de comprendre pourquoi elle s'accrochait à certaines convictions. Mais, à d'autres instants, il était tout aussi certain qu'en développant une certaine intimité, ils ne feraient que détériorer leurs relations. Et il détestait le désordre. Il était souvent plus sage d'éviter la familiarité dans une association professionnelle, de maintenir une distance, une zone tampon – surtout quand l'un et l'autre des partenaires portaient des armes à feu.
Le tonnerre roula dans le lointain.
Un souffle d'air frais s'infiltra dans le restaurant par la baie fracassée. Des serviettes flottèrent jusqu'au parquet.
La perspective de la pluie séduisait Harry. Le monde avait besoin d'être lavé, rafraîchi.
– Vous allez demander un massage mental ? demanda Connie.
Quand ils avaient participé à une fusillade, on les encourageait à voir le conseiller psy.
– Non, dit Harry. Je me sens bien.
– Pourquoi vous ne vous arrachez pas pour rentrer chez vous ?
– Je ne peux pas tout vous laisser sur le dos.
– Je peux me débrouiller ici.
– Et la paperasse ?
– Ça aussi, je peux le faire.
– Oui, mais il y a toujours plein de fautes de frappe dans vos rapports.
Elle secoua la tête.
– Harry, relaxez-vous un peu.

– Tout ça se fait sur ordinateur, mais vous ne savez même pas vous servir du programme de corrections.

– On m'a balancé des grenades dessus. J'en ai rien à foutre du programme de corrections.

Il hocha la tête et se leva.

– Je vais retourner au bureau et commencer le rapport.

Deux types de la morgue en veste blanche entrèrent, accompagnés par un nouveau roulement de tonnerre, et s'approchèrent du cadavre de la femme. Ils s'apprêtèrent à l'évacuer, sous la surveillance d'un assistant du coroner.

Connie tendit son carnet à Harry. Pour rédiger le rapport, il aurait besoin des détails qu'elle avait rassemblés.

– À plus tard, dit-elle.

– À plus tard.

L'un des employés de la morgue déployait un sac opaque qui avait été plié tellement serré que, en se séparant, les couches de plastique firent un bruit de craquement déplaisant, presque organique.

Harry fut surpris par la nausée qui montait soudain en lui.

La femme avait été allongée sur le ventre, la tête tournée hors de sa vue. Il avait entendu un des inspecteurs expliquer qu'elle avait été touchée au visage et à la poitrine. Et il ne tenait pas à la voir quand on la ferait rouler pour la mettre dans le sac.

Il fit un effort pour refouler sa nausée et se dirigea vers la porte.

– Harry ? dit Connie.

Il se retourna à regret.

– Merci.

– Merci à vous aussi, dit-il.

Et ce serait probablement la seule allusion au fait qu'ils n'avaient survécu l'un et l'autre que parce qu'ils formaient une bonne équipe.

En s'avançant vers la porte, il ressentit le poids des regards. Derrière lui, il y eut un bruit humide de succion : on venait de retourner la femme de sa gangue de sang coagulé.

Quelquefois, il n'arrivait plus à se rappeler pourquoi il était devenu flic. Ce n'était pas une carrière mais un acte de folie.

Il se demandait aussi ce qu'il serait devenu s'il n'était

pas entré dans la police mais, régulièrement, son esprit éludait la question. Il existait peut-être une chose que l'on pouvait appeler la *destinée*, une puissance infiniment supérieure à celle qui conduisait la Terre autour du Soleil, qui gardait les planètes en place. Elle déplaçait les hommes et les femmes dans le cours de leurs vies comme des pièces sur un jeu. Et le libre arbitre n'était sans doute qu'une illusion désespérée.

L'agent en uniforme s'effaça pour le laisser sortir et lui dit :

– On est dans un zoo.

Harry ne sut pas si le flic faisait allusion à l'existence en général ou simplement à la foule des badauds qui attendaient dehors.

Il faisait nettement plus frais que lorsque Connie et lui étaient entrés pour déjeuner. Au-dessus de l'écran des arbres, le ciel était gris comme le granit des tombes.

Derrière les chevaux de frise de la police et la barrière de ruban jaune du périmètre de sécurité, il y avait bien soixante ou quatre-vingts personnes qui jouaient des coudes et dressaient la tête pour essayer de mieux voir la scène du carnage. Des jeunes avec des coiffures *new-wave*, des gens âgés, des hommes d'affaires en costume strict, des plagistes en bermuda et chemise hawaïenne. Quelques-uns grignotaient des barres chocolatées qu'ils avaient achetées à la boulangerie du coin, et tous avaient l'air joyeux, comme s'ils étaient certains de ne jamais mourir.

Harry éprouva le sentiment pénible que la foule s'intéressait soudain à lui dès qu'il sortit du restaurant. Et il évita les regards. Il ne voulait pas découvrir le vide qu'il pouvait y avoir derrière leurs yeux.

Le trottoir était désert, parsemé de débris de verre. Harry s'avançait vers la droite quand un jeune type d'environ vingt ans se glissa sous la barrière de ruban jaune, entre deux arbres. Il traversa le trottoir comme s'il n'avait pas prêté attention à Harry, les yeux fixés sur l'intérieur du restaurant.

– S'il vous plaît, restez derrière la barrière, dit Harry.

L'autre, qui ressemblait en fait plutôt à un gamin avec ses tennis usés, son jean et son T-shirt où figurait l'inscription « Bière Tecate », s'arrêta devant la baie fracassée, comme s'il n'avait pas entendu. Il observait un point précis.

Harry se détourna et vit les deux employés de la morgue occupés à glisser le corps de la femme dans le sac.

– Je t'ai dit de rester derrière la barrière, répéta Harry.

Ils étaient tout près l'un de l'autre. L'adolescent devait faire cinq centimètres de moins que Harry. Il était mince, les cheveux drus, très noirs. Il ne quittait pas le cadavre du regard, apparemment inconscient de la présence de Harry.

– Tu m'as entendu ?

Le gamin ne répondait toujours pas, les lèvres entrouvertes avec une expression avide, le regard vitreux, comme s'il était hypnotisé.

Harry lui posa la main sur l'épaule.

Lentement, le gamin tourna la tête, mais son regard restait bizarre, comme si ses yeux voyaient *à travers* Harry. Ils étaient gris comme de l'argent terni. Lentement, il sortit une langue bien rose et se lècha la lèvre inférieure, comme s'il venait de découvrir une saveur agréable.

Le fait que l'autre voyou ne l'entendait pas ou même l'arrogance de son regard creux ne pouvaient expliquer la réaction de Harry. C'était peut-être, de façon irrationnelle, cette langue obscène qui mouillait sa lèvre qui le fit exploser. Brutalement, il eut envie de cogner sur ce visage, d'écraser ces lèvres, de lui casser quelques dents, de le foutre à genoux, de faire éclater son insolence et de lui apprendre la valeur de la vie et le respect des morts.

Il l'agrippa et, avant même d'avoir conscience de ce qu'il faisait, il traînait l'ado loin de la baie. Il le cogna peut-être, ou peut-être pas. Non, il ne le pensait pas, mais il le secoua comme s'il venait de le surprendre en train d'agresser quelqu'un. Il lui tordit le bras et le poussa devant lui, plié en deux. Ils passèrent sous la barrière jaune.

Le gamin tomba violemment sur les mains et les genoux, et les gens s'écartèrent. Il roula sur le flanc et leva des yeux furieux sur Harry tout en essayant de retrouver son souffle. Il avait les cheveux collés sur la figure et son T-shirt était déchiré. Harry remarqua qu'il avait maintenant le regard net et qu'il avait retrouvé toute son attention.

Des murmures excités montaient autour d'eux. Le restaurant était un spectacle passif : le tueur était déjà mort quand ils étaient arrivés, tous. Mais là, il y avait de l'action. C'était comme s'ils avaient réussi à traverser l'écran de leur télé pour entrer au milieu d'un feuilleton policier. En observant leurs visages, Harry devina qu'ils espéraient un scénario dur, violent, une histoire qu'ils pourraient raconter à leur famille, à leurs amis à l'heure du dîner.

Brusquement, son propre comportement le rendit malade, et il s'éloigna. Il marcha rapidement jusqu'à l'angle de l'immeuble et se glissa sous les bandes jaunes à un endroit où il n'y avait aucun rassemblement.

La voiture était garée de l'autre côté du bloc. Il se mit à trembler, puis, très vite, à frissonner violemment.

À mi-chemin de la voiture, il s'arrêta et s'appuya contre le tronc rugueux d'un arbre. Il inspira plusieurs fois, à fond, très lentement.

Le tonnerre effleura la voûte des arbres.

Un tourbillon de vent fit naître un danseur fantôme au milieu de la rue. Il était fait de détritus et de feuilles mortes.

Harry se dit qu'il avait réagi trop durement avec le gamin. Il avait agi comme ça non pas à cause de lui mais de tout ce qui s'était passé dans le restaurant et le grenier. Syndrome de stress à retardement.

Mais c'était plus grave : il avait eu envie de taper sur quelque chose, sur quelqu'un. Homme ou dieu. C'était une réaction de frustration devant la stupidité absolue de tout, l'injustice, la cruauté aveugle du destin. Son esprit tournait en rond comme un oiseau sombre autour de ces deux morts, des blessés, du flic qui se cramponnait à un brin de vie au Hoag Hospital. Autour des maris, des épouses et des parents, des enfants orphelins, des amis dans le chagrin. Toute cette chaîne atroce forgée par chaque mort.

Et le gamin n'avait été qu'une cible trop facile.

Harry savait qu'il aurait dû présenter ses excuses, mais il ne le pouvait pas. Ce n'était pas l'ado qu'il redoutait, mais la foule affamée de sensations.

– Ce sale petit con méritait une leçon, se dit-il, essayant de se justifier.

Il lui avait infligé le genre de traitement que Connie aurait pu lui réserver. Et voilà qu'il parlait comme elle.

... être en phase avec les rythmes de destruction... la civi-

lisation s'écroule autour de nous... il faut savoir quand on doit violer une règle pour sauver le système... surfer sur les déferlantes en folie.

Harry avait horreur de cette attitude.

Ils ne se laisseraient jamais consumer par la violence, la haine, la cupidité, la folie. La compréhension, la raison et la compassion, inévitablement, finiraient par l'emporter. Les temps étaient durs ? D'accord, mais le monde en avait connu d'autres, des millions de gens étaient morts dans les pogroms et les guerres, dans les folies officielles du fascisme ou du communisme, mais il y avait eu aussi quelques précieuses périodes de paix, et des modèles de société qui avaient fonctionné, du moins un certain temps. Donc, l'espoir demeurait toujours.

Il se redressa, étira ses muscles douloureux.

Cette journée avait si bien commencé, pour sombrer très vite dans l'enfer.

Il fallait la rattraper. Et un bon travail de paperasse l'aiderait. Rien de tel que les rapports officiels et les formulaires en triplicata pour rendre le monde ordonné et rationnel.

Le tourbillon de vent continuait d'agglutiner d'autres détritus à la poussière. Le danseur fantôme, auparavant, lui avait paru valser sur le sommet. À présent, il était lancé dans un *boogie* frénétique. À la seconde où Harry s'éloignait d'un pas, la colonne de débris changea de direction et fila vers lui avant d'éclater avec une force surprenante, l'obligeant à fermer les yeux dans une rafale de gravier.

Un instant, il se dit que, comme Dorothy, il allait être emporté par une tornade jusqu'au pays d'Oz. Les branches étaient follement secouées et des feuilles pleuvaient sur lui. Le souffle et les rafales de vent se changèrent brièvement en un ululement aigu – qui se tut abruptement. Suivi par un silence sépulcral.

Une voix s'éleva juste en face de Harry. Grave, râpeuse, étrange :

– Tic-tac.

Il ouvrit les yeux et le regretta.

Un vagabond des rues, un être immense de plus de deux mètres, ignoble, vêtu de loques, se dressait devant lui, à moins d'un mètre. Son visage était atrocement défiguré par des cicatrices et des plaies suppurantes. Ses yeux étroits n'étaient que deux fentes, et des grumeaux blanchâtres fermaient les coins de ses paupières. L'haleine qui filtrait entre ses dents cariées et ses lèvres suintantes était tellement abominable que Harry suffoqua.

– Tic-tac, répéta le vagabond.

Il s'exprimait calmement, mais c'était comme un cri, car sa voix semblait être le seul son dans tout l'univers.

Un silence surnaturel enveloppait le soir.

Harry, impressionné par la taille et la saleté exceptionnelle de l'étranger, se sentit menacé et fit un pas en arrière. Les cheveux graisseux de l'autre étaient couverts de crasse, de brins d'herbe, de feuilles. Et des restes de nourriture étaient incrustés dans les poils de sa barbe hirsute. Il avait les mains noires et poisseuses, les ongles comme du goudron. Un véritable bouillon de culture ambulant qui portait les germes de toutes les maladies possibles, de toutes les horreurs bactériennes.

– Tic-tac, dit le clochard avec un rictus. Tu seras mort dans seize heures.

– Recule, dit Harry.

– Tu seras mort à l'aube.

Et alors, il explosa. Ce ne fut pas comme une grenade. Pas d'onde de choc, pas de chaleur, pas de boum assourdissant, mais seulement la fin soudaine du silence anormal, un afflux violent de vent... Et *whoosh !...* le clochard parut se désintégrer, non pas en morceaux de chair ou en gouttes de sang, mais en cailloux, en poussière, en feuilles, en brindilles, en pétales de fleurs, en mottes de terre, en lambeaux de chiffons, de journaux jaunis, en capsules de bouteilles, en échardes de verre scintillantes, en tickets de cinéma déchirés, en plumes d'oiseaux, en bouts de ficelle, en enveloppes de bonbons, de chewing-gum, en clous rouillés et tordus, en gobelets de carton, en boutons perdus.

La colonne bouillonnante de débris déferla sur Harry. Il fut encore une fois obligé de fermer les yeux quand les restes terrestres du clochard fantastique tombèrent en grêle sur lui.

Et, quand il les rouvrit, il se tourna de tous côtés : le vent-poubelle était tombé, et tout s'était dispersé aux quatre coins du soir. Plus de tourbillon. Plus de danseur fantôme. Pas de clochard.

Harry regarda encore une fois autour de lui, hébété. Son cœur battait avec violence dans sa poitrine.

Une voiture klaxonna dans une autre rue. Un pick-up tourna à l'angle du bloc et s'approcha. De l'autre côté de la rue, un jeune couple passait, main dans la main. La fille rit et ce fut comme un trille de clochettes d'argent.

Soudain, Harry eut conscience que le silence avait été vraiment anormal entre l'apparition et la disparition du géant en loques. En dehors de la voix graveleuse et menaçante du vagabond, des quelques gestes qu'il avait faits, la rue était restée aussi silencieuse que le fond de la mer, l'espace entre les galaxies.

Un éclair creva le ciel. Sur le trottoir, les ombres des branches se contractèrent.

Le tonnerre résonna sur la membrane fragile du ciel, roula plus fortement, la lumière se noircit comme grillée par l'éclair, la température parut chuter de dix degrés en une seconde, et les nuages lourdement chargés se déchirèrent. Une rafale de gouttes énormes s'abattit sur les arbres, crépita sur les voitures et macula très vite la veste de Harry. Le visage éclaboussé, il sentit un froid intense se propager dans tous ses os.

II

1

Le monde paraissait se dissoudre au-delà du pare-brise de la voiture à l'arrêt, comme si les nuages avaient libéré des torrents de solvant universel. La pluie argentée submergeait les vitres, et les arbres, au-dehors, fondaient comme de grands crayons verts. Les piétons passaient furtivement, leurs parapluies multicolores déployés, pour se perdre dans les rideaux gris de l'orage.

Harry Lyon se dit qu'il était en train de se liquéfier, lui aussi, plongé dans une solution d'insensibilité. Il se diluait rapidement. Son mode de raison granitique et de logique d'acier s'érodait et il ne pouvait rien pour empêcher à terme sa désintégration.

Il ne parvenait pas à décider s'il avait réellement vu le vagabond géant ou s'il avait eu une hallucination.

Dieu savait que les sans-logis étaient devenus une sous-classe du paysage américain depuis quelque temps ! Plus le gouvernement augmentait ses allocations pour en réduire le nombre, plus nombreux ils étaient. À tel point qu'ils n'apparaissaient plus comme le résultat d'une certaine politique, ou d'une absence de politique, mais comme un fléau divin. Comme tant d'autres, Harry avait appris à détourner le regard ou à ne pas les voir, parce que apparemment il n'y avait rien qu'il pût faire pour les aider de manière efficace... et aussi parce que leur existence même soulevait des questions troublantes quant à la stabilité de son propre avenir. La plupart étaient pitoyables et inoffensifs. Mais d'autres étaient indéniablement bizarres, le visage marqué par des tics et des contractions de névropathes, ils agissaient sous l'effet de leurs obsessions, le regard fou. Tendus en permanence, ils étaient prêts à la violence. Même dans une ville comme Laguna Beach – que les brochures des agences de voyages décrivaient comme une perle du Pacifique, un nouveau paradis californien – Harry pouvait compter au moins quelques hommes livrés à la rue dont l'apparence et le comportement étaient aussi hostiles que ceux de l'homme surgi du tourbillon de vent.

Mais il doutait quand même d'en rencontrer un seul qui eût les yeux rouges, dépourvus d'iris et de pupilles. Pas plus qu'il ne croyait à la probabilité de trouver un sans-logis capable d'apparaître comme un démon de poussière, d'exploser dans un nuage de détritus emportés par le vent.

Il avait pu tout imaginer.

C'était là une possibilité qu'il n'envisageait qu'avec répugnance. La poursuite et l'exécution de James Ordegard avaient certes été traumatisantes. Mais il ne pouvait croire que le déchaînement de folie sanguinaire d'Ordegard puisse expliquer des hallucinations, des vagabonds aux ongles noirs et à l'haleine fétide.

Si l'ignoble géant était bien réel, alors, d'où venait-il ? Où était-il parti ? Qui était-il ? Quelle maladie ou quel défaut de naissance lui avait laissé ces yeux terrifiants ?

Tic-tac, tic-tac, tu seras mort à l'aube.

Harry mit le contact.

Un travail de paperasserie fastidieux et apaisant l'attendait. Des blancs à remplir, des dossiers à vérifier. Un rapport soigneusement tapé réduirait l'affaire Ordegard à quelques paragraphes bien serrés sur du beau papier blanc, et rien de tout ça ne serait plus aussi inexplicable.

Bien entendu, il ne ferait pas allusion au clochard aux yeux rouges. Ça n'avait aucun rapport avec Ordegard. Et il ne tenait pas à donner à Connie ou aux autres une nouvelle occasion de plaisanter à son sujet. Il était déjà assez fréquemment leur cible : parce qu'il arrivait toujours au bureau en costume-cravate, parce qu'il ne faisait jamais d'écarts de langage dans cette profession où c'était l'usage, parce qu'il faisait toujours référence au règlement et qu'il était obsédé par la présentation impeccable de ses rapports. Plus tard, chez lui, il se dit qu'il ferait peut-être un rapport circonstancié sur le clochard, rien que pour lui, ne serait-ce que pour mettre un peu d'ordre dans cette expérience bizarre et la classer.

Il se regarda dans le rétroviseur.

– Lyon, dit-il à haute voix, tu es un spécimen *ridicule.*

Il mit les essuie-glaces et le monde qui fondait se solidifia.

Le ciel de fin d'après-midi était tellement sombre que les luminaires, qui étaient activés par des palpeurs solaires, s'étaient éclairés dans ce faux crépuscule. Le trottoir luisait. L'eau ruisselait en torrent dans les caniveaux.

Il se dirigea vers le sud par la West Coast Highway mais, au lieu de tourner vers l'est dans Crown Valley Parkway en direction des Projets Spéciaux, il continua. Il passa Ritz Cove, puis la bretelle du Ritz-Carlton Hotel, et roula jusqu'à Dana Point.

Il fut presque surpris en s'arrêtant devant la maison d'Enrique Estefan, bien que son subconscient ait dû savoir où il allait.

La maison d'Enrique était l'un de ces charmants bungalows construits dans les années quarante jusqu'au début des années cinquante, avant que les villas de stuc sans âme vendues sur plan ne soient devenues le choix unique en architecture. Avec ses volets gravés, son bandeau festonné et son toit multipentes, elle avait du caractère. La pluie dégouttait des grandes palmes des dattiers de la cour en façade.

Harry profita d'une brève accalmie pour quitter sa voiture et s'élancer dans l'allée. À l'instant où il grimpait les trois marches de brique qui accédaient au perron, la pluie redoubla. Le vent avait cessé, comme sous l'effet du poids de la pluie.

Entre la balancelle et les chaises de bois blanc à coussins de toile verte, les ombres étaient comme une réunion de vieux amis. Même quand il faisait grand soleil, le perron restait un endroit frais, abrité par la treille de bougainvillées qui montait jusqu'au toit.

Harry pressa le bouton et entendit le carillon à l'intérieur en dépit du crépitement de la pluie.

Un grand lézard sinua jusqu'aux marches et disparut sous l'orage.

Harry attendit patiemment. Enrique Estefan – Ricky pour les amis – ne marchait plus très vite ces temps derniers.

Ricky ouvrit enfin la contre-porte et plissa les yeux, visiblement irrité d'être dérangé. Puis, il sourit.

– Harry, ça me fait plaisir de te voir. (Il ouvrit et s'effaça pour le laisser entrer.) *Vraiment* plaisir, tu sais.

– Je vais m'égoutter un peu, dit Harry en enlevant ses chaussures.

– Ce n'est pas nécessaire.

Harry entra en chaussettes.

– Tu es l'homme le mieux élevé que j'aie rencontré, remarqua Ricky.

– On ne me changera pas : Monsieur bonnes manières, avec menottes et flingue bien astiqué.

Ils se serrèrent la main. Enrique Estefan avait la poigne solide, même s'il avait la main chaude, patinée, maigre, presque usée, toute en phalanges et tendons. C'était comme échanger une poignée de main avec un squelette.

– Viens à la cuisine, proposa Ricky.

Harry le suivit sur le parquet de chêne verni. Ricky traînait les pieds.

Le couloir n'était éclairé que par la cuisine et par la flamme vacillante d'un cierge votif, dans un verre rubis. Il faisait partie d'un autel à la Sainte Mère disposé sur une tablette étroite, contre la paroi. Un miroir dans un cadre d'argent était placé derrière, reflétant la flamme.

– Ça va, Ricky ?

– Pas mal, et toi ?

– Ça pourrait aller mieux, dit Harry.

Bien qu'il fût de la taille de Harry, Ricky semblait un peu plus petit que lui parce qu'il avançait toujours courbé, comme sous un vent furieux. Ses omoplates pointaient sous sa chemise jaune pâle. Son cou semblait décharné sous une nuque fragile comme celle d'un enfant.

La cuisine était plus grande que dans un bungalow ordinaire et bien plus chaleureuse que le couloir : carrelage mexicain, placards en pin, avec une grande baie qui ouvrait sur la cour arrière spacieuse. Il y flottait un parfum de café et une chanson de Kenny G passait à la radio.

– Tu prendras bien une tasse ? demanda Ricky.

– Si tu n'y vois pas d'inconvénient.

– Tu parles. Je viens juste d'en faire.

Tandis que Ricky prenait une tasse et une soucoupe et

les disposait devant lui, puis le servait, Harry l'étudia. Et ce qu'il vit l'inquiéta.

Le visage de son ami était trop émacié, marqué de rides profondes au coin des yeux et de la bouche. Sa peau pendait comme si elle avait perdu toute élasticité. Il avait les yeux chassieux, mais ce n'était peut-être qu'un effet de la couleur jaune de sa chemise. Ses cheveux blancs étaient un peu jaunissants, aussi, de même que la cornée de ses yeux et le teint de son visage.

Il avait considérablement perdu du poids et ses vêtements faisaient des plis. Sa ceinture était au dernier cran et son pantalon pendait aux fesses comme un sac vide.

Enrique Estefan était vieux. Il n'avait que trente-six ans, un an de moins que Harry, mais c'était un vieil homme.

2

La plupart du temps, la femme aveugle ne vivait pas seulement dans les ténèbres mais dans un autre monde, très loin de celui où elle était née. Parfois, ce pays intérieur était un royaume merveilleux et lumineux, avec des châteaux roses ou ambrés, des palais de jade, des appartements dans des tours somptueuses, des résidences de Bel Air aux pelouses verdoyantes. Là, elle était la reine, la maîtresse des lieux – ou encore une actrice célèbre, un *top model*, une romancière à succès, une danseuse. Elle vivait des aventures excitantes, romantiques, stimulantes. Mais parfois, aussi, elle se retrouvait dans l'empire du mal, dans des oubliettes obscures, des catacombes dégoulinantes avec des corps en décomposition, des contrées ravagées, dénudées et grisâtres comme les cratères de la Lune, peuplés de créatures monstrueuses et hostiles. Elle y était toujours en fuite, elle se cachait, tenaillée par la peur, elle n'était plus riche ni célèbre : elle n'avait plus rien et elle avait froid.

Quelquefois, le monde intérieur n'était pas vraiment concret. Il n'était qu'un domaine de couleurs, de sons, de parfums sans forme ni texture réelles, dans lequel elle dérivait, étonnée, surprise. Souvent, il y avait de la musique – Elton John, Three Dog Night, Nilson, Marvin Gaye, Jim Croce : les chansons de son temps – et les couleurs tournoyaient et éclataient pour accompagner la musique, composant un *light show* ébouriffant qui n'avait pas d'égal dans le monde réel.

Même lors de ces phases amorphes, le pays magique qu'elle avait dans la tête pouvait s'assombrir et devenir un lieu d'effroi. Les couleurs coagulaient, devenaient sombres et la musique se faisait discordante, menaçante. Elle avait alors l'impression d'être emportée par une rivière glacée aux eaux tumultueuses, elle étouffait, luttait pour respirer, puis elle refaisait surface, frénétiquement, emplissait ses poumons d'un air fétide, et pleurait et priait pour que la rivière la rejette sur une berge tiède et sèche.

Et d'autres fois, comme à présent, elle émergeait des mondes faux qui étaient en elle pour prendre conscience de la réalité dans laquelle elle vivait. Des voix étouffées dans les couloirs et les pièces voisines. Le crissement des semelles. L'odeur de pin du désinfectant, des produits de soin, et aussi (mais pas en cet instant) les relents aigres d'urine. Elle était emmaillotée dans des draps propres et amidonnés, frais sur son corps fiévreux. Elle dégagea son bras droit et sentit l'acier froid de la barre de sécurité de son lit d'hôpital.

Elle fut tout d'abord intriguée par un son étrange qu'elle ne parvenait pas à identifier. Elle n'essaya pas de se redresser et se contenta de se maintenir à la barre, parfaitement immobile, guettant ce qui lui avait paru être initialement la rumeur d'une foule dans une arène lointaine. Non. Ça n'était pas une foule. C'était un feu. Le bruit chuintant-sifflant-craquant d'un feu dévorant. Son cœur se mit à battre très fort, mais elle reconnut enfin le feu pour ce qu'il était vraiment : son opposé. La cataracte énorme d'une pluie d'orage.

Elle se détendit quelque peu – mais elle perçut alors un froissement d'étoffe, et se figea à nouveau, sur ses gardes.

– Qui est là ? demanda-t-elle, et fut surprise d'entendre sa voix si épaisse et embrouillée.

– Ah, Jennifer : vous voilà revenue.

Jennifer. Je m'appelle Jennifer.

La voix était féminine. La femme devait être d'âge moyen, avec un ton personnel mais sincère.

Jennifer faillit reconnaître cette voix. Elle savait qu'elle l'avait déjà entendue auparavant, mais elle n'était pas calmée pour autant.

– Qui êtes-vous ? demanda-t-elle.

Elle était déconcertée de ne pouvoir articuler correctement.

– Mais c'est Margaret, chérie.

Des semelles de caoutchouc qui approchaient.

Jennifer se crispa, s'attendant à recevoir un coup, mais sans savoir pourquoi.

Une main lui saisit le poignet droit et elle tressaillit.

– Du calme, chérie. Je veux seulement prendre votre pouls.

Jennifer s'efforça de se détendre et d'écouter la pluie.

Margaret lâcha son poignet.

– Ça va. Rapide mais régulier.

La mémoire s'infiltrait lentement dans l'esprit de Jennifer.

– Vous êtes Margaret ?

– C'est exact.

– L'infirmière de jour.

– Oui, chérie.

– Donc, c'est le matin ?

– Il est à peu près trois heures de l'après-midi. Je quitte mon service dans une heure. Ensuite, c'est Angelina qui s'occupera de vous.

– Pourquoi donc suis-je tellement perdue quand... quand je me réveille ?...

– Ne vous inquiétez pas de cela, chérie. Vous n'y pouvez rien. Avez-vous la bouche sèche ? Voudriez-vous boire quelque chose ?

– Oui, s'il vous plaît.

– Jus d'orange, Pepsi, Sprite ?

– Du jus d'orange, ça me va.

– Je reviens.

Les pas s'éloignèrent. Une porte s'ouvrit. Par-dessus le bruit de la pluie, elle entendit les échos d'activités diverses, d'autres gens qui vaquaient à d'autres tâches. Elle essaya de prendre une position plus confortable, pour redécouvrir que non seulement elle était faible mais paralysée du côté gauche. Elle ne parvenait pas à bouger la jambe, pas plus que ses orteils. Sa main gauche, son bras gauche étaient absolument insensibles.

Elle se sentit gagnée par un effroi profond, terrible. Elle était impuissante, abandonnée. Il lui apparaissait soudain comme absolument urgent qu'elle se souvienne comment elle était arrivée là, et dans cet état.

Elle souleva à nouveau le bras droit. Il lui parut pesant, bien qu'elle eût conscience qu'il devait être maigre et frêle.

De la main droite, elle se toucha le menton, la bouche. Les lèvres rugueuses, desséchées. Autrefois, elles n'étaient pas ainsi. Des hommes les avaient embrassées.

Un souvenir scintilla dans les ténèbres de son esprit : un doux baiser, des mots doux murmurés. Un fragment de mémoire, sans détail, qui ne conduisait à rien.

Elle se toucha la joue droite, le nez. Quand elle en vint à explorer le côté gauche de son visage, elle le sentit du bout des doigts, mais sa joue n'enregistra pas leur contact. Les muscles, de ce côté, paraissaient... tordus.

Après une brève hésitation, elle porta la main à ses yeux. Elle en explora les contours, et ce qu'elle découvrit fit trembler sa main.

Brutalement, elle se souvenait non seulement de la façon dont elle avait abouti dans ce lieu, mais de tout. Sa vie lui revint en un éclair, jusqu'à l'enfance. Elle remonta plus loin dans le passé qu'elle ne l'aurait souhaité, et ce fut plus qu'elle n'en pouvait supporter.

Elle ôta la main de ses yeux en poussant une plainte de chagrin ténue. Elle était écrasée sous le poids de la mémoire.

Margaret revenait. Elle entendit le léger couinement de ses sandales.

Le verre tinta quand elle le posa sur la table de chevet.

– Je vais redresser votre lit pour que vous puissiez boire.

Le moteur bourdonna et le dossier se redressa lentement jusqu'à ce que Jennifer se retrouve en position assise.

– Qu'y a-t-il, chérie ? lui demanda Margaret. J'ai bien cru que vous étiez sur le point de pleurer... si vous le pouviez.

– Est-ce qu'il vient encore ? demanda Jennifer d'une voix frémissante.

– Bien sûr. Au moins deux fois par semaine. Il y a quelques jours, vous étiez même bien éveillée quand il est venu. Vous ne vous rappelez pas ?

– Non, je... je...

– Il est très fidèle.

Le cœur de Jennifer s'était emballé. Quelque chose gonflait sa poitrine. Sa gorge était tellement serrée par la peur qu'elle eut du mal à parler.

– Je ne... Je ne...
– Qu'y a-t-il, Jenny?
– ... Je ne veux pas qu'il vienne ici!
– Oh non, vous n'êtes pas sérieuse!
– Empêchez-le de venir.
– Mais il vous est tellement attaché.
– Non. Il... il est...
– Il reste assis au moins deux heures à votre chevet, même quand vous êtes repliée sur vous-même...

Jennifer frissonna en pensant qu'il pouvait être dans cette chambre, près de son lit, quand elle n'avait pas conscience de son environnement.

Elle tendit les mains, effleura le bras de Margaret, et le serra de toutes ses forces.

– Il n'est pas comme vous ni comme moi, dit-elle d'une voix vibrante.
– Jenny, vous vous faites du mal.
– Il est *différent*.

Margaret posa sa main sur la sienne, en un geste apaisant.

– Jenny, maintenant, j'aimerais que vous arrêtiez.
– Il est inhumain.
– Vous ne parlez pas sérieusement. Vous ne savez pas ce que vous dites.
– C'est un monstre.
– Pauvre chérie. Calmez-vous, ma belle. (Une main lui effleura le front, courant doucement sur ses plis, repoussant ses mèches.) Ne vous excitez pas. Tout ira bien. Détendez-vous : vous êtes en sécurité ici, nous vous aimons, nous prenons bien soin de vous...

Jennifer, ensuite, se fit plus calme – mais sa frayeur ne diminuait pas.

Le parfum de l'orange la fit saliver. Margaret tenait le verre et Jennifer but avec une paille. Elle avait l'impression que sa bouche ne se comportait pas normalement. Elle avait parfois du mal à avaler. Mais le jus d'orange était froid, délicieux.

Quand elle eut fini, elle laissa l'infirmière lui éponger la bouche avec une serviette en papier.

Elle écoutait le bruit rassurant de la pluie avec l'espoir qu'il lui apaiserait les nerfs. Mais non.

– Voulez-vous que je mette la radio? demanda Margaret.
– Non, merci.

– Je pourrais vous faire la lecture, si vous le voulez. De la poésie. Vous avez toujours plaisir à écouter de la poésie.

– Oui, ce serait bien.

Margaret approcha une chaise du lit. Elle s'assit. Elle chercha un passage dans le livre et les pages craquèrent de façon plaisante entre ses doigts.

– Margaret ? demanda Jennifer.

– Oui ?

– Quand il viendra me rendre visite... ?

– Qu'y a-t-il, chérie ?

– Vous resterez près de nous, voulez-vous bien ?

– Si vous le désirez, bien sûr que oui.

– Bien.

– Alors, que diriez-vous d'un peu d'Emily Dickinson ?

– Margaret ?...

– Mmmm ?...

– Quand il viendra me voir. Au cas où je serais... prostrée... ne me laissez pas seule avec lui, voulez-vous ? Jamais.

Margaret resta silencieuse, et Jennifer devina son air désapprobateur.

– Vous me le promettez ?

– Oui, chérie. Je vous le promets.

Mais Jennifer sut que l'infirmière mentait.

– Margaret, je vous en prie. Vous me semblez gentille. S'il vous plaît. Je vous le demande.

– Chérie, il vous aime vraiment. S'il vient aussi souvent, c'est parce qu'il vous aime, c'est tout. Vous n'avez rien à craindre de votre Bryan. Rien du tout.

Jennifer frissonna à la seule mention de ce nom.

– Je sais que vous croyez que je suis mentalement dérangée... troublée...

– Mais un petit peu d'Emily Dickinson vous fera du bien.

– Je suis troublée à propos de certaines choses, poursuivit Jennifer, angoissée d'entendre sa voix s'atténuer. Mais pas pour celle-ci. Non. Pas le moins du monde.

D'une voix trop artificielle pour restituer la vigueur cachée de Dickinson, l'infirmière se mit à lire : « Cet amour est tout ce qui est, tout ce que nous connaissons de l'Amour... »

3

La moitié de la spacieuse table de cuisine de Ricky Esteban était recouverte d'une nappe de travail sur laquelle était disposé le petit outillage électrique qu'il utilisait pour fabriquer ses bijoux en argent : une mini-perceuse à main, un instrument à graver, une roue à poncer, un tampon, et d'autres outils non identifiables. Sur le côté, des flacons de liquides et des boîtes au contenu mystérieux étaient impeccablement alignés, avec des pinceaux, des chiffons de coton blanc et des éponges de paille de fer.

Il travaillait apparemment sur deux pièces quand Harry avait sonné : une broche en forme de scarabée aux détails minutieux et une boucle de ceinturon décorée de motifs indiens, navajo ou hopi.

La deuxième carrière de Ricky.

Sa forge et son matériel de moulage étaient dans le garage. Mais, quand il travaillait aux finitions, il aimait parfois s'installer près de la baie de la cuisine, d'où il pouvait voir ses rosiers.

Même sous le déluge qui continuait de s'abattre sur le jardin, les fleurs rayonnaient : jaunes, rouges, corail. Certaines étaient grosses comme des pamplemousses.

Harry s'installa au bout de la table avec sa tasse tandis que Ricky repoussait les boîtes, les outils et les bouteilles pour se faire une petite place. Il s'installa enfin, avec les gestes roides d'un octogénaire atteint par une arthrite grave.

Trois ans auparavant, Ricky Estefan était encore un flic, un des meilleurs. Le partenaire de Harry. Un beau gosse également, avec des cheveux drus et noirs.

Sa vie avait basculé quand il s'était retrouvé malgré lui dans le braquage d'une épicerie de nuit.

Le type était défoncé au crack. Il avait besoin d'argent, et il avait probablement reniflé le flic dès la seconde où Ricky avait franchi le seuil. Ou bien il était prêt à descendre n'importe qui pourvu qu'il ait le contenu de la caisse. En tout cas, il avait tiré quatre fois sur Ricky et l'avait atteint trois fois : une balle dans la cuisse gauche et deux dans le ventre.

– Comment ça marche, les bijoux ? demanda Harry.

– Plutôt bien. Je vends tout ce que je fais. Je n'arrive pas à répondre à toutes les demandes pour les boucles de ceintures.

Ricky sirotait son café. Il en savourait l'arôme. Ça lui était déconseillé. S'il en buvait trop, le café lui jouait des tours dans l'estomac – ou du moins ce qui lui en restait.

C'est toujours facile de prendre une balle dans le ventre. Survivre, c'est l'enfer. Ricky avait eu de la chance : le malfaiteur était armé d'un .22. Et de la malchance : il avait tiré de près. Dans un premier temps, Ricky y avait laissé la rate, une partie du foie et une petite longueur du gros intestin. Bien sûr, les chirurgiens avaient pris toutes les précautions possibles pour garder propre la cavité abdominale, mais les balles avaient répandu les matières fécales et Ricky, très vite, avait souffert de syndromes de péritonite traumatique diffus. Il s'en était tiré de justesse. La gangrène gazeuse s'y était mise, les antibiotiques n'avaient rien fait, on l'avait réopéré et il avait perdu la vésicule ainsi qu'une partie de l'estomac. Ensuite, ç'avait été un empoisonnement du sang. Sa température avait atteint celle de la face éclairée de Mercure. Une péritonite avait suivi, qui lui avait coûté encore un bout de côlon. Malgré tout, Ricky gardait un moral surprenant et il s'estimait heureux de s'en être tiré sans subir l'humiliation de porter un sac de colostomie pour le restant de ses jours.

Quand il était entré dans le magasin, il n'était plus de service. Il avait son arme, mais il ne s'attendait certes pas à avoir des ennuis. Il avait promis à Anita, sa femme, de lui ramener un quart de lait et de la margarine.

Le braqueur n'avait pas eu à comparaître devant un tribunal. La diversion créée par Ricky avait permis au propriétaire, Mr. Wo Tai Han, de saisir le fusil qu'il gardait sous son comptoir en permanence, et il avait fait éclater la nuque de son agresseur d'un coup de calibre .12.

Bien sûr, on était dans la dernière décennie du millénaire, et les choses ne s'étaient pas arrêtées là. La mère et le père du braqueur avaient poursuivi Mr. Han pour les avoir privés de la compagnie, de l'affection et du soutien financier de leur fils décédé. Peu importait qu'il ait marché au crack.

Harry goûta son café. Oui, il était bon, et fort.

– Tu as eu des nouvelles de Mr. Han, récemment ?

– Oui. Il est persuadé qu'il va gagner en appel.

Harry secoua la tête.

– Avec un jury, de nos jours, on ne peut pas savoir.

Ricky eut un mince sourire.

– Oui. Je suppose que je dois me dire que j'ai eu de la chance de ne pas être poursuivi, moi aussi.

De la chance, il n'en avait pas eu beaucoup. À l'époque de la fusillade, lui et Anita étaient mariés depuis huit mois. Elle était restée avec lui un an encore, jusqu'à ce qu'il soit remis sur pied. Mais quand elle avait pris conscience qu'il serait un vieil homme le reste de ses jours, elle avait pris le large. Elle avait vingt-six ans. Toute la vie devant elle. Et puis, de nos jours, la clause matrimoniale qui stipulait « dans le bonheur ou la maladie, jusqu'à ce que la mort nous sépare » était généralement considérée comme n'étant valable qu'après une période probatoire d'une décennie. Comme un plan de retraite qui ne s'appliquait qu'après avoir travaillé cinq ans dans la même société. Et, depuis deux ans, Ricky vivait seul.

C'était encore Kenny G à la radio. Ça devait être une journée Kenny G. Cette chanson était nettement moins mélodieuse que la première. Harry se sentit nerveux. Mais il se dit que n'importe quelle chanson le rendrait nerveux, aujourd'hui.

– Qu'est-ce qui ne va pas ? demanda Ricky.

– Comment tu sais que ça ne va pas ?

– Il y a des millions d'années que tu n'as jamais visité un ami pendant tes heures de boulot. Avec toi, le contribuable en a toujours pour son argent.

– Je suis vraiment aussi rigide que ça ?

– T'as vraiment besoin de le demander ?

– Je dois avoir été vraiment emmerdant comme partenaire.

– Quelquefois, dit Ricky en souriant.

Harry lui parla alors de James Ordegard et de sa mort au milieu des mannequins.

Ricky l'écouta sans dire un mot. Il ne parlait que rarement, mais toujours pour dire ce qu'il fallait. Il savait être un ami.

Quand Harry se tut et se contenta de regarder les roses sous la pluie, Ricky lui dit :

– Ça n'est pas tout.

– Non, admit Harry. (Il prit le pot de café, remplit leurs deux tasses et se rassit.) Non, il y a eu aussi ce clochard.

Ricky écouta la suite tout aussi sobrement. Il n'avait

pas l'air incrédule. On ne lisait pas le moindre doute dans son attitude ni son regard.

– Et qu'est-ce que tu en penses ? demanda-t-il enfin.

– J'ai pu voir des choses. Halluciner.

– *Toi ?*

– Mais Ricky, pour l'amour de Dieu, comment ça pourrait être réel ?

– Est-ce que le clochard était plus bizarre que ton tueur du restaurant ?

Il faisait bon dans la cuisine, mais Harry était glacé. Il croisa les mains sur la tasse brûlante.

– Oui. Il est vraiment plus bizarre. Pas de beaucoup, mais plus grave. Ce qu'il y a... Est-ce que tu penses que je devrais prendre un congé psychiatrique ? Une ou deux semaines sous examen ?

– Depuis quand est-ce que tu crois que ces laveurs de cerveaux connaissent leur job ?

– Je ne sais pas. Mais personnellement, je n'aimerais pas me retrouver en compagnie d'un autre flic en train d'halluciner avec un flingue chargé.

– Harry, tu ne représentes un danger que pour toi seul. À force de te faire du souci, tu vas te tuer. Tiens, ton type avec ses yeux rouges – il arrive toujours quelque chose d'inexplicable dans la vie de chacun. Un moment où on frôle l'inconnu.

– Pas moi, dit Harry d'un ton ferme.

– Mais si, même toi. Maintenant, bien sûr, si ce gars se pointe dans un tourbillon de vent toutes les heures, s'il te demande si tu veux sortir avec lui et te rouler une pelle – là, oui, tu as un problème.

Des armadas de pluie déferlaient sur le toit du bungalow.

– Je suis plutôt du style monté sur ressort, je le reconnais, dit Harry.

– Exactement. Et je dirais que tu ne risques pas de perdre tes boulons, vieux.

Ensemble, ils se turent un moment pour regarder tomber la pluie.

Finalement, Ricky chaussa des lunettes de protection et se remit au travail sur la boucle de ceinture. Il mit en marche le tampon, qui avait la taille d'une brosse à dents électrique et dont le bruit discret ne risquait pas de déranger leur conversation. Il entreprit de nettoyer les parties ternies et les dernières barbules d'argent de la gravure.

Après un instant, Harry soupira :

– Merci, Ricky.

– Y a pas de quoi.

Harry emporta la tasse et la soucoupe jusqu'à l'évier, les rinça et les mit dans le lave-vaisselle.

Dans la radio, Harry Connick Jr. chantait des mots d'amour.

Au-delà de la fenêtre de la cuisine, la pluie mitraillait les roses. Les pétales se dispersaient comme de grands confettis sur la pelouse gorgée d'eau.

Quand Harry revint à la table, Ricky éteignit le tampon électrique et se redressa à demi.

– Ne te dérange pas, lui dit Harry. Je trouverai le chemin tout seul.

Ricky acquiesça. Il avait l'air tellement fragile.

– À bientôt.

– La saison ne va pas tarder, dit Ricky.

– On devrait se faire un match des Angels pendant la semaine d'ouverture.

– Oui, ça me plairait.

Ils aimaient tous les deux le base-ball. Dans la structure du jeu, dans la progression de chaque match, il y avait une logique rassurante. Un antidote à la vie quotidienne.

Sur le perron, Harry remit ses chaussures et les laça tandis que le lézard qu'il avait effrayé en arrivant – ou l'un de ses copains – l'épiait sous un fauteuil. Ses écailles iridescentes scintillaient en vert et en mauve comme des éclats de pierres précieuses.

Harry lui sourit.

Il retrouvait son calme, son équilibre.

Il descendit la dernière marche et plongea sous la pluie. Il vit alors quelqu'un dans sa voiture, assis sur le siège du passager. Une forme sombre, épaisse. Des cheveux hirsutes, une barbe échevelée. L'intrus lui tournait le dos mais, comme Harry approchait, il lui fit face. Et même à dix mètres de distance, sous la pluie, Harry reconnut le clochard.

Il se retourna et faillit courir vers la maison pour alerter Ricky. Mais il changea d'idée en se rappelant la disparition soudaine du vagabond, la première fois.

Il regarda de nouveau la voiture, avec l'espoir que l'apparition s'était évaporée. Mais l'intrus était toujours là.

Avec son immense imper noir, l'autre semblait trop colossal. La voiture de Harry prenait soudain les dimensions réduites de ces autos tamponneuses qu'on voyait dans les fêtes.

Harry pressa le pas, évitant les flaques. Il distinguait maintenant les cicatrices familières sur le visage de dément du clochard – et ses yeux rouges.

– Qu'est-ce que vous faites là ? demanda Harry en atteignant sa voiture.

Même à travers la vitre, la réponse du clochard fut nettement audible.

– Tic-tac, tic-tac, tic-tac...

– Sortez de là.

– Tic-tac... tic-tac...

Il y avait dans le sourire de l'autre une qualité indéfinissable mais dérangeante qui fit hésiter Harry.

– Tic-tac...

Harry sortit son revolver, canon levé, et posa la main sur la poignée de la portière.

– Tic-tac...

Les yeux rouges le défiaient. Ils étaient comme deux poches de sang qui pouvaient à tout instant éclater et éclabousser le visage ruiné du vagabond. Ils étaient inhumains, inquiétants.

Avant que tout courage l'ait quitté, Harry ouvrit la portière avec violence.

Une bourrasque de vent froid faillit le renverser et il recula en vacillant. C'était comme si une tempête arctique avait été enfermée dans la voiture et se déversait soudain sur lui. Des larmes lui vinrent aux yeux.

Le vent cessa deux secondes après. Le siège du passager était vide.

Et Harry pouvait voir qu'il n'y avait plus personne dans la voiture. Plus de vagabond. Néanmoins, il fit le tour du véhicule en se penchant sur les vitres.

Il s'arrêta à l'arrière et ouvrit le coffre, le revolver braqué. Rien : la roue de secours, la trousse à outils, le cric...

Il se tourna vers la rue, lentement, prenant à nouveau conscience de la pluie qu'il avait oubliée. Elle tombait à la verticale et il était trempé jusqu'aux os.

Il claqua le couvercle du coffre, referma la portière avant droite et s'installa au volant dans un chuintement de vêtements mouillés.

Quand il lui était apparu dans Laguna Beach, le clochard sentait très fort et il avait l'haleine fétide. Mais, cette fois, aucune odeur ne susbsistait dans la voiture.

Il verrouilla les portières avant de rengainer son revolver sous sa veste serpillière.

Il frissonnait.

Il démarra et mit le chauffage au maximum. Des filets d'eau lui ruisselaient dans le cou.

Il avait le souvenir précis de ces yeux rouges à l'éclat lumineux qui l'avaient fixé à travers la vitre, de ces plaies suppurantes dans le visage ignoble, de ces dents jaunies – et, brusquement, il sut ce qui l'avait arrêté à la seconde où il avait voulu ouvrir la portière, ce qu'il avait lu dans le rictus du clochard. Ce n'était pas son délire de fou qui rendait l'étrange vagabond aussi menaçant. Son rictus n'était pas celui d'un dément mais d'un prédateur, d'un requin en chasse, d'une panthère sur une trace, d'un loup rôdant sous la lune. Il était bien plus effrayant et redoutable qu'un clochard à l'esprit dérangé.

Harry roulait vers l'immeuble des Projets Spéciaux dans Laguna Niguel : le paysage, les maisons, les rues lui étaient familiers, et dans les voitures qu'il croisait, il n'y avait pas de passager mystérieux. Le jeu des phares sous la pluie, les reflets des pare-chocs, le mitraillage des gouttes sur la carrosserie n'avaient rien de fantasmagorique, pas plus que les palmiers dressés vers le ciel métallique. Pourtant, Harry sentait peser sur lui le poids du mystère et il luttait contre une conclusion évidente : il était confronté à une chose... surnaturelle.

Il songeait à ce que le clochard lui avait dit après lui être apparu dans le tourbillon de vent : *Tu seras mort à l'aube.*

Il jeta un coup d'œil à sa montre. Elle était encore embuée, mais il parvint à lire l'heure : vingt heures vingt-trois.

L'aube était à quelle heure ? Six heures ? Six heures et demie ?... Oui, à peu près. Dans quinze heures.

Le battement des essuie-glaces devint la cadence d'un tambour funèbre.

Ridicule. Le clochard n'avait pas pu le suivre de Laguna Beach à la demeure d'Enrique. Ce qui signifiait qu'il n'était pas réel mais seulement le produit de son imagination. Il n'était pas une vraie menace.

Mais Harry n'était pas pour autant soulagé. Si le clochard était imaginaire, il ne courait aucun danger de mourir à l'aube. Mais il aboutissait à une conclusion logique, à une seule explication, guère plus rassurante : il était en pleine dépression nerveuse.

4

Il trouva le réconfort dans sa moitié de bureau. Le registre et le set de stylos étaient bien en équerre par rapport au bord de la table. La pendule indiquait très exactement la même heure que sa montre. Le palmier, les conifères chinois et le pothos étaient impeccablement propres et brillants.

L'écran de son ordinateur était tout aussi apaisant, bleu pâle, bien sûr, et tous les dossiers des Projets Spéciaux étaient installés. Il n'avait qu'à les remplir et à les imprimer sans avoir à se servir d'une machine à écrire. Quand on essayait de compléter les dossiers avec ces antiquités technologiques, on se retrouvait inévitablement avec des espaces inadéquats.

Harry tapait très vite et très bien et il savait parfaitement résumer les affaires dans sa tête avant de rédiger ses rapports. N'importe qui était capable de remplir les blancs ou de mettre des X dans les cases, mais tout le monde n'était pas doué pour ce qu'il appelait le test d'essai. Ses rapports étaient rédigés dans un style à la fois vif et succinct qu'il n'avait jamais rencontré chez aucun inspecteur.

Ses doigts couraient sur le clavier et les phrases nettes et incisives s'enchaînaient sur l'écran : Harry Lyon était en paix avec le monde. Il n'avait pas été ainsi depuis ce matin, où il avait pris son breakfast chez lui, avec ses *muffins* et sa marmelade de citron en contemplant la pelouse parfaitement entretenue de la résidence. Quand il eut achevé de résumer le déchaînement meurtrier de James Ordegard en une prose claire, dépourvue de verbes lourds et d'adjectifs pesants, l'épisode ne lui parut plus aussi bizarre que lorsqu'il y avait été mêlé. Il avait su trouver les mots, et ces mots l'avaient apaisé.

Il se sentait tellement calme, à présent, qu'il se permit de se laisser un peu aller, contrairement à son habitude. Il déboutonna son col de chemise et desserra sa cravate.

Il alla prendre un café à la machine. Ses vêtements étaient encore humides en certains endroits et affreusement froissés, mais il ne ressentait plus ce froid redoutable dans les os.

C'est en revenant vers son bureau qu'il vit le clochard. La silhouette imposante du vagabond venait d'apparaître à l'autre bout du couloir, traversant l'intersection, se dirigeant vers la droite. Le regard fixé droit devant lui, l'autre s'avançait d'un pas assuré, comme si une affaire pressante l'appelait dans cet immeuble. En quelques foulées, il disparut.

Harry pressa le pas en essayant de ne pas renverser son café. Il se dit qu'il était impossible que ce soit le même type. Il y avait une vague ressemblance, c'est tout : son imagination et ses nerfs à vif avaient fait le reste.

Mais il n'était pas convaincu. L'apparition avait la même taille que son spectre, les mêmes épaules d'ours, le même torse puissant, la même chevelure folle et crasseuse, la même barbe folle. Et puis, il y avait aussi cet imperméable noir qu'il portait comme une robe, le cou dressé comme un lion, pareil à un prophète venu à travers le temps depuis l'âge de l'Ancien Testament.

Harry s'arrêta net à l'intersection des deux couloirs et le café lui brûla la main. Il regarda à droite, cherchant en vain le clochard. Mais il ne vit que Bob Wong et Louis Yancy, deux transfuges du département du shérif du comté d'Orange, penchés sur un dossier.

– Il est passé où ? demanda Harry.

– Qui ça ? fit Bob Wong en levant la tête.

– Eh bien... l'autre raclure en imper noir. Le clodo.

Les deux inspecteurs étaient perplexes.

– Un clodo ? demanda Yancy.

– Écoutez : si vous ne l'avez pas vu, vous avez quand même dû le sentir...

– Là... À l'instant ? dit Wong.

– Oui. Il n'y a pas deux secondes.

– Mais personne n'est passé.

Il savait qu'ils ne lui mentaient pas. Qu'ils ne faisaient pas non plus partie d'une vaste conspiration. Pourtant, il faillit continuer pour aller inspecter les autres pièces, jusqu'au bout du couloir.

Il ne se retint que parce que les deux autres commençaient à le dévisager curieusement. Il se dit qu'il ne devait pas avoir l'air très normal : pâle, dépeigné, le regard fou...

L'idée de se donner en spectacle lui était intolérable. Il

avait construit toute sa vie sur des principes de modération, de méthode et de maîtrise de soi.

Il regagna son bureau à regret. Il prit un dessous-de-verre dans le tiroir du haut, le posa sur le registre, et y installa la tasse de café qui avait débordé.

Puis il prit des serviettes en papier, ainsi qu'une bombe à nettoyer dans le bas des placards à dossiers. Il se sécha les mains avec les serviettes avant d'essuyer la tasse.

Il éprouva du plaisir en constatant que ses mains ne tremblaient pas.

Quoi qu'il se passe, il finirait bien par découvrir à quoi il avait affaire et à résoudre le problème. Comme n'importe quel autre. Comme il l'avait toujours fait. Comme il le ferait toujours. Question de maîtrise. C'était ça la clé.

Il inspira plusieurs fois à fond, lentement. Puis, il rejeta ses cheveux en arrière, des deux mains.

Le ciel était devenu lourd comme une plaque d'ardoise et le crépuscule venait avant son heure. Il était à peine plus de cinq heures, mais on aurait dit que la nuit approchait. Il alluma le néon du bureau.

Pendant une ou deux minutes, il contempla les fenêtres embuées, la pluie qui mitraillait toujours le parking. Il n'y avait plus ni tonnerre ni éclairs, l'air était lourd, sans le moindre souffle de vent. Le déluge avait une intensité tropicale, éreintante, persistante qui réveillait dans l'esprit les mythes anciens de punition divine, d'arches, de continents perdus, engloutis.

Quelque peu calmé, Harry se réinstalla dans son fauteuil et se pencha sur son écran. Il s'apprêtait à ouvrir le dossier qu'il avait sauvegardé avant d'aller se chercher un café quand il réalisa que l'écran n'était pas blanc.

Un autre document avait été créé en son absence. Il ne comportait qu'un seul mot, au centre de l'écran : TIC-TAC.

5

Il était près de six heures quand Connie Gulliver regagna le bureau dans une voiture du département de police de Laguna Beach. Elle était plutôt remontée contre les médias, et plus particulièrement contre un journaliste de télé qui les avait surnommés, elle et Harry : « Batwoman et Batman ». Dieu sait pour quelle raison. Peut-être parce que leur poursuite de James Ordegard avait été si mouvementée, ou plus simplement à cause de cette colonie de chauves-souris dans le grenier où Harry avait effacé l'autre salopard. Les reporters des infos télévisées n'avaient pas toujours des raisons logiques ou crédibles pour justifier certains de leurs comportements, certaines de leurs déclarations. Ils ne considéraient pas leur métier comme une mission sacrée ni même comme un service public, mais comme du *show-business*. Il fallait des *flashes*, des coups, plutôt que des faits et des données. Connie était flic depuis suffisamment longtemps pour bien connaître tout ça, et pour s'y résigner, mais ça restait un sujet sensible pour elle. Et elle apostropha Harry dès qu'elle fut entrée dans le bureau.

Il finissait les paperasseries. Il traînait un peu depuis une demi-heure. Il l'attendait. Il avait décidé de lui parler du vagabond aux yeux rouges, d'abord parce qu'elle était sa partenaire et qu'il détestait l'idée de cacher quoi que ce soit à un collègue avec qui il faisait équipe. Enrique Estefan et lui avaient constamment tout partagé, ce qui expliquait pourquoi il était allé rendre visite à Ricky avant de revenir aux Projets Spéciaux. À cela s'ajoutait le fait qu'il se fiait à son opinion et à ses conseils. Que le clochard menaçant fût réel ou issu de troubles mentaux, Connie avait le droit de savoir.

Si cette apparition spectrale et répugnante était imaginaire, il suffirait peut-être d'en parler pour la faire disparaître, comme on crève un ballon. Et elle ne reviendrait jamais.

Et puis, il avait envie de lui parler parce que ça lui donnait un motif de rester un peu avec elle après les heures de travail. On leur conseillait toujours de renforcer les liens entre eux, ce qui était nécessaire pour des flics qui mettaient en permanence leur vie en danger pour l'autre. Il fallait qu'ils discutent de ce qu'ils avaient vécu durant cet après-midi, qu'ils le revivent ensemble pour essayer de transformer une expérience traumatisante en une anecdote qui ennuierait à mort les novices pendant des années.

Et puis, il avait envie de passer quelques instants avec Connie parce qu'il commençait à s'intéresser à elle non plus comme partenaire mais comme femme. Ce qui le surprenait. Ils étaient tellement différents. Il avait passé des heures à lui expliquer qu'elle lui portait sur les nerfs.

Et voilà qu'il ne cessait de penser à ses yeux, à ses cheveux lustrés, à ses lèvres pleines. Quoiqu'il ne l'ait jamais admis, ce changement d'attitude s'était accéléré avec le temps et, aujourd'hui, tout avait basculé dans sa tête.

Rien de mystérieux à ça. Il avait failli être tué. Plus d'une fois. Une confrontation avec la mort clarifiait les pensées et les sentiments. Non seulement il avait été confronté avec la mort, mais elle l'avait serré dans ses bras.

Jamais encore il n'avait été habité par autant d'émotions intenses : la solitude, la peur, le doute, le soulagement de vivre encore, et un désir si pénétrant qu'il le ressentait comme un poids sur le cœur. Il respirait plus difficilement qu'à l'accoutumée.

Il dit à Connie qu'il en avait fini avec le rapport et elle demanda :

– Je signe où ?...

Il déploya tous les formulaires sur son bureau, y compris la déclaration officielle de Connie. Il l'avait rédigée pour elle, comme d'habitude, ce qui était une infraction au règlement, un des rares écarts qu'il se permettait. Mais ils se partageaient les corvées selon leurs préférences et leurs talents, et Harry était meilleur qu'elle dans ce domaine. Les rapports que Connie avait rédigés étaient marqués par la colère, loin d'être neutres, comme si chacun des crimes sur lesquels elle avait travaillé était une offense personnelle. Elle employait parfois des termes comme connard, face de merde au lieu de suspect ou interpellé. Des atouts dont n'importe quel avocat de la défense se régalait devant le tribunal.

Connie signa tous les formulaires, y compris sa propre déposition, tapée et imprimée sans une faute. Elle ne lut pas une phrase. Harry était heureux : elle lui faisait confiance.

En la regardant griffonner sa signature, il lui vint à l'idée qu'ils pourraient aller quelque part, même s'il était crevé et transi, dans un bar confortable avec des loges bien rembourrées, un éclairage discret, des bougies sur les tables, un piano-bar – un vrai, pas un de ceux avec ces grands types qui gloussaient des versions polyester des tubes et susurraient toutes les demi-heures *Feelings*, l'hymne national des ivrognes et des crétins.

Connie n'arrêtait pas de pester contre son étiquette de Batwoman et les médias en général, et Harry eut quelque difficulté à trouver un instant pour l'inviter à prendre un verre et à dîner. Ce qui lui donna le temps de l'observer. Ce n'était pas qu'elle était moins séduisante qu'auparavant. Bien au contraire : en la dévisageant, il la trouva encore plus attirante. Mais le problème, c'est qu'il commençait à se sentir aussi fatigué qu'elle : les yeux rouges, le teint pâle, le visage marqué, les épaules affaissées par le poids de toute cette journée. Il commençait à douter qu'elle veuille prendre un verre avec lui et ruminer tout ce qui s'était passé à l'heure du dîner. Plus il constatait la fatigue de Connie, plus il prenait conscience de la sienne.

Sa crise de colère à propos des gens de la télé et de leur tendance à transformer n'importe quelle tragédie en distraction familiale lui rappela qu'elle avait commencé cette journée de méchante humeur. Elle avait refusé de lui en donner la raison.

Son ardeur commençait à fraîchir. Il se demandait si c'était vraiment une bonne idée de porter un intérêt nouveau et romantique à sa collègue. La règle du département était de séparer les tandems qui allaient un peu plus loin que la simple amitié, gays ou hétéros, peu importait. La force des polices était généralement fondée sur l'expérience durement acquise.

Connie le scruta longuement.

– À vous voir comme ça, dit-elle, je me dis que c'est la première fois que vous devriez penser à vous habiller chez Gap plutôt que chez les Brooks Brothers. (Elle le serra dans ses bras. Mais ce n'était qu'une étreinte amicale qui ne réveilla pas sa passion.) Et le ventre, ça va comment ?

Juste un léger mal de tête, merci. Non, vraiment rien qui puisse m'empêcher de te faire l'amour, tendrement, passionnément.

– Ça ira.

– Vous êtes sûr, Harry ?

– Oui.

– Bon Dieu, qu'est-ce que je suis fatiguée...

– Moi aussi.

– Je crois que je vais dormir trois ou quatre jours.

– Moi, au moins dix heures.

Elle sourit et, à la grande surprise de Harry, elle lui pinça affectueusement la joue.

– À demain matin, Harry.

Il la suivit du regard tandis qu'elle quittait le bureau. Elle portait toujours ses mêmes Reebok esquintés, son jean, sa chemise à carreaux rouges et bruns, sa veste de velours élimé – le tout étant un peu plus usé après ces dix heures d'intervention. Pourtant, il ne l'aurait pas trouvée plus séduisante dans une robe fourreau en lamé avec un décolleté plongeant.

Après son départ, la pièce lui parut hostile sous l'éclairage fluorescent qui accentuait les angles des meubles, soulignait chaque feuille des plantes.

Derrière les vitres embuées, la nuit venait. Subtilement après cet après-midi sombre. La pluie tambourinait toujours sur l'enclume de l'ombre.

Harry avait fait le tour : de l'épuisement mental et physique jusqu'à la passion, pour revenir à l'épuisement. Il était retombé dans l'adolescence.

Il éteignit d'abord son ordinateur, puis la pièce, ferma la porte de leur bureau et glissa les rapports dans la boîte principale.

En regagnant sa résidence, il pria Dieu pour qu'il lui accorde une nuit de *vrai* sommeil, sans cauchemars. S'il se réveillait frais et dispos, il trouverait peut-être une solution au mystère du vagabond aux yeux rouges.

Il alluma la radio. Mais, avant d'appuyer sur une touche de station, sa main se figea. Il avait soudain peur que, au lieu de quelque top cinquante, il n'entende la voix du clochard : *Tic-tac, tic-tac...*

6

Jennifer avait dû somnoler. Mais elle avait plongé dans un sommeil normal, ordinaire, qui n'avait rien de ces mondes fantastiques où elle s'évadait si fréquemment. En se réveillant, elle n'eut pas à chasser ces visions de temples de saphir et d'émeraude, ces ovations du public de Carnegie Hall qui saluaient son immense talent de chanteuse lyrique. Elle se sentait tout simplement poisseuse à cause de l'humidité, avec un arrière-goût aigre dans la bouche – jus d'orange ou sommeil prolongé.

Il pleuvait toujours. Elle entendait les rythmes compliqués des gouttes sur le toit. Une maison de soins, disaient-ils. Mais il n'y avait pas que des rythmes. Des mélodies atonales aussi : des gargouillis, des borborygmes, des chuintements...

Jennifer, privée de vue, ne pouvait savoir avec certitude quelle était l'heure, ni même la saison. Mais, après vingt ans, elle avait développé un sens affiné des rythmes circadiens et elle était capable de définir le jour et la nuit avec une précision surprenante.

Elle savait que le printemps approchait. On était sans doute en mars, à la fin de la saison des pluies en Californie du Sud. Elle ignorait quel jour de la semaine on était, mais elle devinait que c'était le début de la soirée : entre six et huit heures...

Il était possible qu'elle eût déjà dîné, mais elle n'en avait pas le souvenir. Il lui arrivait parfois d'être à peine consciente quand on la faisait manger à la cuillère, tout en ne profitant pas du plaisir de savoir ce qu'elle dégustait. D'autres fois, aussi, quand elle était dans un état catatonique, on l'alimentait par intraveineuse.

La chambre était silencieuse, mais elle avait pourtant conscience d'une autre présence. Sans doute à cause d'une infime différence de pression d'air, ou d'une odeur qu'elle avait décelée inconsciemment. Elle resta immobile, essayant de respirer comme si elle était encore endormie, attendant que cette personne inconnue bouge, soupire ou tousse.

Mais son compagnon, ou sa compagne, ne lui rendit pas ce service. Et, peu à peu, Jennifer en vint à se dire qu'elle était seule avec *lui*.

Mieux valait faire semblant de dormir.

Elle essayait de demeurer parfaitement immobile.

Mais, finalement, elle ne put plus supporter de ne pas savoir. Et elle demanda :

– Margaret ?

Aucune réponse.

Mais elle savait que ce silence était trompeur. Elle s'efforça de retrouver le nom de l'infirmière de nuit.

– Angelina ?

Le silence. La pluie.

Il la torturait. Une torture psychologique qui était l'arme la plus efficace qu'il pouvait utiliser contre elle. Elle avait subi tellement de souffrances physiques et émotionnelles qu'elle s'était forgé des défenses.

– Qui est là ? demanda-t-elle.

– C'est moi.

Bryan. *Son* Bryan.

Sa voix était douce, presque musicale, certainement

pas menaçante. Pourtant, elle sentit de la glace dans ses veines.

– Où est l'infirmière ? demanda-t-elle.

– Je lui ai demandé de nous laisser seuls.

– Que veux-tu ?

– Seulement être avec toi.

– Pourquoi ?

– Parce que je t'aime.

Il avait un accent sincère, mais elle savait qu'il mentait.

– Va-t'en.

– Pourquoi me fais-tu du mal ? demanda-t-il.

– Je sais ce que tu es.

– Et que suis-je ?

Elle ne répondit pas.

– Comment peux-tu savoir ce que je suis ? insista-t-il.

– Qui mieux que moi peut le savoir ? répondit-elle, la voix rauque, amère, imprégnée de mépris pour lui, pour elle. Désespérée.

À en juger par le son de sa voix, il devait se tenir près de la fenêtre. Il s'était approché de la pluie, de ses bruits, s'éloignant des bruits furtifs du couloir. À l'idée qu'il puisse s'approcher du lit, lui prendre la main, lui toucher le front ou les joues, elle fut paniquée.

– Je veux Angelina, dit-elle.

– Pas encore.

– S'il te plaît.

– Non.

– Alors va-t'en.

– Pourquoi me fais-tu du mal ? répéta-t-il.

Sa voix restait la même : douce, caressante, mélodieuse comme celle d'un enfant de chœur, sans la moindre trace de colère ou de dépit. Elle n'était marquée que par le chagrin.

– Je viens auprès de toi une fois par semaine. Je reste assis à ton chevet. Sans toi, qu'est-ce que je serais ? Rien. Je le sais.

Jennifer se mordit la lèvre sans répondre.

Elle sut soudain qu'il s'avançait. Elle n'entendait pas ses pas, ni le moindre froissement de vêtement. Quand il le voulait, il savait être aussi discret qu'un chat.

Il approchait de son lit.

Elle chercha désespérément à retomber dans ses illusions, dans les fantasmagories colorées ou ténébreuses de son esprit perturbé. Peu lui importait où elle se retrouverait, pourvu qu'elle échappe à l'horreur de la réalité, à cette chambre d'asile bien trop privé. Mais elle ne pouvait pas *à volonté* sombrer dans ses royaumes intérieurs. Ses périodes de conscience involontaire étaient peut-être le pire des fléaux dans sa condition débile et pathétique.

Elle attendait, tremblante.

Elle écoutait.

Il était aussi silencieux qu'un fantôme.

Le crépitement sourd de la pluie sur le toit s'interrompit, mais elle savait qu'il pleuvait encore. Brusquement le monde était pris dans un bloc de silence surnaturel.

Une vague de peur envahit Jennifer. Elle la ressentit même dans son côté gauche paralysé.

Il lui prit la main droite.

Elle étouffa un cri et tenta d'échapper à son étreinte.

– Non, fit-il en lui serrant le poignet.

Il était vigoureux.

Elle appela l'infirmière, tout en sachant que c'était inutile.

Il lui caressait les doigts. Tendrement, il lui massa le poignet. Puis remonta jusqu'à son bras à la peau flétrie.

Elle attendait, luttant pour ne pas imaginer les souffrances qui pouvaient suivre.

Il lui pinça le bras, et elle formula en silence un mot : pitié.

Il pinça plus fort, encore et encore, mais sans doute pas assez pour laisser la moindre trace.

Jennifer souffrait en silence. Elle essayait d'imaginer son visage. Était-il laid, normal, beau ?... Mais elle avait l'intuition qu'elle regretterait de recouvrer la vue, ne serait-ce qu'une fois, pour voir ces yeux pleins de haine.

Il lui mit un doigt dans l'oreille et elle sentit son ongle, long et fin comme une aiguille. Il le tordit et l'enfonça plus loin, jusqu'à ce que la douleur devienne intolérable.

Elle cria, mais nul ne répondit.

Il toucha alors ses pauvres seins plats, anémiés par des années d'existence larvaire et d'intraveineuses. Elle n'avait plus de sensibilité sexuelle mais, pourtant, la pointe de ses seins restait sensible. Et il savait comment faire souffrir.

Pourtant, ça n'était pas tant ce qu'il lui infligeait qui l'inquiétait, mais ce qu'il pourrait lui faire ensuite. Il faisait preuve d'une inventivité sans borne. Et la terreur était tapie dans la crainte de l'inconnu.

Elle cria à nouveau. Elle voulait que cela cesse, que n'importe qui intervienne. Elle implora Dieu.

Mais ses plaintes et ses appels tombaient dans le vide.

Finalement, elle se tut et se résigna.

Il la lâcha, mais elle avait parfaitement conscience qu'il était toujours là, à son chevet.

– Aime-moi, dit Bryan.

– Allez-vous-en.

– Aime-moi (plus doucement reprit-il).

Si Jennifer avait pu produire des larmes, elle aurait pleuré.

– Aime-moi, et je n'aurai plus aucune raison de te faire mal. Je ne veux qu'une chose : que tu m'aimes.

Mais elle était aussi incapable de l'aimer que de verser une seule larme. Elle aurait préféré donner son amour à une vipère, un rocher. À l'obscurité de l'espace entre les étoiles.

– Je ne veux que cela. Que tu m'aimes, insista Bryan.

Elle savait qu'il ignorait ce qu'était l'amour. Il n'avait sans doute pas la moindre idée du sens de ce mot. Il l'appelait parce que, pour lui, c'était sans doute un grand mystère, l'inconnu absolu.

Et soudain, elle entendit à nouveau le bruit de la pluie. Des voix dans le couloir. Le couinement des chariots du dîner.

Le supplice avait pris fin. Pour l'instant.

– Je ne peux pas rester longtemps ce soir, dit Bryan. Pas éternellement, comme d'habitude.

Il pouffa de rire, amusé par sa remarque. Mais, pour Jennifer, il ne fit qu'émettre un bruit humide et sans joie.

– C'est inattendu, mais j'ai de plus en plus de travail, dit-il. Tellement à faire. Je crains de devoir partir.

Comme toujours, il se pencha par-dessus la barre de son lit pour embrasser le côté paralysé de son visage. Elle ne sentit donc pas la pression de ses lèvres mais un simple effleurement froid. Et elle se dit que son baiser aurait sans doute été aussi glacé sur le côté sensible de son visage.

Il se retira en choisissant de faire du bruit, et elle put suivre ses pas qui s'éloignaient.

Un moment après, Angelina vint lui servir son dîner. Des aliments sans saveur. De la purée au jus. De la purée de bœuf bouilli. De la purée de petits pois. De la marmelade de pommes au sucre brun et à la cannelle. Un ice-cream. Toutes ces choses qu'elle pouvait ingurgiter facilement.

Jennifer ne dit rien de ce qui venait de lui arriver. Son affreuse expérience lui avait enseigné qu'on ne la croyait jamais.

Il devait avoir l'apparence d'un ange, car toutes les infirmières lui avaient fait confiance au premier coup d'œil, en lui prêtant les plus douces attentions du monde, les motifs les plus nobles.

Et elle se demanda si son épreuve aurait jamais un terme.

7

Ricky Estefan vida la moitié de la boîte de rigatoni dans une grande casserole d'eau bouillante. L'écume monta instantanément et l'arôme envahit la cuisine dans un nuage de vapeur. Sur un autre brûleur, la sauce frémissait dans une petite casserole.

À l'instant où il réglait la flamme du gaz, il entendit un bruit bizarre devant la maison. Sourd, mais pas vraiment fort. Il pencha la tête pour écouter. À la seconde où il décidait qu'il avait rêvé, le bruit se répéta. Un *boum* marqué.

Il quitta la cuisine et suivit le couloir. Il alluma le perron et se pencha vers le judas. Il ne distingua rien de particulier.

Il déverrouilla la porte, ouvrit et se pencha. Aucun fauteuil n'était renversé. Il n'y avait pas le moindre vent, et la balancelle était immobile au bout de ses chaînes.

La pluie tombait toujours fort. Dans la rue, les réverbères mauves à mercure se reflétaient dans les torrents qui avaient envahi les caniveaux.

Ricky s'inquiétait d'un possible dégât causé par l'orage, mais en l'absence de vent, il ne voyait aucune explication.

Il referma, mit la chaîne de sécurité en place ainsi que le deuxième verrou. Depuis l'accident, depuis qu'il avait lutté pour rester accroché à la vie, il avait développé une paranoïa de type tranquille. Tranquille ou non, c'était quand même une paranoïa qui commençait à briller à force d'être astiquée. Il verrouillait constamment les portes et, quand la nuit venait, il tirait les rideaux pour que personne ne puisse le voir.

Cette peur le gênait. Lui qui avait été si assuré, si fort et confiant. Quand Harry était reparti, il avait fait semblant de rester à sa table de travail, penché sur la boucle de ceinture. Mais, dès que la porte s'était refermée, il avait enfilé le couloir pour aller mettre le verrou. Alors que son vieux collègue était encore sur le perron. Il en avait éprouvé de la honte, mais laisser une porte non verrouillée, ne serait-ce que quelques minutes, ça le mettait mal à l'aise.

À l'instant où il se retournait, le bruit se répéta.

Cette fois, il semblait provenir du living. Il s'avança pour essayer d'en trouver l'origine.

Deux lampes baignaient la douillette petite pièce d'une lueur ambrée.

Ricky aimait la lumière. Il n'éteignait jamais jusqu'à l'heure de se mettre au lit. Il détestait entrer dans une pièce obscure pour appuyer sur un interrupteur.

Tout semblait en ordre. Il risqua même un regard derrière le sofa. Mais non... Personne ne se cachait là.

Boum.

Dans la chambre, alors ?

Dans le living, une porte ouvrait sur un petit vestibule au plafond cloisonné et charmant. Trois autres accédaient à une petite chambre d'amis, à une salle de bains, et à la chambre de Ricky. Dans chaque pièce, une lampe était allumée en permanence. Il inspecta les penderies, les placards, sans trouver la moindre source de bruit possible.

Il vérifia la fermeture des fenêtres et le bon état du vitrage.

Le bruit se répéta.

Cette fois, il semblait provenir du garage.

Il ouvrit le tiroir de sa table de chevet et prit son revolver. Un Smith & Wesson .38 Chief's Special. Il savait qu'il était chargé. Mais il fit quand même basculer le barillet et compta les cinq balles.

Boum.

Un nœud se forma dans son bas-ventre, une crispation douloureuse qui ne lui était que trop familière et, bien que le bungalow fût petit, il lui fallut une bonne minute pour atteindre la porte qui accédait au garage. À l'autre bout du couloir, après la cuisine. Il pressa l'oreille contre le battant et écouta.

Boum.

Oui, le bruit venait bien du garage.

Il posa les doigts sur le verrou... et hésita. Il ne pouvait pas entrer dans le garage.

Il prit conscience de la sueur sur son front.

« Allons, allons », se dit-il, mais il ne répondit pas à sa propre stimulation.

Il était écœuré d'avoir aussi peur. Même s'il avait encore le souvenir douloureux des balles qui lui traversaient le ventre, de la souffrance qu'il avait vécue à l'hôpital, dans l'ombre de la mort. Même s'il savait que tant d'autres auraient abandonné là où il avait persévéré, même s'il était convaincu que sa prudence, sa peur étaient justifiées par ce qu'il avait vécu, il ne s'en détestait pas moins.

Boum.

Il jura à mi-voix, ouvrit le verrou, et appuya sur l'interrupteur avant de franchir le seuil.

Le garage avait été conçu pour deux voitures. Sa Mitsubishi bleue était au fond. Sur le devant, il y avait son établi, ses outils, des placards, et la forge à gaz qu'il utilisait pour fondre ses lingots d'argent.

Le mitraillage de la pluie était plus intense ici à cause du plafond simple et du toit non isolé. Une froideur humide montait du ciment du sol.

Il ne vit personne nulle part. Et les placards n'étaient pas assez grands pour qu'un homme puisse s'y cacher.

Les doigts crispés sur son .38, il fit le tour de sa voiture, regarda à l'intérieur, et s'accroupit même pour vérifier s'il n'y avait personne dessous.

La porte extérieure du garage était fermée. Ce qui ne laissait comme issue que la petite fenêtre par laquelle un enfant de cinq ans aurait eu de la difficulté à se glisser.

Il se demanda si le bruit avait pu provenir du toit. Il resta près de sa voiture durant deux minutes, les yeux levés vers les poutres. Rien. Il n'entendait que le concert de percussions de la pluie.

Il regagna la maison avec le sentiment de se comporter en idiot et verrouilla la porte du garage. Il alla jusqu'à la cuisine avec son revolver, qu'il posa sur l'étagère proche du téléphone.

Le gaz était éteint sous les pâtes et la sauce et, un instant, il pensa qu'il avait une panne. Avant de s'apercevoir que les boutons des brûleurs étaient en position ARRÊT.

Il savait qu'il n'avait pas éteint le gaz avant de quitter la cuisine. Il le ralluma et les flammes bleues jaillirent dans un *whoush* étouffé. Il les observa un instant, mais elles ne varièrent pas.

Quelqu'un s'amusait à lui jouer des tours.

Il retourna auprès du téléphone, récupéra son .38 et envisagea de fouiller de nouveau toute la demeure. Mais il se dit qu'il avait déjà inspecté le moindre centimètre carré et qu'il avait la certitude d'être seul.

Il hésita encore, puis recommença : avec le même résultat que la première fois. Quand il revint dans la cuisine, le gaz n'était pas coupé.

La sauce commençait d'ailleurs à attacher. Il posa son revolver, piqua un rigatone avec une fourchette, et le goûta. Un peu trop cuit, mais ça irait.

Il versa les pâtes dans une passoire, les secoua, les mit dans un plat, et ajouta la sauce.

Oui, quelqu'un lui jouait des tours.

Mais qui ?

8

La pluie s'égouttait entre les feuilles des lauriers jusque sur la feuille de plastique dont Sammy avait recouvert sa caisse d'emballage, et se perdait dans la ruelle. Il y avait aussi du plastique sous les chiffons qui lui servaient de couche, et son humble refuge était relativement sec.

Même s'il avait eu de l'eau jusqu'à la ceinture, Sammy Shamroe ne s'en serait pas aperçu, car il avait déjà fini une bouteille de deux litres et venait d'en entamer une autre. Il n'éprouvait aucune souffrance – c'était du moins ce qu'il se disait.

Ça se passait bien, à vrai dire. Le vin ordinaire le réchauffait, chassait ses remords et sa morosité, et lui faisait retrouver certains sentiments innocents, certains espoirs naïfs resurgis de l'enfance. Deux grosses bougies parfumées à la myrtille récupérées dans une décharge et installées dans un plat à tarte diffusaient leur senteur et leur douce clarté dans sa maison-caisse. C'était aussi harmonieux qu'une antique lampe Tiffany. Les cinq côtés de la caisse étaient plus rassurants qu'étouffants. Et le bruit de la pluie le berçait. S'il oubliait les bougies, il pouvait se croire de retour dans le ventre maternel, dans le nid des membranes fœtales : bien tranquille dans l'apesanteur du liquide amniotique, avec le grondement apaisant du sang de sa maman, nullement préoccupé de son futur.

Même lorsque l'homme-rat écarta le tapis qui faisait office de porte, Sammy ne quitta pas la béatitude de cette imitation d'état prénatal. Tout au fond de lui, bien sûr, il savait qu'il était en danger, mais il était trop abruti pour avoir peur.

La caisse faisait deux mètres cinquante sur deux. Elle était aussi vaste que certains placards. Même avec sa taille, l'homme-rat aurait pu entrer sans même renverser les bougies, mais il demeura accroupi au-dehors, la main serrée sur le tapis.

Ses yeux étaient encore différents. D'un noir brillant. Sans le moindre blanc. Ses pupilles étaient deux points jaunes ardents. Deux phares sur l'autoroute de nuit qui conduisait à l'enfer.

– Comment ça va, Sammy ? dit-il d'une voix bizarrement affable. On s'en sort, mmm ?...

Même si le trop-plein de vin avait altéré l'instinct de survie de Sammy au point de lui faire oublier la peur, il savait qu'il *devait* avoir peur. Il restait donc parfaitement immobile et vigilant, comme si un serpent à sonnettes s'était glissé dans sa caisse et lui bloquait la sortie.

– Je voulais seulement te dire, reprit l'homme-rat, que tu ne me verras plus pendant quelque temps. J'ai un nouveau travail. Je suis débordé. Et il faut d'abord que je m'occupe des affaires les plus urgentes. Quand j'aurai fini, je crois que je serai absolument épuisé, et que je dormirai. Je ferai le tour du cadran.

Si Sammy avait rompu avec la peur, il n'avait pas retrouvé le courage, et il ne se hasarda pas à prononcer un seul mot.

– Est-ce que tu sais à quel point c'est fatigant, Sammy ? Non. Éclaircir le troupeau, éliminer les malades et les infirmes – crois-moi, ça n'est pas une partie de plaisir.

L'homme-rat sourit en secouant la tête. Sa barbe humide aspergea Sammy.

Même au sein de sa brume vineuse, Sammy conservait encore suffisamment de conscience pour être surpris par la soudaine loquacité de l'autre. Son monologue lui rappelait curieusement quelque chose qu'il avait déjà entendu, il y avait longtemps, ailleurs, mais il ne parvenait pas à s'en souvenir vraiment. Ce n'était pas la voix rocailleuse ni les paroles elles-mêmes qui éveillaient en lui cette impression de déjà-vu, mais la qualité du ton avec lequel l'homme-rat livrait ses révélations, sa sincérité effrayante, la cadence de son discours.

– Tu vois, c'est tuant de s'occuper de vermines telles que toi. Crois-moi. Tuant. Ce serait tellement plus facile si je pouvais vous éliminer tous dès la première rencontre, que vous puissiez entrer en combustion spontanée, ou que votre tête explose. Est-ce que ça ne serait pas mieux, dis ?...

Non, songea Sammy. *Haut en couleur, passionnant, c'est sûr. Mais certainement pas mieux.*

– Mais pour accomplir ma destinée, pour devenir ce que l'on me demande de devenir, il faut que je montre ma colère, que je vous fasse trembler devant moi, que vous vous prosterniez et compreniez le sens de votre damnation.

Sammy se rappela alors où il avait déjà entendu ce genre de discours. Dans la bouche d'un autre vagabond. Ça remontait à un an et demi peut-être, ou bien deux. C'était à Los Angeles. Le type s'appelait Mike, il avait le complexe du Messie, il croyait qu'il avait été choisi par Dieu pour faire payer au monde tous ses péchés. Il était allé jusqu'au bout de sa mission en poignardant trois ou quatre personnes qui faisaient la queue devant un cinéma qui passait *Bill and Ted's Excellent Adventure* dans sa version longue : vingt minutes de plus qui avaient été coupées au montage initial.

– Sammy, tu sais ce que je vais devenir ?

Sammy empoigna sa bouteille.

– Le nouveau dieu. On a besoin d'un nouveau dieu. Et j'ai été choisi. L'ancien dieu était trop clément. Les choses lui ont échappé. Mon devoir est de Devenir, et quand je serai Devenu, de régner avec plus de sévérité.

Dans la lueur des bougies, les gouttes de pluie scintillaient sur la barbe et les cheveux de l'homme-rat, comme si quelque artisan tristement abusé les avait décorés de joyaux à la façon d'un œuf de Fabergé.

– Quand j'en aurai fini avec ces jugements plus urgents, et lorsque j'aurai pu prendre un peu de repos, je reviendrai te voir, promit l'homme-rat. Je ne voulais pas que tu penses que je t'avais oublié. Que tu te sentes rejeté, négligé. Pauvre, pauvre Sammy : je ne t'oublierai pas. Ce n'est pas seulement une promesse – c'est une parole sacrée du dieu nouveau.

L'homme-rat accomplit alors un miracle malveillant afin de s'assurer que Sammy, noyé dans l'oubli profond de son océan de vin, ne l'oublierait pas. Il ferma les paupières et, quand il les rouvrit, ses orbites étaient remplies de vers blancs et gras. Et, quand il ouvrit la bouche, ses dents étaient devenues des crocs acérés. Il pointa une langue noire et lustrée dans une giclée de venin, et une puanteur violente et ignoble de chair putréfiée monta de sa gorge. Sa tête et son corps se gonflaient, éclataient, mais, cette fois, ce ne fut pas pour libérer une horde grouillante de rats. Il se transforma, ainsi que ses vêtements, en un millier de mouches noires qui se répandirent dans la caisse. Elles bourdonnaient furieusement et tombaient en grêle sur le visage de Sammy. Elles couvraient le crépitement de la pluie, et puis, soudain... elles disparurent.

Le tapis était retombé, alourdi d'humidité.

Les flammes des bougies dansaient entre les parois de bois et la senteur de cire et de myrtille était revenue.

Sammy but de longues gorgées au goulot, plutôt que de se verser le vin dans le pot à confiture qui lui servait de verre. Il se mouilla le menton, mais il ne s'en soucia pas.

Il était décidé à rester détaché, engourdi. S'il avait frôlé la peur durant ces dernières minutes, il aurait certainement pissé dans son pantalon.

Il sentait qu'il était tout aussi important de rester détaché s'il voulait ne pas se laisser impressionner par ce que l'homme-rat avait dit. Auparavant, l'être n'avait parlé que rarement, sans jamais rien lui révéler de ses motivations, de ses intentions. Et voilà qu'il déblatérait à propos d'un troupeau, de jugement, de rôle divin.

Mais il était précieux de savoir que l'esprit de l'homme-rat était encombré des mêmes folies que Mike, l'homme-prophète qui avait poignardé un certain nombre de cinéphiles. Si l'on oubliait le pouvoir qu'il avait de surgir de nulle part pour disparaître dans les airs, ses yeux inhumains et sa capacité à revêtir des formes diverses, son blabla déique le renvoyait au rang des multiples héritiers de Charles Manson et autres Richard Ramirez qui avaient envahi le monde. Parce qu'ils entendaient des voix, qu'ils tuaient par plaisir, quand ils ne conservaient pas les têtes de leurs victimes au congélateur. Il était absolument semblable aux autres dingos et, même avec ses dons particuliers, il était peut-être aussi vulnérable qu'eux.

Dans sa brume alcoolique, Sammy parvenait à deviner que cette perspective nouvelle pouvait être un outil de survie utile. Le problème était qu'il ne brillait pas particulièrement dans l'art de la survie.

À force de penser à l'homme-rat, il avait mal à la tête. Après tout, le seul fait de *réfléchir* à une éventuelle survie pouvait vous donner une migraine. Qui voulait survivre ? Et pourquoi ? La mort viendrait tôt ou tard. Chaque survie n'était qu'un triomphe à court terme. À la fin, ce serait l'oubli pour tous. Et, dans l'intervalle, la douleur. Rien que la douleur. Pour Sammy, c'était la chose la plus atroce à propos de l'homme-rat : il ne se contentait pas de tuer les gens mais, apparemment, il prenait du plaisir à les faire souffrir d'abord. À les tenailler par la terreur, à les torturer. Il n'abandonnait jamais ses victimes dans l'oubli.

Sammy serra les jambes autour de son pot à confiture et se versa une rasade de vin. Il porta le pot à ses lèvres. Et, au centre du liquide rubis, il chercha une obscurité sans reflets et apaisante.

9

Mickey Chan était installé dans un box, tout au fond, et se concentrait sur sa soupe.

Dès qu'elle franchit la porte du petit restaurant chinois de Newport Beach, Connie l'aperçut, et elle s'avança vers lui entre les chaises de laque noire et les nappes argentées des tables. Au plafond, un dragon rouge et or se déployait entre les globes lumineux.

Si Mickey l'avait vue, il n'en montrait rien. Il suçaillait sa cuillère sans quitter son bol du regard.

Il était de petite taille, noueux, la quarantaine avancée, les cheveux bien coiffés. Sa peau était comme un parchemin très ancien.

Il laissait croire à sa clientèle blanche caucasienne qu'il était vraiment chinois, mais il était en fait un réfugié vietnamien. Il était parti pour les États-Unis après la chute de Saigon. La rumeur disait qu'il avait été inspecteur de la brigade criminelle, là-bas, ou encore officier de l'agence de sécurité interne du gouvernement du Sud-Vietnam. Ce qui était probablement vrai.

Certains prétendaient qu'il avait la réputation d'être une vraie terreur dans les interrogatoires, qu'il pouvait se servir de n'importe quelle technique, de n'importe quel outil pour briser la volonté d'un criminel ou d'un communiste. Mais Connie en doutait. Elle aimait bien Mickey. Il était dur, mais il y avait dans son expression une compassion profonde et la trace de tout ce qu'il avait perdu.

Elle s'approcha et, sans relever la tête, il dit :

– Bonsoir, Connie.

Elle s'installa en face de lui.

– On dirait que tu as découvert le sens de la vie dans ce bol.

– C'est vrai, dit-il sans abandonner sa cuillère.

– Vrai ? Pour moi, ça n'est que de la soupe.

– Mais on peut trouver le sens profond de la vie dans un bol de soupe. La soupe, ça commence toujours par un bouillon qui ressemble au flot liquide dont nos vies sont faites.

– Un bouillon ?

– Oui. Dans un bouillon, on trouve des nouilles, parfois des légumes, des restes de blanc d'œuf, des foies de volailles, des bouts de crevettes, de champignons... et même aussi du riz, quelquefois.

Connie savait qu'il n'allait pas la regarder, alors elle fixa son bol de soupe avec toute l'intensité dont elle était capable.

– Parfois, c'est chaud, parfois c'est froid. Parfois encore, ça devrait être froid, et c'est bon quand il n'y a plus la moindre trace de chaleur. Mais si ça ne doit pas être froid, alors, ce sera amer, ou ça te fera des grumeaux dans l'estomac. Ou encore les deux à la fois.

Sa voix forte et douce avait un effet hypnotique. Subjuguée, Connie n'arrivait pas à s'arracher à sa contemplation du bol de soupe.

– Réfléchis, poursuivit Mickey. Avant qu'on ne l'avale, la soupe a une valeur et un but. Après, elle n'a plus de valeur, si ce n'est pour celui qui l'a consommée. En remplissant son but, elle cesse d'exister. Il ne reste que le bol vide. Qui peut symboliser n'importe quel besoin ou désir – ou bien encore l'attente agréable d'autres soupes à venir.

Elle attendait qu'il continue, mais à peine eut-elle dévié le regard qu'elle s'aperçut que c'était lui, à présent, qui l'observait. Elle soutint son regard et lui demanda :

– C'est comme ça ?

– Oui.

– Le sens de la vie ?

– Oui, tout le sens.

Elle plissa le front.

– Je n'arrive pas à l'admettre.

Il haussa les épaules.

– Moi non plus. J'ai inventé toutes ces conneries comme ça.

Elle lui décocha un regard perçant.

– Tu as fait *quoi* ?...

Il lui sourit.

– Écoute, tu devrais t'attendre à ce genre de truc de la part d'un ex-détective privé chinois, non ?... Des prophéties, des sentences philosophiques opaques, des proverbes intraduisibles...

Bien sûr, Mickey Chan n'était pas son vrai nom. Quand il était arrivé aux États-Unis, il avait décidé de se servir de son expérience de policier pour devenir détective privé. Il s'était dit que ses noms vietnamiens étaient trop compliqués pour inspirer confiance et trop difficiles à prononcer pour les Occidentaux. Deux de ses héros américains favoris étaient Mickey et Charlie Chan. Ce qui lui avait fourni son nom. Les Américains adoraient Mickey comme prénom, à cause de Disney, de Rooney, de Mantle, de Spillane. Et le souvenir des films de Charlie Chan était inconsciemment associé à l'idée de génie de l'investigation. Un choix des plus judicieux, car son affaire marchait très fort, avec une réputation en or, et il avait maintenant dix employés.

– Tu m'as bien eue, dit Connie en montrant le bol de soupe.

– Tu n'es pas la première.

Elle était amusée.

– Si j'arrivais à tirer les ficelles qu'il faut, je crois que j'aimerais bien qu'un tribunal te donne le nom de Charlie Mouse. Je voudrais voir comment ça marche.

– Je suis heureux de constater que tu peux encore sourire, dit Mickey.

Une superbe serveuse aux cheveux noir de jais, aux yeux en amande, demanda à Connie si elle voulait commander.

– Je prendrai juste une bouteille de Tsingtao, dit-elle. (Et elle ajouta, à l'intention de Mickey :) Si tu veux que je te dise la vérité, je n'ai pas *vraiment* envie de sourire. Quand tu m'as appelée ce matin, tu as fichu ma journée en l'air.

– J'ai fichu ta journée en l'air ? *Moi* ?

– Qui d'autre, à ton avis ?

– Peut-être un certain monsieur avec un Browning et quelques grenades ?...

– Alors, tu as entendu parler de ça.

– Comme tout le monde. Même en Californie du Sud, c'est le genre d'info qui passe avant les résultats sportifs.

– Oui, en admettant que la journée ait été calme.

Mickey finit sa soupe.

Et la serveuse revint avec la bière. Connie la versa doucement dans la flûte Pilsner pour éviter le trop-plein de mousse, but une gorgée, et soupira.

– Je suis désolé, dit Mickey. Je savais à quel point tu avais besoin de croire que tu avais une famille.

– Mais *j'avais* une famille. Elle a disparu, c'est tout.

Entre trois et dix-huit ans, Connie avait été élevée dans des institutions d'État et divers foyers d'accueil, tous plus atroces les uns que les autres. Elle avait dû apprendre à se battre, à se montrer dure. À cause de sa personnalité, elle n'avait jamais vraiment séduit ses parents adoptifs et elle n'avait rien retiré de cette expérience. Certains traits de son caractère, qui lui semblaient autant d'éléments forts, n'étaient pour les autres que des attitudes de défense. Depuis son plus jeune âge, elle s'était montrée indépendante, sérieuse et précoce, et virtuellement incapable d'être *vraiment* une enfant. Elle avait donc dû simuler, jouer la comédie : elle avait été une adulte dans le corps d'une enfant.

Elle n'avait jamais vraiment pensé à ses parents, si ce n'est quelques mois auparavant. Et elle n'avait rien à en retirer. Elle ne savait pas précisément pour quelle raison ils l'avaient abandonnée, et elle ne gardait d'eux aucun souvenir particulier.

Et puis, un certain dimanche après-midi, alors qu'elle faisait du saut libre à l'aéroport de Perris, la cordelette d'ouverture de son parachute s'était bloquée. Pendant 1 200 mètres, elle était tombée vers le désert roux et aride comme l'enfer avec la conviction qu'elle allait mourir. Son parachute s'était enfin déployé au dernier instant. Elle avait atterri brutalement, mais avec de la chance : elle n'avait qu'une cheville foulée, le bras gauche égratigné, des ecchymoses un peu partout – et le besoin soudain de savoir d'où elle venait.

Tout le monde avait le droit de quitter la vie avec au moins une idée de sa destination finale, et il lui paraissait essentiel de savoir au moins comment elle y était arrivée.

En dehors des heures de travail, elle aurait pu utiliser les canaux officiels, les contacts et les ordinateurs pour enquêter sur son passé, mais elle préférait Mickey Chan. Elle ne tenait pas à ce que ses collègues soient mêlés à ses recherches – ne serait-ce qu'au cas où elle trouverait quelque chose qu'elle ne tenait pas à partager avec les autres.

Il se confirma que Mickey, après avoir pillé durant six mois les archives officielles, ne ramena rien de bon.

Ils étaient dans son élégant bureau de Fashion Island, avec ses œuvres d'art françaises du XIXe et son mobilier Biedermeier. Il lui avait tendu son rapport en lui disant :

– Je serai dans la pièce d'à côté. J'ai du courrier à dicter. Préviens-moi quand tu auras fini.

Ses réticences d'Asiate, le fait qu'il impliquait qu'elle aurait besoin de rester seule l'avaient déjà mise en garde.

Selon le rapport de Mickey, c'est à la suite du jugement du tribunal qu'elle avait été retirée à ses parents qui lui avaient infligé des violences physiques répétées. Ils la punissaient à propos de rien – sans doute parce qu'elle vivait, tout simplement –, ils la battaient, ils l'avaient rasée, ils l'avaient ligotée et lui avaient mis un bandeau sur les yeux avant de l'enfermer pendant dix-huit heures dans un placard. Ils lui avaient aussi cassé trois doigts.

Quand la cour l'avait prise en charge, elle ne savait pas parler, parce que ses parents ne le lui avaient jamais appris, parce qu'ils ne l'avaient jamais autorisée à parler.

Pourtant elle s'était rattrapée très vite, comme si elle s'accrochait à cet acte de pure rébellion qu'était le seul fait de parler.

Mais elle n'avait pas eu la moindre chance d'accuser son père et sa mère. En tentant de fuir l'État pour éviter d'être inculpés, ils étaient morts dans un terrible accident à la frontière de l'Arizona et de la Californie.

Connie lut ce premier rapport de Mickey avec une fascination sinistre. Son contenu la secouait moins que la plupart des gens, parce qu'elle était depuis trop longtemps dans la police pour n'avoir pas rencontré des cas semblables, et pires encore. Elle ne pensait pas que cette haine que lui avaient vouée ses parents s'expliquait par ses déficiences à elle ou parce qu'elle avait été moins attachante que n'importe quel autre enfant. Le monde fonctionnait comme ça. Trop souvent. Mais elle savait enfin pourquoi, même à trois ans, elle était une petite fille trop grave, trop sage, trop indépendante d'esprit, bien trop *dure* pour être l'enfant gracieuse et mignonne que ses parents adoptifs avaient espéré trouver.

Les sévices de ses vrais parents avaient dû être plus graves que ce que décrivait le rapport, sec et concis. D'abord, les tribunaux se montraient très tolérants envers les brutalités infligées aux enfants et il fallait du temps avant qu'ils prennent des mesures radicales. Ensuite... elle avait effacé tous ses souvenirs de ces moments, et même de sa sœur, ce qui était une réaction de désespoir.

La plupart des enfants qui survivaient à ce genre d'expérience étaient profondément perturbés durant leur croissance par les souvenirs réprimés et un sentiment de mépris envers eux-mêmes – quand ils ne devenaient pas autistes. Connie avait eu la chance d'être parmi les plus forts. Elle ne doutait pas de sa valeur en tant qu'être humain pas plus que dans son métier. Elle aurait aimé être plus souple, plus calme, moins cynique, plus portée à rire, mais elle était néanmoins satisfaite de ce qu'elle était, à sa manière.

Mais il n'y avait pas que de lugubres informations dans le rapport de Mickey. Connie avait appris l'existence de sa sœur, Colleen. Constance Mary et Colleen Mary Gulliver étaient nées à trois minutes d'écart. Des jumelles. Des victimes ôtées à leurs parents, dirigées vers des institutions différentes, vers des vies séparées.

Cela remontait à un mois : assise dans le fauteuil réservé aux clients, face au bureau de Mickey, Connie avait ressenti un long frisson de plaisir en apprenant l'existence de quelqu'un avec qui elle avait un lien aussi étroit. Une jumelle. Et elle avait compris brusquement pourquoi elle rêvait parfois qu'elle était deux personnes en même temps dans certaines situations fantastiques. Mickey cherchait encore la trace de Colleen, mais Connie osait enfin espérer qu'elle n'était pas seule.

Mais à présent, quelques semaines après, elle savait quel avait été le destin de Colleen. Adoptée et élevée à Santa Barbara, elle était morte il y avait cinq ans de cela. À vingt-huit ans.

Elle avait appris ce matin même qu'elle avait perdu sa sœur pour la seconde fois, et pour toujours. Et elle en avait éprouvé le chagrin le plus intense de toute sa vie.

Elle n'avait pas pleuré.

Elle pleurait rarement.

Elle avait réagi à ce chagrin comme à toutes les déceptions qu'elle avait connues, tous les regrets et les pertes : elle s'était lancée furieusement dans le travail – avec obsession et colère à la fois. Pauvre Harry. Il avait encaissé le contrecoup de son trouble toute la matinée sans même en connaître la cause. Pauvre Harry : pondéré, poli, pacifique, résigné. Jamais il ne saurait le bonheur pervers qu'elle avait éprouvé en traquant James Ordegard, ce dingue à face de lune. Il lui avait donné une occasion inespérée de focaliser sa fureur sur quelqu'un qui le méritait vraiment, de libérer son trop-plein de douleur sans verser de larmes.

Elle but une goulée de Tsingtao et dit :

– Ce matin, tu m'as parlé de photos...

Le garçon emporta le bol vide.

Mickey posa une enveloppe de papier bulle devant elle.

– Tu es certaine de vouloir les regarder ?

– Pourquoi pas ?

– Tu peux ne jamais l'avoir connue. Avec les photos, tu vas la connaître.

– J'en ai déjà accepté l'idée.

Elle ouvrit l'enveloppe. Huit ou dix clichés tombèrent sur la table.

Colleen à cinq ou six ans, puis vers les vingt ans qu'elle n'avait guère dépassés. Chaque fois, elle était habillée différemment de Connie, coiffée différemment, et on la voyait dans des livings et des cuisines, sur des pelouses et des plages que Connie n'avait jamais connus. Mais, fondamentalement – par la taille, la silhouette, la couleur de la peau, le visage, les expressions et l'attitude –, elle était le double parfait de Connie.

Elle avait le sentiment surnaturel de regarder des photos d'elle-même dans une existence qu'elle ne se rappelait pas avoir vécue.

– Tu les a eues comment ? demanda-t-elle à Mickey Chan.

– Par les Ladbrook. Dennis et Lorraine Ladbrook, le couple qui a adopté Colleen.

En revenant aux photos, Connie fut frappée de voir que, sur chacune d'elles, Colleen souriait ou riait. Les quelques photos qu'elle connaissait d'elle enfant montraient des groupes d'enfants. Elle n'avait jamais vu une seule photo d'elle où elle souriait.

– Les Ladbrook, comment sont-ils ?

– Ils travaillent dans les affaires. Ensemble. Ils sont propriétaires d'un magasin de fournitures de bureau à Santa Barbara. De braves gens, à mon avis, tranquilles, modestes. Ils ne pouvaient pas avoir d'enfant à eux, et ils adoraient Colleen.

L'envie assombrit soudain le cœur de Connie. Elle aurait tant voulu connaître l'amour et les années de vie normale que Colleen avait vécus. C'était fou d'être jalouse d'une sœur morte. Elle en éprouvait de la honte, mais elle n'y pouvait rien.

– Il a fallu cinq ans aux Ladbrook pour se remettre de sa mort, reprit Mickey. Ils ignoraient qu'elle avait une sœur jumelle. Les organismes de protection de l'enfance ne les avaient pas mis au courant.

Connie remit les photos dans l'enveloppe. Elle se sentait incapable de les regarder plus longtemps. Elle détestait s'apitoyer sur son sort, et l'envie qu'elle avait tout d'abord ressentie virait à ce sentiment. Elle éprouvait un poids soudain sur la poitrine. Plus tard, se dit-elle, seule dans son appartement, peut-être aurait-elle envie de retrouver le sourire adorable de sa sœur.

La serveuse revint avec du riz et une poêlée de *moo goo gai* pour Mickey.

Il ignora les baguettes et prit une fourchette.

– Connie, les Ladbrook aimeraient te rencontrer.

– Pourquoi ?

– Je te l'ai dit : ils ne savaient pas que Colleen avait une sœur jumelle.

– Je ne suis pas certaine que ça soit une bonne idée. Je ne peux pas être Colleen pour eux. Je suis quelqu'un de différent.

– Je ne pense pas que ça se passerait comme ça.

Elle but un peu de bière et dit :

– Je vais y réfléchir.

Mickey était plongé dans son *moo goo gai* comme s'il n'existait rien de plus savoureux dans tout l'hémisphère occidental.

L'aspect et l'odeur de son plat faillirent rendre Connie malade. Elle savait que c'était un repas tout à fait normal, mais elle réagissait mal. Elle avait quelques raisons d'avoir la nausée, ce soir. La journée avait été dure.

Elle posa enfin la dernière question, la plus dure.

– Colleen, comment est-elle morte ?

Mickey l'observa un instant avant de répondre.

– J'étais prêt à te le dire ce matin.

– Je suppose que je n'étais pas prête à l'apprendre.

– Elle est morte en couches.

Elle s'était attendue à n'importe quelle mort absurde, stupide, qui pouvait guetter une jolie jeune femme de vingt-huit ans dans ces années de ténèbres. Mais pas à ça. Et elle fut secouée.

– Elle avait un mari ?

Mickey secoua la tête.

– Non. J'ignore comment elle vivait, qui était le père, mais les Ladbrook n'ont pas mal pris la chose, ils ne considèrent pas ça comme une tache sur son passé. À leurs yeux, c'était une sainte.

– Et le bébé ?

– Une fille.

– Elle a survécu ?

– Oui.

Mickey posa sa fourchette, but un peu d'eau, s'essuya les lèvres avec sa serviette et la dévisagea longuement.

– Elle s'appelle Eleanor. Eleanor Ladbrook. Ils l'appellent Ellie.

– Ellie, répéta Connie d'une voix éteinte.

– Elle te ressemble beaucoup.

– Et pourquoi tu ne m'en as pas parlé ce matin ?

– Tu ne m'en as pas laissé l'occasion. Tu m'as raccroché au nez.

– Ce n'est pas vrai.

– Presque. Tu t'es montrée très brusque. Tu m'as dit : « Tu m'expliqueras ce soir. »

– Désolée. Qand j'ai appris que Colleen était morte, je pensais que c'était tout.

– Tu as une famille maintenant. Tu es la tante d'une petite fille. Avoir une famille quelque part, c'est différent.

Elle s'en doutait : ça devait faire une énorme différence. Elle se dit ironiquement qu'elle avait bien failli se faire tuer avant d'apprendre qu'elle avait une raison nouvelle et importante de vivre.

Mickey posa une autre enveloppe sur la table.

– Le rapport final. Avec l'adresse des Ladbrook et leur numéro de téléphone quand tu décideras de les appeler.

– Merci, Mickey.

– Il y a la facture, aussi.

Elle sourit.

– Merci, en tout cas.

Elle se releva, et il ajouta :

– La vie, c'est bizarre. On a tant de relations avec des gens que l'on ne connaît même pas. Des liens invisibles qu'on a oubliés depuis longtemps, d'autres que l'on ne rencontrera pas avant des années – à supposer qu'on les rencontre...

– Oui. C'est bizarre.

– Autre chose encore, Connie...

– Oui ?...

– Il existe un proverbe chinois qui dit : « Parfois, la vie peut être aussi amère que des larmes de dragon... »

– Encore une de tes conneries ?

– Non, non. C'est un vrai dicton.

Mickey Chan, petit homme au visage avenant, aux yeux pétillants, semblait un Bouddha dans un box du restaurant.

– Mais ce n'est qu'une partie du dicton, celle que tu peux déjà comprendre. Voici la suite... « Parfois, la vie peut être aussi amère que des larmes de dragon. Mais que les larmes de dragon soient douces ou amères, cela ne dépend que de la façon dont chaque homme en perçoit le goût. »

– En d'autres termes, la vie est dure, et même cruelle – mais elle est aussi ce que tu en fais.

Il plaça ses paumes l'une contre l'autre sans croiser les doigts, dans le geste de prière orientale, et inclina la tête avec une solennité ironique.

– Puisse la sagesse pénétrer dans ton crâne épais de Yankee.

– Tout est possible, dit Connie.

Elle le quitta avec les deux enveloppes. Les sourires de sa sœur. L'espérance de cette nièce qui l'attendait.

Sur le seuil, elle se demanda si un nouveau Noé ne s'activait pas quelque part dans le monde, poussant des couples d'animaux sur la bordée d'une arche numéro deux.

Le restaurant était situé dans une nouvelle allée du centre commercial, et le trottoir était abrité par une vaste marquise. Un homme se tenait à l'angle gauche de la porte. Au premier regard, Connie eut l'impression qu'il était très grand et robuste, mais elle ne l'observa pas vraiment jusqu'à ce qu'il l'apostrophe.

– Ayez pitié d'un pauvre homme, madame...

Elle s'apprêtait à gagner l'angle, mais la voix du mendiant la fit s'arrêter soudain. Elle était douce, presque musicale, absolument en désaccord avec la silhouette qu'elle venait d'apercevoir du coin de l'œil.

En se retournant, elle reçut la laideur de l'homme comme un choc, et se demanda comment il pouvait subsister en faisant la manche. Sa taille immense, ses cheveux noués et sa barbe échevelée lui donnaient l'air de Raspoutine. Quoique le moine fou ait eu presque l'air d'un joli garçon comparé à lui. Des cicatrices affreuses ravageaient son visage. Son nez crochu était noirci par d'innombrables vaisseaux éclatés. Des cloques suintaient sur ses lèvres. Connie entrevit des dents déchaussées et jaunies, des gencives malades, et elle se souvint d'un cadavre qu'on avait exhumé dans une affaire de poison neuf mois après son inhumation. Quant aux yeux du clochard... Ils étaient couverts d'une épaisse membrane laiteuse. La cataracte. Elle ne parvenait pas à discerner les iris. Il était tellement épouvantable qu'elle se dit que la plupart des gens à qui il demandait l'aumône devaient fuir dès qu'il tendait la main.

– Vous n'avez pas pitié d'un pauvre homme ? D'un aveugle ? Vous n'avez pas quelques pièces pour quelqu'un qui n'a pas eu autant de chance que vous ?

La voix, au départ, était déjà surprenante, mais elle devenait extraordinaire si l'on considérait la source d'où elle émanait. Car elle était mélodieuse et claire. C'était la voix d'un chanteur doué, capable d'interpréter avec talent les plus grands succès. Et c'était sans doute pour ça que, malgré sa terrible apparence, il parvenait à vivre de mendicité.

S'il n'y avait eu cette voix magnifique, Connie lui aurait sans doute dit d'aller voir ailleurs. Sans trop d'égards. Certains êtres se retrouvaient à la rue sans que ce soit leur faute. Elle avait plus ou moins vécu cette expérience durant son enfance, et elle éprouvait une réelle pitié pour les vrais malheureux. Mais son métier exigeait qu'elle soit au contact quotidien d'épaves trop nombreuses pour être prise au piège du pathétique et les ranger dans une classe à part. Dans les exemples qu'elle avait eus sous les yeux, la plupart des sans-abri étaient mentalement très dérangés et, pour leur bien, ils dépendaient des instituts psychiatriques où des gens bien intentionnés les avaient « réinsérés » dans la société. Alors que d'autres tombaient, victimes de l'alcool, de la drogue ou du jeu.

Connie avait l'idée infuse que, des riches demeures au caniveau, les vrais innocents ne représentaient qu'une minorité distincte.

L'apparence de ce type révélait qu'il avait constamment pris les mauvaises décisions et les choix les plus autodestructeurs, mais elle se surprit à fouiller dans ses poches de veste jusqu'à ce qu'elle trouve deux pièces de vingt-cinq cents et un vieux billet de dix dollars usé. Surprise plus grande encore : elle garda les deux pièces et tendit les dix dollars au mendiant.

– Soyez bénie, madame. Dieu vous garde et qu'Il soit toujours miséricordieux envers vous.

Étonnée par sa réaction, elle s'éloigna précipitamment sous la pluie en direction de sa voiture.

Tout en courant, elle se demanda ce qui lui avait pris. Mais ce n'était pas très difficile à deviner. Elle n'avait pas été particulièrement gâtée durant cette journée. Elle avait risqué sa vie en traquant Ordegard. Ils avaient flingué cette ordure. Et maintenant voilà qu'elle avait une nièce. Eleanor Ladbrook. Ellie. Cinq ans. Elle n'avait pas le souvenir d'un jour aussi chargé, et elle se dit que tous ces bonheurs avaient suscité en elle le besoin d'offrir à autrui dès que l'occasion s'en présenterait.

Elle était encore en vie, ils avaient effacé un criminel, et elle avait une option nouvelle pour son avenir : tout ça pour dix dollars. Pas mal.

Elle monta dans sa voiture, claqua la porte, mit le contact et appuya un instant sur l'accélérateur parce que le moteur toussait à cause de la pluie.

Brusquement, elle eut conscience que sa main gauche était crispée. Inconsciemment, elle avait fermé le poing. Comme sous l'effet d'un spasme.

Il y avait quelque chose au creux de sa main.

Elle ouvrit les doigts.

Et vit le vieux billet de dix dollars froissé.

Usé par les ans.

Déconcertée, elle émit une vague plainte. C'était certainement le billet de dix dollars qu'elle avait cru donner au mendiant.

Mais, pourtant, elle le lui avait *réellement* donné. Il avait refermé sa patte sale en balbutiant sa reconnaissance.

Elle regarda en direction du restaurant chinois, abasourdie. Le mendiant n'était plus là.

Elle explora du regard le trottoir. Mais il n'était plus à proximité du centre commercial.

Elle regarda une fois encore le billet froissé.

Peu à peu, sa bonne humeur s'évanouissait. Remplacée par de la peur.

Une peur dont elle ignorait la raison. Mais soudain, elle sut : l'instinct du flic.

10

Harry mit plus de temps qu'il ne l'aurait cru pour rentrer chez lui. La circulation était coagulée à tous les carrefours.

Il perdit encore un peu plus de temps en s'arrêtant à une épicerie *Seven-Eleven* pour acheter du pain et de la moutarde.

Chaque fois qu'il entrait dans une épicerie de nuit, il pensait à Ricky Estefan, qui s'était arrêté un soir pour acheter du lait, et dont la vie avait basculé. Mais il ne lui arriva rien de dramatique dans la *Seven-Eleven*, si ce n'est qu'il entendit parler à la télé du bébé et de la soirée d'anniversaire.

Le caissier avait un petit récepteur pour se distraire aux heures creuses et c'était l'heure des infos quand Harry se présenta pour payer. À Chicago, une jeune mère était accusée d'avoir tué son enfant. Sa famille et ses amis avaient préparé une grande soirée d'anniversaire pour elle. Elle avait appelé une *baby-sitter* qui n'était pas venue et elle s'était dit qu'elle ne pourrait pas profiter de la fête. Alors, elle avait jeté son bébé de deux mois dans la trappe de l'incinérateur de détritus de l'immeuble, elle était allée à sa soirée d'anniversaire, et elle avait dansé toute la nuit comme une folle. Son avocat avait annoncé qu'elle plaiderait la dépression post-maternité.

Encore un nouvel exemple des atrocités et des violences dont Connie faisait collection.

Le caissier était un jeune type aux yeux noirs et tristes. Avec un accent iranien marqué, il commenta :

– On se demande où va ce pays.

– Oui, je me pose parfois la question, dit Harry. Mais, regardez, dans votre ex-pays, non seulement ils laissent les fous en liberté, mais ils leur donnent le pouvoir.

– C'est vrai. Mais ici aussi, parfois.

– Je ne peux pas dire le contraire.

À la seconde où il poussait une des portes de verre avec son sac de plastique, Harry prit conscience qu'il avait un journal plié sous le bras droit. Il s'arrêta net, leva le journal et le regarda sans comprendre. Il était certain de ne pas l'avoir pris, et encore moins de l'avoir plié et mis sous son bras.

Il revint à la caisse. Le journal se déplia sur le comptoir.

– Est-ce que je vous ai payé ça ? demanda-t-il.

Interloqué, le caissier lui dit :

– Non, monsieur. Je ne vous ai même pas vu le prendre.

– Je ne m'en souviens pas.

– Vous le voulez ?

– Non. Non, pas vraiment.

C'est alors que son regard se posa sur le titre à la une : FUSILLADE DANS UN RESTAURANT DE LAGUNA BEACH. Et, en dessous : DEUX MORTS, DIX BLESSÉS.

C'était la dernière édition du soir.

– Attendez, dit Harry. Oui. Oui, je pense que je vais le prendre.

Quand une affaire à laquelle il avait participé était dans les journaux, jamais Harry ne les achetait. Il était un flic, pas une star.

Il donna une pièce de 25 cents au caissier et sortit.

Il ne comprenait toujours pas comment le journal avait pu se plier et se glisser sous son bras. Un instant d'absence ? Ou bien quelque chose de plus étranger, directement lié aux inexplicables événements de cette journée ?...

Lorsqu'il ouvrit la porte du devant, dégoulinant, et qu'il s'avança vers le hall, il trouva son appartement plus accueillant que jamais. C'était un havre propre et net dans lequel jamais le chaos extérieur ne pourrait pénétrer.

Il ôta ses chaussures. De vraies éponges, probablement fichues. Il aurait dû mettre des caoutchoucs, mais la météo n'avait pas annoncé de pluie avant la soirée.

Ses chaussettes étaient également trempées, mais il les garda. Il passerait la serpillière sur les dalles du hall après s'être changé.

Il fit une halte dans la cuisine pour poser le pain et la moutarde sur le plan de travail, à côté de la planche à découper. Il allait se confectionner des sandwiches au poulet froid. Il mourait de faim.

La cuisine étincelait comme d'habitude. Il était heureux d'avoir débarrassé après son breakfast. S'il avait dû le faire maintenant, il aurait été déprimé.

Il passa dans la salle à manger, puis enfila le couloir jusqu'à sa chambre avec le journal. Il appuya sur l'interrupteur en franchissant le seuil – et découvrit le vagabond sur son lit.

Il tomba plus loin sous terre qu'Alice dans le terrier du lapin.

Le personnage semblait plus énorme que lorsqu'il l'avait aperçu la dernière fois, dans un couloir des Projets Spéciaux. Et plus hideux. Il n'était pas semi-transparent comme une apparition. En fait, avec sa masse de cheveux emmêlés, ses cicatrices en croix, ses couches de crasse et ses vêtements tachés et froissés qui évoquaient les restes de rubans d'une momie, il était plus réel que la chambre. On aurait dit une image hyperréaliste insérée dans le dessin minimaliste d'une chambre.

Il ouvrit les yeux. Deux flocules de sang.

En s'asseyant, il dit :

– Tu te crois vraiment fort. Mais tu n'es qu'un animal de plus, juste un tas de viande ambulante comme tous les autres.

Harry lâcha son journal et sortit son revolver de son holster.

– Ne bouge pas.

Ignorant son ordre, l'intrus jeta les jambes sur le bord du lit et se leva.

Et la trace de son corps et de sa tête resta imprimée en creux dans le jeté de lit, le matelas, les oreillers. Un fantôme pouvait marcher dans la neige sans laisser d'empreintes. Les hallucinations ne devaient rien peser.

– Un animal malade, c'est tout ce que tu es. (La voix du vagabond semblait plus rauque et plus grave que dans la rue. Il avait l'accent guttural d'une bête qui aurait appris à parler comme les humains. Laborieusement.) Tu te prends pour un héros, c'est ça ?... Le grand chef. L'homme parfait. Mais tu n'es rien, rien qu'un minable. *Rien !*

Harry ne parvenait pas à croire que ça pouvait lui arriver deux fois dans la même journée. Et pas dans sa propre maison, pour l'amour de Dieu !...

Il battit en retraite vers la porte et dit :

– Si tu ne t'allonges pas sur le ventre, immédiatement, les mains dans le dos, alors, que Dieu me pardonne, mais je vais te faire éclater la tête.

Tout en s'avançant sur lui, le vagabond lui dit :

– Parce que tu crois que tu peux abattre n'importe qui, mon héros... liquider les autres comme tu le veux. Comme ça. Et c'est terminé. Mais c'est pas le cas avec moi. *Moi*, tu peux me tirer dessus, mais ça sera pas terminé. Pas avec moi.

– Stop ! Je vais tirer !

Mais l'autre ne s'arrêta pas. Sur le mur de la chambre, son ombre était gigantesque.

– Je vais t'arracher les boyaux, te les faire admirer, pour que tu puisses les sentir en crevant.

Harry braqua son revolver à deux mains. La position officielle du tireur. Il savait ce qu'il faisait. C'était un bon tireur. À cette distance, il aurait pu toucher un colibri. Ça ne pouvait se terminer qu'avec du sang sur les murs, de la viande refroidie. C'était le seul scénario plausible – et cependant, il se sentait en danger comme jamais encore dans toute sa vie. Infiniment plus vulnérable qu'il l'avait été au milieu des mannequins du grenier-labyrinthe.

– Vous autres, les gens, ça fait tellement plaisir de jouer avec vous.

Une dernière fois, Harry lança son avertissement.

Mais l'autre se rapprochait toujours. Il n'était plus qu'à trois mètres de lui. Deux mètres. Un mètre et demi.

Harry ouvrit le feu. Posément, avec précision, en contrôlant le recul violent pour ne pas perdre sa ligne de mire. Une fois, deux fois, trois, quatre fois : les explosions, dans la petite chambre, furent assourdissantes. Il pouvait constater les dommages causés par chaque projectile : trois dans le torse, le quatrième à la base du cou, pratiquement à bout portant. La tête de l'autre tourna presque sur elle-même, comme dans un numéro comique.

Mais le vagabond ne s'effondra pas pour autant, il ne vacilla pas d'un centimètre. Il avait eu à peine un sursaut à chaque impact. À cette courte distance, chaque blessure était affreuse à voir. La balle qui l'avait touché à la gorge était ressortie en causant des lésions plus graves dans la nuque. Elle avait fracturé ou coupé net l'épine dorsale. Mais il n'y avait pas la moindre trace de sang, la moindre giclure de chair ou de liquide, comme si le cœur de l'autre avait cessé de battre depuis longtemps, et que le sang s'était desséché et durci dans ses veines. Il avançait toujours, comme une mécanique énorme. Et il heurta Harry de plein fouet, lui cogna la poitrine et le poussa, le souffle coupé, jusque dans le couloir. Il le saisit et le repoussa avec une telle violence contre le mur que les dents de Harry claquèrent et que le revolver lui échappa de la main.

Un éventail de souffrance se déploya entre ses épaules. Un instant, il pensa qu'il allait s'évanouir, mais la terreur le maintint en éveil. Cloué contre la paroi par la force énorme de son assaillant, les pieds au-dessus du sol, il se retrouvait comme un enfant impuissant. Mais, s'il parvenait à rester conscient, il se dit qu'il retrouverait peut-être ses forces, ou alors qu'il penserait à un moyen de s'en sortir. N'importe quoi : un mouvement, une astuce, une distraction.

Le vagabond géant l'écrasait. Sa face de cauchemar était tout contre son visage. Les cicatrices blêmes étaient cernées de pores dilatés gros comme des têtes d'allumettes et gonflés de saleté. Des toupets de poils bouclés et noirs vibraient dans ses narines.

Et, lorsqu'il exhala, ce fut comme si l'on venait d'ouvrir une tombe remplie de corps en décomposition. Harry eut un spasme.

– Tu as peur, petit homme ? demanda le vagabond.

Il ne semblait pas avoir de difficulté d'élocution en dépit du trou béant qu'il avait dans la gorge, de ses cordes vocales pulvérisées qui avaient été vomies à l'arrière de sa nuque.

– Tu as peur ?

Oui, Harry avait peur. Sinon, il aurait été idiot. Toutes les séances de tir, tous les exercices de police ne l'avaient pas préparé à se retrouver face à face avec cet épouvantail. Et il n'avait pas honte de se dire qu'il était prêt à le hurler sur les toits si tel était le désir du vagabond monstrueux. Mais il n'arrivait pas à reprendre son souffle.

– Le soleil se lèvera dans onze heures, dit la créature. Tic-tac.

Des choses bougeaient dans les tréfonds de sa barbe broussailleuse. Elles rampaient. Des punaises, peut-être.

Le vagabond secoua Harry frénétiquement, le cogna contre le mur.

Harry tenta de lever les bras, de se dégager de l'étreinte du géant. Mais il s'attaquait à un bloc de béton.

– D'abord, tout ce que tu aimes, et tous ceux que tu aimes, gronda le vagabond.

Puis, il se tourna sans lâcher Harry, et le projeta dans la chambre.

Harry tomba violemment et roula jusqu'au flanc de son lit.

– *Et après, toi !*

Le regard trouble, haletant, Harry leva les yeux vers l'immense silhouette qui se détachait sur le seuil. Son revolver était à ses pieds. D'un coup de pied, il le lança vers Harry. L'arme arriva en tourbillonnant sur un coin du tapis. Hors de portée.

Harry se demanda s'il pourrait la récupérer avant que le salopard ne lui retombe dessus. Et puis, est-ce que ça en valait la peine ? Il l'avait touché quatre fois, et pas la moindre goutte de sang.

– Est-ce que tu m'entends ? demanda l'autre. Est-ce que tu m'entends ? Est-ce que tu m'entends, le héros ?

Il ne s'interrompait pas, il n'attendait pas de réponse à la question qu'il répétait, de plus en plus moqueur et furieux, de plus en plus fort.

– Est-ce que tu m'entends, le héros ? Est-ce que tu m'entends, est-ce que tu m'entends, est-ce que tu m'entends ? *Est-ce que tu m'entends ?* EST-CE QUE TU

M'ENTENDS ? HEIN ? HEIN ? HEIN ? EST-CE QUE TU M'ENTENDS ?

Il tremblait violemment, le visage noir de fureur et de haine. Il ne regardait même plus Harry mais le plafond, et il hurlait toujours la même question, comme une plainte :

– *EST-CE QUE TU M'ENTENDS ? EST-CE QUE TU M'ENTENDS ?*

Sa fureur était devenue tellement énorme qu'il ne pouvait la crier à un homme mais au monde entier. Et peut-être au-delà. Sa voix oscillait du cri perçant au grondement de tonnerre.

Harry tenta de se redresser en prenant appui sur le lit.

Le vagabond leva la main droite et des étincelles vertes d'électricité statique crépitèrent entre ses doigts. L'air s'embrasa au-dessus de sa paume levée.

Il plia le poignet, brusquement, et une boule de feu jaillit dans la chambre. Elle frappa les rideaux qui explosèrent en flammes.

Ses yeux n'étaient plus liquides, soudain. Des langues de feu dardaient hors de ses orbites, léchaient ses sourcils, comme s'il n'était qu'un être creux, un épouvantail d'osier qui brûlait de l'intérieur.

Harry était enfin sur pied, les jambes flageolantes.

Il ne voulait qu'une chose : sortir d'ici. Les rideaux enflammés se consumaient sur la fenêtre. Le vagabond monstrueux était sur le seuil. Il n'avait aucune issue.

Le vagabond ouvrit la main à la façon d'un magicien, mais ce ne fut pas une colombe qu'il libéra : une autre boule chauffée à blanc fila à travers la chambre et frappa la commode en explosant comme un cocktail Molotov. Le miroir éclata dans une cataracte d'échardes, les tiroirs furent projetés dans la pièce, et la conflagration se propagea aussitôt.

Des tourbillons de fumée montaient de la barbe du monstre, des flammèches sortaient de ses narines. Son nez se couvrit de cloques et commença à fondre. Il avait la bouche ouverte, mais il n'émettait que des crépitements, des craquements et des sifflements de fournaise. Ses lèvres se recroquevillèrent comme des tranches de lard grillé, elles noircirent et s'effritèrent pour révéler ses dents cendreuses et fumantes.

Harry vit des serpents de flammes se tortiller en volutes au-dessus de la commode, monter jusqu'au plafond. Le tapis avait commencé à brûler par endroits.

La chaleur était terrible. La fumée âcre montait.

Des langues rouge et or surgirent des trous béants que les balles de Harry avaient laissés dans la poitrine de la créature. Et non pas du sang. Le vagabond lança un troisième globe brasillant à travers la pièce.

Il manqua Harry de peu. Il s'était jeté au sol. La boule lui passa à quelques centimètres de la tête et il mit une main sur son visage quand la vague torride le submergea. Les draps du lit se changèrent en une gerbe de flammes comme s'ils avaient été arrosés d'essence.

Quand Harry put voir à nouveau, il n'y avait plus personne sur le seuil. Le vagabond avait disparu.

Il récupéra son revolver et fonça dans le couloir, sur la moquette en feu. Heureux d'avoir gardé ses chaussures-éponges.

Le hall d'entrée était désert et il en fut soulagé : il ne souhaitait pas affronter dans l'immédiat la créature qui résistait aux balles, quelle qu'elle soit. La cuisine était sur sa gauche. Il hésita avant de franchir le seuil, le revolver braqué. Le feu dévorait les placards, les rideaux embrasés dansaient une sorte de ballet infernal, et la fumée roulait en volutes épaisses. Il se remit à courir. Droit vers le hall, puis vers le living, sur sa droite, là où le vagabond avait pu se réfugier. Non : la *chose*, pas le vagabond. Il s'avança, la peur au ventre. La chose pouvait tomber sur lui à tout instant, l'empoigner entre ses mains ardentes, mais il devait sortir. Et vite. La fumée avait tout envahi et il commençait à tousser.

Mû par l'habitude, Harry garda son revolver au poing. Il était plaqué contre le mur du couloir, à la limite du hall, et se tourna vers le living.

Il ne restait qu'une balle dans le barillet.

Le living était en flammes, comme les autres pièces. La chose se dressait au centre, au cœur du brasier, les bras déployés comme pour mieux profiter de la tempête de feu. Elle ne souffrait pas, et peut-être était-elle en extase. Chaque caresse des flammes paraissait lui être une source de plaisir pervers.

Harry eut la conviction que la chose l'observait à travers les rideaux ardents. Il craignit soudain qu'elle s'approche, comme une croix mouvante, et qu'elle l'écrase contre la paroi.

Une marée noire de fumée, aveuglante, étouffante, se répandit dans le couloir, déferlant de la chambre, et le submergea. Il avança en crabe vers le hall, et il eut une dernière vision de ses chaussures détrempées. Il les arracha sans lâcher son revolver. La fumée était si dense que le hall était obscur, même sous le buisson de flammes qui approchait. Les yeux brûlants, ruisselants de larmes, il s'efforça de garder les paupières serrées. Même dans un espace aussi restreint, il courait le risque d'être désorienté.

Il cessa de respirer. Une inhalation de trop, et il risquait de se retrouver à genoux, le souffle coupé, et de perdre conscience. Mais il n'avait pas aspiré une seule bouffée d'air pur depuis la chambre, et il ne put résister que quelques secondes. Il chercha la poignée de la porte, commença à paniquer, puis la trouva enfin. Le verrou était mis. Ainsi que la chaîne de sécurité. Il avait les poumons en feu, toute la poitrine douloureuse. Mais où était la chaîne ? Normalement, juste au-dessus de la poignée. Il la trouva, se dit qu'il devait respirer, absolument, qu'il ne le pouvait pas. Il tourna le verrou, vaguement conscient de l'obscurité intérieure plus redoutable que celle du dehors, agrippa la poignée, ouvrit, et plongea dans la nuit. La fumée l'accompagna dans l'air froid, et il dut plonger sur la droite pour retrouver l'air pur. La première bouffée fut glacée et douloureuse dans ses poumons.

Dans le parc, où les allées sinuaient entre les azalées, les haies de cornouillers et les parterres anglais luxuriants de primevères, Harry lutta pour retrouver la vue, battant frénétiquement des paupières. Il discerna quelques voisins qui étaient sortis de leurs appartements sur la promenade du bas, ainsi que deux autres sur le deuxième niveau par lequel on pouvait accéder à tous les appartements du haut. Ils avaient sans doute été alertés par les coups de feu. Ici, le voisinage était plutôt tranquille. Tous observaient Harry d'un air abasourdi, ainsi que les traînées de fumée grasse qui montaient de la porte de son appartement. Il se dit que personne n'avait encore crié « au feu ! », et il le fit à leur place. Ses voisins reprirent son appel.

Ensuite, il courut jusqu'à l'une des deux bornes d'alarme du bas. Il lâcha son revolver et ses chaussures, et laissa retomber le levier qui cassa la glace embuée. Le son strident de la sonnerie creva la nuit.

Sur la droite, la fenêtre de son living, qui faisait face au parc, explosa dans une averse de fragments de verre. Puis vint la fumée, des flammèches, et Harry, un instant, s'attendit à voir sauter l'homme incendié pour le poursuivre encore.

Le thème d'un film à succès lui traversa l'esprit [1] : *Qui vous appelez ? LES GHOSTBUSTERS !*

Oui, il était dans un film de Dan Ackroyd. Ce qui aurait pu être drôle s'il n'avait eu tellement peur que son cœur cognait maintenant dans sa gorge.

Des sirènes approchaient rapidement dans le lointain.

Il se mit à courir de porte en porte, frappant sur chacune d'elles à coups de poing. Il entendit d'autres explosions étouffées. Un étrange grincement métallique. Et des alarmes qui se déclenchaient de tous côtés. Des explosions de vitres qui se succédaient en cadence comme des carillons secoués par une tempête. Il ne perdit pas une seconde à essayer de deviner la source de tous ces sons, et poursuivit, de porte en porte.

Lorsque les sirènes dominèrent tous les autres bruits et qu'elles ne furent plus qu'à deux blocs de distance, Harry se dit qu'il avait sans doute réussi à alerter tous les habitants de la résidence. Les gens s'étaient dispersés dans le parc, les yeux levés vers le toit, guettant l'arrivée des pompiers. Ils étaient horrifiés, effrayés. Ils pleuraient ou restaient silencieux, pétrifiés.

Harry retourna alors à la première borne d'alerte, où il avait abandonné ses chaussures, et les remit. Il récupéra son revolver, sauta par-dessus une bordure d'azalées, traversa un parterre de primevères en boutons, et pataugea dans les flaques de boue de l'allée en béton.

Ce n'est qu'alors qu'il prit conscience que la pluie avait cessé depuis qu'il avait regagné son appartement. Les ficus et les palmiers s'égouttaient. Les frondes et les feuillages scintillaient, décorés de milliers de rubis dans le reflet des flammes de l'incendie.

Il se retourna et, aussi surpris que ses voisins, vit que l'incendie se propageait plus vite. L'appartement situé au-dessus du sien avait été atteint. Des fenêtres éclataient encore, crachant des flammes, de la fumée, et une lueur effrayante dont les pulsations se répandaient dans la nuit.

En revenant à la rue, il constata avec soulagement que les voitures d'incendie venaient de pénétrer dans le

1. *SOS Fantômes ! (N.d.T.)*

complexe de Los Cabos. Les sirènes se taisaient, mais les gyrophares clignotaient toujours. La foule s'écartait à l'instant où une vague soudaine de chaleur ramena l'attention de Harry sur son appartement. L'incendie venait de crever la toiture.

Et, comme dans un conte de fées, tout au sommet, le feu prenait l'apparence d'un dragon sur le ciel sombre. Il fouetta la nuit de sa queue jaune et vermillon, déploya ses grandes ailes rouge chalcédoine. Ses écailles luisaient et ses yeux écarlates étaient deux éclairs. Il poussait un grondement de défi à tous les chevaliers et les preux qui auraient été tentés de le terrasser.

11

Sur le chemin du retour, Connie s'arrêta pour prendre une pizza aux poivrons et aux champignons. Elle la mangea dans la cuisine avec une boîte de Coors.

Depuis sept ans, elle était locataire d'un petit appartement de Costa Mesa. Dans la chambre, il n'y avait qu'un lit, une table de chevet, et une lampe. Pas de coiffeuse. Sa garde-robe était tellement réduite qu'elle pouvait sans problème ranger tous ses vêtements et ses chaussures dans l'unique placard. Dans le living-room, il y avait un fauteuil de relaxation en cuir noir, un lampadaire pour ses soirées de lecture, et une table basse de l'autre côté. Le fauteuil faisait face au téléviseur et au magnétoscope installés sur un meuble à roulettes. La cuisine était meublée de quatre chaises pliantes disposées autour d'une table de jeu. Les placards étaient pour la plupart vides. On y trouvait un minimum de casseroles et d'ustensiles nécessaires pour des repas rapides, quelques saladiers, quatre grandes assiettes, quatre assiettes à salade, quatre tasses et quatre soucoupes – tout simplement parce que c'était l'ensemble minimum que Connie avait pu trouver. Plus quelques conserves. Elle n'invitait jamais personne.

Elle ne portait aucun intérêt aux choses qu'elle aurait pu posséder. Elle avait grandi sans en avoir, promenée de foyer d'accueil en institutions avec son unique valise.

En fait, les choses l'encombraient. Elle se sentait liée, coincée par elles. Elle n'avait même pas un bibelot. L'unique décoration de l'appartement était un poster, dans la cuisine : une photo prise en vol libre par un parachutiste à 1 500 mètres d'altitude : des prairies, des collines douces, un ruisseau à sec, des arbres dispersés, deux routes goudronnées et deux chemins de terre qui se croisaient – des lignes sur une peinture abstraite. Elle lisait avec voracité, mais tous les livres venaient de la bibliothèque locale. Et elle louait toutes les cassettes qu'elle regardait.

Elle était quand même propriétaire de sa voiture. Pour elle, c'était une machine de liberté autant qu'un albatros d'acier.

La liberté. C'était la chose qu'elle recherchait et chérissait avant tout. Plutôt que les vêtements, les bijoux, les antiquités, les œuvres d'art. Mais la liberté était plus difficile à acquérir qu'un Rembrandt. La liberté, elle la trouvait durant le long et délicieux moment en chute libre, avant que le parachute ne se déploie. À moto, sur une autoroute, elle pouvait aussi prendre la mesure de la liberté, mais le mieux, c'était encore le motocross dans le désert, avec le sable et les rochers à perte de vue, les buissons desséchés qui se déployaient sous le ciel bleu, vers tous les horizons.

Tout en grignotant sa pizza, elle ouvrit l'enveloppe et examina les photos de sa sœur disparue, qui lui ressemblait tellement.

Elle songea à Ellie, sa petite nièce, qui vivait chez les Ladbrook, à Santa Barbara. Il n'y avait aucune photo d'elle mais, selon Mickey Chan, elle lui ressemblait tout autant. Ainsi qu'il le lui avait fait remarquer, c'était une chose merveilleuse de se découvrir une famille, de ne plus être seule au monde comme elle l'avait toujours été, aussi loin que remontaient ses souvenirs. En pensant à Ellie, elle éprouva une sorte de frisson agréable, quelque peu tempéré par une évidence : sa nièce serait plus encombrante que tout ce qu'elle aurait pu posséder de biens matériels dans ce monde.

Et si elle développait une réelle affection à son égard ?

Non. Ce n'était pas l'affection qui l'inquiétait. Elle en avait déjà donné et reçu. Le problème, c'était l'amour.

Elle soupçonnait que l'amour, s'il pouvait éclairer la vie, risquait aussi bien d'être une chaîne pesante. À quel degré perdait-on sa liberté en aimant, ou en étant aimé ? Elle ne le savait pas car elle n'avait jamais connu cette émotion intense et profonde, du moins telle qu'elle se l'imaginait, telle qu'on la décrivait dans les romans. Elle savait que ça pouvait être un piège, une prison cruelle, et elle connaissait des gens qui en avaient eu le cœur brisé.

Elle était seule depuis si longtemps.

Elle s'y était habituée, elle se sentait bien dans sa solitude.

Et le changement comportait un risque terrible.

Une fois encore, elle se pencha sur le visage souriant de sa sœur en Kodachrome. Elle était séparée d'elle par la mince pellicule vernie – et cinq années de mort.

De tous les mots que l'on puisse écrire ou dire, les plus tristes sont : Ceci aurait pu être !

Elle ne connaîtrait jamais Colleen. Mais elle pouvait encore retrouver sa nièce. Il ne lui fallait que du courage.

Elle alla prendre une autre bière dans le réfrigérateur et retourna devant la table. Un journal était posé sur les photos. Le *Register*. Le titre attira immédiatement son regard : FUSILLADE DANS UN RESTAURANT DE LAGUNA BEACH. DEUX MORTS, DIX BLESSÉS.

Avec malaise, elle le relut plusieurs fois. Le journal n'était pas là la minute d'avant. Il n'y avait aucun journal dans l'appartement : elle n'en achetait jamais. Quand elle était allée jusqu'au réfrigérateur, se dit-elle, elle avait forcément tourné le dos à la table. Mais elle était certaine qu'il n'y avait qu'elle ici. Même si un intrus avait pénétré dans la cuisine, elle n'aurait pas manqué de le voir.

Elle posa les doigts sur le journal. Il était bien réel, mais elle eut l'impression de toucher de la glace.

Elle le prit.

Il sentait la fumée. Le bord des pages était roussi, jauni en allant vers le centre, qui était resté blanc.

Comme si on l'avait récupéré dans un feu juste avant qu'il ne brûle.

12

La cime des grands palmiers avait disparu dans les nuages de fumée.

Les résidants, hébétés, en larmes, s'écartèrent pour laisser passer les premiers pompiers en cirés jaune et noir qui déroulaient les tuyaux entres les parterres et les allées. D'autres équipes surgirent au pas de course, avec des haches. Certains pompiers portaient des appareils respiratoires pour pénétrer dans les appartements enfumés. Ils étaient intervenus très vite et on pouvait estimer que la plupart des appartements seraient épargnés.

Harry se tourna vers le sien, à l'extrémité sud du bâtiment, avec un sentiment de perte aigu et définitif. C'était fini. Tout avait disparu. Ses livres classés par ordre alphabétique sur les étagères bien alignées, ses bacs de CD référencés par type de musique et nom d'artiste, sa cuisine blanche et immaculée, ses plantes vertes qu'il soignait avec tant d'attention, et les vingt-neuf volumes de son journal intime qu'il tenait depuis l'âge de neuf ans (un cahier par année) – tout était parti en fumée. Il pensa au feu qui avait dévoré chaque pièce, à la suie qui s'était répandue sur tout ce qui avait été brillant et net.

Il était au bord de la nausée.

Il pensa à sa Honda, dans le garage, faillit partir en courant, puis s'arrêta en se disant qu'il serait fou de risquer sa vie pour une voiture. Et puis, il était le président de l'association des propriétaires. Dans une telle circonstance, il se devait de rester avec eux, de les rassurer, de les réconforter et de les conseiller pour les assurances et autres détails.

Il rengaina son revolver pour ne pas inquiéter les pompiers, et se rappela alors ce que le vagabond colossal lui avait dit en le cognant contre le mur : *« D'abord, tout ce que tu aimes, et tous ceux que tu aimes... Et après, toi ! »*

En réfléchissant à cette menace, à tout ce qu'elle impliquait, une peur profonde s'installa en lui, tissa un réseau d'effroi qu'il n'avait encore jamais connu, aussi obscur que l'incendie était ardent.

Et il courut vers les garages. Soudain, il avait un besoin violent de récupérer sa voiture.

Il contourna les pompiers et atteignit l'angle du bâtiment. Des milliers de brandons dérivaient dans les tourbillons d'air comme des lucioles. Au sommet du toit, un craquement de cataclysme fendit la nuit. Une grêle de poutres en flammes s'abattit sur les allées et les buissons.

Harry croisa les bras sur la tête en espérant que ses vêtements étaient encore assez humides pour le protéger du feu. Il sortit indemne de l'orage de braises et repoussa un portail de fer encore froid.

À l'arrière du bâtiment, la toiture était constellée des cristaux de verre des fenêtres qui scintillaient entre les flaques. Toutes renvoyaient une image aux tons de cuivre et de grenat de la tempête de flammes. Des flammèches coururent entre les jambes de Harry.

Quand il rallia le garage, l'allée était encore déserte. Mais, à la seconde où il s'avança vers la porte, un pompier surgit et lui ordonna de reculer.

– Police ! répliqua Harry.

Il espérait que ça lui permettrait d'avoir au moins quelques secondes de répit. Il ne s'interrompit pas pour exhiber sa plaque.

Les brandons, en retombant, avaient allumé quelques foyers sur le toit du garage. Dans le box, la fumée était déjà dense. Elle s'infiltrait entre les poutres et les bardeaux.

Les clés. Il craignit soudain de les avoir laissées sur la table du hall ou dans la cuisine. Il palpa fébrilement ses poches et toussa tout en approchant de sa voiture. Il trouva enfin son trousseau.

« *D'abord, tout ce que tu aimes, et tous ceux que tu aimes...* »

Il sortit en marche arrière, démarra en croisant le pompier qui lui lançait des cris qu'il ne comprit pas, et quitta l'allée deux secondes avant qu'une nouvelle voiture de pompiers ne surgisse, bloquant l'accès. Il faillit la heurter en braquant en direction de la rue.

Il avait franchi quatre blocs en conduisant comme jamais il ne le faisait, sinuant entre les autres voitures et les feux de croisement, quand la radio se mit en marche d'elle-même. Et une voix râpeuse et profonde, la voix du vagabond monstrueux, s'éleva des enceintes.

Il sursauta.

– *Faudrait te reposer, maintenant, mon héros. Il le faut.*

– Mais Bon Dieu !...

Un crépitement d'électricité statique lui répondit.

Il leva le pied de la pédale d'accélérateur. Tendit la main vers la commande-radio, puis hésita.

– *Tu es... très fatigué... rien qu'un petit somme...*

Un crépitement d'électricité statique.

– *... disons que tu as une heure... Avant que je revienne...*

La radio se remit à siffler dans le vide.

Harry fixa des yeux le voyant vert. Il se souvint curieusement des yeux cramoisis de la chose, du vagabond fou. Des yeux de sang, du feu.

– *... mon héros... tas de viande ambulante... tu peux*

abattre n'importe qui... grand chef... Moi, tu peux me tirer dessus... Ça sera pas terminé... pas avec moi... pas avec moi...

La radio sifflait. La Honda franchit un creux dans un jaillissement d'eau.

Harry tendit la main vers les touches de contrôle de la radio, s'attendant presque à un choc électrique. Ou pire encore. Mais quand il appuya sur STOP, le sifflement s'arrêta.

Il ne roula pas jusqu'au feu suivant. Il s'arrêta derrière une file et essaya de remettre en ordre tout ce qui s'était passé durant ces dernières heures.

Qui vous appelez ?

Non, pas les *ghostbusters* (les SOS Fantômes).

Mais il frissonnait toujours, et pas seulement parce que ses vêtements étaient encore humides. Il enclencha le chauffage.

Qui vous appelez ?

Fantôme ou pas, le vagabond n'avait pas été une hallucination. Harry n'avait pas sombré dans une dépression nerveuse. L'autre était réel. Peut-être pas humain, mais bien réel.

Et cette idée était étrangement apaisante, soudain. Ce que Harry craignait plus que tout, ça n'était pas le surnaturel ou l'inconnu, mais le désordre interne de la folie. La menace semblait avoir été remplacée par un adversaire extérieur, bizarre, aux limites du concevable, d'une force terrifiante mais, au moins, extérieur.

Le feu passa au vert et il vit qu'il se trouvait dans Newport Beach. Il se dirigeait vers l'ouest, au nord d'Irvine, et il prit conscience qu'il roulait vers Costa Mesa. Vers l'appartement de Connie Gulliver.

Ce qui le surprit. L'apparition incendiaire avait promis de détruire tout ce et tous ceux qu'il aimait avant de le détruire lui, et ce avant l'aube. Pourtant, il voulait voir Connie avant de se rendre chez ses parents, dans Carmel Valley. Il s'était avoué dans la soirée que son intérêt pour elle était plus marqué qu'il n'avait voulu le reconnaître auparavant, mais il n'avait peut-être pas vraiment réussi à percer la complexité réelle de ses sentiments. Il savait qu'il s'intéressait à elle, mais *pourquoi*, cela restait encore dans une zone d'ombre, si l'on considérait à quel point ils étaient différents et Connie tellement renfermée sur elle-même. Il n'était pas vraiment convaincu de la profondeur de ce sentiment nouveau, si ce n'est qu'il était intense et sans doute la révélation la plus importante d'une journée particulièrement riche en révélations.

Il traversait Newport Harbor. De rue en rue, il entrevoyait les mâts des grands yachts à l'amarrage, toutes voiles ferlées. Comme une forêt de clochers d'églises. Ce qui l'amena à penser que, comme la plupart de ceux de sa génération, il avait été élevé sans véritable foi. Adulte, il n'en avait pas trouvé une qui lui convînt. Non qu'il niât l'existence de Dieu, mais il ne parvenait pas à imaginer un moyen d'y croire.

Qui est-ce que vous appelez quand vous rencontrez le surnaturel ? Sinon les SOS Fantômes, qui alors ? Dieu. Ou alors... qui ?...

Durant la majeure partie de son existence, Harry avait eu foi en l'ordre. Mais l'ordre n'était que la condition des choses, non pas la force sur laquelle il pouvait compter. Malgré toutes les brutalités auxquelles il était confronté de par sa fonction, il persistait à croire en la décence et le courage de l'être humain. C'était ce qui l'avait soutenu jusqu'à présent. Il allait trouver Connie Gulliver pas simplement pour la mettre en garde, mais pour qu'elle le conseille. Il allait lui demander de l'aider à sortir de ces ténèbres qui s'étaient abattues sur lui.

Qui est-ce que vous appelez ? Votre partenaire.

En s'arrêtant à un feu, il fut surpris une fois encore, mais pas par ce qu'il découvrait en lui. La voiture s'était réchauffée, il ne frissonnait plus, mais il ressentait encore une sensation de froid au cœur. La surprise était dans sa poche de chemise. Cela n'avait rien d'intangible ni d'émotionnel. Il tenait entre les doigts quatre objets sombres. Du métal. Du plomb. Bien qu'il fût incapable de savoir comment ils avaient atterri là, dans sa poche, il sut ce que c'était : les quatre balles qu'il avait tirées sur le vagabond fou, les quatre ogives à haute vélocité déformées par l'impact sur la chair, les os, les cartilages.

13

Harry enleva sa veste, sa cravate et sa chemise afin de se laver du mieux possible dans la salle de bains de Connie. Il avait les mains tellement sales qu'elles lui rappelaient celles du vagabond, et il dut les frotter longuement. Il se débarbouilla dans le lavabo et retrouva quelque force en se débarrassant des cendres et de la suie avant de se peigner.

Quant à ses vêtements, il n'y avait pas grand-chose à faire. Il les essuya avec un chiffon sec, mais ils étaient tachés et complètement fripés. Sa chemise blanche était grise, elle sentait la sueur et la fumée, mais il dut la remettre. Aussi loin qu'il pouvait se souvenir, jamais il n'avait été dans un pareil état.

Il tenta de retrouver un semblant de dignité en boutonnant sa chemise jusqu'au col et en serrant sa cravate.

Mais l'état de son corps le navrait plus que celui de ses vêtements. Il avait encore le ventre douloureux là où le doigt du mannequin avait failli le transpercer. Il souffrait de la nuque au milieu du dos, et il se rappela avec quelle violence le vagabond l'avait collé au mur. Tout l'arrière de son bras gauche, le long du triceps, était sensible, à l'endroit où il s'était récupéré quand l'autre l'avait projeté à travers la chambre.

Dans l'action, dans les minutes où il avait lutté pour sa vie, gonflé d'adrénaline, il n'avait pas eu conscience de toutes ces petites douleurs. Maintenant, elles revenaient en force. Ce qui l'inquiétait, c'était une éventuelle roideur de ses muscles et de ses articulations. Car il avait la certitude qu'avant la fin de cette nuit, il devrait se montrer à nouveau rapide et agile s'il tenait à sa peau.

Il trouva un tube d'Anacin dans l'armoire à pharmacie. Il prit quatre comprimés, referma le tube et le glissa dans une poche de sa veste.

Il retourna à la cuisine et demanda à Connie un verre d'eau. Elle lui tendit une boîte de Coors.

Il secoua la tête.

– Non, il faut que je garde les idées claires.

– Une bière ne vous fera pas de mal. Peut-être même du bien.

– Je ne bois pas beaucoup.

– Je ne vous propose pas une intraveineuse de vodka.

– Mais j'aimerais mieux de l'eau.

– Allons, Bon Dieu, ne soyez pas si formaliste !

Il acquiesça, ouvrit la boîte et avala les quatre comprimés dans une longue gorgée de bière. Le goût lui parut merveilleux. C'était sans doute ce qu'il lui fallait après tout.

Il avait très faim et il se découpa une part de pizza froide qu'il mâcha avec bonheur, sans plus se soucier des usages.

Il n'était encore jamais venu chez Connie et n'avait jamais vu un appartement aussi spartiate.

– C'est quel style ? Monacal Haute Époque ?

– Je me fiche du décor. J'essaie seulement d'être polie avec mon proprio. Si je déroge au moindre règlement, il est capable de tout virer et de louer le lendemain.

Elle revint à la petite table à jeux et observa les six objets que Harry avait posés. Un billet de dix dollars usé. Un journal décoloré par la chaleur, avec un bord roussi. Plus quatre balles écrasées.

– Eh bien ? dit-il.

– Je ne crois pas aux fantômes, aux esprits, aux démons, à toutes ces conneries.

– Moi non plus.

– J'ai vu ce type de mes yeux. Ça n'était qu'un simple clodo.

– Je n'arrive toujours pas à croire que vous ayez pu lui filer dix dollars.

Elle rougit. Jamais encore il ne l'avait vue rougir. Elle était embarrassée de révéler qu'elle avait éprouvé de la pitié.

– Il... il était convaincant, en quelque sorte.

– Donc, ça n'était pas qu'un « simple clodo ».

– Peut-être pas, s'il a réussi à me soutirer dix dollars.

Harry engloutit le dernier morceau de pizza.

– Je vais vous dire quelque chose...

– Alors, dites-moi.

Il continuait de mâcher.

– Je l'ai vu brûler tout vif dans ma chambre, mais je suis convaincu qu'on ne retrouvera pas le moindre os calciné au milieu des cendres. Et même s'il ne m'avait pas parlé sur la radio de ma voiture, je suis certain que je ne tarderai pas à le revoir, toujours aussi géant, aussi sale, bizarre et intact.

Il finissait la pizza, et Connie remarqua :

– Je croyais que vous veniez de dire que vous ne croyiez pas aux fantômes, vous non plus.

– Exact.

– Et alors ?

Il posa sur elle un regard pensif.

– Vous me croyez, alors ?

– J'ai vécu ça en partie, non ?...

– Oui. Oui, je pense que ça suffit pour que vous me croyiez.

– Et alors ? répéta-t-elle.

Il aurait voulu s'asseoir devant la table, reposer un peu ses pieds, mais il se dit qu'il serait encore plus raide s'il se laissait aller sur une chaise. Il s'appuya contre le plan de travail, près de l'évier.

– J'ai réfléchi... Tous les jours, quand nous travaillons sur une affaire, dans la rue, on tombe sur des gens qui ne sont pas comme nous, qui pensent que la loi n'est qu'une sorte d'escroquerie pour faire obéir les masses ignorantes. Ces gens-là ne pensent qu'à eux, qu'à satisfaire leurs désirs, sans se soucier de ce qu'il peut en coûter aux autres.

– Les crapules, les ordures – c'est notre boulot, souligna-t-elle.

– Criminels, sociopathes... On leur donne des tas de noms. Ils sont comme les gens qui sortent des cosses dans *L'Invasion des profanateurs* [1]. Ils se glissent parmi nous, ils se font passer pour des êtres humains normaux, ordinaires, civilisés. Mais, même s'ils sont nombreux, ils ne constituent qu'une petite minorité et ils sont tout *sauf* ordinaires. Leur civilisation n'est qu'une apparence extérieure, un maquillage qui masque la chose écailleuse et sauvage à partir de laquelle nous avons évolué, l'ancienne conscience reptilienne.

– Et ça nous mène où ? Ça n'a rien de nouveau, dit Connie d'un ton impatient. Nous formons la ligne ténue qui sépare l'ordre du chaos. Et tous les jours, nous plongeons notre regard dans cet abysse. Nous le frôlons, nous passons à l'extrême bord, nous nous infligeons des épreuves pour avoir la certitude que nous ne sommes pas comme eux, que nous n'allons pas tomber dans le chaos, que nous ne *pouvons pas* être comme eux – ce qui rend notre travail si excitant. C'est pour ça que je suis flic.

– Vraiment ? fit Harry, surpris.

Parce que ça n'était pas du tout pour ça qu'il était flic, lui. Lui, il voulait protéger les vrais civilisés, les défendre contre ceux qui naissaient dans des cosses. Il voulait préserver l'ordre et la beauté, pour la continuité et le pro-

1. Roman de Jack Finney (titre original *Body Snatchers*) qui a été à l'origine de trois adaptations cinématographiques signées Don Siegel, Philip Kaufman et, en 1993, Abel Ferrara. *(N.d.T.)*

grès – c'est pour tout ça qu'il était devenu officier de police, ou du moins en partie. En tout cas, certainement pas pour se prouver qu'il ne risquait pas un retour atavique vers le stade reptilien.

Tout en parlant, Connie avait détourné le regard vers une enveloppe de papier bulle posée sur une chaise. Et Harry s'interrogea sur son contenu.

– Quand on ne sait pas d'où on vient, quand on ne sait pas si l'on peut aimer, dit-elle tranquillement, comme si elle se parlait à elle-même. Quand on ne veut que la liberté, il faut se forcer pour assumer certaines responsabilités. La liberté sans responsabilité, c'est l'état sauvage. (Il se dit qu'elle n'avait pas vraiment un ton tranquille mais obsédé.) Mais on ne peut jamais savoir avec certitude si l'on ne sort pas de l'état sauvage. Une chose est certaine : même si l'on ne peut pas aimer, on peut haïr. C'est ce qui fait peur. Parce que ça signifie que vous pouvez basculer vous-même dans ce gouffre...

Fasciné, Harry avait cessé de mâchonner sa pizza.

Il savait que jamais encore elle ne s'était ouverte ainsi. Mais il ne comprenait pas vraiment ce qu'elle voulait lui révéler.

Elle parut sortir d'une transe. Son regard alla de l'enveloppe à Harry, et son ton se raffermit.

– Oui, d'accord, le monde est plein de ces abrutis, de ces salopards, de ces sociopathes, quel que soit le nom qu'on leur donne. Et qu'est-ce que vous en pensez ?

Il finit par avaler sa bouchée de pizza.

– Supposons qu'un flic ordinaire, dans son boulot, tombe sur un sociopathe pire que les autres raclures, infiniment pire...

Elle était allée jusqu'au réfrigérateur pour y pêcher une autre bière.

– Pire ? Et comment ?

– Ce type a...

– Quoi ?

– Un... un don.

– Un don ? Hé, Harry, c'est un jeu télévisé ? Je dois deviner ou quoi ?... Dites-moi tout.

Il s'avança jusqu'à la table et promena le doigt entre les quatre balles aplaties. Elles roulèrent sur le formica dans un bruit qui parut soulever des échos à l'infini.

– Harry ?

Il voulait lui exposer sa théorie, mais il avait du mal à

commencer. Parce que ensuite, son image de père tranquille serait à jamais cassée.

Il but une gorgée de bière. Inspira à fond. Et plongea.

– Supposons que nous ayons affaire à un sociopathe... un psychotique doué de pouvoirs paranormaux qui font de lui un apprenti sorcier. Un demi-dieu. Des pouvoirs psychiques.

Connie le fixait, hébétée. Elle avait engagé son index dans l'anneau d'ouverture de sa boîte de Coors, mais elle ne bougeait plus. Elle avait pris la pose pour un peintre.

Avant qu'elle ne puisse l'interrompre, il reprit :

– Je ne veux pas dire qu'il va deviner une carte dans un jeu, prédire qui va gagner les Masters, faire léviter un stylo ou je ne sais quoi. Pas des tours comme ça. Ce type a peut-être le pouvoir d'apparaître comme ça, et de disparaître de la même manière. Il peut provoquer des incendies, brûler sans être calciné, encaisser des balles sans en mourir. Il peut aussi vous coller un repère psychique à la façon d'un garde-chasse qui bague un daim avec un émetteur électronique. Comme ça, il peut vous suivre aussi loin que vous soyez si vous tentez de le fuir. Je sais, je sais... C'est absurde, c'est dingue. C'est comme si on tombait dans un film de Spielberg en plus noir, disons un truc de David Lynch repris par James Cameron. Mais c'est peut-être vrai.

Connie secoua la tête, incrédule. Elle rouvrit le réfrigérateur et remit sa boîte de bière sur l'étagère.

– Peut-être que deux c'est assez pour moi ce soir.

Il voulait la convaincre absolument. Il avait conscience de la nuit qui avançait, de l'approche rapide de l'aube.

En se détournant du réfrigérateur, Connie lui demanda :

– Et d'où est-ce qu'il tire ses fantastiques pouvoirs ?

– Qui peut le savoir ? Peut-être qu'il a vécu trop longtemps sous une ligne à haute tension et que ça lui a transformé le cerveau... Ou alors, il y avait trop de dioxine dans son lait quand il était bébé, ou il a mangé des pommes bourrées de produits toxiques bizarres, sa maison était sur une couche d'ozone, des extraterrestres se sont livrés à des expériences sur lui pour pondre un article pour le *National Enquirer*, il s'est goinfré de *twinkies*, il n'a écouté que du rap pendant des mois ! Mais bordel, comment je peux le savoir ?...

Elle le dévisagea.

– Vous parlez sérieusement ?
– Oui.
– Oui, je devrais le savoir, parce que depuis six mois qu'on travaille ensemble, c'est bien la première fois que vous dites « bordel »...
– Désolé.
– Je vous crois, fit Connie avec un accent de sarcasme. Mais ce type... Ça n'est qu'un clochard.
– Je pense que ça n'est qu'une apparence. Il peut nous apparaître comme il veut, sous n'importe quelle forme, parce que ce n'est qu'une manifestation de lui... Une projection. L'image qu'il veut nous donner.
– Alors, c'est pour ainsi dire un fantôme ? Et nous ne sommes pas d'accord pour dire que nous ne croyons pas aux fantômes ?
Il prit le billet de dix dollars.
– Si je me trompe, alors comment vous expliquez ça ?...
– Même si vous avez raison... comment vous expliquez tout ça, *vous* ?
– Par la télékinésie.
– Mais qu'est-ce que c'est ?
– Le pouvoir de déplacer un objet à travers l'espace et le temps par la seule volonté de l'esprit.
– Dans ce cas, pourquoi je n'ai pas vu ce billet s'envoler dans les airs pour me retomber dans la main ?
– Parce que ça n'est pas comme ça que ça marche. Ça ressemblerait plutôt à la téléportation. Les choses vont instantanément d'un point à un autre, *pouf !*, sans franchir la distance physique réelle.
Connie leva les mains avec une expression exaspérée et s'écria :
– Remonte-nous, Scotty [1] !
Harry jeta un coup d'œil à sa montre. Il était huit heures trente-huit. Tic-tac... Tic-tac...
Il savait qu'il avait l'air dérangé, qu'il aurait été mieux à sa place dans un *talk-show* télé ou dans une émission de radio style confessions nocturnes que dans la police. Mais il savait aussi qu'il avait raison, ou du moins qu'il cernait la vérité, même s'il ne l'avait pas encore vraiment percée.

1. Dans le feuilleton télévisé *Star Trek*, l'équipe en mission au sol demande toujours à l'opérateur de téléportation, Scotty, de regagner le vaisseau avec cette phrase clé. *(N.d.T.)*

Il prit le journal roussi par le feu et l'agita.

– Écoutez, je ne l'ai pas encore lu, mais je suis certain que si vous l'épluchez, vous tomberez sur des articles à ajouter à votre collection sur les Nouveaux Âges obscurs. (Il laissa tomber le journal et il s'en dégagea une odeur de fumée.) Voyons, quelles sont les histoires que vous m'avez rapportées récemment ? Celles que vous récupérez à la télé ou dans la presse ? Je suis sûr que je peux me souvenir de certaines...

– Harry...

– Dieu sait que je préférerais les oublier. Oh, ça, oui. (Il se mit à tourner en rond.) Est-ce que vous ne m'avez pas parlé d'un juge du Texas qui avait filé trente-cinq ans de taule à un type qui avait volé une boîte de jus de fruits ? Et dans le même temps, à Los Angeles, pendant les émeutes, d'autres types ont battu à mort un gars en pleine rue. Tout ça enregistré en vidéo, mais personne n'a voulu déranger la communauté en poursuivant les tueurs, parce qu'ils manifestaient contre l'injustice ?

Connie s'installa à califourchon sur une chaise, les yeux baissés. Elle contempla longuement le journal brûlé, les balles, le billet de dix dollars. Tandis que Harry continuait sa ronde, la voix de plus en plus tendue.

– Il n'était pas aussi question d'une femme qui avait demandé à son petit ami de violer sa fillette de onze ans parce qu'elle voulait un quatrième enfant et qu'elle se disait que ça ferait l'affaire ? C'était où ? Dans le Wisconsin ou l'Ohio ?

– Dans le Michigan, dit Connie d'un air sinistre.

– Et ce type qui a décapité sa belle-fille de six ans avec une machette ?...

– Cinq ans. Elle avait cinq ans.

– ... et aussi cette bande de jeunes qui a donné cent trente coups de poignards à une femme pour lui tirer un dollar...

– Boston, murmura Connie.

– ... oui, exact. Et une des meilleures : ce père qui a battu son gosse à mort parce qu'il n'arrivait pas à réciter l'alphabet jusqu'à H. Et puis aussi cette femme en Arkansas, ou bien était-ce en Louisiane ou en Oklahoma, qui a mis du verre pilé dans la farine du petit déjeuner de son bébé en espérant que son mari obtiendrait une permission exceptionnelle de la Marine pour venir passer un peu de temps à la maison.

– Ça, c'était dans le Mississippi.

Harry s'arrêta soudain et s'accroupit devant elle.

– Donc, vous acceptez toutes ces choses incroyables. Vous savez qu'elles se sont réellement produites. Nous sommes dans les années quatre-vingt-dix, Connie. La Danse du Bimillénaire, les Nouveaux Âges obscurs. Tout peut arriver, et tout arrive vraiment. L'impensable finit par être accepté, et chacun des miracles de la science est contré par un acte de barbarie qui fait à peine lever les sourcils au public. À n'importe quelle réussite technologique ne répondent que la haine et la stupidité. Pour chaque scientifique qui voue son existence à trouver un remède contre le cancer, il y a cinq mille criminels qui sont prêts à fracasser la cervelle d'une vieille dame pour quelques pièces de monnaie.

Connie, troublée, détourna le regard. Elle prit une des balles écrasées et, en plissant le front, elle la fit rouler entre le pouce et l'index.

Harry était subjugué par la vitesse anormale à laquelle les minutes défilaient sur sa montre à diodes.

– Qui peut dire s'il n'y a pas un type dans un labo, quelque part, qui aurait découvert le moyen d'amplifier le cerveau humain et d'utiliser les ressources qui existent, on le sait, mais que nous n'avons jamais exploitées ? Il s'est peut-être injecté lui-même un truc... Ou bien le type que nous poursuivons a été le cobaye, et quand il a pris conscience de ce qu'il était devenu, il a tué tout le monde dans le labo. Et il rôde maintenant parmi nous, pire qu'un zombie sorti d'une cosse...

Connie reposa la balle déformée et se tourna à nouveau vers Harry. Avec ses jolis yeux.

– Il n'y a que l'expérience qui ait un sens pour moi, dit-elle.

– Mais ça n'a sans doute rien à voir, c'est probablement quelque chose que nous pouvons mesurer, quelque chose de différent.

– Mais si un homme pareil existe, est-ce qu'on peut l'arrêter ?

– Ça n'est pas Dieu. Quel que soit son pouvoir, il reste un homme – et particulièrement dérangé. Il peut avoir des faiblesses, des points vulnérables...

Il était toujours accroupi auprès d'elle, et elle lui posa la main sur le visage en un geste de tendresse qui le surprit. Elle sourit.

– Harry Lyon, vous avez une sacrée imagination.

– Je dois dire que j'ai toujours beaucoup aimé les contes de fées.

L'air grave, elle retira brusquement sa main, comme si elle était irritée d'avoir été surprise dans un instant de tendresse.

– Même s'il est vulnérable, on ne peut pas l'arrêter s'il est introuvable. Comment faire pour traquer ce Tic-tac ?

– Tic-tac ?

– On ne connaît pas son vrai nom. Tic-tac, ça devrait aller pour le moment.

Tic-tac. Un vrai nom de méchant, se dit Harry. Rumpelstiltskin, La Mère Gothel, Knucklebone – et maintenant Tic-tac.

– D'accord. (Il se releva et se remit à tourner en rond.) Tic-tac.

– Comment le retrouver ?

– Je ne sais pas. Mais je sais en tout cas par où je veux commencer. La morgue municipale de Laguna Beach.

– Ordegard ?

– Oui. Je veux lire le rapport s'ils l'ont déjà rédigé, et parler au coroner, si possible. J'aimerais savoir s'ils ont trouvé quelque chose d'anormal.

– D'anormal ? Quoi, par exemple ?

– Si seulement je le savais. Quelque chose qui sort de l'ordinaire, n'importe quoi...

– Mais Ordegard est mort. Ça n'était pas une... une simple projection. Il était réel, et à présent il est mort. Tic-tac, ça n'est pas lui.

Mais Harry pouvait puiser dans son immense stock personnel de contes de fées, de légendes, de mythes et de romans fantastiques.

– Alors, Tic-tac a peut-être le pouvoir de s'emparer des gens, de se glisser dans leur esprit, de contrôler leurs corps comme des marionnettes, pour les jeter quand il le désire, ou quand ces gens meurent. Il contrôlait peut-être Ordegard, et ensuite il s'est introduit à l'intérieur du vagabond, et maintenant le vagabond est mort, réellement mort, carbonisé dans mon living, et Tic-tac va habiter un autre corps la prochaine fois.

– De la possession ?

– Quelque chose comme ça.

– Vous commencez à me faire peur, Harry.

– Je commence seulement ? Vous êtes drôlement

blindée, Connie. Écoutez : juste avant de foutre en l'air mon appartement, Tic-tac m'a dit quelque chose du genre : « Parce que tu crois que tu peux abattre n'importe qui. Et c'est terminé. Mais c'est pas le cas avec moi. *Moi*, tu peux me tirer dessus, mais ça sera pas terminé. » (Il tapota la crosse de son revolver.) Alors, qui est-ce que j'ai descendu aujourd'hui ? Ordegard. Et voilà que Tic-tac me dit que ça n'est pas terminé. Donc, ce que je veux savoir c'est si on a relevé quelque chose de particulier sur le cadavre d'Ordegard.

Connie était stupéfaite, mais pas incrédule. Elle suivait le cours de son raisonnement.

– Ce que vous voulez savoir, c'est s'il y a des signes de possession.

– Exact.

– Mais, justement, ce serait quoi, ces signes de *possession* ?

– N'importe quel détail inhabituel.

– Du genre crâne vide, sans cerveau, avec des cendres à l'intérieur ? Ou bien le nombre 666 marqué sur sa nuque ?

– J'aimerais bien que ça soit aussi évident, mais j'en doute.

Elle se mit à rire. Nerveusement. Brièvement.

Puis, elle se redressa.

– O.K., on va à la morgue.

Harry espérait qu'un entretien avec le coroner et une rapide lecture du rapport d'autopsie lui apprendraient ce qu'il voulait savoir. Qu'il n'aurait pas besoin de voir le cadavre. Il ne tenait pas particulièrement à retrouver cette face de lune.

14

La vaste cuisine commune de la clinique de Pacific View, à Laguna Beach, était toute de carreaux blancs et d'acier chromé, propre comme une salle d'opération.

S'il y avait des souris ou des cafards dans le coin, se dit Janet Marco, ils devaient s'être habitués à un régime de poudre à récurer, d'ammoniaque et de cire.

Mais la cuisine, même si elle avait une apparence aseptique, ne sentait pas l'hôpital. Les arômes de jambon, de dinde rôtie, d'herbes et de pommes de terre sautées étaient dominés par le parfum de cannelle des roulés que l'on avait mis au four pour le breakfast. L'endroit était doux et chaud après le froid que la tempête avait amené dans cette nuit du mois de mars.

Janet et Danny étaient installés au bout d'une longue table, dans le coin sud-est de la cuisine. Ils ne gênaient personne et pouvaient observer le personnel de la cuisine qui s'agitait.

Tout se passait avec une précision mécanique, et Janet était fascinée. Les gens de la cuisine s'activaient et semblaient heureux. Elle les enviait. Elle aurait aimé décrocher un job à Pacific View, à la cuisine ou ailleurs. Mais elle ne savait pas quelles spécialités étaient exigées. Et elle doutait que le directeur, même s'il se montrait très bon, accepterait d'embaucher quelqu'un qui vivait dans une voiture, se lavait dans les toilettes publiques et n'avait pas d'adresse fixe.

Mais parfois, aussi, en observant les gens de la cuisine, elle se sentait affreusement frustrée.

Elle ne pouvait en vouloir à Mr. Ishigura, directeur et propriétaire de Pacific View : quelquefois, comme cette nuit, il était envoyé par Dieu. À la fois actif et affable, il avait horreur du gaspillage et de l'idée que quiconque puisse souffrir de la faim dans un pays aussi prospère. Invariablement, quand la centaine de patients et le personnel avaient dîné et qu'il restait suffisamment de nourriture pour dix ou douze personnes, Mr. Ishigura invitait certains sans-logis à la table de la cuisine.

En plus, la cuisine était bonne, très bonne. Pacific View n'était pas une clinique ordinaire. Elle était du genre classe, avec une clientèle riche, ou dont la famille était riche.

Mr. Ishigura restait très discret quant à sa générosité, et sa porte n'était pas ouverte à tous. Quand il repérait des sans-logis qui semblaient avoir plongé, non pas de leur fait mais par le jeu du destin, il les abordait et les invitait à ses déjeuners et dîners gratuits au Pacific View. Il se montrait très sélectif et on pouvait manger chez lui sans avoir à partager sa table avec ces alcooliques et ces drogués agressifs qui rendaient la plupart des foyers des missions et des églises tellement redoutables.

Janet ne profitait pas autant de l'hospitalité de Mr. Ishigura qu'elle aurait pu. Elle aurait pu prendre sept déjeuners et sept dîners au Pacific View chaque semaine, mais elle se limitait à deux. Elle était fière de pouvoir les nourrir, Danny et elle, avec ce qu'elle pouvait gagner par ailleurs.

Ce mardi soir, ils partageaient la table avec trois vieillards, une femme âgée dont le visage ridé évoquait un sac en papier mais qui portait une écharpe chamarrée et un béret rouge vif, plus une malheureuse jeune femme au visage affreusement laid. Tous étaient en loques, mais pas crasseux pour autant, et si les hommes n'étaient pas rasés, ils ne sentaient pas mauvais.

Janet ne leur adressait pas la parole, mais elle aurait eu plaisir à converser avec quelqu'un. Il y avait tellement longtemps qu'elle n'avait réellement parlé avec quelqu'un en dehors de Danny, mais elle ne se sentait pas suffisamment en confiance pour bavarder avec n'importe qui.

Et puis, elle redoutait de tomber sur quelqu'un de trop curieux. Elle ne tenait pas à répondre aux questions des autres sur son passé. Après tout, elle était une meurtrière. Et si la police avait retrouvé le cadavre de Vince dans le désert d'Arizona, elle était peut-être recherchée.

Elle ne parlait même pas à Danny, qui n'avait pas besoin d'encouragement pour manger et se tenir bien à table : il n'avait que cinq ans, mais il savait se conduire.

Janet était très fière de lui. Parfois, quand ils mangeaient ensemble, comme en ce moment, elle lui caressait le cou, lui tapotait l'épaule pour lui faire savoir à quel point elle était contente de lui.

Elle l'aimait tellement. Il était si petit encore, si innocent, balancé d'une épreuve à une autre. Il fallait qu'il ait une chance de grandir sans souffrir, qu'il trouve sa place dans le monde.

Elle profitait du dîner aussi longtemps qu'elle s'interdisait de penser au policier. Ce policier qui pouvait changer de forme. Qui était comme un loup-garou surgi d'un film. Qui était devenu Vince, sous les éclairs et le tonnerre, et qui avait arrêté Wouf en plein bond.

Après cette dernière rencontre dans la ruelle, Janet avait roulé droit vers le nord, sous la cataracte de pluie, et elle avait quitté Laguna Beach pour Los Angeles, avec le seul espoir de mettre un maximum de kilomètres entre eux et cette mystérieuse créature qui voulait les tuer. Elle avait dit qu'elle les retrouverait où qu'ils aillent, et elle l'avait crue. Mais l'idée d'attendre pour être tuée était intolérable.

Elle avait à peine atteint Corona Del Mar, la prochaine ville sur le littoral, qu'elle prit conscience qu'elle devait rebrousser chemin. À Los Angeles, elle devrait réapprendre à repérer les meilleurs quartiers pour les poubelles, les heures de ramassage, quelles communautés avaient une police tolérante, où l'on trouvait les boîtes et les bouteilles consignées. Il lui faudrait trouver aussi un autre restaurant humanitaire, comme celui de Mr. Ishigura, et tant d'autres choses encore. Elle n'avait guère de ressources et elle ne pouvait se permettre de vivre sur ses maigres économies le temps d'apprendre les ficelles d'un nouveau lieu. Donc, c'était Laguna Beach ou rien.

C'était sans doute ce qu'il y avait de pire dans la pauvreté : ne pas avoir le choix.

Et elle était revenue à Laguna Beach, en se reprochant d'avoir gaspillé de l'essence pour rien.

Elle s'était garée dans une rue latérale et elle resta dans la voiture avec Danny tout au long de l'après-midi pluvieux. Dans la clarté grise de l'orage, pendant que Wouf dormait sur le siège arrière, elle lut des contes à Danny, dans un gros livre qu'elle avait récupéré dans une poubelle. Danny aimait bien qu'elle lui fasse la lecture. Il était sous le charme, le visage d'un blanc de perle dans le jeu des ombres métalliques de la pluie qui jouait sur le pare-brise.

À présent, la pluie avait cessé, c'était le soir, ils avaient fini de dîner, et il était grand temps de regagner la Dodge. Janet était épuisée, et elle savait que Danny, lui aussi, sombrerait dans le sommeil comme une pierre. Mais elle redoutait de fermer les paupières, car elle se disait que l'être policier pouvait les retrouver dans leur sommeil.

Ils emportèrent leurs assiettes sales jusqu'à l'évier, où ils les laissaient régulièrement. À cet instant, une cuisinière dont le prénom était Loretta mais dont Janet ne comprit pas le nom les aborda. Loretta était une forte femme qui devait avoir la cinquantaine, avec une peau fine comme de la porcelaine et un front lisse qui donnait à penser qu'elle n'avait jamais eu l'ombre d'un souci sa vie durant. Elle avait des mains fortes, rougies par le travail et portait un plat à tarte en aluminium plein de débris de viande.

– Est-ce que ce chien est encore dans le coin?

demanda-t-elle. Celui qui est tellement mignon et qui vous suit toujours depuis quelque temps ?...

– Wouf, dit Danny.

– Il est beaucoup trop attaché à mon garçon, dit Janet. Et il nous attend dehors.

– Je crois que j'ai quelque chose pour lui, dit Loretta en montrant son plat de déchets de viande.

Une ravissante infirmière blonde, qui buvait un verre de lait devant un billot de boucher, surprit leur conversation.

– Il est si joli que ça ? demanda-t-elle.

– Ça n'est qu'un corniaud, dit Loretta, pas un chien de race, mais je pense qu'il mériterait qu'on le prenne en photo.

– J'adore les chiens, dit l'infirmière. J'en ai trois. Est-ce que je pourrais le voir ?

– Bien sûr, viens, dit Loretta. (Elle regarda Janet en souriant.) Vous ne voyez pas d'inconvénient à ce qu'Angelina vienne avec nous ?

Angelina était à l'évidence le prénom de l'infirmière.

– Grands dieux, non ! fit Janet.

Loretta les précéda vers la porte de la ruelle. Les morceaux de viande, dans le plat à tarte, n'étaient ni gras ni grillés. C'étaient des morceaux impeccables de jambon et de dinde.

Wouf attendait sous le cône de clarté jaune d'un luminaire de sécurité, la tête inclinée, une oreille dressée avec espoir, avec une sorte d'expression interrogative. La brise se leva pour la première fois depuis l'orage et hérissa son pelage.

Angelina fut aussitôt séduite.

– Mais il est *merveilleux* !

– Il est à moi, fit Danny, si doucement que Janet seule avait dû l'entendre.

Wouf semblait sourire, comme s'il avait apprécié le commentaire d'Angelina, et il balayait le trottoir de sa queue touffue.

Oui, après tout, il comprenait peut-être. Le lendemain de leur rencontre avec Wouf, Janet avait décidé que c'était un corniaud très intelligent. Angelina prit le plat à Loretta et s'accroupit devant le chien.

– Tu sais que tu es mignon, toi ? Regarde. Est-ce que ça n'a pas l'air délicieux ? Je suis sûre que tu vas aimer.

Wouf leva la tête vers Janet, comme s'il quêtait son

approbation pour entamer son festin. Bien sûr, il n'était qu'un chien des rues désormais, mais il avait dû appartenir à une famille, autrefois. Il en gardait des traces d'éducation et cette capacité d'affection réciproque que les animaux – tout comme les humains – développent quand on les aime.

Janet hocha la tête.

Et alors seulement le brave toutou se pencha sur son dîner et l'attaqua avec avidité.

Janet Marco ressentait envers le chien une affinité dérangeante. Ses parents l'avaient traitée avec cette cruauté que certaines personnes psychiquement malades montrent envers les animaux. Oui, si elle y réfléchissait vraiment, ils auraient certainement traité un chien ou un chat de façon plus humaine. Vince ne s'était pas montré plus affectueux. Le chien ne semblait pas avoir été battu ni souffrir de la faim, mais il avait été abandonné. Il n'avait pas de collier, mais il était clair qu'il avait été bien dressé : il cherchait à plaire et il avait un besoin évident d'affection. L'abandon, pour Janet, était une autre forme de sévices, ce qui signifiait qu'elle et le chien avaient partagé le même lot d'épreuves, de peurs et d'expériences difficiles.

C'était ainsi qu'elle avait décidé de garder le chien sans se préoccuper des difficultés et des dépenses supplémentaires que ça représentait. Le lien qui existait entre eux méritait le respect. Le chien et elle étaient deux créatures vivantes capables de courage et de dévouement – et dans le besoin.

La jeune infirmière blonde caressait Wouf, lui grattait l'arrière des oreilles en roucoulant.

– Je t'avais dit qu'il était mignon, fit la cuisinière, Loretta, en croisant les bras sur son imposante poitrine. À mon avis, il devrait faire du cinéma. Il a tout à fait le genre séducteur.

– Il est à moi, répéta Danny d'un ton ennuyé, et si bas de nouveau que Janet l'entendit à peine.

Il se cramponnait à elle, et elle lui posa la main sur l'épaule en un geste rassurant.

Wouf en était à la moitié de son festin lorsqu'il redressa brusquement la tête et regarda curieusement Angelina. Il inclina son oreille dressée, renifla longuement sa blouse amidonnée, ses longues mains, puis posa la truffe sur ses sandales blanches avant de revenir à ses mains, qu'il lécha en geignant et en haletant. Il se mit à sautiller sur place, incroyablement excité.

La cuisinière et l'infirmière se mirent à rire, pensant que Wouf ne faisait que manifester son plaisir, mais Janet devina aussitôt qu'il réagissait à tout autre chose. Car ses geignements étaient entrecoupés de grondements brefs, comme s'il avait détecté une odeur qu'il n'aimait pas. Et il n'agitait plus la queue.

Sans prévenir, à la grande stupeur de Janet, il s'échappa soudain des mains d'Angelina, s'élança loin d'elle, échappa à Danny, passa entre les jambes de la cuisinière, droit vers la porte ouverte.

– Wouf, non ! lança Janet.

Il ne s'arrêta pas pour autant et ils se précipitèrent tous à sa poursuite.

Les gens de la cuisine essayèrent de le bloquer au passage, mais il était trop rapide pour eux. Il esquiva, feinta, en dérapant sur les dalles. Il se faufila sous les tables, glissa, roula sur le flanc et changea plusieurs fois de direction pour échapper aux mains tendues avec une souplesse d'anguille. Il soufflait, les babines relevées, comme si c'était pour lui une partie de plaisir.

Mais, en fait, ça n'était pas un jeu pour lui. Il cherchait quelque chose, il suivait une trace fugace, sur le sol et dans l'air ambiant. Il ne s'arrêta pas devant les fours où cuisaient les roulés odorants, il ne bondit pas sur les comptoirs encombrés de victuailles. C'était autre chose qu'il chassait, ce qu'il avait décelé sur Angelina.

– Méchant chien ! Oh, le méchant ! cria Janet en courant.

Wouf se retourna deux fois pour la regarder, mais il ne ralentit pas pour autant.

Une infirmière assistante surgit d'une porte battante avec un plateau, et le chien bondit immédiatement dans cette nouvelle direction pour pénétrer dans le secteur hospitalier.

Méchant chien. Non, pas vrai. Bon chien. Bon, très bon.

L'endroit nourriture est tellement rempli de bonnes odeurs qu'il n'arrive pas à suivre l'autre, l'odeur bizarre, aussi vite qu'il le veut. Mais, quand il a passé les portes qui se balancent, il se retrouve dans un lieu étroit et long. Avec des portes qui ouvrent sur les côtés. Là, les odeurs qui donnent faim ne sont plus aussi lourdes.

Il y en a beaucoup d'autres, cependant. Surtout des odeurs d'êtres, pour la plupart déplaisantes. Fortes, âcres, salines, aigres. Des odeurs qui rendent malade.

Un pin. Un buisson de pin dans cet endroit étroit. Il tend son nez en se demandant comment tout un arbre a pu atterrir ici, mais ça n'est qu'un seau d'eau sale qui sent comme un pin, comme des centaines de pins. Intéressant.

Vite.

De l'urine. L'urine des gens. Des tas de gens différents. Intéressant. Dix, vingt, trente urines distinctes. Pas vraiment violentes, mais plus nombreuses qu'il n'en a jamais senties en même temps dans un seul endroit. L'urine des gens lui en dit beaucoup sur ce qu'ils mangent, ce qu'ils boivent, où ils sont allés dans la journée, s'ils ont été en rut, s'ils sont en bonne santé ou malades, heureux ou malheureux, bons ou mauvais. La plupart n'ont pas été en rut depuis longtemps, et ils sont malades, certains gravement. Dans l'ensemble, toutes ces odeurs d'urines sont déplaisantes.

Il flaire des odeurs de semelles, de cire à parquet, de vernis, d'amidon, de roses, de marguerites, de tulipes, d'œillets, de citrons, des odeurs de sueur par centaines, du chocolat, des pets, de la poussière, du terreau humide dans un pot, de la soupe, de la laque à cheveux, de la menthe, du poivre, du sel, des oignons, la senteur irritante des termites cachés dans un mur, le café, le cuivre chaud, le caoutchouc, le papier, des copeaux de crayon, du caramel, d'autres pins dans un seau, un autre chien. Intéressant. Un autre chien. Quelqu'un possède un chien, ici, et il a laissé son odeur sur des chaussures. Une femelle. Intéressant. L'odeur suit le lieu étroit et long. Il y a d'autres odeurs encore, innombrables – son monde est fait d'odeurs – avec, avant tout, ce relent étrange et mauvais, ennemi, qui lui fait retrousser les babines de colère. Haïssable. Il l'a déjà senti auparavant : l'odeur du policier, l'odeur du loup, de la chose loup-policier. Elle est là. Il l'a retrouvée. Il la suit.

Des gens le poursuivent parce qu'il ne devrait pas être ici. Toutes sortes de gens pensent qu'on ne doit pas être ici, ou là, même si on ne sent pas aussi fort que la plupart des gens, y compris les plus propres, même si on n'est pas aussi gros, si on ne fait pas autant de bruit qu'eux, si on ne prend pas autant d'espace.

Chien méchant, méchant le chien, dit la femme. Ça le

blesse, parce qu'il aime la femme, le garçon, parce qu'il fait ça pour eux, en ce moment : il essaie de trouver la chose loup-policier à l'odeur bizarre.

Méchant chien. Non, pas vrai. Bon chien. Bon, très bon.

Une femme en blanc passe une porte. Elle a l'air surpris. Elle sent la surprise. Elle veut l'arrêter. Il gronde un peu. Elle saute en arrière. Très facile de faire peur aux gens. De les tromper.

L'endroit étroit et long en croise un autre, aussi étroit et long. D'autres portes, d'autres odeurs. L'ammoniaque, le soufre, de l'urine encore, d'autres odeurs de maladie. Il y a des gens qui vivent ici, qui pissent. Tellement étrange. Intéressant. Les chiens ne pissent pas à l'endroit où ils vivent.

Une femme devant lui. Elle porte quelque chose. Elle est surprise, elle sent la surprise. Elle dit : *Oh, regarde comme il est mignon.*

Un petit frémissement de la queue. Pourquoi pas ? Mais il faut y aller.

Cette odeur. Tellement étrange. Et détestable. De plus en plus puissante.

Une porte ouverte. Une lumière douce, un espace avec une femme malade dans un lit. Il entre, soudain méfiant, regarde à droite et à gauche, car tout cet endroit est baigné de l'étrange odeur, étrange et mauvaise : les murs, le sol, et surtout une chaise. La chaise où s'installe la chose mauvaise. Elle est venue souvent ici, de nombreuses fois.

La femme dit alors : *Qui est là ?*

Elle sent mauvais. La sueur aigre. Elle est malade mais il y a plus que ça. La tristesse. Une détresse profonde, lente, atroce. Et la peur. Par-dessus tout. La peur, aiguë comme un éclair d'orage. Une odeur de fer.

Qui est là ? Qui est-ce ?

Des bruits de pas dans l'espace étroit et long. Des gens qui courent.

La peur est tellement lourde ici que l'étrange odeur mauvaise en est presque masquée. La peur, la peur, la peur...

Angelina ? C'est vous, Angelina ?

L'odeur mauvaise cerne le lit. Elle est aussi au-dessus. Partout. La chose est venue ici et elle a parlé à la femme. Il n'y a pas longtemps, aujourd'hui même. Elle l'a touchée, elle a posé ses mains sur les draps blancs, elle y a laissé sa trace abominable. Et aussi dans le lit, elle est encore toute fraîche. Avec la femme. Intéressant. Tellement, tellement intéressant.

Il repart vers la porte, fait demi-tour, court vers le lit, bondit, et agrippe de la patte la barre de sécurité. Il est près de la femme malade et baignée de peur.

Une femme criait.

Jamais Janet n'avait craint que Wouf puisse mordre qui que ce soit. C'était un chien amical et paisible, apparemment incapable de faire du mal, sinon, peut-être, à cette chose qu'ils avaient encore affrontée dans la ruelle, plus tôt dans la journée.

Mais quand elle surgit dans la chambre doucement éclairée sur les pas d'Angelina et qu'elle vit son chien sur le lit, elle crut un instant qu'il attaquait la femme. Elle attira Danny contre elle pour qu'il ne voie pas la scène, et prit seulement alors conscience que Wouf se contentait de renifler la malade. Avec une ardeur particulière, mais sans lui faire de mal.

– Non ! cria la femme impotente. Non, non !

C'était comme si un démon surgi de l'enfer venait de lui sauter dessus, et non pas un pauvre chien bâtard.

Janet avait honte du trouble que Wouf avait causé, elle se sentait responsable et elle redoutait les conséquences possibles. Elle doutait que Danny et elle soient encore les bienvenus dans la cuisine du Pacific View après ce qui venait de se passer.

La femme qui était dans le lit était famélique – quasi squelettique – et tellement pâle qu'elle semblait irradier de la lumière sous la lampe de chevet. Ses cheveux étaient blancs et ternes. Elle était très âgée, fripée, mais il y avait en elle quelque chose qui amena Janet à penser que cette pauvre créature devait être plus jeune qu'il n'y semblait.

Faiblement, elle luttait pour se redresser sur ses oreillers et repousser le chien avec son bras droit. Puis, elle eut conscience que ceux qui poursuivaient le chien étaient dans la chambre, et elle tourna la tête vers la porte. Son visage émacié avait pu être joli, mais c'était à présent celui d'un cadavre. Cauchemardesque.

Elle n'avait plus d'yeux.

Janet ne put réprimer un frisson – et elle se dit qu'elle avait bien fait de s'interposer entre la femme et Danny.

– Enlevez-le ! hurla la femme, comme si Wouf était un monstre.

– Enlevez-le !

Dans le jeu des ombres grises et mauves, on pouvait penser de prime abord qu'elle avait les yeux clos, mais sous la clarté directe, l'horreur se révélait : ses paupières avaient été cousues comme deux cicatrices. Le fil de suture s'était dissous depuis longtemps, et les deux paupières s'étaient soudées. Derrière, il n'y avait plus de globe oculaire, et la peau flasque marquait les deux creux des orbites.

Janet était convaincue que la femme n'était pas née sans yeux, que c'était quelque affreux accident qui lui avait fait perdre la vue. En ce cas, elle avait dû être terriblement blessée pour que les médecins décident qu'il était impossible de lui mettre des yeux de verre, ne serait-ce que pour des raisons esthétiques. Son intuition soufflait à Janet que cette malade aveugle et ratatinée avait rencontré une chose pire que Vince, au sang plus glacé encore que les reptiles que Janet avait eu comme parents.

Angelina et un infirmier s'étaient précipités vers le lit. Ils appelaient la femme aveugle Jennifer et tentaient de l'apaiser. Wouf sauta sur le sol et leur échappa avec un nouveau tour. Au lieu de courir vers la porte, il fila vers la salle de bains attenante, qui correspondait avec la chambre voisine et, de là, s'échappa dans le couloir.

Tout en remorquant Danny, ce fut Janet qui se lança en tête des poursuivants, cette fois. Non seulement parce qu'elle se sentait responsable de ce qui se passait et qu'elle craignait les conséquences sur leurs repas gratuits, mais aussi parce qu'elle ne voulait qu'une chose dans l'immédiat : fuir cette chambre étouffante et sombre avec cette vieille femme desséchée et sans yeux.

Ils se retrouvèrent dans le couloir principal qui aboutissait au hall de réception.

Janet s'en voulait d'avoir gardé ce chien. Non seulement il les avait humiliés, elle et Danny, mais il attirait l'attention de toute la clinique avec cette escapade. Ce qu'elle craignait par-dessus tout. Il fallait se faire petit, ne rien dire, jamais, se cacher dans l'ombre, dans les recoins de la vie si l'on voulait endurer moins de souffrances. Et puis, elle voulait rester transparente envers les autres, au moins jusqu'à ce que deux ou trois ans aient passé sur le cadavre de son mari, dans les sables du désert d'Arizona.

Même s'il gardait le museau collé au sol, flairant sa piste, Wouf était trop rapide pour eux.

La jeune réceptionniste était une Mexicaine en uniforme blanc, les cheveux en queue de cheval maintenus par un ruban rouge. Elle s'était redressée pour essayer de découvrir la source du tumulte et elle réagit rapidement. Elle s'avança vers la porte principale à l'instant où Wouf surgissait dans le hall. Elle l'ouvrit et le laissa filer vers la rue.

Au-dehors, Janet, à bout de souffle, s'arrêta au bas des marches. La clinique était à l'est de l'autoroute du littoral, sur une rue en pente bordée de tulipiers et de baobabs. Les réverbères au mercure répandaient une vague clarté bleutée et faisaient danser les ombres des feuillages.

Wouf était à une dizaine de mètres. Il flairait la chaussée, le trottoir, les buissons, les troncs des arbres, l'air de la nuit. Il cherchait à l'évidence à rattraper une odeur, une piste. L'orage avait arraché des fleurs rouges aux branches des baobabs. Elles jonchaient le trottoir comme de bizarres anémones de mer mutantes rejetées par une marée d'apocalypse. En les reniflant, Wouf éternua. Il s'avançait avec moins de confiance, certes, mais toujours vers le sud.

– Wouf ! cria Danny.

Le chien se retourna.

– Reviens ! supplia Danny.

Wouf hésitait. Puis, il détourna la tête et repartit à la poursuite de son fantôme.

Danny refoula ses larmes et dit :

– Je croyais qu'il m'aimait.

Janet, à son tour, appela le chien, tout en regrettant d'avoir retenu tous ces jurons qui lui avaient effleuré l'esprit durant la poursuite.

– Il va revenir, dit-elle à son fils.

– Non.

– Tôt ou tard. Peut-être demain, ou après-demain. Il rentrera tout seul à la maison.

Danny avait la voix tremblante.

– Mais comment ? On n'a pas de maison.

– Je veux dire la voiture, dit tristement Janet.

Plus que jamais, elle avait conscience qu'une vieille

Dodge rouillée ne constituait pas la demeure idéale. En se disant qu'elle n'avait rien pu donner de mieux à son fils, elle sentit son cœur se serrer. Sous l'effet de la colère, de la frustration, de la peur et du désespoir, elle était soudain au bord de la nausée.

– Les chiens, reprit-elle, ont des sens plus subtils que les nôtres. Il nous retrouvera.

Les ombres des baobabs bougèrent sur le trottoir, comme une vision des feuilles mortes de l'automne approchant.

Wouf avait atteint l'angle du bloc, et il disparut.

– Il nous retrouvera, répéta Janet, mais sans vraiment le croire.

Des punaises des bois. De l'écorce humide. L'odeur acide du béton mouillé. Des poulets qui rôtissaient, tout près de là. Des géraniums, des jasmins, des feuilles mortes. La senteur de moisi des vers de terre qui fouissent dans les parterres de fleurs. Intéressant.

Des odeurs d'après-la-pluie. La pluie a lavé le monde pour l'imprégner de ses propres fragrances. Mais la plus drue des pluies ne peut effacer *toutes* les senteurs, les odeurs anciennes, ces couches d'odeurs laissées jour après jour, semaine après semaine par les fientes des oiseaux, des insectes, des chiens, les chats, les lézards. Par les plantes mortes.

Il surprend une bouffée de fourrure de chat, et s'arrête instantanément. Il serre les mâchoires et ses narines se distendent. Il bande ses muscles.

Il a de drôles de rapports avec les chats. Il ne les hait pas mais ils sont vraiment attirants pour le jeu de la poursuite. Il est tellement difficile de résister. Rien de plus excitant qu'un chat au meilleur de sa forme, si ce n'est peut-être un garçon qui vous lance une balle avec une gourmandise à la clé en guise de récompense.

Il est sur le point de partir sur la piste du chat, mais le souvenir brûlant de certains coups de griffe sur la truffe lui revient. Il se rappelle que les chats ont des côtés désagréables, qu'ils peuvent courir très vite, vous griffer, grimper à toute allure dans un arbre, sur un mur, là où on ne peut pas les poursuivre, et qu'on se retrouve assis en train d'aboyer ridiculement, le museau en sang, tout endolori. Pendant que le chat, lui, se lèche et vous regarde avant de faire une sieste, bien propre, jusqu'à ce que vous soyez obligé d'aller trouver un vieux bout de bois à mordre ou quelques lézards à couper en deux, histoire de vous sentir un peu mieux.

Gaz d'échappement. Journal humide. Vieille chaussure saturée d'odeurs de pied.

Souris crevée. Intéressant. Pourrissante dans le caniveau. Les yeux ouverts. Ses petites dents pointues à nu. Intéressant. Drôle que les choses mortes ne bougent plus. Sauf quand elles sont mortes depuis longtemps. Alors, elles bougent, à cause des autres choses qui sont en elles. Une souris morte, la queue dressée. Intéressant.

La chose policier-loup.

Il redresse la tête et retrouve la trace. Cette chose a une odeur qui ne ressemble à aucune autre. Ce qui la rend très intéressante. Elle est en partie humaine, mais seulement en partie. C'est également l'odeur d'une chose-qui-peut-tuer, qu'on sent parfois sur certaines personnes, sur les chiens plus gros, sur les coyotes et sur ces serpents qui font du bruit avec leur queue. Il doit faire très attention : cette odeur est vraiment celle d'une chose-qui-peut-tuer. Et elle a aussi un parfum qui lui est propre : pas vraiment celui de la mer par une nuit froide, pas vraiment celui d'une grille de fer par une journée torride, pas vraiment celui de la souris en putréfaction, pas vraiment le parfum d'un éclair d'orage, du tonnerre, des araignées, du sang, et des trous noirs dans la terre, tellement intéressants mais effrayants. Ce faible parfum n'est qu'un fragile fil directeur dans la riche tapisserie des arômes de la nuit, mais il le suit.

DEUXIÈME PARTIE

LE TRAVAIL DE LA POLICE ET LA VIE DU CHIEN

La mort est le salaire de celui
Qui sait être vertueux au temps d'aujourd'hui.
Et il semble qu'aux plus sombres heures,
Le mal triomphe quand la bonté a peur.

Dominés par le vice et la menace,
Nous sommes seuls sur une feuille de glace.
Sommes-nous des couards ou bien des princes,
Sur cette glace, cette glace si mince ?

Restons-nous pétrifiés ? Allons-nous patiner ?
Rire, chanter, et nous imaginer
Que si jamais la glace se rompt
Nous ne tomberons pas tout au fond ?

Le Livre des chagrins comptés

Quand la tempête t'emporte,
Épouse le chaos.

Le Livre des chagrins comptés

III

1

Ils prirent l'autoroute du littoral parce qu'un camion-citerne s'était renversé avec son chargement d'azote liquide à l'échangeur de Costa Mesa et de San Diego, transformant les deux autoroutes en parkings. Harry malmenait la Honda, sautant de couloir en couloir, accélérant aux feux orange, négociant les feux rouges quand aucune voiture n'était en vue. Il conduisait comme Connie quand elle était de mauvaise humeur plutôt que dans son style habituel.

Au centre de son esprit, tournant comme un vautour, assombrissant toute chose, il y avait la menace. Il avait parlé confidentiellement de la vulnérabilité de Tic-tac à Connie, un moment plus tôt, dans la cuisine. Mais si l'autre était invulnérable aux balles et aux incendies ?

– Merci de ne pas vous comporter comme les gens dans les films qui ont vu des chauves-souris géantes à la pleine lune, des victimes vidées de leur sang, et qui continuent à prétendre que les vampires n'existent pas, que tout ça n'est pas réel.

« Ou comme ce prêtre qui affronte une petite fille qui tourne la tête à 360 degrés, qui lévite au-dessus de son lit, et qui dit que le diable n'existe pas, qu'il doit se plonger dans des bouquins de psychologie pour prononcer son diagnostic. À votre avis, dans un index, il cherche à quelle rubrique ?...

– F comme foutaises, dit Connie.

Ils franchirent un pont sur l'une des darses de Newport

Harbor, survolant les lumières des maisons et des bateaux sur l'eau noire.

– C'est bizarre, dit Harry. On pense pendant toute une partie de sa vie que les gens qui croient à ce genre de truc sont des crétins lobotomisés – et puis, quand ça vous arrive, on se retrouve instantanément prêt à accepter des idées totalement fantastiques. Au fond de nous-mêmes, nous sommes tous des sauvages adorateurs de la lune, nous savons tous que le monde est tellement plus étranger que ce que nous osons croire.

– Ça ne veut pas dire que j'aie accepté votre théorie, celle du superman dingo.

Il se tourna vers elle. Dans la clarté du tableau de bord, elle évoquait une déesse grecque. Sa peau était comme du bronze patiné.

– Si vous ne l'acceptez pas, alors qu'est-ce que vous voyez d'autre ?

Elle ne lui répondit pas et se contenta de remarquer :

– Si vous tenez à conduire comme moi, gardez au moins les yeux sur la route.

C'était un bon conseil, et il le suivit *in extremis*, évitant de faire une purée de Honda sur l'arrière d'une vieille Mercedes qui se traînait. La grand-mère de Mathusalem était au volant. Sur le pare-chocs, un autocollant annonçait : PERMISSION DE TUER. Ils doublèrent dans un gémissement de pneus et la vénérable dame leur fit un bras d'honneur au passage.

– Même les grands-mères ne sont plus ce qu'elles étaient, commenta Connie.

– Qu'est-ce que vous voyez d'autre ? insista Harry.

– Je ne sais pas. Ce que je voulais dire, c'est... Si vous comptez surfer sur le chaos, il vaut mieux ne pas croire que vous avez la carte de tous les courants, parce qu'il y a toujours une lame pour vous balayer.

Il réfléchit un instant en silence.

Ils passèrent les tours des immeubles de bureaux et les hôtels de Newport Center sur leur gauche. De grands bateaux lumineux se perdaient dans la nuit, en route pour des missions mystérieuses. Les pelouses et les palmiers étaient d'un vert anormal, trop parfait : l'ensemble était comme un décor gigantesque. La dernière tempête qui avait soufflé sur la Californie semblait être venue d'une autre dimension. Elle avait laissé derrière elle des traces d'étrangeté, comme un résidu de magie noire.

– Et votre père et votre mère? demanda soudain Connie. Ce type n'a-t-il pas dit qu'il détruirait tous ceux que vous aimiez, et vous ensuite?

– Ils sont à quelques centaines de kilomètres plus loin sur la côte. Ils sont à l'abri.

– Mais nous ne savons pas jusqu'à quelle distance il peut frapper.

– S'il peut frapper aussi loin, alors, c'est qu'il est vraiment Dieu. En tout cas, rappelez-vous ce que j'ai dit. Ce type peut vous coller un badge psycho... Comme les gardes-chasse des réserves quand ils tatouent un ours ou un chevreuil avec leur bidule électronique, rien que pour connaître ses habitudes migratoires. Ça me paraît tenir debout. Ce qui veut dire qu'il est possible qu'il ne trouve pas ma mère ni mon père tant que je ne l'aurai pas conduit jusqu'à eux. Tout ce qu'il connaît de moi, c'est peut-être ce qu'il sait depuis qu'il m'a tatoué ce soir.

– Et vous êtes d'abord venu me trouver...

Parce que je vous aime?... se demanda-t-il. Mais il ne dit rien.

Et il fut soulagé quand elle laissa tomber cette piste.

– ... parce que nous avons liquidé Ordegard ensemble. Et si ce type contrôlait vraiment Ordegard, il m'en veut autant qu'à vous.

– Je devais vous prévenir, dit Harry. Parce qu'on est dans le même coup.

Il avait conscience qu'elle l'examinait avec un intérêt nouveau mais ne dit rien.

– Vous pensez que ce Tic-tac peut se régler sur nous, nous écouter, nous voir comme il le veut? Maintenant, par exemple?...

– Je l'ignore.

– Ce n'est pas Dieu, il ne peut pas tout savoir. Nous ne sommes probablement qu'un voyant lumineux qui clignote sur son tableau de bord mental de repérage, et il ne nous voit et ne nous entend que quand *nous* pouvons le voir et l'entendre.

– Peut-être. Probablement. Qui sait?

– On ferait bien d'espérer que c'est comme ça que ça se passe. Parce que s'il est toujours sur nous, on a autant de chance d'épingler ce fils de pute qu'une boule de neige de durer en enfer. Dès qu'on s'approchera de lui, il nous cramera comme il l'a fait pour votre appart.

Ils s'engagèrent dans la rue principale de Corona

Del Mar, avec ses boutiques de mode, avant d'atteindre le nouveau littoral de Newport où, dans l'ombre, d'énormes excavatrices attendaient le matin comme des monstres préhistoriques : bientôt, il y aurait là un nouvel ensemble résidentiel, implanté dans les collines, face à l'océan. Une sensation inconnue montait peu à peu dans la nuque de Harry. Tandis qu'ils redescendaient sur l'autoroute de Laguna Beach, elle s'accentua. Il avait le sentiment qu'ils étaient comme deux souris guettées par un chat.

Laguna était la Mecque des touristes et la colonie favorite des artistes. C'était un site encore renommé pour sa beauté, même s'il avait connu des jours meilleurs. Les collines se succédaient en fronces douces jusqu'au rivage du Pacifique, ponctuées de lumières dorées, de tapis de verdure, gracieuses comme autant de danseuses descendant lentement vers le ressac. Mais, ce soir, elles semblaient moins séduisantes et beaucoup plus dangereuses.

2

La maison se dressait sur un belvédère, au-dessus de l'océan. La paroi ouest, en verre fumé, s'ouvrait sur le ciel et les vagues.

Quand Bryan avait envie de dormir, durant la journée, les stores automatisés éclipsaient le soleil. Mais il faisait nuit, et les grandes baies révélaient la mer obscure, le ciel noir, et les lignes sinueuses des lames comme autant de rangs de soldats fantomatiques.

Bryan dormait, et quand il dormait, il rêvait toujours.

La plupart des gens rêvent en noir et blanc, mais Bryan, lui, rêvait toujours en couleurs. Et dans un spectre plus riche que celui de la vie réelle, dans une variété fabuleuse de tons et de teintes qui donnait à chaque vision une complexité fascinante.

Les pièces des demeures de ses rêves n'étaient pas de simples suggestions de lieux, et les paysages n'étaient pas simplement faits de touches impressionnistes. Tous les sites de ses rêves avaient une précision intense dans le moindre détail, une précision presque cruelle. S'il rêvait d'une forêt, chaque feuille avait ses nervures propres, ses demi-teintes et ses taches. Et quand il neigait dans ses rêves, aucun flocon ne ressemblait à un autre.

Mais après tout, il n'était pas un rêveur semblable aux autres. C'était un dieu assoupi. Qui créait.

Dans la nuit de ce mardi, les rêves de Bryan, comme toujours, étaient emplis de violence et de mort. C'était là que sa créativité s'exprimait le mieux : dans des formes de destruction imaginaires.

Il parcourait les rues d'une cité fantastique plus labyrinthique que toutes celles qui avaient pu exister en ce monde, une métropole de spires foisonnantes. Quand les enfants levaient les yeux sur lui, ils étaient frappés par une peste d'une virulence tellement exquise que leurs petits visages se couvraient instantanément de pustules purulentes. Des lésions sanguinolentes leur crevaient la peau. Quand il touchait les hommes les plus forts, ils explosaient en flammes et leurs yeux fondaient dans leurs orbites. Les jeunes femmes mouraient avant leur temps, elles se flétrissaient et agonisaient en quelques secondes. Les objets de désir qu'elles avaient été se transformaient en résidus grouillant de vers. Quand Bryan souriait à l'adresse d'un commerçant, devant son épicerie, à l'angle d'une rue, l'homme tombait sur le trottoir, secoué de spasmes d'agonie, et des hordes de cafards sortaient de ses narines, de ses oreilles et de sa bouche.

Pour Bryan, ce n'était pas un cauchemar. Il jouissait de ses rêves et il se réveillait toujours avec une impression de fraîcheur et d'excitation.

Les rues de la cité se perdirent dans un bordel aux chambres innombrables et décorées avec richesse. Dans chacune d'elles, une femme toujours différente et belle l'attendait pour son plaisir. Nues, elles s'offraient à lui, appelaient son désir, mais jamais il ne mentait : toutes, il les massacrait d'une façon ou d'une autre, avec une inventivité toujours renouvelée dans la brutalité, se baignant dans leur sang.

Le sexe ne l'intéressait pas. Le pouvoir était bien plus gratifiant, et le pouvoir de tuer était le plus satisfaisant qui fût.

Jamais il ne se lassait de leurs cris, de leurs suppliques. Leurs voix lui rappelaient les petits animaux qui avaient appris à le craindre quand il était enfant, quand il commençait à Devenir. Il était né pour régner sur le monde des rêves comme sur le monde réel, pour aider l'humanité à réapprendre cette humilité qu'elle avait perdue.

Il se réveilla.

Durant quelques longues minutes délicieuses, Bryan resta immobile entre ses draps noirs froissés, son corps aussi pâle que l'écume des vagues qui se brisaient à quelques mètres de sa maison. L'euphorie de son bain de sang le paralysait encore, tellement plus agréable que la langueur qui suit l'orgasme.

Il était impatient de brutaliser le monde réel ainsi qu'il le faisait avec celui de ses rêves. Ils méritaient tous d'être punis, tous : ces foules grouillantes. Dans leur orgueil, elles avaient cru que le monde avait été fait pour elles, pour leur plaisir, qu'elles l'avaient gagné. Mais c'était *lui* l'apex de la création. Il fallait les rabaisser au plus bas, et en réduire le nombre.

Malgré tout, il était jeune, et il ne contrôlait pas encore vraiment ses pouvoirs : il ne faisait que Devenir. Il n'osait pas encore se risquer à nettoyer la terre, ce qui était sa destinée.

Il quitta le lit, nu, appréciant l'air doux et frais sur sa peau.

Dans la chambre, si l'on exceptait le lit ultra-moderne, profilé, laqué en noir, avec ses draps noirs et ses deux tables de chevet tout aussi noires et leurs lampes à abat-jour noir, il n'y avait rien. Ni chaîne hi-fi, ni télé, ni radio. Aucun fauteuil, pas la moindre étagère avec des livres : les livres n'intéressaient pas Bryan, car il ne pouvait y trouver la moindre connaissance qu'il souhaitait acquérir, aucun plaisir comparable à ceux qu'il savait trouver lui-même. Quand il ne créait et ne manipulait pas les corps fantômes du monde extérieur, il préférait rester dans son lit, les yeux fixés au plafond.

Il n'avait pas d'horloge. Il n'en avait pas besoin. Il était accordé avec une telle précision aux mécanismes de l'univers qu'il savait toujours l'heure, la minute, la seconde. Cela faisait partie du don.

Toute la paroi qui faisait face au lit était en miroir. Du sol au plafond. Il y avait des miroirs dans toute la maison. Il aimait l'image qu'ils lui renvoyaient, l'image du dieu qui Devenait. Dans toute sa grâce, sa beauté, sa puissance.

Autour des miroirs, tous les murs étaient peints en noir. De même que le plafond.

Sur des étagères noires étaient rangés des bocaux de formol. Des yeux y flottaient. Bryan les distinguait même dans la pénombre la plus dense. Il y avait là des yeux d'êtres humains : des yeux d'hommes, de femmes, d'enfants qui avaient été jugés par lui. Ils étaient de couleurs variées : bleus, bruns, noirs, gris ou verts. Il y avait également des yeux d'animaux. Il avait expérimenté ses pouvoirs sur eux longtemps auparavant : des souris, des gerboises, des lézards, des tortues, des chats, des chiens, des écureuils, des lapins. Certains, même dans la mort, restaient luminescents, ils allaient du rouge pâle au jaune ou au vert.

Des yeux votifs. Offerts par tous ses sujets. Des symboles de sa supériorité, de son pouvoir, de son Devenir. Ils étaient là à toute heure du jour et de la nuit, offerts à son regard, adorateurs, admiratifs.

Contemplez-moi et tremblez, dit le Seigneur. Car je suis la pitié mais aussi la colère. Je suis le pardon mais aussi la vengeance. Et Celui de Qui découlent Toutes Grâces.

3

En dépit de la ventilation, des relents de sang flottaient dans la pièce. Des relents de bile, de gaz intestinaux, et d'un désinfectant particulièrement astringent qui irritait les yeux de Connie.

Harry s'aspergea la main gauche de rafraîchisseur respiratoire, et leva la main jusqu'à son nez avec l'espoir que la puissante senteur mentholée triomphe de la puanteur de la mort.

Il tendit la bombe à Connie, qui hésita brièvement avant d'accepter.

Le corps de la femme morte était nu sur la plaque d'acier inclinée. Le coroner avait pratiqué une large incision en Y sur l'abdomen et on l'avait consciencieusement éviscérée.

C'était l'une des victimes du restaurant. Elle s'était appelée Laura Kincade. Trente ans. Encore mignonne quand elle s'était levée ce matin-là. À présent, ce n'était plus qu'une marionnette d'épouvante surgie de la maison des horreurs d'une fête foraine.

Les tubes fluorescents conféraient à ses yeux un voile laiteux qui reflétait vaguement le micro et la perche. Elle avait les lèvres entrouvertes, comme si elle s'apprêtait à parler pour ajouter quelques commentaires à l'enregistrement officiel d'autopsie.

Le coroner et ses deux assistants avaient fait des heures supplémentaires pour achever l'identification d'Ordegard et de ses deux victimes. Ils avaient l'air épuisés, mentalement et physiquement.

Depuis qu'elle travaillait dans la police, jamais Connie n'avait rencontré l'un de ces médecins légistes qu'on voyait si souvent au cinéma ou à la télé. Ils grignotaient toujours des pizzas en faisant des plaisanteries de mauvais goût, insensibles à la tragédie des autres. Mais, bien au contraire, et même si un certain détachement professionnel était nécessaire dans ce genre de travail, le contact quotidien et rapproché avec des victimes de crimes violents laissait sa trace.

Teel Bonner, le médecin légiste en chef, avait cinquante ans mais faisait plus vieux. Sous la lumière dure, son visage semblait plus jauni que bronzé, et il avait sous les yeux des poches qui auraient permis d'emporter facilement un pique-nique pour le week-end.

Il s'était interrompu dans ses travaux de dissection pour leur expliquer que l'autopsie d'Ordegard avait déjà été dictée. La transcription écrite était posée sur son bureau, dans une pièce à la paroi de verre adjacente à la salle de dissection.

– Je n'ai pas encore rédigé le résumé, expliqua-t-il, mais tous les détails sont là...

C'est avec soulagement que Connie entra dans le bureau et ferma la porte. La pièce avait un système de ventilation indépendant et l'air y était relativement frais.

Le vinyle brun du fauteuil était terni par les ans, froissé, crevé. Le bureau métallique de type courant était couvert de rayures.

Ils n'étaient pas dans l'une de ces morgues des grandes villes où l'on trouve plusieurs salles de dissection et un bureau d'accueil décoré par des professionnels pour la réception des journalistes et des politiciens. Dans les petites agglomérations, la mort violente se présentait dans un style un peu moins *glamour*.

Harry s'assit pour lire le rapport, tandis que Connie, debout devant la baie, observait les trois hommes qui s'activaient autour du cadavre.

La cause du décès de James Ordegard était trois balles dans la poitrine – ce que Connie et Harry savaient parfaitement. Les projectiles tirés par le revolver de Harry avaient provoqué la perforation et l'affaissement du poumon gauche, des dommages majeurs au côlon, des fractures de l'os iliaque et des artères céliaques, la rupture de l'artère rénale, de profondes lacérations de l'estomac et du foie dues à des fragments d'os et de plomb, ainsi qu'une déchirure du muscle cardiaque suffisante pour provoquer un arrêt du cœur.

– Rien de bizarre ? demanda Connie sans se retourner.

– De quel genre ?

– Ce n'est pas *à moi* qu'il faut demander ça. C'est bien vous le type qui pense que la possession doit laisser une marque.

Dans la chambre de dissection, les trois pathologistes penchés sur Laura Kincade ressemblaient étrangement à des médecins normaux occupés à soigner un patient. Si les attitudes étaient identiques, les gestes étaient plus vifs. Mais le seul résultat que ces hommes devaient enregistrer, c'était la façon dont une balle avait causé des lésions fatales à un fragile corps humain, le *comment* de la mort de Laura. Et ils ne pouvaient encore envisager la question essentielle : *pourquoi ?* Même James Ordegard et ses motivations tordues ne pouvaient vraiment expliquer ce *pourquoi.* Il n'était qu'une partie du *comment.* L'explication ne pouvait venir que de prêtres ou de philosophes, qui la cherchaient en vain jour après jour.

– Ils ont pratiqué une craniotomie, déclara Harry.

– Et ?...

– Pas d'hématomes visibles en surface. Pas de quantité inaccoutumée de fluide cérébro-spinal, aucune indication de pression excessive.

– Ils ont fait aussi une cérébrotomie ?

– Bien sûr. (Il feuilleta le rapport.) Oui, c'est là.

– Tumeur cérébrale ? Abcès ? Lésions ?

Harry resta un instant silencieux, parcourant le rapport.

– Non, non, rien de la sorte.

– Hémorragie ?

– Aucune qui ait été constatée.

– Embolie ?

– Aucune.

– Glande pinéale ?

Il arrivait parfois que la glande pinéale soit déplacée et subisse la pression des tissus cérébraux voisins, ce qui provoquait des hallucinations particulièrement nettes qui pouvaient dégénérer en paranoïa aiguë avec comportement violent. Mais il n'y avait pas trace de cela chez Ordegard.

Connie ne pouvait s'empêcher de penser à sa sœur Colleen, morte depuis cinq ans, tuée par son accouchement. Sa disparition lui paraissait aussi absurde que celle de Laura Kincade, qui avait commis l'erreur de s'arrêter dans le mauvais restaurant pour déjeuner.

Mais elle se répéta qu'aucune mort n'avait de sens. La folie et le chaos étaient les moteurs de l'univers. Tout ne naissait que pour mourir. Ou étaient donc la raison et la logique ?...

Harry reposa le rapport.

– Rien. (Il se leva dans le grincement de sa chaise vacillante.) Aucune marque inexplicable sur le corps, aucune condition physiologique particulière. Si Tic-tac s'était emparé d'Ordegard, il n'avait pas laissé sa trace.

Connie se détourna enfin de la baie et demanda :

– Et maintenant, qu'est-ce qu'on fait ?

Teel Bonner ouvrit le tiroir de la morgue.

Le cadavre nu de James Ordegard était là. Sa peau livide portait des traces bleues par endroits. Des sutures de fil noir marquaient les plaies de l'autopsie.

Face de lune. La rigidité cadavérique avait figé son sourire en biais. Au moins, à présent, il avait fermé les yeux.

– Qu'est-ce que vous vouliez voir ? demanda Bonner.

– S'il était toujours là.

Le coroner se tourna vers Connie.

– Parce qu'il pourrait être ailleurs ?

4

Le sol de la chambre était revêtu de dalles de céramique noire. De loin en loin, elles brillaient comme une eau sombre sous le reflet des lumières de l'extérieur. Elles étaient froides sous les pieds de Bryan.

Comme il passait devant la paroi de verre, face à l'océan, les grands miroirs reflétèrent le noir sur le noir, comme si sa silhouette nue n'était qu'une trace de fumée glissant entre les strates d'ombres.

Il s'arrêta devant la baie et contempla la mer ténébreuse sous le ciel de goudron. Le panorama d'ébène lisse n'était marqué que par les crêtes des déferlantes et les franges de givre des nuages. Ce givre n'était que le reflet des lumières de Laguna Beach, derrière la maison, qui se dressait à l'extrémité occidentale de la ville.

La vue était parfaite et paisible, sans trace d'élément humain. Ni homme ni femme ou enfant. Aucune structure, aucune machine, aucun objet de facture humaine dans son champ de vision. Tout était sombre et tranquille. Tellement propre.

Il lui tardait d'effacer l'humanité et les marques qu'elle avait laissées sur les plus vastes régions de la terre et de confiner les gens dans des réserves bien choisies. Mais il n'avait pas la maîtrise absolue de son pouvoir. Il Devenait encore.

Il abaissa son regard jusqu'à la frange pâle de la plage, au pied de la falaise.

Il appuya le front contre le verre de la baie, imagina la vie – et, de ce fait, il la créa. Sur la grève, juste au-dessus de la lisière des vagues, le sable se mit à bouger. Il formait un cône de la hauteur d'un homme – et alors, *il devint un homme*. Le vagabond. Avec son visage couvert de cicatrices. Ses yeux de reptile.

Un être pareil n'avait jamais existé. Le clochard était une création qui appartenait strictement à l'imagination de Bryan. Par le biais de cette création et d'autres encore, Bryan pouvait parcourir le monde sans courir de danger.

Alors que ces corps fantômes pouvaient être abattus, brûlés, écrasés sans lui causer le moindre mal, son corps à lui demeurait désespérément vulnérable. Quand il se coupait, il saignait. Qand il recevait un coup, il avait une meurtrissure. Il supposait que lorsqu'il serait Devenu, alors, l'invulnérabilité et l'immortalité seraient les dons ultimes qu'il recevrait, marquant sa dernière Ascension vers la déité – ce qui le rendait d'autant plus impatient de remplir sa mission.

Il abandonna une part de sa conscience dans son corps véritable et se projeta dans le vagabond, sur la plage, dans la nuit. À travers ses yeux de colosse, il put contempler sa maison, là-haut, sur le promontoire. Et il se vit lui-même, nu devant la baie.

Dans le folklore juif, il existe une créature appelée le golem. Façonné à partir de boue, avec une forme humaine, doté de la vie, le golem est souvent l'instrument de la vengeance.

Bryan pouvait créer une variété infinie de golems et, à travers eux, traquer sa proie, décimer le troupeau, policer le monde. Mais il ne pouvait pénétrer dans les corps des gens réels, ni contrôler leur esprit, ce qui lui aurait fait grand plaisir. Sans doute ce pouvoir lui serait-il conféré quand il serait enfin Devenu.

Il se retira du golem de la plage et, de la baie, il en modifia la forme. Il tripla sa taille, lui conféra un corps reptilien et d'immenses ailes membraneuses.

Il advenait parfois qu'un effet aille bien au-delà de ce que vous espériez, qu'il acquière une vie propre et résiste à vos efforts pour le dominer. Pour cette raison, Bryan s'entraînait constamment, affinait ses techniques et s'exerçait à son pouvoir afin de le renforcer.

Il avait créé une fois un golem inspiré par le film *Alien* et l'avait utilisé pour se déchaîner sur une dizaine de sans-logis qui s'étaient installés dans un campement de fortune, sous une bretelle d'autoroute, à Los Angeles. Sa première intention avait été d'en massacrer deux, en un éclair, pour que les autres gardent le souvenir de sa puissance et de sa justice impitoyable. Mais leur terreur abjecte devant cette incroyable matérialisation d'un monstre de cinéma l'avait excité. Il avait joui en enfonçant ses griffes dans leur chair, en la lacérant, il avait goûté la chaleur du sang qui se répandait, l'odeur âcre des viscères, le craquement des os, fragiles comme des bâtons de craie entre les pattes monstrueuses. Leurs cris, d'abord perçants, étaient devenus faibles, vibrants, érotiques. L'un après l'autre, ils lui avaient donné leur vie comme se rendent les amants qui succombent au plaisir, épuisés par l'intensité de la passion, avec des soupirs, des chuchotements et des frissons. Pendant quelques minutes, il avait *vraiment* été l'être qu'il avait créé, fait de crocs et de griffes, avec sa queue en fouet et son échine épineuse. Il avait oublié le corps réel dans lequel résidait son esprit. En recouvrant ses sens, il avait découvert qu'il avait tué les dix hommes qui campaient sous la bretelle d'autoroute et qui formaient désormais une demeure de sang, de torses éviscérés, de têtes et de membres sectionnés.

Il n'avait pas tellement été choqué ni troublé par le degré de violence qu'il avait atteint – mais parce qu'il avait tué tous ces êtres dans une frénésie inconsciente. Il était pour lui vital qu'il apprenne à se contrôler s'il devait accomplir sa mission et Devenir.

Il s'était servi de son pouvoir de pyrokinèse pour carboniser les corps. Les flammes avaient été si intenses que les os eux-mêmes avaient été vaporisés. Il faisait toujours disparaître les cadavres sur lesquels il s'exerçait, car il ne voulait pas que les gens ordinaires sachent qu'il était parmi eux, du moins pas avant qu'il ait parachevé son pouvoir et que son invulnérabilité fût totale.

C'était aussi pour cela que, actuellement, il se concentrait sur les gens des rues. S'ils se plaignaient d'être tourmentés par un démon qui pouvait changer de forme à volonté, on les considérerait comme mentalement dérangés par l'abus de drogue ou d'alcool. Et quand ils disparaissaient de la surface de la terre, nul ne s'en souciait ni se préoccupait de savoir ce qu'ils avaient pu devenir. Bientôt, il serait capable de brandir la sainte terreur et la divine justice dans toutes les couches de la société.

Il se contentait pour l'heure de s'entraîner.

Comme un prestidigitateur qui améliore sa dextérité.

Le contrôle. Le contrôle avant tout.

Sur la grève, la créature ailée s'envola du sable d'où elle était née et monta dans la nuit telle une gargouille géante retournant au parapet de sa cathédrale. Elle vola autour de la baie, dardant vers l'intérieur de grands yeux jaunes lumineux.

Même dépourvu de cerveau aussi longtemps que son créateur n'y projetait pas son esprit, le ptérodactyle était néanmoins une chose impressionnante. Ses vastes ailes de cuir battaient avec souplesse dans l'ombre et il planait avec aisance dans les courants d'air ascendants.

Bryan devinait les regards de tous les yeux dans leurs bocaux, derrière lui. Ils le fixaient avec étonnement, admiration, adoration.

– Disparais ! lança-t-il à l'adresse du ptérodactyle pour le plaisir de son public.

Le grand oiseau reptile revint à l'état de sable et retomba en pluie vers la plage.

Assez joué, se dit Bryan. Il avait du travail.

5

Harry avait garé la Honda sous un réverbère, près de l'immeuble municipal.

Les premiers papillons de nuit qui avaient réchappé à la pluie tourbillonnaient dans la lumière et leurs ombres jouaient sur la carrosserie.

– Qu'est-ce qu'on fait maintenant ? répéta Connie comme ils approchaient de la voiture.

– J'aimerais aller jeter un coup d'œil dans la maison d'Ordegard.

– Pourquoi ?

– Je n'ai pas d'indice. Mais c'est la seule idée qui me soit venue. À moins que vous n'en ayez une autre.

– J'aimerais bien.

À cet instant, Connie vit quelque chose accroché au rétroviseur. C'était carré, ça brillait doucement derrière le pare-brise. Elle ne se rappelait pas avoir installé un rafraîchisseur d'air ou n'importe quelle décoration sur le rétroviseur.

Elle monta la première et examina attentivement le rectangle argenté avant que Harry ne s'installe. L'objet était noué avec un ruban rouge. Tout d'abord, elle ne sut pas ce que ça pouvait être. Elle le prit et le leva devant ses yeux sous la clarté du plafonnier. Une boucle de ceinture faite à la main avec des motifs *tex mex* gravés.

Harry claqua la portière, et vit alors seulement ce qu'elle tenait.

– Oh, Seigneur ! Seigneur ! Ricky Estefan !

6

La plupart des roses avaient été ravagées par l'orage, mais quelques boutons étaient encore intacts. Ils oscillaient doucement dans la brise nocturne, scintillant dans les rais de lumière qui venaient des baies de la cuisine, comme radioactifs.

Ricky était assis devant la table débarrassée des outils et des objets sur lesquels il travaillait. Il avait fini de dîner plus d'une heure auparavant et, depuis, sirotait du porto. Il voulait oublier un peu.

Avant de se faire descendre, il n'avait jamais réellement bu. Mais quand il en avait vraiment envie, il marchait à la tequila et à la bière. Un coup de Sauza, une bouteille de Tecate : il n'allait jamais beaucoup plus loin. Après toutes les opérations qu'il avait subies, un seul petit verre de tequila ou de n'importe quel autre alcool lui donnait des brûlures d'estomac pendant toute la journée. Même chose avec la bière.

Il avait découvert qu'il supportait plutôt bien les liqueurs, mais il s'était dit qu'en se mettant au Bailey's Irish Cream, à la crème de menthe ou au Midori, avec tout ce sucre, il n'aurait plus une seule dent avant que son foie ne commence à en souffrir. Les vins rouges ou blancs ne passaient pas très bien, et le porto s'était révélé ce qu'il lui fallait : suffisamment doux pour apaiser son intestin délicat, mais pas assez pour lui donner du diabète.

Un bon porto, c'était l'unique plaisir qu'il s'accordait. Plus quelques moments d'apitoiement sur son sort.

En regardant les roses qui approuvaient dans la nuit, il surprenait parfois son reflet dans la vitre. Le verre était imparfait et il voyait un spectre translucide et sans couleur. Mais c'était aussi peut-être, pensait-il, une image très nette de lui. Il était le fantôme de son ancien moi et, en quelque sorte, il était déjà mort.

Il prit la bouteille de Taylor et se versa un autre verre. Il but une gorgée.

Parfois, comme en ce moment, il était difficile de croire que ce visage que reflétait la vitre était le sien. Avant l'accident, il avait été un homme heureux, qui ne se laissait que rarement aller à l'introspection, jamais sombre. Même durant les soins et la rééducation, il avait conservé un certain sens de l'humour, un optimisme à propos du futur qu'aucun chagrin ne parvenait à totalement assombrir.

C'était après le départ d'Anita qu'il avait pris cet autre visage. Plus de deux années s'étaient écoulées et il avait encore de la difficulté à croire qu'elle était partie – encore moins à savoir ce qu'il devait faire dans cette solitude qui le détruisait plus sûrement que des balles ne l'auraient fait.

En levant son verre jusqu'à ses lèvres, Ricky sentit quelque chose d'anormal. Peut-être l'absence d'arôme du porto – ou encore le relent léger et ignoble qui l'avait remplacé. Il se figea et vit alors ce qu'il y avait dans son verre : deux ou trois vers de terre, bien gras et lisses, langoureusement entortillés.

Il poussa un cri et le verre lui échappa. Il tomba sur la table sans se briser. Mais il avait basculé et les vers sinuaient maintenant sur la surface de pin lisse.

Ricky rejeta sa chaise en arrière, secouant la tête.

Et les vers disparurent.

Une flaque de porto brillait sur la table.

Il s'arrêta, les mains bloquées sur les accoudoirs de sa chaise, les yeux fixés sur la flaque. Incrédule.

Il était certain de bien avoir vu ces vers de terre. Il n'avait pas de visions. Il n'était pas saoul. Bon Dieu, il avait à peine commencé à goûter la bouteille.

Il se rassit lentement et ferma les yeux. Il attendit une seconde, puis deux. Les rouvrit. Le porto luisait toujours sur la table.

Il tendit un index hésitant. Oui, la flaque était bien réelle. Il frotta son pouce contre son index, vérifia le niveau de la bouteille de Taylor. Le verre était sombre et il dut la lever. Oui, il avait à peine dépassé le goulot. Deux verres.

Irrité par son incapacité à comprendre ce qui avait pu se passer, il alla jusqu'à l'évier, ouvrit le placard et prit un chiffon. Revenant à la table, il épongea consciencieusement la flaque de porto.

Ses mains tremblaient.

Il s'en voulait d'être effrayé à ce point, même s'il comprenait l'origine de sa peur. Il s'inquiétait parce qu'il avait dû avoir ce que les médecins appelaient un « petit incident cérébral », une attaque mineure qui pouvait se manifester par des hallucinations passagères, comme ces vers de terre. Durant sa longue hospitalisation, il avait redouté par-dessus tout une attaque cérébrale.

Le développement de caillots dans les jambes et autour des sutures des artères et des veines réparées avait un effet secondaire majeur et très dangereux en chirurgie abdominale, de même que la période de repos prostré qui avait suivi. Si un caillot venait à se dégager et à remonter jusqu'au cœur, Ricky pouvait mourir d'un coup. S'il allait vers le cerveau et obstruait la circulation, il pouvait en résulter une paralysie totale ou partielle, la cécité, la perte de la parole, et une destruction terrifiante des capacités intellectuelles. On lui avait prescrit un traitement de fluidification et des séances d'exercices pendant lesquelles il devait demeurer immobile, allongé sur le dos. Mais depuis qu'il avait quitté l'hôpital, il ne s'était pas passé un jour sans qu'il ne redoute de se retrouver brusquement paralysé, muet, incapable de savoir où il se trouvait, de reconnaître sa femme, ni de se rappeler son propre nom.

Au moins, désormais, il savait que quoi qu'il advienne, Anita ne serait plus là pour prendre soin de lui. Il n'avait plus personne. Et il devrait faire face seul à l'adversité. S'il avait une attaque qui le réduise à l'immobilité et au silence, il serait à la merci des étrangers.

Sa peur était compréhensible, mais il avait aussi conscience qu'elle était irrationnelle. Il était guéri désormais. Certes, il gardait des cicatrices. Et les épreuves qu'il avait subies avaient fait de lui un homme diminué. Mais il n'était sans doute pas plus malade que l'homme de la rue moyen, sans doute en meilleure santé que beaucoup. Depuis la dernière intervention, près de deux ans avaient passé. Les risques d'une hémorragie cérébrale devaient maintenant correspondre à ceux qu'encouraient tous les hommes de son âge. Il avait trente-six ans. Et les hommes de cette tranche d'âge avaient rarement des attaques cérébrales irréversibles. Statistiquement, il risquait plutôt de mourir dans un accident de voiture, d'un arrêt cardiaque, d'un crime violent, ou de la foudre.

Il ne craignait pas tant la paralysie, l'aphasie, la cécité ou toute autre défaillance physique que la solitude. Et l'apparition des vers de terre dans son verre de porto venait de lui prouver qu'il était absolument seul face à tout ce qui pouvait lui advenir.

Il était décidé à ne pas se laisser dominer par la peur. Il écarta le chiffon et redressa le verre. Il se dit qu'il allait se rasseoir et se verser un autre coup de porto pour réfléchir à tout ça. La réponse était évidente. Il pouvait sûrement expliquer les vers de terre par un quelconque jeu de lumière qui avait suffi à créer l'illusion.

Il prit la bouteille de Taylor et l'inclina.

Un bref instant, il craignit de voir des vers glisser du goulot. Mais le porto coula normalement.

Il reposa la bouteille, leva le verre, l'examina. En le portant à ses lèvres, il hésita en pensant au mucus des choses.

Il vit que sa main tremblait toujours. Il avait soudain le front visqueux de transpiration, et il était furieux de se comporter de façon aussi stupide. Dans son verre, le porto roulait doucement comme un rubis sombre et fluide.

Il but une petite gorgée. C'était bon et sucré. Une autre. Délicieux.

Un rire frémissant, étouffé, lui échappa.

– Crétin, se dit-il.

Et il se sentit mieux.

Il décida que quelques noix ou biscuits à apéritif iraient bien avec le porto, posa son verre et alla jusqu'à la cuisine. Il ouvrit la porte du petit placard où il rangeait ses amandes grillées, ses noisettes, ses picorettes et autres croquettes au fromage.

À l'intérieur, il y avait des tarentules.

Instantanément, plus vite que jamais dans sa carrière, il recula et se heurta au comptoir, derrière lui.

Les tarentules du placard étaient énormes. Grosses comme des melons coupés en deux. Il y en avait six ou huit. Échappées des pires cauchemars d'arachnophobes déments.

Elles escaladaient les boîtes de noisettes et de mélanges apéritif.

Ricky ferma les yeux. Puis les rouvrit : les tarentules étaient toujours là.

Le bruissement de leurs pattes velues sur la cellophane dominait les battements fous de son cœur et son souffle oppressé. Il entendait même le cliquetis de leurs mandibules sur les boîtes. Ainsi qu'un sifflement bas. Redoutable.

C'est alors qu'il prit conscience qu'il se trompait sur l'origine du bruit. Il provenait non pas du placard ouvert, mais de ceux qui se trouvaient derrière et juste au-dessus de lui.

Il regarda par-dessus son épaule, observa longuement les portes de pin. Derrière, sur les rayonnages, il ne devait y avoir que des assiettes, des bols, des tasses et des soucoupes. Apparemment, une force les poussait de l'intérieur, car les portes étaient entrouvertes de quelques millimètres. Avant que Ricky ait pu réagir, elles s'ouvrirent avec violence.

Et une avalanche de serpents lui tomba sur la tête et les épaules.

Il tenta d'y échapper en courant. Mais il dérapa sur la couche grouillante et tomba.

Ils étaient de toutes sortes. Fins comme des lanières de fouets, épais et musculeux, noir et vert, jaune et brun, avec des écailles unies ou dessinées. Avec des yeux rouges ou jaunâtres, des collerettes à la façon des cobras, dressés, la langue dardée. Ils sifflaient. Tous. Ricky se dit qu'il devait rêver. Halluciner. Un gros serpent noir long de plus d'un mètre, oh, Seigneur ! le mordit. Ses crocs se plantèrent dans sa paume gauche et le sang perla. Mais si c'était un rêve, pourquoi la douleur ?

Jamais il n'avait éprouvé de douleur dans un rêve, certainement pas à ce degré. Une douleur perçante, puis un élancement plus cruel encore, comme une décharge électrique, qui se propagea dans le poignet, puis jusqu'au coude.

Ce n'était pas un cauchemar. C'était réel. Mais d'où venaient tous ces serpents ? *D'où ?*

Il y en avait cinquante, soixante, ou quatre-vingts, qui rampaient sur lui, autour de lui. Un autre le mordit à l'avant-bras gauche. Il vit les crocs percer sa chemise et la souffrance redoubla. Un troisième s'accrocha à la cheville, mordant l'os à travers la chaussette.

Il se redressa en vacillant, et deux des serpents tombèrent au sol. Mais celui qui l'avait mordu à la main gauche y resta, comme cloué dans sa chair. Il l'agrippa et lutta pour lui faire lâcher prise. L'éclair de douleur fut si intense, comme un fer porté à blanc, qu'il faillit perdre conscience. Le serpent restait planté dans sa main ensanglantée.

Il était au centre d'un tourbillon de choses sinueuses, luisantes, entremêlées. Il ne voyait aucun serpent à sonnette, n'entendait rien. Mais il ne connaissait pas assez les reptiles pour identifier toutes ces espèces, il ignorait si leur morsure était mortelle, y compris pour ceux qui l'avaient déjà mordu. Venimeux ou non, d'autres allaient certainement le mordre encore s'il n'agissait pas rapidement.

Il prit un couperet à viande sur le râtelier de la cuisine. Il posa le bras gauche sur le comptoir le plus proche, et le serpent noir se déploya sur les carreaux. Ricky leva le couperet et l'abattit. La lame d'acier tinta violemment sur la céramique.

L'horrible tête restait plantée dans sa main, séparée du corps, et les petits yeux brillants semblaient encore le surveiller. Ricky lâcha le couperet et tenta d'écarter la gueule du reptile, d'arracher les longs crocs recourbés plantés dans sa paume. Il hurlait et jurait, fou de douleur, mais en vain.

Les serpents grouillants semblaient excités par ses cris.

Il plongea sous l'arcade qui séparait la cuisine du couloir, dégageant les serpents à grands coups de pied. Certains étaient lovés et sautaient vers lui au passage, mais il était protégé par son épais pantalon de treillis.

Il redoutait qu'ils ne se glissent vers ses chevilles, s'enroulent sur ses chaussures, grimpent à l'intérieur de son pantalon. Mais il atteignit le couloir.

Les serpents ne l'avaient pas poursuivi. Deux tarentules venaient de tomber du placard et les reptiles les attaquaient. Le cauchemar écailleux submergeait rapidement les pattes velues.

Boum !

Ricky sursauta.

Boum !

Jusqu'à présent, il n'avait pas encore associé le bruit étrange qui l'avait perturbé dans la soirée avec l'invasion des araignées et des serpents.

Boum !

Boum !

On avait joué avec lui jusqu'à présent, mais on ne jouait plus. C'était mortellement grave. Impossible, fantastique, cauchemardesque. Mais sérieux.

Boum !

Il n'arrivait pas à repérer l'origine de ces coups sourds, il ne savait même pas s'ils venaient du dessous ou du dessus. Les fenêtres réverbéraient les sons et les échos se perdaient dans les murs, tout autour de lui. Il sentait que quelque chose approchait, que c'était plus dangereux que les araignées ou les serpents. Une chose qu'il ne tenait pas à affronter.

Le souffle court, la tête du serpent toujours fichée au creux de la main, il se tourna vers la porte principale, au bout du couloir.

À chaque battement de cœur, la souffrance pulsait dans son bras. Doux Jésus ! Plus son cœur battait fort, plus vite le poison se répandait. Si le serpent était vraiment venimeux. Il fallait qu'il se calme, qu'il inspire plus lentement, qu'il s'efforce de marcher plutôt que de courir, qu'il aille demander du secours à un voisin, qu'il appelle le 911 et demande une intervention médicale d'urgence.

BOUM !

Il aurait pu appeler de sa chambre, mais il se refusait à

y entrer. Il ne se fiait plus à sa maison. Il se comportait comme un cinglé, un vrai dingue, d'accord, mais c'était comme si toute cette demeure était devenue vivante et se révoltait contre lui.

BOUM ! BOUM ! BOUM !

C'était comme si la maison était sur l'épicentre d'un tremblement de terre. Il faillit tomber. Il tituba de côté et rebondit contre le mur.

La statue de céramique de la Sainte Vierge tomba de la table dressée comme un autel. Comme tous les autels que sa mère avait dressés chez elle. Depuis qu'il avait été abattu, la peur l'avait ramené à ce moyen de protection contre les cruautés du monde. Celui de sa mère.

La statue se fracassa sur le sol, juste à ses pieds.

Le lourd vase de verre rouge avec le cierge votif roula sur la table, projetant des ombres de lutins qui dansèrent sur les murs et le plafond.

BOUMBOUMBOUMBOUM !

Ricky n'était qu'à deux marches de la porte quand le parquet de chêne émit un craquement menaçant et se souleva. Le bruit qui suivit fut comme un coup de tonnerre.

Il tomba à la renverse.

Quelque chose montait du sous-sol, crevant le parquet comme une fragile coquille d'œuf. Un instant, le blizzard de poussière, d'échardes et de fragments de lames brisées empêcha Ricky de voir ce qui venait de surgir.

Puis, il distingua un homme. Il avait les pieds plantés dans le sol, à plus de cinq mètres sous la maison. Même s'il se trouvait en dessous de Ricky, l'être était un colosse. Énorme, menaçant. Ses cheveux et sa barbe hirsutes étaient crasseux, et le peu que Ricky pouvait discerner de son visage était atrocement marqué de cicatrices. Son imperméable noir flottait autour de lui comme une cape dans le courant d'air qui montait des fondations.

Ricky sut qu'il avait devant lui le vagabond qui était apparu à Harry dans un tourbillon de vent. Tout correspondait à la description de son ami, tout – hormis les yeux.

En découvrant ces yeux abominables, Ricky se figea sur place au milieu des fragments de la Sainte Vierge, paralysé par la peur et la certitude d'être devenu fou.

Même s'il avait eu la possibilité de reculer, même s'il avait pu faire demi-tour pour essayer de gagner en courant la porte du fond, il ne l'aurait pas fait, il n'aurait pas fui.

Car le vagabond se hissait à présent hors du trou et s'avançait dans le couloir avec la vivacité soudaine d'un serpent à forme humaine.

Il s'empara de Ricky et le souleva avec une force surhumaine qui rendait toute résistance vaine.

Puis, il le lança contre le mur avec une violence telle qu'il aurait pu fracasser le plâtre en même temps que l'échine de Ricky.

Face à face avec le vagabond géant, immergé dans son haleine fétide, Ricky plongea son regard dans ses yeux immenses, trop terrifié pour hurler.

Car il ne voyait pas les mares de sang que Harry lui avait décrites.

Les yeux de l'autre n'étaient pas rouges.

Dans chaque orbite, il y avait une tête de serpent, la langue fourchue dardée, les yeux minuscules et jaunes.

Pourquoi moi? se demanda Ricky.

Comme deux diables à ressort, les serpents jaillirent alors des orbites du vagabond géant et mordirent Ricky au visage.

7

Entre Laguna Beach et Dana Point, Harry conduisit si vite que Connie elle-même, qui aimait la vitesse et le risque, resta crispée, émettant quelques commentaires inaudibles quand il négociait des virages trop risqués. Ils étaient dans la Honda personnelle de Harry, pas dans une voiture de service, et il n'avait pas de gyrophare sur le toit. Ni de sirène. Mais on était jeudi et, à dix heures trente du soir, l'autoroute du littoral n'était pas trop encombrée. Et puis, Harry savait utiliser le klaxon et les phares pour faire rabattre les quelques véhicules qu'ils rencontraient.

– On devrait peut-être appeler Ricky d'abord, pour le prévenir, dit Connie.

Ils se trouvaient encore dans le sud de Laguna.

– Je n'ai pas de téléphone de voiture.

– Alors arrêtons-nous à une station-service, dans une épicerie de nuit, n'importe où...

– On n'a pas de temps à perdre. Et je pense que son téléphone ne répond plus, de toute façon.

– Pourquoi ?

– Parce que Tic-tac l'a décidé.

Ils escaladèrent une colline, abordèrent un virage trop rapidement. Les pneus dérapèrent sur le gravier de l'accotement, qui mitrailla la carrosserie et le réservoir. Le pare-chocs arrière gauche heurta le rail de sécurité, et ils se retrouvèrent au milieu de la voie sans même que Harry ait freiné.

– On va appeler la police de Dana Point, proposa Connie.

– À la vitesse à laquelle on roule, on sera là-bas avant qu'ils interviennent.

– On aura peut-être besoin de renfort.

– Pas si on arrive trop tard et que Ricky est déjà mort.

Il était malade d'appréhension, et furieux. Il avait mis la vie de Ricky en danger en allant le voir ce soir. Il ne pouvait pas savoir sur le moment tous les malheurs qu'il pouvait lui causer, mais plus tard, il aurait dû se rappeler ce que lui avait dit Tic-tac : *D'abord tout ce qu'il aimait et tous ceux qu'il aimait.*

Quelquefois, il était dur pour un homme d'admettre qu'il en aimait un autre, même de manière fraternelle. Estefan et lui avaient été partenaires, avec toutes les tirailleries que ça supposait. Ils étaient des amis, et Harry avait de l'affection pour Ricky. C'était aussi simple que ça. Mais la vieille tradition macho américaine mitigeait leurs rapports.

Quelle connerie ! pensa Harry avec colère.

La vérité était qu'il avait de la difficulté à admettre qu'il pouvait aimer qui que ce soit, homme ou femme, même ses parents, parce que l'amour créait tellement d'embrouilles. L'amour supposait des obligations, des contraintes, des émotions à partager. Dès que l'on acceptait d'aimer les autres, il fallait les laisser pénétrer dans votre existence. Alors, ils apportaient avec eux leurs habitudes dérangeantes, leurs goûts douteux, leurs opinions confuses, et leurs attitudes désordonnées.

Ils traversaient Dana Point. Le pot d'échappement claqua sur une bosse, et Harry s'exclama :

– Seigneur ! Je suis vraiment trop crétin !

– Dites-moi quelque chose que je ne sache pas déjà, dit Connie.

– Je suis complètement taré.

– Ça sonne encore familier.

Il n'avait qu'une excuse pour n'avoir pas compris que Ricky allait devenir une cible : depuis l'incendie de son appartement, moins de trois heures auparavant, il avait réagi au lieu d'agir. Il n'avait pas d'autre choix. Les événements s'étaient tellement précipités, ils étaient si bizarres, s'empilant les uns sur les autres, qu'il n'avait pas même eu le temps de *réfléchir.* Une excuse bien mince, mais à laquelle il s'accrochait.

Il ne savait même pas *comment* réfléchir à des conneries aussi bizarres. Le raisonnement par déduction, l'outil essentiel d'un inspecteur de police, n'était pas adapté au surnaturel. Il avait essayé le raisonnement inductif, qui lui avait permis d'aboutir à cette théorie d'un sociopathe doué de pouvoirs paranormaux. Mais il ne se montrait pas très brillant, car, pour lui, le raisonnement inductif ressemblait trop à de l'intuition, et l'intuition était illogique. Ce qu'il aimait, c'était l'évidence pure et dure, des prémisses solides, des déductions absolument logiques, et des conclusions nettes sans rubans ni fioritures.

À l'instant où ils tournaient dans la rue de Ricky, Connie s'écria :

– Mais Bon Dieu !...

Il la regarda.

Elle avait le regard fixé sur sa paume ouverte.

– Quoi ?

Elle avait quelque chose au creux de la main. D'une voix frémissante, elle dit :

– Ça n'était pas là il y a une seconde. Merde, mais d'où ça a pu venir ?

– C'est quoi ?

Elle le lui montra à la seconde où il manœuvrait sous le réverbère, en face de la maison de Ricky. La tête d'une figurine de céramique. Cassée au ras du cou.

Il s'arrêta net, et sa ceinture lui compressa le torse.

– C'est comme si ma main s'était refermée d'elle-même, ajouta Connie. Un spasme. Et cette chose était là. Bon Dieu, elle est venue d'où ?...

Harry reconnut la tête de la Vierge Marie que Ricky Estefan avait installée sur l'autel, dans le couloir.

Envahi par des pressentiments ténébreux, il ouvrit la portière et descendit en sortant son arme.

La rue était tranquille. Toutes les fenêtres brillaient d'une clarté douce, y compris celles de la maison de

Ricky. De la musique flottait dans l'air frais, tellement discrète qu'il ne parvint pas à reconnaître la chanson. La brise s'engouffra sous les palmes des grands dattiers, dans la cour de la maison de Ricky.

Il ne faut pas s'inquiéter, semblait dire le vent. Tout est calme et doux. Rien d'anormal.

Mais Harry serrait la crosse de son .38.

Il s'élança dans l'allée, sous l'ombre des palmes, jusqu'au perron drapé de bougainvillées. Il savait que Connie était juste derrière lui et qu'elle avait aussi dégainé son arme.

Faites que Ricky soit encore en vie, pensait Harry avec ferveur. Faites qu'il soit encore en vie.

Jamais, depuis bien des années, il n'avait été aussi près de la prière.

Derrière la contre-porte, la porte principale était entrebâillée. Un mince rai de clarté projetait la trame de la moustiquaire sur le sol du perron.

Depuis son accident, et bien qu'il ait toujours cru que personne ne s'en apercevait, parce qu'il aurait été mortifié de montrer sa peur, Ricky était obsédé par la sécurité. Il fermait tout à double tour. Une porte entrebâillée, ne serait-ce que d'un centimètre, était déjà un mauvais signe.

Harry essaya de couler un regard dans l'entrée. Mais la contre-porte lui bloquait en partie la vue. Et, derrière les fenêtres, de part et d'autre de la porte, les rideaux étaient tirés.

Il se tourna vers Connie.

Du canon de son revolver, elle lui montrait la porte principale.

D'ordinaire, ils aurait dû se séparer, Connie contournant la maison par l'arrière. Mais ils n'avaient pas affaire à un criminel commun, qu'on pouvait coincer, menacer. Auquel on passait les menottes. Ils essayaient pour l'instant de rester en vie, et de sauver Ricky s'il n'était pas déjà trop tard.

Harry acquiesça et poussa lentement la contre-porte. Les charnières grincèrent et le ressort de fermeture tintinnabula comme un insecte au fond d'un marais.

Harry avait espéré opérer dans un silence parfait, mais dès que le bruit l'eut trahi, il poussa la porte principale de l'épaule. Elle se rabattit sur la droite, cogna sur un obstacle et se bloqua net. L'espace ne permettait pas à

Harry de pénétrer à l'intérieur, et il poussa encore. Un craquement. Un crissement. Un bruit dur. La porte céda soudain en repoussant des débris, et Harry fut presque projeté dans l'entrée.

Il se rappela le corridor fracassé du restaurant de Laguna. S'il avait suffi d'une grenade pour causer autant de dégâts, ici, elle avait dû exploser *sous* le bungalow. L'explosion avait arraché les solives et l'isolant, en même temps que les lames du parquet. Pourtant, il ne décelait pas la moindre odeur chimique, le plus léger relent de calciné.

Le plafonnier brillait au-dessus de la terre nue, sous le parquet arraché. Le vase rouge avec le cierge votif avait basculé sur la table, là-bas, dans le couloir, et des ombres frénétiques dansaient entre les murs.

Au milieu du couloir, la paroi de gauche était maculée de sang. Il y en avait suffisamment pour témoigner d'un combat mortel. Sur le sol, il y avait un homme. Dans une posture tellement recroquevillée et anormale qu'on ne pouvait douter un instant qu'il fût mort.

Harry n'avait pas besoin d'y regarder à deux fois : c'était Ricky. Un malaise montait au fond de lui. Glacé, il venait de son bas-ventre, et il sentit ses jambes se dérober sous lui.

Il contournait le trou quand Connie entra dans la maison. En voyant le corps de Ricky, elle ne dit rien, mais désigna l'arcade au-dessus du couloir d'accès au living-room.

Dans l'instant, Harry s'attacha avec ferveur à la procédure de police normale, même s'il était absurde de chercher un tueur. Tic-tac, quelle que fût sa nature, n'était certainement pas caché dans un recoin, il n'escaladait pas une fenêtre dérobée. Non, pas quand il pouvait disparaître dans un tourbillon de vent, une colonne de feu. Et qu'est-ce que leurs revolvers pouvaient contre lui, même s'ils le trouvaient ? Néanmoins, il était apaisant de se comporter comme s'ils étaient les premiers flics à intervenir sur le théâtre d'un crime ordinaire. L'ordre s'imposait face au chaos, par la procédure, la méthode, l'application des règlements et le rituel.

Sous l'arcade du living, à gauche, ils trouvèrent un tas de boue sombre. Il y en avait sans doute plus de cent kilos. On aurait pu penser qu'elle était venue du sous-sol, qu'elle avait jailli au moment de l'explosion qui avait détruit l'entrée, mais il n'y avait aucune tache de boue sur les murs, pas plus dans l'entrée que dans le couloir. Comme si quelqu'un avait pris un soin maniaque à transporter cette boue sur le tapis, seau par seau.

C'était curieux, mais Harry ne jeta qu'un regard superficiel au tas de boue avant de s'avancer. Plus tard, il aurait le temps d'y réfléchir.

Ils fouillèrent les deux chambres et les deux salles de bains, mais ne découvrirent qu'une grosse tarentule. Harry fut tellement surpris qu'il faillit tirer. Si elle était venue sur lui au lieu de se cacher sous une commode, il l'aurait fait exploser en miettes avant même de savoir à quoi il avait affaire.

La Californie du Sud, qui avait été un désert absolu avant que l'homme n'y amène l'eau et la rende en grande partie habitable, était un paradis pour les tarentules. Elles continuaient à proliférer dans les canyons et les terres vierges. Certes, elles étaient plutôt effrayantes, mais craintives, et passaient la plupart de leur existence sous terre. On ne les voyait guère en surface qu'à la période des amours. Dana Point, du moins ce secteur, était beaucoup trop habité pour attirer les tarentules, et Harry se demanda comment celle-là avait pu trouver son chemin jusqu'au cœur de ville, où elle était aussi déplacée et repérable qu'un tigre.

Silencieusement, ils rebroussèrent chemin, redescendirent le couloir jusqu'au hall d'entrée, repassèrent devant le corps de Ricky Estefan. Il suffisait d'un rapide regard pour savoir qu'il n'y avait plus rien à faire. Des éclats de céramique crissèrent sous leurs pas.

Ils entrèrent dans la cuisine.

Il y avait des serpents partout.

– Oh, merde ! fit Connie.

Le premier était juste au pied de l'arcade. Deux autres sinuaient sur les chaises et la table. Mais les plus nombreux étaient à l'autre bout de la pièce, rassemblés en une masse visqueuse et frénétique. Il y en avait peut-être cinquante. Ils semblaient se concentrer sur une proie.

Deux autres tarentules détalèrent sur une surface de travail en céramique, à l'écart de l'amas grouillant.

– Mais bordel, qu'est-ce qui se passe ici ? lança Harry.

Il ne fut pas surpris de découvrir que sa voix tremblait.

Les serpents commençaient à s'apercevoir de leur présence. La plupart se désintéressèrent d'eux, mais quelques-uns se détachèrent de la pelote pour venir voir de plus près.

Une porte coulissante séparait la cuisine du couloir. Harry la ferma.

Ils inspectèrent le garage. Ils n'y trouvèrent que la voiture de Ricky. Une flaque d'eau qui correspondait à une fuite du toit. Rien d'autre.

De retour dans le couloir, Harry s'agenouilla enfin devant le corps de son ami. Il avait voulu retarder autant que possible cet instant.

– Je vais aller voir s'il y a un téléphone dans la chambre, dit Connie.

Il leva brusquement la tête.

– Un téléphone ? Non, Bon Dieu ! Oubliez ça.

– Il faut pourtant bien qu'on annonce un homicide.

– Écoutez... (Il regarda sa montre.) Il va être bientôt onze heures. Si on envoie un rapport maintenant, on est bons pour être cloués pendant des heures.

– Mais...

– On n'a pas de temps à perdre. Je ne sais pas comment on va pouvoir mettre la main sur ce Tic-tac avant l'aube. On dirait bien qu'on n'a pas la moindre chance. Même si on le trouve, je ne vois pas comment on va s'y prendre pour le serrer. Mais ce serait stupide de ne pas essayer, non ?...

– Oui, c'est vrai que vous avez raison. Je ne tiens pas à rester plantée là, à attendre qu'on me tape dessus.

– Bien. Alors, laissez tomber le téléphone.

– Je vais... Je vais vous attendre.

– Attention aux serpents ! dit-il comme elle s'éloignait.

Il se pencha alors seulement sur Ricky.

Le corps était dans un état plus grave que ce qu'il avait redouté. Il découvrit la tête de serpent plantée dans la paume de la main gauche et frissonna. Deux marques sur son visage avaient pu être faites par des crocs de serpent également. Ricky avait les bras repliés à l'envers aux coudes : non seulement les os étaient brisés mais également écrasés. Il avait été tellement brutalisé qu'il était difficile d'attribuer la cause de son décès à tel ou tel choc. Une chose était certaine, pourtant : il n'était pas encore mort à l'instant où on lui avait tordu la tête à 180 degrés. C'était ce geste sauvage qui avait provoqué sa mort. Le cou était désarticulé et marqué d'ecchymoses. La tête était ballottante, et le menton reposait entre les omoplates.

Les orbites étaient creuses.

– Harry ? appela Connie.

Il fut tout d'abord incapable de lui répondre, les yeux fixés sur les orbites vides de son ami. Il avait la bouche desséchée. Et sa voix était comme un chardon au fond de sa gorge.

– Harry... Vous feriez bien de venir voir ça.

Il avait suffisamment vu ce que l'on avait fait à Ricky. Beaucoup trop. La fureur qu'il éprouvait à l'égard de Tic-tac n'avait d'égale que celle qu'il éprouvait envers lui-même.

En se relevant, il surprit son image dans le miroir, au-dessus de l'autel. Il était cendreux. Il avait l'air aussi mort que son ami, étendu là, dans le couloir. Une part de lui s'était éteinte quand il avait découvert le corps de Ricky. Il se sentait diminué.

Et dans ses yeux, il ne lut que de la terreur, de la confusion, et une rage primitive. Il détourna la tête : le Harry Lyon qui était dans le miroir n'était pas lui – du moins, il ne le voulait pas.

– Harry ? répéta Connie.

Il la trouva dans le living, accroupie devant le tas de boue. En fait, se dit-il, ce n'était pas suffisamment mou d'aspect pour être de la boue. C'était plutôt de la terre humide. Deux ou trois cents kilos de terre humide et tassée.

– Harry, regardez ça.

Elle lui désignait un détail inexplicable qu'il n'avait pas remarqué en pénétrant dans la maison. Le tas de terre était en grande partie informe, mais une main humaine en sortait. Non pas réelle, mais façonnée à partir de la terre humide. Une main large et forte, avec des doigts courts et spatulés, au dessin précis, comme sculptés par un sculpteur doué avec un ciseau très fin. Elle sortait d'une manche de veste également façonnée avec de la terre, complète, avec sa patte et ses trois boutons de boue. Même la texture de l'étoffe était parfaite.

– Qu'est-ce que vous dites de ça ? fit Connie.

– Ça, Bon Dieu, j'aimerais bien le savoir.

Il prit un doigt de la main de terre et le tapota, s'attendant à demi à découvrir un doigt bien réel recouvert de glaise. Mais il était entièrement fait de terre, et s'effrita à son contact, plus fragile qu'il ne semblait, ne laissant que le poignet de la veste et deux doigts intacts.

Un souvenir allait et venait dans son esprit sans qu'il puisse le saisir. Comme un poisson multicolore et vif dans les profondeurs troubles d'une mare. En observant la main de terre, il sentit qu'il était sur le point d'apprendre une chose d'une importance énorme au sujet de Tic-tac. Mais il avait beau lancer et relancer son filet pour repêcher ce souvenir-poisson, il n'y avait rien dans ses mailles.

– Fichons le camp d'ici, dit-il.

En suivant Connie dans le couloir, il évita de regarder le corps de Ricky.

Il était sur un fil ténu, entre la maîtrise de soi et le trouble psychique, empli d'une rage si intense qu'il avait du mal à la réprimer. Ce qui ne lui était jamais arrivé. Les émotions nouvelles le troublaient toujours, car il ignorait jusqu'où elles pouvaient le conduire. Il préférait que sa vie émotionnelle soit aussi parfaitement rangée que ses dossiers et sa collection de CD. S'il jetait un autre regard sur Ricky, sa fureur risquait d'éclater et il pourrait basculer dans l'hystérie. Il voulait crier, hurler jusqu'à en avoir la gorge déchirée. Il voulait aussi frapper, à coups de pied, à coups de poing. Il n'avait pas de cible devant lui, et il se dit qu'il allait se libérer sur des objets inanimés, casser tout ce qui était à sa portée, aussi vain et stupide que ce soit, même s'il attirait l'attention de ses voisins. L'unique raison qui l'empêchait de libérer sa rage était l'image de lui-même qu'il se renvoyait : déchaîné, le regard fou, bestial. Il ne pourrait tolérer qu'on le voie ainsi, échappant à tout contrôle. Et plus particulièrement s'il s'agissait de Connie Gulliver.

Elle ferma la porte à double tour et ils retournèrent vers la voiture. Harry s'arrêta soudain et inspecta les alentours.

– Écoutez...

Connie plissa le front.

– Quoi ?

– Tout est calme.

– Et alors ?

– Mais ça a dû faire un boucan terrible.

Elle comprit.

– Oui. Il y a eu l'explosion qui a crevé le parquet de

l'entrée. Et il a dû crier, peut-être même appeler au secours...

– Alors pourquoi les voisins ne sont pas accourus pour voir ce qui pouvait se passer ? On n'est pas dans une métropole, ici, mais dans une petite commune refermée sur elle-même. Les gens ne font pas semblant d'être sourds quand ils entendent du tohu-bohu chez leur voisin. Ils rappliquent. Ils essaient de venir au secours des autres.

– Ce qui veut dire qu'ils n'ont rien entendu.

– Alors, comment est-ce possible ? demanda Harry.

Un oiseau de nuit chantait dans un arbre proche.

Des traînées de musique douce filtraient des maisons voisines. Cette fois, Harry réussit à reconnaître une chanson : *A String of Pearls...*

À moins d'un bloc de là, un chien lança un appel à mi-chemin entre une plainte et un hurlement.

– Ils n'ont rien entendu... Comment est-ce possible ? répéta Harry.

Plus loin, un poids lourd escaladait la pente raide d'un échangeur. On aurait dit le grondement d'un brontosaure projeté dans le futur.

8

Sa cuisine était entièrement blanche – des murs laqués de blanc, des dalles blanches sur le sol, des surfaces de travail en carreaux de marbre blanc, des appareils ménagers blancs. Seule exception : le chrome et l'acier des encadrements de métal et des panneaux, qui reflétaient le blanc des autres surfaces.

Les chambres devaient êtres noires. Le sommeil était noir, sauf lorsque les rêves se déroulaient dans le cinéma de son esprit. Et, même s'ils baignaient de couleurs, ils étaient sombres, à leur façon : les ciels étaient toujours noirs ou chargés de nuages lourds de tempêtes. Le sommeil était comme une mort brève. Et la mort était noire.

Pourtant, les cuisines devaient être blanches, parce qu'elles concernaient la nourriture, et la nourriture, c'était la propreté et l'énergie. L'énergie était blanche : comme l'électricité et l'éclair.

En peignoir de soie rouge, Bryan était installé dans un fauteuil de cuir blanc devant une table laquée blanche au dessus de verre épais. Il aimait son peignoir. Il en avait cinq autres identiques. Le contact de la soie était agréable sur la peau, toujours frais et fluide. Le rouge était la couleur du pouvoir, de l'autorité : c'était la couleur des cardinaux, des manteaux impériaux bordés d'hermine. Le rouge de la robe de dragon des empereurs mandarins.

Chez lui, quand il n'était pas nu, il ne se vêtait que de rouge. Car il était un roi caché, un dieu secret.

Quand il sortait dans le monde extérieur, il portait des vêtements ternes, car il ne tenait pas à attirer l'attention. Jusqu'à ce qu'il Devienne, il restait par certains côtés vulnérable, et il était plus sage d'opter pour l'anonymat. Quand son pouvoir serait pleinement mûri, quand il en aurait la maîtrise absolue, il pourrait au moins se promener dans des costumes dignes de son statut véritable, et tous s'agenouilleraient devant lui ou bien le fuiraient, frappés de terreur, bouleversés.

Cette perspective était excitante. Être reconnu. Admiré et vénéré. Bientôt.

Installé à sa table blanche, il se régala d'un ice-cream au chocolat à la crème fondante, recouvert de cerises au marasquin, saupoudré de noix de coco et de petits gâteaux au sucre émiettés. Il aimait les sucreries. Mais aussi les petites choses salées. Les chips, les sticks de fromage, les bretzels, les cacahuètes, les chips de maïs, le bacon soufflé. Il ne se nourrissait que d'amuse-gueule salés et de desserts. Rien d'autre, car personne n'était plus là pour lui dire ce qu'il devait manger.

Grand-mère Drackman aurait eu une attaque si elle avait pu voir ce qu'il mangeait aujourd'hui. Elle l'avait pratiquement élevé de sa naissance jusqu'à l'âge de dix-huit ans, et elle s'était montrée d'une fermeté sans faille quant à son régime. Trois repas par jour, pas de petits en-cas. Légumes, fruits, céréales, pain, pâtes, poisson, poulet, pas de viande rouge, du lait écrémé, du yaourt nature glacé au lieu d'ice-creams, un minimum de sel, un minimum de sucre, un minimum de graisse, un minimum de plaisir.

Même le détestable caniche de Grand-mère, qui s'appelait Pierre, était forcé de s'alimenter selon ses règles. Dans son cas, c'était un régime végétarien. Elle considérait que les chiens ne mangeaient de la viande que parce qu'on s'attendait qu'ils en mangent, que le terme carnivore était une appellation dépourvue de sens forgée par des scientifiques ignorants, et que toutes les espèces – plus particulièrement les chiens, pour quelque raison connue d'elle seule – avaient le pouvoir de dominer leurs pulsions naturelles et de vivre des existences plus pacifiques. Et dans l'assiette du chien Pierre, il y avait parfois des granulés, des cubes de *tofu*, des choses qui ressemblaient à des morceaux de charbon. Et, seule à rappeler la saveur de la viande, une sauce au soja façon bœuf relevée de poudre de protéines qu'elle répandait sur tout. La plupart du temps, Pierre promenait dans l'existence un air épuisé et morne, comme s'il était tourmenté par le désir d'une chose qu'il ne parvenait pas à identifier et ne pouvait donc assouvir. Ce qui expliquait sans doute pourquoi il était si hargneux, sournois, et pissait dans des endroits incongrus, comme la penderie de Bryan, où il arrosait régulièrement ses chaussures.

Grand-mère Drackman était une despote démoniaque. Elle édictait des règles pour l'habillement, l'entretien, les études et le maintien dans n'importe quelle situation sociale concevable. Un ordinateur de dix mégabites aurait été insuffisant pour stocker ses diktats.

Pierre le chien avait les siens, qu'il avait dû apprendre. Quelles étaient les chaises sur lesquelles il pouvait s'asseoir, et celles qui lui étaient interdites. Il ne fallait pas aboyer. Il ne fallait pas gémir. Prendre ses repas à l'heure, ne pas faire de miettes ni laisser de déchets. Brossage du poil deux fois par semaine, en restant bien docile. Pas de caprices, assis, roule, fais le mort, ne griffe pas les fauteuils...

Enfant, à l'âge de quatre ou cinq ans, Bryan avait compris à sa manière que sa grand-mère avait une personnalité à compulsion obsessionnelle, qu'elle était un cas désespéré de rétention anale. Il s'était montré prudent, obéissant et poli, il avait fait semblant de l'aimer, mais ne l'avait jamais laissée pénétrer dans son monde intérieur, le vrai. Il était encore très jeune quand son caractère spécial s'était manifesté discrètement, et il avait été suffisamment secret pour que sa grand-mère ne découvre pas ses talents naissants. Il savait que sa réaction ne pourrait être que... dangereuse pour lui. La puberté lui apporta une nouvelle croissance, pas seulement dans son corps mais dans ses pouvoirs secrets. Malgré tout, il préféra rester son propre mentor, explorant son pouvoir sur de petits animaux qui connurent une vaste gamme de morts différentes et des souffrances satisfaisantes.

Deux ans plus tard, quelques semaines après son dix-huitième anniversaire, la force étrange et puissante monta encore un peu plus en lui, ce qui arrivait périodiquement. Bien qu'il ne se sentît pas encore suffisamment fort pour affronter le monde entier, il sut qu'il pouvait enfin s'occuper de Grand-mère Drackman. Elle était installée dans son fauteuil préféré, les pieds posés sur son tabouret de velours, grignotant des carottes émincées tout en buvant de l'eau minérale. Elle lisait un article du *Los Angeles Times* à propos de la peine de mort et ajoutait à mi-voix ses commentaires sentimentaux sur la nécessité d'étendre la pitié aux pires criminels, quand Bryan se servit du talent de pyrokinèse qu'il avait depuis quelque temps parfaitement affiné pour la faire brûler. Seigneur, c'était réussi ! Même si elle avait moins de graisse sur les membres qu'une mante religieuse, elle se transforma très vite en une grosse bougie. Elle avait toujours eu pour règle de ne pas élever la voix dans la maison mais, pour l'occasion, elle se mit à hurler à en faire éclater les fenêtres. Pas trop longtemps cependant. Le feu était contrôlé, centré sur Grand-mère et ses vêtements. Le fauteuil et le tabouret furent à peine roussis, mais Grand-mère Drackman était transformée en un brasier tellement intense que Bryan fut obligé de plisser les yeux. Tout comme une chenille plongée dans l'alcool, puis grillée, Grand-mère Drackman crépitait, grésillait et flamboyait. Elle noircit en se recroquevillant sur elle-même. Mais elle n'en continua pas moins à brûler. Les braises qu'étaient devenus ses os devinrent des cendres, puis de la suie. Et la suie disparut enfin dans un nuage d'étincelles vertes.

Bryan alla ensuite tirer Pierre de sa cachette et le calcina lui aussi.

Ce fut une journée délicieuse.

Fini Grand-mère Drackman et ses règlements. Désormais, Bryan pourrait vivre selon ses règles *à lui*. Et bientôt, le monde suivrait.

Il se rendit jusqu'au réfrigérateur. Il était rempli de confiseries et de crèmes-desserts. Pas le moindre champignon, pas la plus petite trace de *jicama* haché. Il prit un bocal de caramel et en mit une couche sur son sorbet.

– Ding dong, la sorcière est morte ! *La méchante sorcière est morte,* la sorcière est morte ! chantonnait-il joyeusement [1].

En maquillant les registres officiels, il avait obtenu un certificat de décès pour Grand-mère, s'était attribué l'âge de vingt et un ans (pour que le tribunal ne puisse pas nommer un tuteur), et il avait ainsi été l'unique héritier. Jeu d'enfant, puisque aucune serrure, aucun coffre ne pouvait lui résister. Par le jeu de son Très Grand et Très Secret Pouvoir, il pouvait aller où il le désirait, faire ce qu'il voulait, sans que nul ne puisse relever sa trace. Quand il était entré en possession de la maison, il avait fait le nécessaire pour qu'elle soit éventrée, vidée de son contenu et remodelée à son goût. Il avait ainsi éliminé toute trace de la vieille garce brouteuse de carottes.

Même s'il avait dépensé plus que son héritage dans les deux années suivantes, ses extravagances financières ne posaient aucun problème. Quand il en avait besoin, il pouvait se procurer n'importe quelle somme d'argent. Mais ce n'était pas très fréquent : grâce à son Très Grand et Très Secret Pouvoir, il pouvait virtuellement s'emparer de tout ce qu'il voulait sans risque.

Il porta une énorme cuillerée d'ice-cream à sa bouche en lançant :

– À la tienne, Grand-mère !

S'il n'était pas encore capable – pas vraiment, du moins – de guérir seul ses blessures, ni même d'effacer une meurtrissure, il semblait en mesure de contrôler son poids et son excellent tonus en se concentrant simplement durant quelques minutes chaque jour. Il réglait son métabolisme ainsi qu'il l'aurait fait avec un thermostat ordinaire. Cette capacité avait renforcé sa confiance : après une ou deux croissances, son pouvoir lui permettrait de se guérir lui-même et, à terme, de parvenir à l'invulnérabilité.

Pour l'heure, en dépit de toutes les choses salées, de toutes les sucreries qui étaient son régime, il avait un corps parfait. Il était fier de ses muscles longilignes. C'était l'une des raisons pour lesquelles il aimait se promener nu dans la maison et se regarder dans les nombreux miroirs.

Il savait que les femmes auraient apprécié son corps.

1. La chanson de Dorothy et de ses amis, après la fin de la méchante sorcière du *Magicien d'Oz*. *(N.d.T.)*

S'il s'était intéressé à elles, il en aurait eu autant qu'il aurait voulu, peut-être même sans utiliser ses pouvoirs.

Mais le sexe ne l'intéressait pas. D'abord, ç'avait été la faute la plus grave de l'ancien dieu. Les gens avaient fini par être obsédés, et leurs accouplements frénétiques avaient détruit le monde. À cause du sexe, le nouveau dieu devrait diminuer son troupeau et laver le monde. Et puis, pour lui, l'orgasme n'était pas provoqué par l'acte sexuel mais par la destruction violente d'une vie humaine. Quand il s'était servi d'un golem pour tuer quelqu'un et quand sa conscience refluait dans son corps réel, il trouvait souvent des traces de sperme sur les draps de soie noire de son lit.

Qu'est-ce que Grand-mère aurait pensé de *ça* ?

Il riait.

Il pouvait faire tout ce qu'il voulait, manger tout ce qu'il voulait. Et qu'était devenu l'autre fléau ? Elle était morte, calcinée, disparue à tout jamais – tant mieux.

Il avait vingt ans, et il pourrait peut-être vivre encore mille ans, deux mille ans. Éternellement. Mais avec le temps, il finirait par perdre le souvenir de sa grand-mère, ce qui serait tellement bien.

– Vieille vache stupide, dit-il à haute voix en pouffant de rire.

Ça l'amusait beaucoup de pouvoir insulter n'importe qui et n'importe quand, à l'intérieur même de ce qui avait été sa maison.

Il s'était servi une énorme coupe de sorbet, et il le dégusta jusqu'à la dernière cuillerée.

Ses pouvoirs usaient ses forces à l'extrême, et il avait besoin de beaucoup de sommeil et de plus de calories que la plupart des gens. Il sommeillait ou grignotait une bonne part du temps, tout en se disant que ce besoin de s'alimenter et de dormir disparaîtrait sans doute quand il serait Devenu et qu'il serait enfin le nouveau dieu. Quand il aurait fini de Devenir, il pourrait ne jamais plus dormir, et se nourrir non plus par nécessité mais par plaisir.

Ayant avalé la dernière cuillerée, il lécha la coupe.

Grand-mère avait *horreur* de ça.

Il la nettoya à fond, consciencieusement. Quand il eut fini, elle était impeccable.

– Je peux faire tout ce que je veux, déclara-t-il à haute voix. Tout.

Dans un bocal, sur la table, flottant dans un fluide conservateur, les yeux d'Enrique Estefan l'observaient avec adoration.

9

Ils avaient laissé le cadavre de Ricky dans la maison de Dana Point infestée de serpents, et roulaient le long du littoral.

– Ce qui lui est arrivé, c'est ma faute, dit Harry.

– Mais Bon Dieu, non ! dit Connie.

– Si !

– Je suppose que c'est aussi votre faute s'il est entré dans cette épicerie de nuit après son service, il y a trois ans.

– Je vous remercie d'essayer de me remonter le moral, mais ça ne marche pas.

– Vous pensez que je devrais vous accabler un peu plus ? Écoutez, ce Tic-tac, cette chose après laquelle on court, vous n'avez aucun moyen de savoir ce qu'elle peut faire maintenant.

– Peut-être que je le peux. Je commence à le sentir, en quelque sorte, à deviner à quoi m'attendre. J'ai seulement un peu de retard par rapport à ce fils de pute. Dès que j'ai vu la boucle de ceinture, j'ai compris qu'il était normal qu'il s'en prenne à Ricky. Ça faisait partie de ses menaces. Je l'ai seulement compris trop tard.

– C'est exactement ce que je pense. Mais il n'existe peut-être aucun moyen de précéder les actes de ce type. C'est un cas qu'on a jamais vu, merde. Il pense différemment de vous et moi, et de la moyenne de toutes les autres ordures. Il ne correspond à aucun profil psychologique, et personne n'a la moindre chance de percer ce salopard. Harry, vous n'êtes pas responsable de ça.

Il n'avait aucune raison d'en vouloir à Connie, mais il ne pouvait plus contenir sa colère. Et il répondit avec violence :

– Mais Bon Dieu, c'est exactement ce qui ne va pas sur cette planète ! Personne ne veut être responsable de quoi que ce soit ! Tout le monde veut la permission d'être n'importe quoi, de faire n'importe quoi, mais personne ne veut payer la note.

– Vous avez raison, Harry.

Elle était sincère, à l'évidence, elle était d'accord avec lui, elle n'ironisait pas, mais il n'était pas encore prêt à se calmer.

– Dans cette putain d'époque, si on fout sa vie en l'air, si on perd sa famille et ses amis, ça n'est jamais votre faute. Vous êtes alcoolo ? C'est une prédisposition génétique. Vous trompez votre femme, vous baisez avec six cents filles par an ? C'est sûrement parce qu'on ne vous a pas assez aimé dans votre enfance, parce que vos parents ne vous ont pas assez cajolé. Tout ça, c'est des conneries !

– Exactement.

– Un type éclate la tête d'un commerçant ou bat une vieille dame à mort pour vingt dollars ? Mais il n'a rien fait de mal, on ne peut pas lui en vouloir ! C'est la faute de ses parents, de ses profs, de la société, de toute la culture occidentale. Pas la sienne. C'est stupide et grossier d'oser le suggérer. C'est manquer de sensibilité, et c'est d'ailleurs atrocement démodé.

– Dites, si vous aviez une émission de radio, je l'écouterais tous les jours, dit Connie.

Il doublait en coupant la ligne jaune. Jamais il n'avait fait ça de sa vie, même avec la sirène et le gyrophare. Il se demanda ce qui lui arrivait. Et aussi pourquoi il se le demandait. Mais il continuait. Il doubla un van décoré d'un paysage des montagnes Rocheuses qui dépassait déjà de dix kilomètres à l'heure la vitesse limite pour se rabattre sans visibilité.

Sans se calmer pour autant :

– On laisse tomber sa femme et ses gosses sans payer de pension, on escroque des millions à ses investisseurs, on casse la tête à un type parce qu'il est pédé ou simplement parce qu'il vous a manqué de respect...

Connie enchaîna :

– ... On abandonne son bébé dans une décharge publique parce qu'on se dit finalement qu'on n'est pas faite pour être mère...

– ... On triche sur ses impôts, on fraude sur l'aide sociale...

– ... On vend de la dope aux gamins des collèges...

– ... On viole sa fille et on dit qu'on est la victime. Parce que, aujourd'hui, il n'y a que des victimes. Plus de coupables. On commet n'importe quelle atrocité et on implore la compréhension, la sympathie, on se plaint d'être victime du racisme, de l'anti-racisme, du sexisme, des préjugés de l'âge, de classe. Parce qu'on est gros, ou moche, ou idiot, ou trop intelligent. On est une victime. Ce qui explique qu'on attaque une banque, flingue un flic. Parce qu'il y a des millions de façons d'être une victime. Bien sûr, d'accord, on dévalue les plaintes honnêtes des vraies victimes... Mais, merde, on ne vit qu'une fois, il faut bien en profiter, et puis on s'en fout des vraies victimes, non ? Ce sont des *losers*, un point c'est tout.

Il se rapprochait à toute allure d'une Cadillac qui se traînait.

Il pouvait doubler. Mais une Jeep canadienne tout aussi lente lui bloquait le passage. Il y avait deux autocollants sur la vitre arrière : JÉSUS ROULE AVEC MOI et DES PLAGES, DES BIKINIS ET DE LA BIÈRE.

Il ne pouvait courir le risque de couper une deuxième fois la double ligne jaune, car des phares nombreux approchaient dans l'autre sens.

Il songea à klaxonner pour faire accélérer la Cad et la Jeep, mais il était trop impatient pour ça.

L'accotement était anormalement large à cet endroit, et il appuya sur l'accélérateur pour dépasser la Cadillac par la droite. Dans la même seconde, il refusa de croire que c'était lui qui faisait ça. Le conducteur de la Cadillac ne le crut pas non plus : en regardant sur sa gauche, Harry surprit le visage stupéfait d'un petit homme à la moustache fine, avec une mèche ridicule. Harry effleura la berge plantée de ficus et de lierre. Elle n'était plus qu'à quelques centimètres de la portière quand l'accotement commença à se resserrer. La Cadillac rétrograda pour tenter de le laisser passer. Harry accéléra et la voie se rétrécit encore. Un panneau ARRÊT INTERDIT apparut dans le pinceau de ses phares. S'il le heurtait, cette fois, il serait à l'arrêt pour un moment. Il braqua, revint sur l'asphalte en faisant une queue-de-poisson à la Cad, reprit le contrôle de son volant et continua à foncer vers le nord, avec le Pacifique sur sa gauche, sombre comme son humeur.

– *Ça c'était cool !* s'exclama Connie.

Il ne pouvait savoir si c'était un reproche ou un compliment. L'un comme l'autre étaient possibles : elle aimait la vitesse et le risque.

Harry luttait pour rester chauffé à blanc.

– Ce que je veux dire, c'est que je ne veux pas être comme les autres, à toujours montrer quelqu'un d'autre. Quand je suis responsable, je suis prêt à *tout* accepter.

– Je vous comprends.
– Pour Ricky, je suis responsable.
– C'est comme vous voulez.
– Si j'avais été un peu plus malin, il serait encore vivant.
– Si vous le dites.
– J'ai ce poids sur la conscience.
– Je suis d'accord.
– Je suis responsable.
– C'est ça, et je suis certaine que vous irez griller en enfer pour ça.
Ce fut plus fort que lui : il se mit à rire. D'un rire sombre. Il craignit de se mettre à pleurer sur la mort de Ricky. Mais Connie était là.
– Vous allez rester assis pour l'éternité dans un puits de vomi de chien. Si vous pensez que vous le méritez.
La fureur de Harry diminuait, même s'il s'efforçait de la maintenir à fond. Mais il regarda Connie et rit un peu plus fort.
– Un type aussi mauvais que vous devra bouffer des asticots et boire de la bile de démon pendant un bon millier d'années, je pense...
– Je déteste la bile de démon...
Connie, elle aussi, riait.
– ... et je suis persuadée que Satan va vous filer une de ces coliques...
– ... et qu'il m'obligera à regarder dix mille fois *Hudson Hawk*...
– Ah ça, non ! Même l'enfer a ses limites.
Ils décompressaient en hurlant, en riant, et ne se calmèrent pas avant un moment.
Quand ils retrouvèrent le silence, Connie demanda :
– Ça va ?
– Je me sens totalement pourri.
– Mais mieux ?
– Un peu.
– Ça va aller.
– Oui, je pense.
– Mais bien sûr. Quand tout est dit, quand tout est fait, c'est peut-être là que commence la *vraie* tragédie. On se couvre de cicatrices après toutes nos souffrances, tous nos chagrins, après tout ce que l'on a pu perdre, aussi profond que ce soit. On continue, on n'a plus mal, mais parfois on se dit qu'on devrait avoir encore un peu mal.

Ils continuaient en direction du nord. Le Pacifique obscur sur leur gauche, les collines sombres constellées de lumières sur leur droite.

Ils étaient de retour à Laguna Beach, mais Harry ne savait pas où ils allaient. Là, dans l'instant, il ne voulait qu'une chose : rouler. Continuer, passer Santa Barbara jusqu'à Big Sur, franchir le Golden Gate et rouler jusqu'à l'Oregon, l'État de Washington, le Canada, l'Alaska. Encore plus loin, dans la neige et les vents arctiques. Contempler le clair de lune sur les glaciers, traverser le détroit de Behring en flottant sur l'eau comme par magie, comme dans un conte de fées, se retrouver sur le littoral gelé de ce qui avait été l'Union soviétique, et puis en Chine. Où ils s'arrêteraient pour goûter un peu l'excellente cuisine du Sichouan.

– Gulliver ?

– Oui ?

– Je vous aime bien.

– Qui pourrait ne pas m'aimer ?

– Je suis sincère.

– Eh bien, moi aussi je vous aime bien, Lyon.

– J'avais envie de vous le dire.

– Je suis heureuse que vous l'ayez fait.

– Ce qui ne veut pas dire qu'on va vivre ensemble ou quoi que ce soit de ce genre.

Elle sourit.

– Parfait. À propos, où est-ce que nous allons au juste ?

Il résista à l'envie de lui proposer un canard aux épices à Pékin.

– Chez Ordegard. Je suppose que vous n'avez pas l'adresse.

– Non seulement je la connais, mais j'y suis déjà allée.

Il fut surpris.

– Quand ?

– Entre le moment où j'ai quitté le restaurant et où je suis retournée au bureau pendant que vous tapiez les rapports. L'endroit n'a rien de spécial, c'est sinistre, mais je ne pense pas qu'on puisse y trouver quoi que ce soit.

– Mais quand vous y êtes allée, vous ne connaissiez pas Tic-tac. Maintenant, vous allez voir les choses sous un angle différent

– Peut-être. C'est encore à deux blocs de là. Vous tournerez sur la droite.

Après le virage, ils se retrouvèrent dans les collines, suivant des rues sinueuses entre des rangées de palmiers et d'eucalyptus. Une chouette s'envola à leur approche, déployant ses ailes d'une cheminée à l'autre, flottant dans la nuit comme une âme perdue. Le ciel privé d'étoiles semblait si pesant que Harry avait l'impression qu'il écrasait doucement les cimes des collines de l'est.

10

Bryan ouvrit une porte-fenêtre et sortit sur le balcon de sa chambre.

Il ne verrouillait jamais les fenêtres, de même que toutes les portes de la maison. Certes, il était prudent de garder un profil bas jusqu'à ce qu'il soit Devenu, mais il ne craignait personne. Il n'avait jamais eu peur. Les autres garçons étaient souvent des lâches. Lui, jamais. Son pouvoir l'avait doté d'une confiance plus vaste sans doute que n'importe quel autre humain avait pu en ressentir depuis les débuts du monde. Il savait que nul ne pouvait s'opposer à sa destinée : son itinéraire jusqu'au trône ultime avait été prévu, et il n'avait besoin que de patience pour achever son Devenir.

On était dans l'heure qui suit minuit. L'air était frais et humide. Le balcon était perlé de rosée. La brise venait de l'océan. Il avait serré la ceinture de son peignoir de soie, mais autour de ses jambes, le tissu flottait comme une corolle de sang.

Les lumières de Santa Catalina, à quarante kilomètres à l'ouest, étaient cachées par un épais banc de brume qui stagnait à trente kilomètres au large, lui-même invisible. Dans le sillage de la pluie, le ciel demeurait bas, sans clair de lune, sans percée vers les étoiles. Il ne pouvait distinguer les grandes baies illuminées de ses voisins, car sa maison était beaucoup trop avancée sur la falaise qui tombait en pente abrupte des trois côtés de la cour.

Il était enveloppé dans des ténèbres aussi confortables que son peignoir de soie. Le roulement et le sifflement incessants du ressac étaient apaisants pour lui.

Pareil à un sorcier devant un autel érigé sur un pic rocheux, Bryan ferma les yeux. Et entra en contact avec son pouvoir.

Il ne sentait plus l'air frais de la nuit, le gel de la rosée sur le balcon. Non plus que le fin tissu de son peignoir qui giflait ses jambes. Il n'entendait plus les lames qui venaient se briser sur le rivage.

Tout d'abord, il lança son pouvoir vers les cinq bêtes malades de son troupeau qui n'attendaient plus que le dernier coup de hache. Il avait marqué chacune d'elles d'une boucle d'énergie psionique pour les repérer. Les yeux clos, il avait l'impression de flotter loin au-dessus de la terre. Il discernait cinq auras différentes, cinq cercles lumineux d'énergie qui se détachaient sur la côte sud. Les gibiers de son sport sanguinaire.

En se servant de sa clairvoyance – ou de ce qu'il appelait parfois sa « vision lointaine » –, il pouvait observer les éléments de son troupeau, l'un après l'autre, ainsi que leur environnement immédiat. Mais il ne pouvait les entendre, ce qui, occasionnellement, était frustrant. Malgré tout, il se disait qu'il acquerrait une clairvoyance absolue quand, enfin, il serait Devenu le nouveau dieu.

Bryan se porta ainsi vers Sammy Shamroe, dont il avait suspendu les tourments à cause de son gros malin de flic-héros dont il avait dû s'occuper avant tout. Contrairement à ce qu'il avait supposé, le paumé imbibé n'était pas dans sa caisse cachée sous les lauriers de la ruelle, et il ne sifflait pas son deuxième magnum de vin. Il le trouva dans le centre de Laguna, trimbalant ce qui semblait être une bouteille thermos, la démarche titubante, s'arrêtant régulièrement pour s'appuyer contre un arbre, devant les boutiques aux volets clos, pour reprendre son souffle et retrouver son chemin. Il fit encore une vingtaine de pas hésitants, vacillants, s'appuya contre un mur de brique, la tête inclinée, se demandant visiblement où il pourrait aller se soulager. Il décida apparemment de ne pas vomir, s'avança un peu plus loin en agitant la tête, en clignant des yeux, avec une curieuse expression de détermination sur le visage. Comme s'il savait précisément où il voulait aller, bien qu'il fût à la dérive, n'obéissant qu'à des pulsions irrationnelles de bête, le cerveau pétrifié dans l'alcool.

Bryan abandonna là Sam la Frime, et se porta vers son crétin de héros et sa putain de partenaire. Ils étaient dans la Honda du héros et se dirigeaient vers une maison de style contemporain, bordée de cèdres anciens, avec de grandes baies, perchée dans les collines. Ils parlaient. Mais il ne pouvait entendre ce qu'ils se disaient.

Ils étaient graves, animés. Ils descendirent de voiture, ignorant bien sûr qu'ils étaient observés. Bryan examina les alentours et reconnut le quartier, puisqu'il avait passé toute sa vie à Laguna Beach. Mais il ignorait à qui pouvait appartenir cette maison.

Dans quelques minutes, il rendrait une visite un peu plus directe à Lyon et Gulliver.

Enfin, il se porta sur Janet Marco et son sale petit chiard. Ils étaient terrés dans leur saleté de Dodge délabrée, près de l'église méthodiste. Le gamin semblait endormi sur le siège arrière. Sa mère était derrière le volant, écroulée contre la portière. Mais elle était éveillée et épiait la nuit alentour.

Il avait promis de les tuer à l'aube, et il avait bien l'intention de respecter ce délai. Bien sûr, s'il devait s'occuper d'eux *et* des deux flics, après avoir dévoré autant d'énergie pour torturer et éliminer Enrique Estefan, il serait ensuite épuisé. Mais avec une ou deux siestes avant que l'aube ne pointe, plus quelques sachets de chips, des biscuits et peut-être un autre sorbet, il pensait qu'il pourrait les écraser tous de diverses façons merveilleusement satisfaisantes.

D'ordinaire, il se serait manifesté en golem au moins deux ou trois fois durant les six dernières heures de vie de la mère et de son fils, pour les harceler jusqu'à l'extrême limite de la terreur. Tuer était un pur plaisir, intense, orgiaque. Mais les heures, et parfois les jours de torture qui précédaient la plupart de ses massacres étaient aussi agréables que l'instant où le sang se répandait. Il était excité par la peur que montrait le bétail, par l'épouvante sacrée qu'il suscitait chez ces créatures. Il vibrait devant leur incrédulité, leur stupéfaction, leur hystérie, leurs pathétiques tentatives de fuite, auxquelles ils cédaient presque tous, tôt ou tard. Mais, dans le cas de Janet Marco et de son garçon, il allait devoir écourter les préliminaires pour leur rendre une dernière visite, à l'aube. Là, il leur présenterait la facture de souffrance et de sang qu'ils méritaient pour avoir pollué le monde par leur présence.

Bryan avait besoin de conserver son énergie pour le super-flic. Il voulait que le tout-puissant héros souffre encore plus que tous les autres. Il voulait l'humilier. Le briser. Le réduire à l'état de bébé implorant et pleurnichard. Il y avait un lâche dans ce guerrier flamboyant.

Les lâches se cachaient partout. Bryan avait bien l'intention de le voir ramper à plat ventre, de montrer enfin qu'il n'était qu'une pauvre méduse, une loque qui se planquait derrière sa belle plaque et son revolver. Avant d'en finir avec les deux flics, il comptait les épuiser, les casser morceau après morceau, jusqu'à ce qu'ils souhaitent n'avoir jamais vu le jour.

Il interrompit sa vision à longue distance et se retira de la Dodge garée sur le parking de l'église. Il reprit pleinement conscience dans son corps, sur le balcon de la chambre.

Des vagues hautes déferlaient depuis l'ouest obscur. En se brisant au bas de la falaise, elles rappelaient à Bryan Drackman les immeubles immenses et scintillants qui se dressaient dans les cités de ses rêves, qui s'effondraient sous sa puissance, balayant et noyant des millions d'êtres hurlants dans une marée de verre et d'acier fracassés.

Quand il aurait fini de Devenir, il n'aurait plus besoin de se reposer ni d'économiser son énergie. Sa puissance serait celle de l'univers, renouvelable à l'infini et au-delà de toute mesure.

Il regagna sa chambre noire après avoir refermé la porte coulissante du balcon.

Il ôta son peignoir rouge.

Nu, il s'étendit sur le lit, posa la tête sur ses deux oreillers en duvet d'oie aux taies de soie noire.

Il inspira lentement, profondément. Ferma les yeux. Détendit son corps. Éclaircit son esprit. Se relaxa.

En moins d'une minute, il fut prêt à créer. Il projeta une part substantielle de sa conscience dans la cour qui jouxtait la maison moderne entourée de cèdres anciens, avec de grandes baies, haut dans les collines. La Honda était garée dans l'allée.

Le plus proche réverbère était à un demi-bloc de là. Les ombres étaient nombreuses et profondes.

Tout au fond de la plus épaisse d'entre elles, un carré de pelouse s'enfla. L'herbe fut repoussée par la terre comme si une excavatrice invisible s'était mise en marche. La terre se répandait avec un bruit doux et humide, comme une pâte à cake coulant dans un moule. L'herbe, la glaise, les cailloux, l'humus, les vers, les larves, les insectes, une boîte de cigares remplie des ossements d'un perroquet défunt – tout cela forma une colonne épaisse, bouillonnante. Elle avait à peu près les dimensions d'un homme.

La masse prit forme à partir du sommet. D'abord les cheveux, emmêlés, huileux. Puis la barbe. La bouche s'ouvrit. Les dents étaient décolorées, déchaussées. Et des plaies suintantes marquaient les lèvres.

Un œil s'ouvrit. Jaune. Malveillant. Inhumain.

11

Il est dans une ruelle sombre. Il trotte en suivant l'odeur de la chose-qui-va-vous-tuer. Il sait qu'il en a perdu la trace, mais il flaire quand même, parce qu'il y a la femme, parce qu'il y a le garçon, parce qu'il est un chien. Un bon chien.

Une boîte vide, l'odeur du métal, de la rouille. Une flaque de pluie avec des taches d'huile luisantes. Une abeille morte. Intéressant. Pas autant qu'une souris morte. Mais intéressant.

Les abeilles, ça vole, les abeilles, ça bourdonne, les abeilles, ça peut vous faire autant de mal qu'un chat, mais cette abeille-là est morte. Intéressant, que les abeilles ça puisse mourir. Il ne se rappelle pas avoir jamais vu un chat mort, à ce propos, et il se demande si les chats peuvent mourir comme les abeilles.

C'est drôle de penser que peut-être les chats peuvent mourir.

Qu'est-ce qui pourrait bien les tuer ?

Ils peuvent monter tout en haut des arbres ou dans des endroits où personne ne peut aller, vous lacérer la truffe avec leurs griffes aiguës si vite que vous ne voyez rien venir, alors s'il existe quelque chose qui peut tuer les chats, ça ne peut pas être bon non plus pour les chiens, car c'est certainement quelque chose de méchant et plus rapide que les chats.

Intéressant.

Il s'avance dans la ruelle.

Quelque part, dans un endroit où il y a des gens, on fait cuire de la viande. Il se lèche les babines parce qu'il a encore faim.

Un bout de papier. Un emballage de sucrerie. Il sent bon. Il pose la patte dessus pour le maintenir en place et le lèche. Bon goût. Il lèche, lèche, mais il n'y a plus beaucoup de sucre sur le papier. C'est toujours pareil : quelques coups de langue, une bouchée, et il n'y a plus rien. C'est rarement qu'il a ce qu'il voudrait, et *jamais* plus qu'il ne voudrait.

Il renifle encore le papier, juste pour être sûr, et le papier se colle sur son nez, et il doit secouer la tête pour s'en débarrasser. Le papier flotte dans l'air et s'en va, porté par la brise, vers le fond de la ruelle, il va à droite, puis à gauche, il monte et il descend. Comme un papillon. Intéressant. Il est vivant tout à coup, il vole. Comment cela est-il possible ? Très intéressant. Il trotte derrière lui, et comme le papier flotte un peu plus haut, il saute, il le manque, et voilà soudain qu'il le veut, vraiment. Il *faut* qu'il l'ait. Que se passse-t-il ici, au juste ? Ça n'était qu'un papier et maintenant il vole comme un papillon. Il le veut. Vraiment, absolument, il le veut. Il trotte plus vite, saute, claque des mâchoires, et il l'attrape enfin. Il le mâche, mais ça n'est que du papier, et il le recrache. Il le regarde. Il l'observe, encore et encore, il attend, prêt à bondir, parce qu'il ne veut plus que le papier se moque de lui. Mais non, il ne bouge plus, il est aussi mort que l'abeille.

La chose-policier-loup ! La chose-qui-va-vous-tuer.

Il tressaille : l'odeur étrange et haïssable est revenue, portée par la brise de l'océan. Il flaire, il cherche. La chose mauvaise est dans la nuit, quelque part près de la mer.

Il suit l'odeur. D'abord, elle est faible, elle s'efface presque parfois, mais elle revient, plus forte. Il commence à être excité. Il se rapproche. Il n'est pas encore tout près, mais il se rapproche sans cesse. Il passe de la ruelle à une rue, traverse un parc, revient dans la ruelle, puis dans la rue. La chose mauvaise est la plus étrange et la plus intéressante des choses qu'il ait jamais flairées. Jamais.

Des phares. *Bip-bip-biiip.* Une voiture le frôle. Il aurait pu être mort. Dans une flaque, comme l'abeille.

Il poursuit la trace de la chose mauvaise, il court plus vite, les oreilles dressées, vigilant, vif, mais ne se fiant toujours qu'à son flair.

Et c'est alors qu'il perd la piste.

Il s'arrête, se retourne, renifle autour de lui. La brise n'a pas varié : elle souffle toujours depuis l'océan. Mais il ne retrouve plus l'odeur de la chose mauvaise. Il attend, il flaire, il attend, tourne encore, gémit sous l'effet de la frustration, flaire, flaire encore et encore.

La chose mauvaise n'est plus nulle part dans la nuit. Elle est partie quelque part, peut-être dans un endroit avec des gens où la brise ne peut plus emporter son odeur. Comme un chat qui grimpe dans un arbre, hors de portée.

Il rôde encore, haletant, incertain de ce qu'il doit faire. Et c'est alors qu'un homme incroyable s'avance sur le trottoir, en trébuchant et en vacillant, avec une drôle de bouteille dans une main. Il marmonne. Il dégage plus d'odeurs que le chien n'en a jamais senti à la fois sur une personne, mauvaises pour la plupart, comme s'il y avait toutes sortes de gens sales dans un seul corps. Le vin aigre. Les cheveux graisseux, la sueur âcre, les oignons, l'ail, la bougie, les airelles, l'encre d'imprimerie, le laurier-rose. Short humide. Veste humide. Sang séché, traces d'urine, menthe dans une poche, vieux morceau de jambon sec et pain moisi dans une autre. Moutarde sèche, boue, herbe, un peu de vomissure, bière éventée, espadrilles de toile pourries, dents cariées. Et l'homme pète en titubant, il pète et il marmonne, il s'appuie un instant contre un arbre, il pète encore, puis il s'avance, oscille et s'appuie contre le mur d'un endroit où il y a des gens pour péter encore.

Tout cela est intéressant, très. Mais le plus intéressant, c'est qu'au milieu de toutes ses odeurs, l'homme porte la trace de la senteur de la chose mauvaise. Non, il n'est pas mauvais, non, non, mais il connaît la chose mauvaise, il vient d'un endroit où il a rencontré la chose mauvaise, il n'y a pas longtemps. La chose mauvaise a laissé sur lui sa marque.

Aucun doute, c'est bien la même odeur, tellement étrange et haïssable. Le relent de la mer par une nuit froide, d'une grille de fer par un jour torride, des souris mortes, l'éclair, la foudre, les araignées, le sang, des trous noirs dans la terre – c'est à la fois toutes ces choses et aucune d'elles.

L'homme passe en titubant, et le chien se replie, la queue entre les pattes. Mais l'homme ne semble même pas l'avoir vu. Il tourne dans la ruelle.

Intéressant.

Il observe.

Il attend.

Finalement, il suit.

12

Harry se sentait mal à l'aise dans la maison d'Ordegard. Une affichette de police, sur la porte principale, annonçait que les lieux étaient interdits jusqu'à la conclusion de l'enquête, mais, avec Connie, ils n'avaient pas suivi la filière officielle pour entrer. Elle avait un jeu complet de passes dans une petite trousse en cuir et elle avait ouvert les verrous de la maison plus vite qu'un politicien ne gaspille un milliard de dollars.

D'ordinaire, Harry détestait ce genre de pratique et c'était la première fois qu'il l'autorisait à utiliser ses passes depuis qu'ils faisaient équipe. Mais ils n'avaient pas assez de temps pour respecter les règlements : l'aube pointerait dans sept heures, et ils n'avaient pas avancé sur la piste de Tic-tac depuis des heures.

L'intérieur, avec ses trois chambres, n'était pas très spacieux. Tout comme l'extérieur, il manquait d'angles aigus. Tout était en galbes doux, et la plupart des pièces avaient au moins une paroi courbe. On retrouvait un peu partout les mêmes moulures arrondies, laquées en blanc. Les murs étaient généralement peints en blanc, également, ce qui conférait à chaque pièce un lustre perlé. Exception, la salle à manger, qui avait été peinte en trompe l'œil et donnait l'illusion que les parois étaient tendues de cuir somptueux au ton beige.

L'ensemble donnait l'impression d'un bateau de croisière, et les lieux auraient pu être apaisants, sinon douillets. Mais Harry se sentait nerveux. Pas vraiment parce que le tueur à face de lune avait vécu ici ou parce qu'ils étaient entrés illégalement, mais pour quelque raison qu'il ne parvenait pas à déterminer.

Le mobilier avait peut-être quelque rapport avec cette appréhension. Tout était de style scandinave moderne, sévère, sans ornementation. L'érable jaune pâle était traité tout en angles saillants, presque tranchants, à l'opposé des rondeurs et galbes de la maison. Ce contraste extrême avec l'architecture donnait à Harry l'impression que chaque chaise, chaque table, chaque sofa était autant de pointes qui menaçaient de le taillader. Le tapis berbère était d'une minceur telle qu'il ne donnait pas la moindre impression de confort.

Ils passèrent du living à la salle à manger, puis dans la buanderie et la cuisine. Harry remarqua l'absence totale de décoration artistique. Aucun tableau sur les murs, pas d'objets sur les tables, si l'on exceptait des lampes de céramique noires ou blanches. Pas la moindre trace de livres ou de magazines.

Du tout émanait une impression monastique, comme si la personne qui habitait cette maison subissait une longue pénitence pour ses péchés.

Ordegard apparaissait comme un homme à deux facettes distinctes. Les tracés organiques ainsi que les textures de la maison donnaient l'image d'un être à la nature sensuelle marquée, en paix avec lui-même et ses émotions, détendu et enclin à un certain sybaritisme. Mais, d'un autre côté, l'uniformité du mobilier et l'absence totale de décoration indiquaient la froideur, la dureté, une nostalgie introvertie.

– Qu'est-ce que vous en pensez ? demanda Connie à l'instant où ils enfilaient le couloir qui desservait les chambres.

– C'est sinistre.

– Je vous l'ai dit. Mais pourquoi exactement ?

– Les contrastes sont... trop extrêmes.

– Oui. Et on dirait que tout ça n'a même pas été très habité.

Finalement, dans la chambre principale, ils trouvèrent un tableau, en face du lit. C'était la première chose qu'Ordegard devait voir à son réveil et la dernière avant de s'endormir, chaque jour, chaque nuit. C'était la reproduction d'un tableau célèbre que Harry connaissait très bien mais dont le titre ne lui revenait pas. Il pensa qu'il devait être de Goya. Il lui restait au moins ça des cours de compréhension artistique 101. La scène était éprouvante, elle mettait les nerfs à vif, et il s'en dégageait un sentiment d'horreur et de désespoir. D'abord parce qu'elle représentait une goule gigantesque, démoniaque, occupée à dévorer un corps humain ensanglanté et sans tête.

C'était absolument dérangeant, brillamment composé et exécuté. Sans aucun doute une œuvre d'art majeure – mais qui convenait plus aux cimaises d'un musée qu'au mur d'une chambre. Un pareil tableau devait être exposé dans un espace suffisamment vaste, sous un plafond en voûte. Ici, son énergie ténébreuse était trop forte : pétrifiante.

– Avec qui s'identifiait-il, selon vous ? demanda Connie.

– Qu'est-ce que vous voulez dire ?
– La goule ou sa victime ?
Il réfléchit un instant.
– Les deux.
– Il se dévorait lui-même.
– Oui. Il était dévoré par sa propre folie.
– Et il était incapable de l'arrêter.
– Pire encore. Il ne le voulait pas. Le sadique et le masochiste en un seul être.
– Mais, remarqua Connie, en quoi cela nous aide-t-il à comprendre ce qui a pu se passer ?
– En rien, pour autant que j'y pense.
– Tic-tac, fit le vagabond.
Ils se retournèrent, surpris, en entendant la voix grave et rocailleuse. Il n'était qu'à quelques dizaines de centimètres d'eux. Impossible qu'il ait pu se glisser aussi près sans qu'ils l'aient repéré. Pourtant, il était là.
Son bras droit s'abattit sur le torse de Harry avec la violence d'une grue et il fut projeté en arrière. Il cogna le mur et les fenêtres tremblèrent dans leurs châssis. Ses mâchoires claquèrent et il tomba en avant en luttant pour retrouver son souffle, la bouche emplie de poussière et de fibres de tapis.
Dans un effort terrible, il parvint à décoller la tête du tapis et vit que Tic-tac avait soulevé Connie du sol. Il la clouait contre le mur en la secouant furieusement, sa nuque et ses chaussures battaient la pierre avec frénésie.
Ricky. Et maintenant Connie.
D'abord, tous ceux que tu aimes...
À quatre pattes, il cracha les poils du tapis qui l'étouffaient en des spasmes douloureux. Il avait l'impression que ses côtes étaient soudain un étau qui lui écrasait le cœur et les poumons.
Tic-tac hurlait, tout contre le visage de Connie, mais Harry n'entendait rien avec le sifflement qui lui emplissait les oreilles.
Des coups de feu.
Elle était parvenue à dégainer son arme et elle vidait le chargeur dans la tête et le cou de Tic-tac. Sous les impacts, il fut à peine secoué, et ne relâcha pas son étreinte.
Harry prit appui sur une commode danoise en grimaçant de souffrance et se redressa. Le regard trouble, le souffle court et sifflant. Il sortit son arme, tout en sachant

très bien que le .38 ne serait d'aucun effet sur leur adversaire.

Tic-tac hurlait toujours en maintenant Connie collée au mur. Puis, il la lança tout à coup vers les deux portes du balcon. Elle fracassa la vitre comme un boulet de canon vivant, dans un nuage de milliers de fragments de verre blindé.

Non, se dit Harry. Impossible. Ça ne pouvait pas arriver. Impensable. Il ne pouvait la perdre.

Il tira deux fois. Deux trous aux bords déchiquetés apparurent dans l'imperméable noir de Tic-tac.

Normalement, il aurait dû avoir la colonne vertébrale fracassée. Des shrapnels de plomb et d'os auraient dû lui transpercer les organes vitaux. Il aurait dû s'effondrer comme King Kong quand il tombe du haut de l'Empire State Building.

Mais, au lieu de cela, il se retourna.

Il ne vacillait même pas. Il n'émit pas le moindre cri de douleur.

– Super-héros, dit-il.

Comment pouvait-il encore parler, c'était un mystère, un miracle. Au milieu de sa gorge, une balle avait ouvert un orifice grand comme une pièce d'un dollar.

Connie avait aussi ravagé en partie son visage. Des morceaux de chair avaient été arrachés sur sa joue gauche, de la mâchoire à l'orbite. Et il n'avait plus d'oreille gauche.

Le sang ne coulait pas. Il n'y avait pas d'os à nu. Et la chair de Tic-tac n'était pas rouge mais d'un brun sombre, bizarre.

Son sourire était plus abominable qu'avant, car ses dents pourries étaient exposées sur tout le côté de sa mâchoire. Et sa langue se convulsait comme une anguille bien grasse dans la nasse d'un pêcheur.

– Alors, on se croit si méchant que ça, mon super-héros ! Un vrai dur !

En dépit de sa voix grasseyante et profonde, Tic-tac faisait penser à un gamin qui vous provoquait, prêt à la bagarre dans la cour du collège. Même son apparence abominable ne masquait pas vraiment cette trace d'enfance.

– Tu n'es rien. Personne ! Rien qu'un petit bonhomme qui crève de trouille !

Tic-tac fit un pas en direction de Harry.

Harry leva son .38 sur son monstrueux adversaire, et se retrouva assis sur une chaise, dans la cuisine de James Ordegard. Il serrait encore son revolver, mais le canon était appuyé sous son menton, et il allait se suicider. L'acier était froid contre sa peau, et la mire lui mordait douloureusement l'os. Son index était crispé sur la détente.

Il lâcha l'arme comme un serpent venimeux et jaillit de la chaise.

Il ne savait pas comment il avait pu se retrouver dans la cuisine. Mais, en un clin d'œil, on l'avait transporté là et incité à se détruire.

Tic-tac était parti.

La maison était silencieuse. Anormalement silencieuse.

Harry se dirigea vers la porte et se retrouva assis dans la même chaise, serrant son .38, le canon dans la bouche, les dents serrées sur le barillet.

Épouvanté, il posa son arme sur le sol de la cuisine, la paume humide. Il l'essuya sur son pantalon.

Puis il se leva. Ses jambes tremblaient. La sueur ruisselait sur tout son torse, et un arrière-goût aigre de pizza mal digérée monta dans sa gorge.

Même s'il ne comprenait pas ce qui lui arrivait, il savait avec certitude qu'il n'avait aucune pulsion suicidaire. Il voulait vivre. Éternellement, si possible. Jamais il n'aurait mis volontairement le canon de son arme dans sa bouche. Jamais, au grand jamais !

Il passa une main tremblante sur son visage ruisselant et se retrouva à nouveau sur la chaise de la cuisine, le canon de son revolver appuyé sous l'œil droit. Il voyait le fond. Dix centimètres d'éternité d'acier. Et son doigt était sur la détente.

Doux Seigneur !

Son cœur battait si fort qu'il le sentait dans chacune des ecchymoses de son corps.

Prudemment, il glissa le .38 dans son holster, sous sa veste froissée.

Il avait la nette impression d'être prisonnier d'un sortilège. La magie était l'unique explication pour ce qui lui arrivait. La sorcellerie, le vaudou... Tout soudain, il était prêt à croire à tout ça, pour autant qu'il puisse obtenir une amnistie à la sentence que Tic-tac avait prononcée contre lui.

Il passa sa langue sur ses lèvres. Elles étaient sèches, crevassées, brûlantes. Il regarda ses mains blêmes, et se dit que son visage devait l'être encore plus.

Les jambes faibles, il hésita avant de se diriger vers la porte. Il fut surpris de réussir à l'atteindre, cette fois, sans se retrouver inexplicablement sur la chaise.

Il se souvint des quatre balles qu'il avait retrouvées dans la poche de sa chemise alors qu'il les avait tirées sur le vagabond, et aussi de ce journal qui était apparu sous son bras à l'instant où il quittait l'épicerie de nuit. Il sentait que le fait de se retrouver trois fois dans la même chaise sans avoir eu conscience de s'être déplacé relevait du même genre de tour. Simplement, il avait été appliqué différemment. Il eut brièvement le sentiment que l'explication lui effleurait l'esprit, qu'il la tenait presque... mais elle lui échappa.

En atteignant la cuisine sans incident, il se dit que le sortilège était rompu. Il se précipita vers la chambre, s'attendant à chaque foulée à rencontrer Tic-tac, mais le vagabond monstrueux semblait avoir disparu.

Il redoutait surtout de retrouver Connie morte, le cou tordu comme Ricky, les yeux arrachés.

Elle était assise sur le balcon au milieu des fragments de verre, elle était en vie, Dieu merci, la tête entre les mains, et elle gémissait doucement. Ses cheveux noirs et courts, doux et soyeux, flottaient au vent de la nuit. Il résista à l'envie soudaine de les caresser.

Il s'accroupit auprès d'elle.

– Ça va ?

– Il est où ?

– Envolé.

– Je vais lui arracher les poumons.

Il faillit rire, soulagé par cette soudaine poussée de rage.

– Oui, je vais lui arracher les poumons et les lui fourrer dans le cul. Comme ça, il respirera dans le noir.

– Ça ne l'arrêtera probablement même pas.

– Ça le ralentira.

– Peut-être pas non plus.

– Mais, merde, d'où est-ce qu'il est sorti ?

– De l'endroit où il est retourné. Quelque part dans les airs.

Elle se remit à gémir.

– Vous êtes certaine que ça va ? insista Harry.

Elle releva enfin la tête. Elle saignait à la commissure droite de ses lèvres, et Harry frissonna soudain de rage et de peur. Tout un côté de son visage était rouge. Celui que le vagabond avait cogné plusieurs fois contre le mur. Demain, il serait sûrement marqué de bleus.

S'ils avaient la chance de vivre encore demain.

– Je crois que je prendrais bien quelques aspirines, dit Connie.

– Moi aussi.

Il sortit de sa poche le flacon d'Anacin qu'il avait pris dans l'armoire à pharmacie de Connie il y avait seulement quelques heures.

– Un vrai boy-scout, dit-elle.

– Je vais vous chercher de l'eau.

– Je peux y aller moi-même.

Il l'aida à se relever. Des bouts de verre tombèrent de ses cheveux et de ses vêtements.

En entrant dans la chambre, Connie s'arrêta devant le tableau. Le corps décapité. La goule avide avec ses yeux déments.

– Tic-tac avait des yeux jaunes. Pas ceux qu'il avait la première fois, quand je lui ai fait l'aumône, en sortant du restaurant. Des yeux jaunes, très brillants, avec des pupilles comme deux fentes noires.

Ils continuèrent vers la cuisine. Harry eut l'impression absurde que les yeux de la goule du tableau de Goya les suivaient, que le monstre allait sortir de la toile pour se glisser derrière eux dans la maison du mort.

IV

1

Parfois, quand il était las de ses exercices de pouvoir, Bryan Drackman devenait morose et irritable. Il n'aimait plus rien. Si la nuit était fraîche, il voulait qu'elle soit douce. Si elle était douce, il la voulait fraîche. Son ice-cream était trop sucré, ses chips de maïs trop salées, le chocolat trop chocolaté. Le contact de ses vêtements était irritant, même celui de son peignoir de soie était intolérable, mais néanmoins, il se sentait vulnérable et déconcerté quand il était nu. Il ne voulait pas rester à l'intérieur de la maison, mais se refusait à sortir. Quand il se contemplait dans les miroirs, il n'aimait pas ce qu'il voyait, et quand il observait sa collection de bocaux emplis d'yeux, il avait l'impression qu'ils ne l'adoraient plus mais se moquaient de lui. Il savait qu'il lui fallait dormir afin de retrouver son énergie et d'améliorer son humeur, mais il rejetait le monde des rêves autant qu'il méprisait celui du réel.

Cet état revêche augmentait jusqu'à le rendre querelleur. Mais parce qu'il n'avait personne avec qui se quereller dans son sanctuaire océanique, il ne parvenait pas à dissiper sa mauvaise humeur. Et sa colère s'accroissait. Pour éclater en rage aveugle.

Trop épuisé pour libérer sa fureur dans des actes physiques, il s'assit nu sur son lit noir, s'appuya contre ses oreillers de soie noire, et laissa la fureur le consumer. Il serra les mains sur ses cuisses jusqu'à ce que ses ongles s'enfoncent douloureusement dans ses paumes, jusqu'à ce que les muscles de ses avant-bras le fassent souffrir. Alors, il se frappa les cuisses de ses deux poings fermés, puis le ventre, et le torse. Il entortilla des mèches de cheveux autour de ses doigts et tira jusqu'à ce que des larmes ruissellent sur ses joues, jusqu'à ce que sa vision se trouble.

Ses yeux. Il porta les doigts à ses paupières et tenta de rassembler assez de courage pour les arracher de ses orbites et les écraser dans ses poings.

Il ne comprenait pas pourquoi il était submergé par ce besoin de se rendre aveugle. Mais la compulsion était trop forte.

Il plongea dans l'irrationnel.

Il eut un gémissement d'angoisse et laissa sa tête retomber dans les draps noirs. Il battit des bras et des jambes, cracha et hurla, envahi par une rage véhémente, comme possédé par un démon des enfers. Il maudit le monde entier et lui-même mais, par-dessus tout, cette sale chienne, cette stupide chienne, cette abominable chienne qu'il détestait entre toutes : sa mère.

Sa mère.

Sa fureur se changea abruptement en une détresse pitoyable, et ses cris de haine et de menace s'achevèrent en longs sanglots frémissants. Il se recroquevilla en position fœtale, les bras crispés sur son corps endolori, à vif, et il se mit à pleurer aussi intensément qu'il avait hurlé en se débattant. Aussi passionné dans ce chagrin qu'il éprouvait à son propre égard que dans sa colère envers le monde.

Parce que ce qu'on attendait de lui n'était pas juste, absolument pas juste. On allait l'obliger à Devenir sans l'aide d'un frère, sans la main secourable d'un père charpentier, sans la tendre pitié de sa mère. Jésus, quand il était Devenu, avait eu droit au parfait amour de Marie, mais cette fois, pour lui, il n'y avait pas de Sainte Vierge, pas de Madone radieuse à ses côtés. Cette fois, il n'y avait qu'une vieille sorcière, usée, dégradée par ses appétits cupides, qui l'avait rejeté avec dégoût, avec frayeur, parce qu'elle ne pouvait pas, ne voulait pas lui apporter le réconfort. C'était tellement injuste et amer qu'on attende de lui qu'il Devienne et remodèle le monde sans l'aide des disciples qui avaient accompagné Jésus, sans une mère telle que Marie, Reine des Anges.

Peu à peu, ses sanglots déchirants s'apaisèrent.

Le flot de ses larmes se tarit et sécha.
Il resta immobile, dans la solitude de son malheur.
Il avait besoin de dormir.
Depuis sa dernière sieste, il avait créé un golem pour tuer Ricky Estefan, un autre pour attacher la boucle d'argent au rétroviseur de la Honda de Lyon, il avait joué au dieu pour insuffler la vie dans ce reptile qu'il avait fait naître du sable de la plage, et créé un autre golem pour terroriser le super-flic et sa partenaire. Il s'était également servi de son Très Grand et Très Secret Pouvoir pour mettre toutes ces araignées et ces serpents dans les placards de la cuisine d'Estefan, la tête cassée de la statue religieuse dans la main serrée de Connie Gulliver, pour forcer Harry Lyon à retourner trois fois sur cette chaise dans la cuisine dans trois attitudes différentes de suicide.
Bryan gloussa de rire en se souvenant du désarroi absolu et de la peur de Harry Lyon.
Stupide flic. Super-héros. Il avait failli pisser dans son froc.
Il rit un peu plus fort. Roula sur lui-même et enfouit la tête dans l'oreiller.
Le super-héros avait failli pisser dans son froc.
Très vite, il cessa de s'apitoyer sur lui-même. Il se sentait beaucoup mieux.
Il était toujours épuisé, il avait sommeil, mais il avait faim, également. En exerçant son pouvoir, il avait brûlé une quantité terrifiante de calories et perdu plusieurs kilos. Aussi longtemps que sa fringale ne serait pas apaisée, il serait incapable de s'endormir.
Il mit son peignoir de soie rouge et descendit jusqu'à la cuisine. Il prit un sachet de *Mallomars*, un autre d'*Oreos*, un grand sac de chips parfumées à l'oignon. Dans le réfrigérateur, il cueillit deux bouteilles de *Yoo-Hoo* : une au chocolat, l'autre à la vanille.
Il emporta ses provisions à l'extérieur, dans le patio mexicain dallé, recouvert en partie par le balcon de la chambre principale du deuxième étage. Il s'installa dans une chaise longue près de la balustrade afin de contempler le sombre Pacifique.
Mardi basculait vers mercredi, la brise était fraîche, mais peu lui importait. Grand-mère Drackman l'aurait menacé d'une pneumonie. Mais si le temps se faisait trop froid, il ne lui suffirait que d'un petit effort pour modifier son métabolisme et augmenter sa température.

Il engloutit tout le sachet de *Mallomars* avec le *Yoo-Hoo* à la vanille.

Il pouvait manger ce qu'il voulait.

Faire ce qu'il voulait.

Devenir était un accomplissement solitaire, et bien qu'il lui parût injuste de l'accomplir sans ses disciples admiratifs et sa propre Sainte Mère, dans le fond, tout était bien. Jésus avait été un dieu de compassion et de guérison, mais Bryan était destiné à être un dieu de courroux et de nettoyage. Pour cette raison, il était souhaitable qu'il Devienne en toute solitude, sans avoir connu l'apaisement de l'amour d'une mère, sans avoir été ralenti par des enseignements de sollicitude et de pitié.

2

Ainsi donc, l'homme qui pue, encore plus que des oranges pourries rongées par les vers, plus qu'une souris crevée depuis trois jours, l'homme qui pue plus fort que n'importe quoi, assez pour vous faire éternuer, va de rue en rue, puis enfile une ruelle, laissant derrière lui ses nuages d'odeurs.

Le chien le suit à quelques pas, curieux. Il maintient sa distance, flairant la trace de la chose-qui-va-vous-tuer à laquelle se mêlent d'autres senteurs.

Ils s'arrêtent à l'arrière d'un lieu où les gens font de la nourriture.

Bonnes odeurs, presque plus fortes que celles de l'homme qui pue, des odeurs qui donnent faim, beaucoup, beaucoup d'odeurs. De la viande, du poulet, des carottes, du fromage. Le fromage, c'est bon, ça reste collé aux dents, mais c'est vraiment bon, bien meilleur que ces vieux chewing-gums qu'on trouve dans la rue et qui restent aussi collés aux dents. Du pain, des petits pois, de la vanille, du chocolat. Et tellement d'autres odeurs qui font saliver et font mal aux mâchoires.

Quelquefois, il va dans des endroits comme celui-là, il gémit, il remue la queue, et on lui donne quelque chose de bon. Mais en général, on le chasse, on lui lance des choses, on crie après lui, on tape du pied. Les gens sont bizarres pour beaucoup de choses, et la nourriture en fait partie. Beaucoup gardent la nourriture, ils ne veulent pas vous en donner – et puis, ils la jettent dans des bidons, et elle devient puante et rend malade si on la mange. Si vous renversez les bidons avant que la nourriture soit mauvaise, les gens arrivent en courant et en criant, et ils vous chassent comme n'importe quel chat.

Il n'aime pas qu'on le chasse. Les chats, ça lui plaît de les chasser, oui. Il n'est pas un chat. Il est un chien. Cela est évident pour lui.

Les gens sont étranges, parfois.

Maintenant, l'homme qui pue frappe à une porte. Une fois, deux fois. Et c'est un homme gras habillé en blanc, entouré de nuages de senteurs qui donnent faim, qui lui ouvre.

Mon Dieu, Sammy, tu n'as jamais été dans un état pareil, dit l'homme gras en blanc.

Je veux juste un peu de café, dit l'homme qui pue, en levant la bouteille qu'il tient. *Je veux pas te déranger, je le jure. Ça me fait pas plaisir, mais j'ai vraiment besoin d'un peu de café.*

Je me souviens quand tu as commencé, il y a des années...

Juste un peu de café, pour me dessaouler.

...quand tu travaillais pour cette petite agence de pub de Newport Beach...

Faut d'abord que je dessaoule.

...avant que tu ailles à L.A. Tu étais toujours tellement chic, avec des fringues extra.

Je vais mourir si je dessaoule pas.

Là, tu as raison, dit l'homme gras en blanc.

Je veux rien qu'une thermos, Kenny. S'il te plaît.

C'est pas le café tout seul qui va te dessaouler. Je vais te faire un petit choix et tu vas me promettre de manger.

Oui, bien sûr. Mais donne-moi un peu de café, aussi, s'il te plaît.

Alors, écarte-toi de la porte. Je ne veux pas que le patron te voie et qu'il soit au courant.

Bien sûr, Kenny, bien sûr. Je te suis reconnaissant, tu sais. C'est juste parce que je voudrais dessaouler.

L'homme gras regarde derrière lui, puis autour de l'homme qui pue, et il demande :

Tu as un chien, maintenant, Sammy ?...

Hein ? Moi ? Un chien ? Bon Dieu, non.

L'homme qui pue se retourne. Il est surpris.

Il pourrait lui donner un coup de pied ou le chasser, mais l'homme gras est différent, lui. Il est gentil.

N'importe qui capable de sentir autant d'odeurs de bonnes choses est gentil.

L'homme gras se penche sur le seuil de la porte, et la lumière brille derrière lui. Il a la voix de ceux-qui-vont-vous-nourrir. Et il dit :

Eh, copain ! Comment ça va ?...

Des bruits de gens. Il ne les comprend pas vraiment : ce ne sont que des bruits de gens.

Alors, il remue la queue, parce qu'il sait que les gens aiment toujours ça, il penche la tête et prend cet air qui, généralement, attire des *ooohh !*

L'homme gras dit : *Oohh, tu n'es pas de cette rue, mon copain. Comment quelqu'un pourrait abandonner un aussi mignon corniaud ? Tu as faim ? Oui, je suis sûr. Écoute-moi, mon copain, je m'en occupe tout de suite.*

« Mon copain », c'est comme ça que les gens l'appellent souvent. Il se rappelle qu'on l'appelait Prince quand il était encore un chiot. C'était une petite fille qui l'aimait bien, il y avait très longtemps. La femme et le garçon l'appellent Wouf, mais le plus souvent, on lui dit « mon copain ».

Il remue la queue un peu plus fort et gémit pour montrer à l'homme gras qu'il l'aime bien. Et il tremble presque pour montrer qu'il est inoffensif, qu'il est un bon chien, un très bon chien, très très bon chien. Les gens aiment bien ça.

L'homme gras dit quelque chose à l'homme qui pue. Puis, il disparaît dans l'endroit où il y a à manger, et la porte se referme.

Il faut que tu arrêtes, dit l'homme qui pue. Mais il se parle à lui-même.

Il faut attendre.

Attendre, c'est dur. Attendre un chat sous un arbre, c'est encore plus dur. Mais attendre à manger, c'est ce qu'il y a de plus dur. Il faut attendre tellement longtemps entre le moment où les gens vous disent qu'ils vont vous donner à manger et celui où ils vous apportent quelque chose que c'est encore plus long que poursuivre un chat, courir derrière une voiture, flairer tous les chiens d'un territoire, courir en rond après sa queue jusqu'à en être tout étourdi, plus long que de renverser des tas de poubelles avec de la nourriture qui rend malade à l'intérieur, et il arrive même qu'on dorme en attendant que les gens vous apportent ce qu'ils vous donnent à manger.

J'ai vu des choses que les gens devraient savoir, dit l'homme qui pue.

Le chien se tient à l'écart, il agite toujours la queue, il essaie de ne pas flairer toutes les bonnes odeurs qui viennent de l'endroit où il y a à manger, ce qui rend l'attente encore plus dure. Mais les odeurs continuent d'affluer. Il lui est *impossible* de ne pas les humer.

L'homme-rat est réel. Il est bien réel.

Enfin, l'homme gras revient avec une drôle de bouteille et un sac pour l'homme qui pue – et un plat rempli de restes.

Il frissonne, remue la queue, et se dit que les restes sont pour lui, mais il ne doit pas se montrer trop audacieux. Si les restes ne sont pas pour lui, l'homme gras va lui donner un coup de pied ou autre. Il attend. Il gémit pour que l'homme gras ne l'oublie pas. Alors, l'homme gras pose le plat par terre, ce qui veut dire que les restes sont bien pour lui, et ça c'est bon, c'est très bon, c'est tout ce qu'il y a de bon.

Il s'avance timidement jusqu'au plat, il mord dans les morceaux. Du jambon. Du bœuf. Des bouts de pain trempés dans de la sauce. Oh oui oui oui oui oui oui.

L'homme gras s'accroupit, il veut le caresser, le gratter derrière les oreilles, alors il se laisse faire, quoiqu'il ait un peu peur. Des gens vous attirent avec de la nourriture, ils font semblant de vous la donner, ils font comme s'ils allaient vous caresser, et alors ils vous tapent sur le museau, vous donnent des coups de pied, et pire encore.

Il se rappelle des garçons qui avaient à manger pour lui, des garçons heureux, des garçons qui riaient. Ils avaient des bouts de viande pour lui. Ils voulaient qu'il mange dans leurs mains. De gentils garçons. Ils le caressaient, lui grattaient la tête, derrière les oreilles. Il les avait reniflés, n'avait rien senti de mauvais. Il leur avait léché les mains. Des garçons heureux, qui sentaient le soleil d'été, le sel, le sable, le sel de la mer. Il s'était assis sur ses pattes arrière, il avait tourné en rond en courant après sa queue, il avait fait des roulés-boulés – pour les faire rire, pour leur plaire. Et ils avaient tous ri. Ils avaient joué avec lui. Il leur avait montré son ventre et ils l'avaient gratté. De gentils garçons. Peut-être que l'un d'eux allait l'emmener avec lui, le nourrir tous les jours. Et puis, ils l'avaient empoigné par la peau du cou, l'un d'eux avait enflammé un petit bout de bois, et ils avaient essayé de mettre le feu à son poil. Il s'était débattu, il avait glapi, gémi, tenté de leur échapper. Le bout de bois s'était éteint. Ils en avaient allumé un autre. Il aurait pu les mordre. Mais ç'aurait été encore pire. Il était un bon chien. Bon. Il sentait le brûlé, mais il ne flambait pas, et ils avaient allumé un autre bout de bois, et là il s'était enfui. Il leur avait échappé. Et quand il s'était retourné, il les avait vus. Ils riaient. Ils sentaient le soleil, le sable, le sel de la mer. Des garçons très heureux. Ils le montraient tous du doigt en riant.

La plupart des gens sont bien, mais pas tous. Quelquefois, il peut flairer tout de suite les gens pas bien. Ils sentent les choses froides... comme la glace... comme le métal en hiver... comme la mer quand elle est grise, sans soleil et qu'il n'y a plus de gens sur la plage. Mais, à d'autres moments, les gens pas bien sentent comme les gens bien. Les gens sont la chose la plus intéressante au monde. Mais aussi la plus effrayante.

L'homme gras de l'endroit où on fait de la nourriture est bien. Il ne tape pas sur le museau. Il ne donne pas de coups de pied. Pas de feu. Rien que de la bonne nourriture, oui oui oui oui, et un bon rire quand on lui lèche les mains.

Finalement, il vous fait comprendre qu'il n'y a plus rien à manger. Vous vous mettez sur vos pattes arrière, vous gémissez, vous geignez, vous roulez sur le dos et vous montrez votre ventre, vous vous dressez et vous faites le mendiant, vous faites votre petite danse en cercle, vous penchez la tête, vous agitez la queue, vous inclinez les oreilles, vous faites tous vos petits tours-pour-avoir-à-manger, mais vous n'aurez plus rien d'autre de lui. Il rentre, il ferme la porte.

Mais vous êtes plein. Plus besoin de manger.

Ce qui ne veut pas dire que vous ne *voulez plus rien d'autre.*

Donc, vous attendez devant la porte.

C'est un homme bien. Il va revenir. Comment peut-il vous oublier, oublier votre petite danse, votre queue qui remue et vos gémissements ?

On attend.

On attend.

Peu à peu, il se rappelle qu'il était occupé à quelque chose d'intéressant quand il a rencontré l'homme gras qui lui a donné à manger. Mais quoi ?

Intéressant...

Alors, il se souvient de l'homme qui pue.

L'étrange homme qui pue est au bout de la ruelle, juste à l'angle, assis entre deux buissons, le dos appuyé au mur de la maison où il y a de la nourriture. Il mange ce qu'il y a dans son sac et boit ce qu'il y a dans sa drôle de bouteille. Une odeur de café. De nourriture.

De la nourriture.

Il trotte jusqu'à l'homme qui pue parce que peut-être il peut avoir encore autre chose à manger. Mais il s'arrête parce qu'il a senti la chose mauvaise. Elle est là, sur l'homme qui pue. Mais dans l'air de la nuit, aussi. Très forte, froide et terrible, portée par la brise.

La chose-qui-va-vous-tuer est à nouveau dehors.

Il ne remue plus la queue, il se détourne de l'homme qui pue, et court dans les rues, suivant cette odeur entre des milliers, vers l'endroit où la terre disparaît, où il n'y a plus que du sable, puis de l'eau. Vers la mer grondante, froide, sombre.

3

Les voisins de James Ordegard, tout comme ceux de Ricky Estefan, n'avaient pas entendu le vacarme. Les fracas de vitres brisées et de fusillade ne les avaient pas réveillés. Lorsque Harry ouvrit la porte du devant et risqua un coup d'œil dans la rue, la nuit était paisible et il n'entendit pas le moindre bruit de sirènes dans le lointain.

Tout se passait comme si leur affrontement avec Tic-tac avait eu lieu dans un rêve qu'eux seuls partageaient. Mais ils avaient toutes sortes de preuves de la réalité de la bataille : les cartouches de leurs revolvers, le verre brisé du balcon. Et les coupures, les ecchymoses et autres traces de coups.

La première réaction de Harry – et de Connie également – fut de vouloir disparaître avant le retour du vagabond monstrueux. Mais ils savaient l'un et l'autre que Tic-tac les retrouverait facilement où qu'ils aillent, et il était nécessaire de savoir ce qu'ils pouvaient avoir appris de cet affrontement.

De retour dans la chambre de James Ordegard, sous le regard maléfique de la goule de Goya, Harry se mit en quête d'une autre preuve.

Du sang.

Connie avait touché Tic-tac trois fois au moins, peut-être quatre, à courte portée. Une partie de sa tête avait été arrachée, et la plaie de sa gorge était importante. Et lorsqu'il avait projeté Connie à travers la baie vitrée, Harry lui avait tiré deux fois dans le dos.

Normalement, la pièce aurait dû être aspergée de sang Il n'y en avait pas une seule goutte sur les murs ou le tapis.

– Alors ? demanda Connie en s'arrêtant sur le seuil, un verre d'eau à la main.

Les comprimés d'Anacin s'étaient coincés dans sa gorge et elle essayait toujours de les faire glisser. À moins que ce ne fût autre chose qui lui bloquait la gorge – la peur, par exemple, qu'elle n'avait guère de mal à ravaler, généralement.

– Vous avez trouvé quelque chose ?

– Pas de sang. Seulement cette... cette boue, je dirais.

La chose ressemblait en tout cas beaucoup à de la terre humide quand on la serrait entre ses doigts, et elle en avait l'odeur. Des taches et des giclures marquaient le tapis et le dessus-de-lit.

Harry progressait accroupi dans la pièce, touchant du doigt chaque trace de boue.

– Cette nuit passe trop vite, dit Connie.

– Ne me dites surtout pas l'heure, fit-il sans même relever la tête.

Elle le fit pourtant :

– Minuit passé. L'heure du sabbat des sorcières...

– Évidemment.

Il continua ses recherches et, dans une petite flaque de boue, il trouva un ver. Il était encore humide et brillant, mais mort.

Puis, des fibres végétales en décomposition. Sans doute des algues. Au milieu, il y avait un petit insecte noir au pattes raides, avec des yeux verts.

Près d'une table de chevet, il récupéra une des balles tirées par Connie et qui avait transpercé Tic-tac. Des traces de terre humide y adhéraient. Il la fit rouler entre le pouce et l'index, songeur.

Connie s'approcha.

– Et vous en déduisez quoi ?

– Je ne sais pas exactement... quoique peut-être...

– Quoi donc ?

Il hésitait. Son regard allait des souillures du tapis à celles du lit.

Certaines légendes folkloriques lui revenaient, des contes de fées en quelque sorte, marqués cependant par une religiosité plus forte que celle des contes d'Andersen. C'était d'origine judaïque, s'il ne se trompait pas. De la magie cabalistique.

– Si on rassemblait toute cette terre, tous ces détritus, et si on les empaquetait de manière très serrée... Est-ce que vous croyez qu'on obtiendrait exactement ce qu'il faudrait pour reboucher les plaies dans sa gorge et son visage ?...

Connie plissa le front.

– Oui, peut-être... Mais... qu'est-ce que vous êtes en train de me dire ?

Il se redressa en glissant la balle dans sa poche. Il savait qu'il était inutile de lui rappeler le tas de boue qu'ils avaient découvert dans le living-room de Ricky – encore moins la main si délicatement sculptée, y compris la manche de veste.

– Je ne suis pas encore certain de ce que je dis. Il faut que je réfléchisse un peu.

En quittant la maison, ils éteignirent toutes les lumières. Mais l'obscurité qu'ils laissèrent derrière eux semblait vivante.

Dehors, dans le monde d'après minuit, l'air qui venait de l'océan passait sur le paysage sans vraiment le nettoyer. Pour Harry, la brise du Pacifique avait toujours été fraîche et propre, mais il ne la sentait pas ainsi cette nuit. Il avait perdu sa foi dans les forces de la nature qui rétablissaient constamment l'ordre dans le chaos de la vie. Ce soir, le vent lui faisait songer à des choses obscènes et infâmes : le granit des pierres tombales, des os dénudés éternellement figés dans la glaise, des carapaces d'insectes qui se nourrissaient de chair putride.

Il était fatigué, meurtri. C'était sans doute l'épuisement qui expliquait son état d'esprit sombre, funèbre. Mais, quelle que fût la cause, il rejoignait le point de vue de Connie : c'était le chaos, et non pas l'ordre, qui était l'état naturel des choses. On ne pouvait lui résister, seulement se laisser emporter comme un surfeur sur une lame énorme, écrasante, mortelle.

Sur la pelouse, entre la porte de la maison et l'allée où Harry avait garé la Honda, ils faillirent marcher dans un énorme monticule de terre molle.

Qui n'était pas là quand ils étaient entrés.

Connie prit une lampe-torche dans la boîte à gants de la Honda et Harry put examiner la terre. Tout d'abord, il fit le tour du monticule, mais ne trouva aucune main, aucune trace de membre. Cette fois, apparemment, la destructuration avait été totale.

Il se mit à gratter avec les mains et retira des feuilles pourrissantes comme celles qu'il avait découvertes dans la chambre d'Ordegard. Ainsi que de l'herbe, des cailloux, et des vers morts. Les fragments d'une vieille boîte à cigares. Des brindilles et des racines. Des ossements fragiles de perroquet, y compris la fine dentelle de calcaire d'une aile repliée. Il n'était pas certain de ce qu'il comptait trouver : peut-être un cœur sculpté dans le détail, comme la main dans le living de Ricky. Encore battant, gonflé d'une vie étrange et mauvaise.

Dès qu'il monta dans la voiture, il mit le chauffage : il était tout à coup envahi d'un froid intense.

Il attendit de se réchauffer un peu tout en observant le monticule de terre fraîchement remuée sur la pelouse. Et il raconta à Connie ce qu'il savait de ce monstre de folklore et de légendes : le golem vengeur. Elle l'écouta sans commentaire, encore moins sceptique devant cette hypothèse étonnante qu'elle ne l'avait été chez elle, en début de soirée, quand il lui avait sorti son discours sur les sociopathes doués de pouvoirs psychiques et démoniaques de domination.

Elle dit enfin :

– Ainsi, il fabriquerait un golem dont il se servirait pour tuer, en restant à l'abri quelque part.

– Ça se pourrait.

– Un golem qu'il construit avec de la terre.

– Ou du sable, des vieux buissons, n'importe quoi.

– Par le pouvoir de son esprit.

Harry ne répondit pas.

– Par le pouvoir de son esprit ou par magie, comme dans les légendes ? insista Connie.

– Bon Dieu, je ne sais pas. Tout ça est tellement dingue.

– Et vous pensez toujours qu'il peut posséder les gens, les manipuler comme des marionnettes ?

– Probablement pas. On n'en a pas la moindre preuve jusque-là.

– Et en ce qui concerne Ordegard ?

– Je ne crois pas qu'il y ait de rapport entre lui et Tic-tac.

– Ah oui ?... Mais pourtant, vous avez voulu qu'on aille à la morgue parce que vous pensiez que...

– Oui, mais je ne savais pas... Ordegard n'était qu'un dingue ordinaire, un produit typique du prémillénaire. Quand je l'ai éclaté dans le grenier du restaurant, hier, ça été fini pour lui.

– Mais Tic-tac s'est manifesté précisément ici, chez lui...

– Parce que nous y étions. Il sait comment nous retrouver. Il n'est venu que parce qu'il savait nous trouver là, et non pas parce qu'il avait quoi que ce soit à faire avec James Ordegard.

La ventilation du tableau de bord lui envoyait un souffle d'air chaud, mais il ne parvenait pas à faire fondre cette glace qui lui pesait au creux du ventre.

– On a rencontré deux dingues en deux heures, dit-il. D'abord Ordegard, puis celui-là. Une sale journée pour l'équipe vedette, c'est tout.

– Elle mérite le Guiness, acquiesça Connie. Mais si Tic-tac n'est pas Ordegard, s'il ne vous en veut pas particulièrement de l'avoir descendu, pourquoi cette fixation sur vous ? Pourquoi vouloir votre mort ?

– Je l'ignore.

– Chez vous, avant qu'il mette le feu, est-ce qu'il ne vous a pas dit que vous pouviez lui tirer dessus mais que ça ne serait pas terminé ?

– Oui, c'est en partie ce qu'il a dit. (Harry essayait de se rappeler le reste des menaces que le vagabond-golem avait proférées, mais sa mémoire se dérobait.) Maintenant que j'y pense, il n'a jamais mentionné le nom d'Ordegard. J'ai seulement supposé... Non : Ordegard était une fausse piste.

Il craignit aussitôt que Connie lui demande comment ils allaient retrouver la vraie piste, celle qui les conduirait à Tic-tac. Mais elle avait dû comprendre qu'il était totalement perdu, et elle ne risqua aucune question.

– Il commence à faire trop chaud, dit-elle seulement.

Il baissa la température du climatiseur.

Mais il était encore glacé jusqu'aux os.

Il regarda ses mains à la clarté du tableau de bord. Elles étaient noires de saleté. On aurait dit qu'il avait été enterré vivant et qu'il s'était frayé désespérément un chemin hors de la tombe avec ses doigts et ses ongles.

Il redescendit l'allée en marche arrière, puis s'engagea lentement sur les pentes de Laguna. À cette heure avancée de la nuit, les rues de ce quartier résidentiel étaient pratiquement désertes. Et la plupart des fenêtres obscures. C'était comme s'ils traversaient une ville fantôme moderne dont tous les habitants avaient disparu, comme l'équipage de la *Mary Céleste*. Laissant des lits vides dans les demeures ténébreuses, des téléviseurs encore allumés dans des livings abandonnés, des plateaux-repas dans des cuisines silencieuses où personne ne reviendrait pour manger.

Harry consulta la pendule de bord. Minuit dix-huit.

Il leur restait un peu plus de six heures avant l'aube.

– Je suis tellement claqué que je n'arrive plus à penser clairement, dit-il. Et pourtant, Bon Dieu, il *faut* que je pense à quelque chose.

– On va se trouver du café, et quelque chose à grignoter. Comme ça, vous retrouverez votre énergie.

– Oui, d'accord. On va où ?...

– Au Green House. Sur l'autoroute du Pacifique. C'est l'un des rares endroits encore ouverts à cette heure.

– Le Green House. Oui, je connais.

Après un instant de silence durant lequel ils dévalèrent une autre colline, Connie dit :

– Vous savez ce que j'ai trouvé de plus étrange dans la maison d'Ordegard ?

– Quoi ?

– Elle m'a rappelé mon appartement.

– Vraiment ? Et comment ?

– Harry, n'essayez pas de me la faire. Vous avez visité les deux appartements ce soir.

Si Harry avait bien remarqué une certaine ressemblance, il s'était refusé à y réfléchir.

– Il a plus de meubles que chez vous.

– Pas vraiment. Pas de bibelots, aucun de ces objets qu'on dit décoratifs, pas de photos de famille. Une œuvre d'art chez lui, et une chez moi.

– Mais il y a une différence, une énorme différence – chez vous, c'est un poster aérien, une photo de saut libre, vivifiante, qui donne un sentiment de liberté rien qu'en la regardant. Ce qui n'a rien à voir avec une goule en train de mâcher des membres humains.

– Je n'en suis pas certaine. Ce tableau, dans sa chambre, évoque la mort, le destin. Peut-être que mon poster n'est pas aussi vivifiant que ça, après tout. Peut-être qu'il a aussi un rapport avec la mort : on tombe sans fin sans ouvrir son parachute.

Harry tourna la tête. Mais Connie ne le regardait pas. Elle avait les yeux fermés, le cou incliné.

– Vous n'êtes pas plus suicidaire que moi, dit-il.

– Comment le savez-vous ?

– Je le sais, c'est tout.

– Ça, j'en doute.

Il s'arrêta au feu rouge de l'autoroute.

Elle n'avait toujours pas rouvert les yeux.

– Connie...

– J'ai toujours couru après la liberté. Et quelle est l'ultime liberté ?

– Dites-le-moi.

– C'est la mort.

– Gulliver, pas de couplet freudien. Ce que j'ai toujours aimé chez vous, c'est que vous ne cherchez jamais à psychanalyser les autres.

Elle sourit, se souvenant à l'évidence qu'elle avait tenu le même discours à son égard dans le restaurant à hamburgers, après qu'il eut abattu Ordegard, quand il lui avait demandé si elle était aussi dure au fond d'elle-même qu'elle affectait de l'être.

Elle ouvrit enfin les yeux et dit :

– C'est vert.

– Je ne suis pas prêt à démarrer.

Elle le dévisagea.

– D'abord, je veux savoir si vous me faites marcher ou si vous croyez vraiment que vous avez quelque chose de commun avec un fêlé comme Ordegard ?

– Vous voulez parler de toutes ces conneries que je sors, qu'il faut aimer le chaos, l'épouser ?... Oui, peut-être que c'est nécessaire, si on veut survivre dans ce monde complètement pété. Mais cette nuit, je me suis dit que peut-être j'avais appris à aimer surfer sur lui parce que, en secret, j'espère qu'une lame va me balayer un de ces jours. Que je vais prendre une gamelle.

– Vous avez appris ?

– Il semble que je n'ai plus le même goût pour le chaos qu'avant.

– C'est Tic-tac qui expliquerait ce ras-le-bol ?

– Non, pas lui. C'est seulement que... un peu plus tôt dans la soirée, après le service, et avant que votre appart soit incendié et que tout ait viré au cauchemar, j'ai découvert que j'avais une raison de vivre que j'ignorais jusque-là.

Le feu venait de repasser au rouge. Deux voitures passèrent dans une bourrasque d'air sur l'autoroute et Connie les suivit du regard.

Harry ne disait rien : il craignait trop que la moindre interruption la décourage de terminer ce qu'elle venait de commencer à lui révéler. Durant six mois, jamais la réserve arctique de Connie n'avait fondu, jusqu'à ce bref instant où, dans son appartement, elle avait semblé sur le point de se raconter plus profondément, plus intimement. Mais elle s'était à nouveau gelée, et très vite. Une deuxième fois, le glacier se fendillait. Le désir qu'il éprouvait d'entrer dans son univers était tout aussi intense que révélateur de son propre besoin de communiquer et de la vigilance jalouse avec laquelle Connie avait veillé sur sa vie privée. Il était prêt à passer si nécessaire ses six dernières heures de vie ici, devant ce feu de l'autoroute du Pacifique, pour qu'elle lui en apprenne plus sur cette femme très particulière qu'il avait cru deviner sous le dur vernis de la femme-flic qui connaissait la jungle des rues.

– J'avais une sœur, dit-elle enfin. Je ne l'ai appris que récemment. Elle est morte. Depuis cinq ans. Mais elle a un enfant. Une petite fille. Eleanor. Ellie. Et maintenant, je ne veux plus surfer sur le chaos. Je veux seulement avoir une chance de rencontrer Ellie, de la connaître, de savoir si je peux l'aimer, et je pense que je le pourrai. Peut-être que ce qui m'est arrivé quand je n'étais encore qu'une gosse ne m'a pas totalement vidée de l'amour que je peux donner. Peut-être que je peux éprouver autre chose que de la haine. Il faut que je sache. Je ne peux plus *attendre*.

Harry était sombre. S'il la comprenait bien, elle n'avait pas eu pour lui la moindre trace de ce sentiment d'amour qu'il avait commencé à éprouver pour elle. Mais c'était sans doute mieux comme ça. Mis à part ses doutes, il savait désormais qu'elle était capable d'amour et qu'elle trouverait une place dans son cœur pour sa nièce. Et si elle pouvait aimer cette petite fille, pourquoi pas lui ?

En rencontrant son regard, elle sourit.

– Oh, Bon Dieu, qu'est-ce que je suis en train de raconter ? Je parle comme ces névrosés qui viennent déballer leurs problèmes de merde dans les *reality-shows* du soir à la télé....

– Pas du tout. Je... je voudrais que vous m'en disiez un peu plus.

– Attention : si ça continue, je vais vous dire pourquoi j'aimerais baiser avec des types qui s'habillent comme leur mère.

– Vraiment ?

Elle se mit à rire.

– Ce n'est pas le cas de tout le monde ?

Il aurait voulu savoir à quoi elle pensait quand elle avait dit : *Ce qui m'est arrivé quand je n'étais encore qu'une gosse.* Mais il n'osa pas poser la question. Quelle que fût cette expérience, même si elle n'était pas le cœur du problème, elle l'estimait du moins comme tel. Et elle ne la révélerait que peu à peu. Et puis, il y avait des milliers d'autres questions qu'il souhaitait lui poser, et, s'il commençait, ils seraient encore là, à l'intersection de l'autoroute, jusqu'à l'aube. Tic-tac.... et la mort.

Le feu était au vert. Harry redémarra et tourna à droite. Deux blocs plus loin, il se gara devant le Green House.

En descendant de voiture, il repéra un clochard dans l'ombre, à l'angle du restaurant, dans une ruelle qui allait vers l'arrière du bâtiment. Ce n'était pas Tic-tac, mais un vagabond de plus petite taille, à l'apparence pathétique. Il était assis entre deux arbustes, les jambes écartées, et grignotait des choses dans un sac posé sur ses cuisses, tout en buvant du café dans une bouteille thermos et en se murmurant des phrases d'un ton fiévreux.

Il les observa tandis qu'ils s'avançaient vers l'entrée du Green House. D'un regard intense, brûlant. Ses yeux injectés de sang étaient comme ceux des autres habitants des rues : marqués par une peur paranoïde.

Il était sans doute persuadé d'être persécuté par des extra-terrestres malveillants qui émettaient des micro-ondes afin de brouiller ses pensées. Ou par la bande des ignobles 10 082 conspirateurs qui étaient *réellement* responsables de l'assassinat de John Kennedy et qui, depuis, contrôlaient le monde. Ou encore par de diaboliques businessmen japonais qui achetaient tout, n'importe où, qui réduisaient tout le monde en esclavage, et servaient les entrailles crues des petits enfants américains comme des spécialités dans leurs bars à sushis de Tokyo. Depuis quelque temps, il semblait qu'une bonne moitié de la population mentalement *équilibrée* – du moins pour les critères actuels – était prête à croire à telle ou telle ridicule théorie paranoïaque sur une conspiration quelconque. Et chez la plupart des sans-abri, comme celui-là, de tels délires étaient courants.

Connie l'interpella :

– Est-ce que tu peux m'entendre ou est-ce que tu es sur la lune ou quelque part ?...

Il lui décocha un regard noir.

– On est des flics. Tu comprends ? Des flics. Et si tu touches à cette voiture pendant notre absence, tu vas te retrouver avec un programme de désintox express avant de savoir ce qui t'arrive : on ne picole plus, on touche plus à la dope pendant trois mois.

La désintoxication forcée était la seule menace encore efficace avec les habitants des caniveaux. Ils avaient déjà touché le fond, ils avaient l'habitude que des animaux plus grands leur tapent dessus et les bouffent. Ils n'avaient plus rien à perdre – sinon la chance de s'éclater avec leur vin à un dollar ou n'importe quoi d'autre.

– Des flics ? répéta le clochard.

– C'est bien, dit Connie. Tu m'as entendue. Des flics, oui. Et trois mois sans boire un coup, c'est comme trois siècles.

La semaine précédente, à Santa Ana, un ivrogne avait profité de leur voiture de service pour déposer une plainte sociale en déféquant sur le siège avant. À moins qu'il ne les ait pris pour des extraterrestres pour qui un don profondément humain était un signe de bienvenue et une invite à la coopération intergalactique. En tout cas, Connie avait voulu le tuer sur place, et Harry avait dû faire appel à toute sa persuasion et à ses dons de diplomate pour la convaincre que la désintox serait un châtiment bien plus cruel.

– On ferme les portières ? demanda-t-elle à Harry

– Oui.

Derrière eux, tandis qu'ils se dirigeaient vers le Green House, le clochard marmonna d'un ton songeur :

– Des flics ?...

4

Ayant fini ses gâteaux et ses chips, Bryan se servit brièvement de son Très Grand et Très Secret Pouvoir pour s'assurer une totale intimité, se rendit au bord du patio et urina à travers la balustrade dans la mer silencieuse. Il prenait toujours du plaisir à faire ce genre de chose en public, quelquefois dans la rue, au milieu de tous les gens, sachant que son Très Grand et Très Secret Pouvoir le mettait à l'abri des regards. La vessie soulagée, il retourna dans la maison pour reprendre ses activités.

La nourriture seule suffisait rarement à restaurer son énergie. Il était, après tout, un dieu en train de Devenir et, selon la Bible, le premier dieu avait dû se reposer le septième jour. Avant d'accomplir d'autres miracles, Bryan devait faire la sieste, et pendant une heure au moins.

Dans sa chambre, qui n'était éclairée que par la lampe de chevet, il s'immobilisa devant les rayonnages laqués de noir où des yeux de toutes teintes flottaient dans les bocaux. Autant de regard fixes, immobiles, dans une adoration éternelle.

Il dénoua son peignoir et le laissa tomber.

Les yeux l'aimaient. Il sentait leur amour et l'acceptait.

Il ouvrit un bocal. Les yeux étaient ceux d'une femme qu'il avait dû éliminer du troupeau car elle était l'une de celles qui pouvaient disparaître du monde sans que quiconque s'en inquiète. Des yeux bleus, qui avaient été très beaux autrefois, mais dont la couleur se fanait. Les pupilles étaient laiteuses.

Plongeant la main dans le liquide piquant, il ôta l'un des yeux et le mit dans le creux de sa main gauche. C'était comme une datte bien mûre – doux et ferme, humide.

Il le pressa contre son torse et le fit rouler doucement d'un téton à l'autre, sans trop appuyer pour ne pas l'abîmer, mais avide de savoir que la femme morte pouvait maintenant le contempler dans son Devenir glorieux, sentir chaque méplat, chaque courbe, chaque pore de sa peau. La petite sphère était fraîche sur sa chair tiède, et elle laissait une trace luisante. Il fut parcouru d'un frisson délicieux. Il la fit descendre jusqu'à son ventre plat et lui fit décrire des cercles, avant de la maintenir un bref instant au creux de son nombril.

Puis, il prit le deuxième œil dans le bocal. Il le mit sous sa main droite, et alors, les deux yeux de concert explorèrent son corps : sa poitrine, ses flancs, ses cuisses, remontèrent jusqu'à son ventre, jusqu'à son cou, roulèrent doucement sur son visage. Il fit longtemps tourner les deux sphères souples et douces sur ses joues. C'était une telle satisfaction que d'être un objet d'adoration. Et la femme morte atteignait à la grandeur suprême en profitant de ce moment d'intimité avec le dieu en train de Devenir, qui l'avait jugée et condamnée.

Le liquide conservateur laissait des traces sur tout son corps et, en s'évaporant, comme il éprouvait une brève sensation de fraîcheur, elles devenaient une sorte de dentelle de larmes sur sa peau, qu'il partageait avec la femme morte qui se réjouissait de ce contact sacro-saint.

Les autres yeux, qui l'observaient depuis leurs univers liquides séparés, semblaient envieux des yeux bleus avec qui il avait partagé la communion.

Bryan aurait aimé que sa mère fût ici pour lui montrer tous ces yeux pleins de révérence, d'adoration, qui ne trouvaient nulle raison de détourner leurs regards fascinés.

Mais, bien sûr, elle n'aurait pas regardé, elle ne savait pas voir. La vieille harpie blanchie, entêtée, n'avait pas cessé de le craindre. Elle l'avait considéré comme une abomination, même si elle avait devant elle la preuve évidente qu'il était en train de Devenir un être au pouvoir spirituel transcendantal, l'épée du jugement, l'instigateur d'Armageddon, le sauveur d'un monde infesté par l'abondance de l'humanité.

Il remit les yeux bleu pâle dans le bocal et revissa le couvercle.

Il avait apaisé sa faim avec des gâteaux et des chips en partie, puis en se révélant dans sa gloire à la congrégation des bocaux et en voyant une fois de plus qu'ils étaient subjugués par lui. À présent, il était temps de dormir un moment pour recharger ses batteries. L'aube approchait et il avait certaines promesses à tenir.

En se coulant entre les draps froissés, il tendit la main vers la lampe de chevet mais, au dernier instant, décida de ne pas l'éteindre. Les communiants dans leurs bocaux pourraient ainsi mieux le voir. Il était séduit par l'idée qu'ils pourraient l'admirer et le vénérer pendant son sommeil.

Bryan Drackman ferma les yeux, bâilla et, comme toujours, le sommeil l'emporta très vite. Des rêves : de vastes cités qui s'effondraient, des maisons en flammes, des monuments qui s'écroulaient, des tombes énormes de béton et d'acier tordu qui s'étendaient jusqu'à l'horizon, survolées par des vautours en si grand nombre que, parfois, dans leur vol, ils obscurcissaient le ciel.

5

Il court, il trottine, ralentit pour traverser une rue, et finalement se glisse d'ombre en ombre, méfiant, en s'approchant de la chose-qui-va-vous-tuer. L'odeur, à présent, est puissante, infecte. Non pas nauséabonde comme l'odeur de l'homme qui pue. Différente. Et pire à sa manière. Intéressant.

Il n'a pas peur. Il n'a pas peur. Pas peur, le chien. Il a des crocs aigus et des griffes. Il est fort et rapide. Et, dans son sang, il y a le goût de traquer, de chasser. C'est un chien, rusé et sauvage, et il part sur n'importe quelle piste. Il est né pour chasser, non pas pour *être chassé*, et il poursuit sans crainte tout ce qu'il veut, y compris les chats. Même si les chats lui ont griffé la truffe, l'ont mordu et humilié, il continue de les chasser. Car il est un chien, même s'il n'est pas aussi malin que certains chats, il est *un chien*.

Il passa près d'un massif de lauriers. Jolies fleurs. Jolies baies. Ne pas les manger. Elles rendent malade. On le sait rien qu'à leur odeur. Les feuilles aussi. Et les fleurs.

Il ne faut *jamais* manger les fleurs. Il a essayé, une fois. Dans la fleur, il y avait une abeille. Elle est entrée dans sa gueule, elle a bourdonné, elle lui a piqué la langue. C'était une très mauvaise journée, pire qu'une journée avec des chats.

Il rampe vers l'avant. Il n'a pas peur. Non. Non. Il est un chien.

Un endroit pour les gens. Avec de grands murs blancs. Des fenêtres obscures. Près du sommet, un carré de lumière pâle.

Il se glisse sur le côté. L'odeur de la chose mauvaise est

forte, ici, et de plus en plus. Elle lui brûle presque le museau. Comme de l'ammoniaque, mais pas vraiment. Une odeur froide et sombre, plus froide que la glace, plus sombre que la nuit.

À mi-chemin du grand mur blanc, il s'arrête. Il écoute. Il flaire.

Il n'a pas peur. Non.

Au-dessus de lui, une chose fait *Whoooooo !*

Il a peur. Il bat en retraite en courant.

Whoooooo !

Il s'arrête. Voyons. Il connaît ce son. Une chouette. Elle tourne dans la nuit au-dessus de lui, elle traque sa proie à elle.

Il s'est laissé effrayer par une chouette. Mauvais chien. Mauvais chien. Très mauvais.

Il se rappelle le garçon. La femme et le garçon. Pourtant... l'odeur, l'endroit, l'instant sont intéressants.

Il revient en arrière et se remet à ramper sur le côté de l'endroit pour les gens, avec les murs blancs, et la lune pâle loin dans le ciel. Il atteint une barrière de métal. Les barreaux sont très serrés. Mais pas autant que ceux des tuyaux d'écoulement où on essaie de poursuivre un chat et où on se retrouve coincé pendant que le chat court. On se débat, on agite les pattes, on se tortille et on se dit qu'on ne va jamais s'en sortir, et que peut-être le chat va revenir pour vous griffer le museau dans le noir. Non, les barreaux de la clôture ne sont pas aussi serrés. Il secoue son train arrière, agite un peu les pattes, et il passe.

Arrivé au bout, juste à l'angle, il voit la chose-qui-va-vous-tuer. Sa vision n'est pas aussi pointue que son flair, mais il discerne quand même un homme jeune, et il sait aussitôt que c'est la chose mauvaise car elle dégage cette étrange odeur sombre et froide. Avant, elle avait une apparence différente, jamais celle d'un homme jeune, mais l'odeur est bien la même. C'est la chose mauvaise, il en est certain.

Il est figé sur place.

Il n'a pas peur. Pas peur, bon chien.

L'homme-jeune-chose-mauvaise va entrer dans l'endroit pour les gens. Il porte des sacs de nourriture. Du chocolat. Des *marshmallows*. Des chips.

Intéressant.

Même la chose mauvaise mange. Elle était dehors, elle mangeait, et à présent elle rentre, et peut-être qu'il reste de la nourriture. On remue un peu la queue, on gémit en ami, on s'assied sur ses pattes arrière et on fait le mendiant et on aura peut-être quelque chose de bon, oui oui oui oui.

Non non non non. Mauvaise idée.

Mais il y a le chocolat.

Non. Il faut oublier ça. Le genre de mauvaise idée qui vous donne des truffes griffées. Ou pire encore. On peut se retrouver mort comme l'abeille dans la flaque, la souris dans le caniveau.

La chose-qui-va-vous-tuer rentre, ferme la porte. Son odeur effrayante n'est plus aussi forte.

Le parfum du chocolat non plus. Tant pis.

Whooooooo...

La chouette. Est-ce qu'il va se laisser effrayer par une chouette ? Non, pas lui, un chien.

Il renifle autour de l'endroit pour les gens. De l'herbe, de la terre, des pierres plates que les gens posent dans l'herbe. Des buissons. Des fleurs. Des insectes qui s'activent dans l'herbe. Beaucoup d'insectes, de toutes sortes. Deux choses où les gens s'assoient... et, tout près, un bout de gâteau. Du chocolat. Bon, bon. Hop ! Il n'y en a plus. Il renifle encore et encore, mais sans plus rien trouver.

Un petit lézard ! Pfuitt ! Vite, il court sur les pierres. Il va l'attraper. Vite, vite ! À droite, à gauche, par ici, par là ! Il lui passe entre les pattes, il part là-bas, il revient, disparaît – où peut-il être ? – là-bas ! Pfuitt ! Surtout ne pas le laisser fuir. Il le veut, il l'aura, il l'aura ! *Bang !* Une rambarde venue de nulle part.

Le lézard a disparu, mais la rambarde sent l'odeur d'une pisse de gens fraîche. Intéressant.

C'est la pisse de la chose-qui-va-vous-tuer. L'odeur n'est pas agréable. Mais pas mauvaise non plus. Juste intéressante. La chose-qui-va-vous-tuer pisse comme les autres gens. Donc, elle est comme les autres gens, même si elle est étrange et différente.

Il suit le chemin que la chose mauvaise a emprunté après avoir pissé pour retourner dans l'endroit pour les gens. Au bas de la grande porte, il en trouve une autre, plus petite, plus ou moins à sa taille. Il flaire. Il sent l'odeur d'un autre chien. Très faible, mais c'est pourtant l'odeur d'un autre chien. Il y a très longtemps, un chien est passé par cette porte. Intéressant. Il y a tellement tellement longtemps, qu'il renifle une fois encore. Un chien mâle. Pas petit, mais pas trop grand non plus. Intéressant. Un chien nerveux... ou malade. Il y a très longtemps. Intéressant.

Il faut y réfléchir.

Une porte pour les gens. Une porte pour les chiens.

Il doit penser encore.

Donc, ceci n'est pas seulement un endroit pour les gens. C'est un endroit pour les gens et les chiens.

Intéressant.

Il appuie sur la petite porte de métal avec son museau, et elle se rabat à l'intérieur. Il passe la tête, juste pour regarder un peu aux alentours et renifler.

Un endroit pour la nourriture des gens. La nourriture est cachée quelque part. Là où il ne peut pas la voir. Mais il la sent. Par-dessus tout, il y a l'odeur de la chose mauvaise, tellement puissante qu'il ne s'intéresse plus à la nourriture.

L'odeur le repousse et l'effraie, mais elle l'attire aussi, et c'est la curiosité qui le pousse plus en avant. Il passe la petite porte, elle retombe sur son échine, sur sa queue, puis se referme avec un léger grincement.

Il est à l'intérieur.

Il écoute. Un bourdonnement, un battement, un cliquetis discret. Des bruits de machines. Autrement, le silence.

Il n'y a guère de lumière. Rien que de petits projecteurs en haut, sur certaines des machines.

Il n'a pas peur. Non, non, non. Il rampe d'un espace sombre à un autre, louchant dans l'ombre. Il flaire, il écoute, mais il ne retrouve pas la chose-qui-va-vous-tuer avant d'atteindre le bas des escaliers. Il lève la tête et il comprend que la chose est dans l'un des espaces, là-haut.

Il commence à monter les marches, s'arrête, continue, s'arrête encore, regarde vers le bas, vers le haut, continue. Il se demande ce qu'il se demande toujours quand il poursuit un chat : qu'est-ce qu'il fait là ? S'il n'y a pas de nourriture, pas de femelle en chaleur, s'il n'y a personne pour le caresser, le gratter et jouer avec lui, pourquoi est-il là ? Il ne le sait pas vraiment. C'est peut-être dans la nature du chien de s'interroger sur ce qui l'attend au prochain tournant, derrière la prochaine colline. Les chiens sont spéciaux. Les chiens sont curieux. La vie est étrange et intéressante, et il a l'impression que chaque nouveau lieu, chaque nouvelle journée va lui faire découvrir quelque chose de tellement différent et particulier que, rien qu'en le voyant et en reniflant, il comprendra un peu mieux le monde et sera plus heureux. Il sent qu'une chose merveilleuse l'attend, qu'il va la découvrir, une chose merveilleuse qu'il ne peut imaginer, mais meilleure encore que la nourriture ou les femelles en chaleur, mieux que les caresses, les grattouillis derrière les oreilles, les jeux. Mieux que courir sur une plage avec le vent dans les poils, à la poursuite d'un chat, ou même mieux qu'attraper un chat, à supposer qu'une telle chose soit possible. Même ici, dans cet endroit effrayant, avec l'odeur de la chose-qui-va-vous-tuer tellement forte qu'il veut éternuer, il *sent encore* qu'une merveille peut l'attendre juste au prochain tournant.

Et il n'oublie pas la femme et le garçon. Ils sont gentils. Ils l'aiment. Alors, il va peut-être trouver un moyen pour que la chose mauvaise ne les ennuie plus.

En haut des marches, il se retrouve dans un espace étroit. Il trottine en flairant sous les portes. Derrière l'une d'elles, il voit de la lumière. Et il flaire l'odeur de la chose-qui-va-vous-tuer : très lourde et amère.

Il n'a pas peur, pas peur. C'est un chien, il sait débusquer et chasser. Un bon chien, courageux. Bon chien, bon.

La porte est entrebâillée. Il pose son nez. Il pourrait pousser pour entrer plus avant, mais il hésite.

Il n'y a rien de merveilleux à l'intérieur de cet espace. Peut-être ailleurs, dans cet endroit pour les gens, peut-être derrière chaque angle, mais pas ici.

Il pourrait s'en aller maintenant, retourner dans la ruelle, pour voir si l'homme gras lui a apporté encore de la nourriture.

Ce serait une chose pour les chats : fuir. Courir. Il n'est pas un chat. Il est un chien.

Mais est-ce que les chats se font quelquefois taillader le nez, très profond, jusqu'à saigner et à souffrir pendant des jours ? Intéressante idée. Il n'a jamais vu un chat avec le nez griffé, et il ne s'en est jamais approché assez pour le griffer lui-même.

Mais il est un chien. Alors, il presse son museau contre la porte et pousse. Elle s'entrouvre un peu plus. Il se glisse dans l'espace au-delà.

L'homme-jeune-chose-mauvaise est étendu sur des

draps noirs, au-dessus du sol. Il ne bouge pas, il ne fait pas de bruit, il a les yeux fermés. Mort ? Chose mauvaise morte sur des draps noirs.

Il s'avance plus près, renifle.

Non. Pas mort. La chose dort.

La chose-qui-va-vous-tuer mange, pisse, et maintenant elle dort, et donc elle est comme beaucoup de gens de bien des façons. Comme les chiens, aussi, même si elle ne fait pas vraiment partie des gens ni des chiens.

Quoi faire maintenant ?

Il regarde la chose mauvaise endormie, il pense qu'il pourrait sauter, aboyer, la réveiller et lui faire peur, et alors elle ne reviendrait plus trouver la femme et le garçon. Il pourrait aussi la mordre, juste un peu, être un bon chien pour une fois, rien que pour aider la femme et le garçon. Il pourrait mordre le menton de la chose. Ou son nez.

Elle ne semble pas aussi dangereuse, endormie. Ni aussi forte ou rapide. Il n'arrive pas à se rappeler pourquoi elle était si effrayante avant.

Il observe la chambre noire, puis lève la tête et voit la lumière briller sur des yeux qui flottent dans des bouteilles, des yeux de gens mais sans gens, des yeux d'animaux mais sans animaux. Intéressant, mais pas bon. Pas bon du tout.

Il se demande une fois encore ce qu'il fait ici. Il prend conscience que cet endroit est comme une canalisation où l'on peut rester coincé, comme un trou dans la terre, avec de grosses araignées qui peuvent désagréablement marcher sur votre truffe. Et il comprend que l'homme-jeune-chose-mauvaise sur le lit est comme ces garçons qui rient, qui sentent le sable, le soleil et le sel de la mer, qui vous caressent, vous grattent derrière les oreilles et essaient ensuite de mettre le feu à votre poil.

Stupide chien. Stupide d'être entré ici. Bien mais stupide.

La chose mauvaise marmonne dans son sommeil.

Il s'éloigne du lit, il se détourne, la queue basse, et quitte la chambre. Il redescend les marches, il sort, il n'a pas peur, pas peur, il est juste prudent. Pas peur, mais son cœur bat très fort et très vite.

6

Durant la semaine, Tanya Delaney était l'infirmière de service de la brigade de nuit. Elle était seule dans le mouroir de minuit à huit heures du matin. Elle se disait certaines nuits qu'elle aurait préféré travailler à la morgue. Jennifer Drackman était plus effrayante que tout ce que Tanya pouvait craindre de trouver à la morgue.

Tanya était installée dans un fauteuil près de la vieille femme aveugle et lisait un roman de Mary Higgins Clark. Elle aimait lire et elle était du soir, aussi le tour de garde de fin de nuit lui convenait parfaitement. Il lui arrivait parfois de finir un roman et d'en commencer un autre pendant que Jennifer dormait.

Mais, quelquefois, Jennifer n'arrivait pas à trouver le sommeil et elle délirait en balbutiant des mots incohérents dans sa terreur. Dans ces moments-là, Tanya savait que la pauvre femme n'avait plus sa raison, qu'elle n'avait pas à avoir peur d'elle. Mais l'angoisse de la malade était tellement intense qu'elle en était contagieuse. Tanya, alors, avait la chair de poule, des frissons lui couraient sur la nuque, et elle surveillait la nuit, derrière la fenêtre, comme si quelqu'un guettait là, et elle sursautait au moindre bruit.

Au moins, les heures qui précédaient l'aube, en ce mercredi, n'étaient pas emplies de cris, de plaintes de souffrance et de phrases qui s'enchaînaient sans le moindre sens, comme quelque litanie démente d'une penssionnaire perdue dans sa glossolalie [1]. Jennifer dormait d'un sommeil agité par de mauvais rêves. De temps en temps, sans vraiment s'éveiller, elle gémissait, tendait sa main valide vers la barre de sécurité du lit et tentait vainement de se redresser. Avec ses doigts osseux et blancs agrippés sur l'acier, ses muscles atrophiés qui se dessinaient sous la peau du bras, son visage creusé et livide, ses yeux cousus sur ses orbites vides, elle ressemblait plus à une morte luttant pour s'échapper d'un cercueil qu'à une femme malade. Lorsqu'elle parlait dans son sommeil, elle ne criait pas mais chuchotait presque,

1. Phénomène d'extase, dit aussi « don des langues », dans lequel le sujet émet des mots ou des sons dont on ne peut saisir le sens sans le concours d'un autre sujet possédant le sens de l'interprétation. *(N.d.T.)*

d'un ton pressant. Sa voix semblait venir de nulle part et flotter dans la salle avec les accents sinistres d'un esprit évoqué dans une séance de spiritisme : « *Il nous tuera... nous tuera tous...* »

Tanya frissonna et essaya de se concentrer sur son roman à suspense, bien qu'elle se sentît coupable d'ignorer sa patiente. Elle aurait pu au moins prendre la main de Jennifer, lui palper le front, lui murmurer des mots apaisants, tenter de la guider dans la tempête de ses cauchemars, vers les hauts-fonds plus calmes du sommeil. C'était une bonne infirmière et, d'ordinaire, elle se serait précipitée pour réconforter une malade perdue dans un cauchemar. Mais elle demeurait immobile avec son roman de Mary Higgins Clark parce qu'elle ne tenait pas à courir le risque de réveiller Jennifer. Quand elle quittait le sommeil, Jennifer était capable de s'abîmer dans une de ses effrayantes crises de hurlements, de sanglots secs, de geignements et de borborygmes aigus qui glaçaient le sang de Tanya.

La voix fantomatique monta du cauchemar : « *... le monde est en flammes... des marées de sang... le feu et le sang... je suis la mère de l'enfer... Dieu me vienne en aide, je suis la mère de l'enfer...* »

Tanya aurait voulu monter encore un peu le thermostat, mais elle savait qu'il faisait déjà trop chaud dans la salle. Le froid qu'elle ressentait était en elle.

« *... un esprit si froid... un cœur mort... il bat encore mais il est mort...* »

Tanya se demandait ce que cette pauvre femme avait pu endurer pour se retrouver dans un tel désespoir. Qu'avait-elle vu ? Qu'avait-elle souffert ? Et quels étaient ces souvenirs qui la hantaient ?

7

Le restaurant du Green House, sur l'autoroute du Pacifique, était typiquement californien : rempli de pothos et de fougères bien au-delà du goût de Harry. Le bar, plutôt vaste, était tenu par des garçons qui se méfiaient des fougères et qui avaient depuis longtemps appris comment maîtriser la verdure en empoisonnant le terreau avec un petit coup de whisky de temps à autre. À cette heure de la nuit, la partie restaurant était fermée.

Le bar restait ouvert jusqu'à deux heures. Il avait été redécoré dans le style Arts déco et dans des tons noir-argent et vert qui n'avaient rien à voir avec le restaurant. Une tentative pour faire chic. Mais on n'y servait que des sandwiches pour accompagner la boisson.

Au milieu des plantes rabougries et jaunies, une trentaine de consommateurs bavardaient, buvaient et écoutaient un quartet de jazz qui s'acharnait sur des arrangements tortueux et semi-modernistes de standards de l'époque des *big-bands*. Deux couples, qui ne semblaient pas avoir conscience que c'était une musique faite pour être écoutée, dansaient sur les changements constants de tempo, les harmonies pseudo-mélodiques et les passages en boucles improvisés : ils auraient estomaqué Fred Astaire ou Barychnikov.

Quand Harry et Connie entrèrent, le garçon d'accueil leur lança un regard dubitatif. C'était un trentenaire en costume Giorgio Armani, avec une cravate en soie peinte à la main, et des chaussures splendides et satinées qui avaient dû être confectionnées avec des fœtus de veau. Il était sublimement coiffé et permanenté, les ongles manucurés, les dents étincelantes. Il fit un signe discret à l'un des barmen, sans doute pour qu'il l'aide à virer ces deux clodos qui venaient d'entrer.

Si l'on oubliait le sang séché au coin de ses lèvres et l'ecchymose qui commençait à gonfler sérieusement sur toute la moitié de son visage, Connie était raisonnablement présentable, quoique un peu défaite. Mais Harry, lui, méritait le coup d'œil. Ses vêtements déformés et gonflés par la pluie étaient aussi froissés que le linceul d'une momie. Sa chemise, qui avait été blanche et impeccable, était maintenant grise et tachée et dégageait une puissante odeur de fumée. Ses chaussures étaient éraflées, écorchées, boueuses. Il arborait sur le front une égratignure sanguinolente grosse comme une pièce de 25 cents. Il ne s'était pas rasé depuis dix-huit heures, et ses mains étaient totalement crasseuses, puisqu'il ne les avait pas nettoyées depuis qu'il avait creusé dans la boue sur la pelouse d'Ordegard. Il prit conscience qu'il ne devait se situer qu'à un demi-échelon à peine au-dessus du clochard que Connie avait menacé de désintox forcée avant d'entrer dans le bar. En cet instant même, sous le regard sévère du garçon d'accueil, il se sentait socialement en cause.

Vingt-quatre heures auparavant, il aurait été mortifié de se montrer en public dans un état aussi lamentable. Mais, dans l'instant, il ne s'en souciait guère. Il était trop inquiet de sa survie pour se préoccuper de sa bonne tenue et de son élégance.

Avant qu'on ait pu les expulser du Green House, ils brandirent tous deux leur plaque des Projets Spéciaux.

– Police, fit Harry.

Une plaque, c'était mieux qu'une clé-maîtresse, qu'un mot de passe, qu'un titre d'aristocratie, c'était mieux que d'être de lignée royale pour ouvrir toutes les portes. Le plus souvent avec pas mal de mauvaise volonté, mais ça marchait toujours.

Et puis, il y avait aussi Connie et l'efficacité Connie :

– On n'est pas seulement de la police, mais on est de mauvaise humeur. On a eu une sale journée, voyez-vous, et on n'a pas vraiment envie qu'une petite pédale de merde refuse de nous servir parce qu'elle croit qu'on va offenser les derniers clients qui lui restent.

On les conduisit aimablement jusqu'à une table dans un coin, dans l'ombre, à l'écart des autres consommateurs.

Une serveuse surgit aussitôt, elle leur dit qu'elle s'appelait Bambi, plissa le nez en souriant et prit leur commande. Harry demanda un café et un hamburger à point avec du cheddar.

Connie voulait le sien saignant avec du fromage bleu et beaucoup d'oignons crus. Et elle ajouta :

– Du café pour moi également, et vous nous apporterez aussi deux cognacs, du Rémy Martin. Elle dit à Harry : Techniquement, nous ne sommes plus de service, Et si vous êtes aussi claqué que je le suis, vous allez avoir besoin d'un peu plus qu'un café et un hamburger pour recharger vos batteries.

Tandis que la fille notait leur commande, Harry alla aux toilettes se laver les mains. Il se sentait aussi vanné que le soupçonnait Connie, et l'image qu'il découvrit dans le miroir lui confirma qu'il avait l'air encore plus mal en point qu'il ne le sentait. Il avait de la peine à croire que ce visage au teint grisâtre, aux yeux creux, ravagé par l'épuisement, lui appartenait réellement.

Il se frotta vigoureusement les mains, mais des restes de crasse étaient incrustés sous ses ongles et dans les plis de ses phalanges. Il se dit qu'il avait maintenant des mains de mécano.

Il s'aspergea d'eau, mais son visage ne parut pas plus frais pour autant – ni plus apaisé. Cette journée avait laissé sur lui une trace qui resterait peut-être indélébile. La disparition de sa maison et de tout ce qu'il possédait, la mort atroce de Ricky, et l'étrange enchaînement de faits surnaturels avaient égratigné sa foi dans l'ordre et la raison. Cette expression hagarde qu'il arborait en cet instant, il risquait de la garder longtemps encore – à supposer qu'il vive au-delà des quelques heures qui le séparaient de l'aube.

Déconcerté par son reflet, il s'attendait à demi que le miroir se révèle magique, comme l'étaient souvent les miroirs dans les contes de fées – une porte vers un autre monde, une fenêtre ouverte sur le passé ou l'avenir, la prison dans laquelle une méchante reine était retenue prisonnière, un miroir parlant comme celui qui apprenait à la méchante belle-mère de Blanche-Neige qu'elle n'était plus aussi jolie. Harry tendit la main, toucha la surface froide du miroir, mais rien de surnaturel n'advint.

Pourtant, s'il réfléchissait aux événements des douze dernières heures, ce n'était pas de la folie de s'attendre à affronter la sorcellerie. Il lui semblait être pris au piège dans une sorte de conte fantastique. Un conte sinistre, comme *Les Chaussons rouges* [1], où les personnages vivent dans l'angoisse, endurent d'abominables tortures, meurent de façon horrible, pour être enfin récompensés en trouvant la joie, non pas dans le monde réel, mais au paradis. Un scénario plutôt frustrant si l'on n'était pas certain que le paradis existait bel et bien et vous attendait, tout là-haut.

Le seul signe certain qu'il n'était pas prisonnier d'un conte de fées était l'absence d'animal parlant. Dans les contes de fées, il y avait plus d'animaux qui parlaient que de tueurs psychotiques dans tous les films américains modernes.

Contes de fées. Sorcellerie. Monstres. Psychose. Enfants.

Tout soudain, Harry sentit qu'il était sur le seuil d'une intuition qui allait lui révéler une donnée importante concernant Tic-tac.

1. Conte d'Andersen, porté à l'écran par Michael Powell et Emerich Pressburger sous forme de comédie musicale en 1948. *(N.d.T.)*

Sorcellerie. Psychose. Enfants. Monstres. Contes de fées.

La révélation lui échappait.

Il tenta de la saisir. Vainement.

Il s'aperçut qu'il n'effleurait plus le miroir, mais qu'il appuyait dessus de toutes ses forces, prêt à le faire craquer. Il retira sa main et une vague empreinte humide subsista brièvement, avant de s'évaporer.

Tout s'évaporait. Y compris Harry Lyon. À l'aube, sans doute, il aurait complètement disparu.

Il quitta les toilettes et rejoignit Connie.

Monstres. Sorcellerie. Psychose. Contes de fées. Enfants.

Le quartet s'était lancé dans des variations modernes de thèmes de Duke Ellington. Détestable. Pourquoi vouloir améliorer Duke Ellington ?

Sur la table, il y avait deux tasses de café et deux ballons remplis de cognac doré.

– Les hamburgers ne vont plus tarder, annonça Connie comme il s'asseyait.

Psychose. Enfants. Sorcellerie.

Rien.

Il décida de cesser de penser à Tic-tac pour un temps. De laisser une chance à son subconscient de travailler sans pression.

– Il faut que je sache [1], dit-il à Connie, en se servant volontairement du titre d'une chanson de Presley.

– Quoi donc ?

– Dites-moi pourquoi.

– Hein ?

– C'est maintenant ou jamais.

Elle sourit.

– Je suis une fan d'Elvis.

– J'ai cru le comprendre.

– Et puis, ça tombait bien.

– Ça a peut-être empêché Ordegard de nous balancer une autre grenade. Ce qui nous a sauvé la vie.

Elle leva son ballon de cognac.

– Au King, dit-elle.

Le quartet avait cessé de torturer Ellington pour faire une pause. Il y avait peut-être quelque part un dieu, se dit Harry, et un ordre béni dans l'univers.

1. « I Gotta know », « Tell Me Why », « It's Now or Never »... Nous revenons ici aux jeux sur les succès d'Elvis Presley. *(N.d.T.)*

Ils choquèrent leurs verres et, après avoir bu une gorgée, il demanda :

– Pourquoi Elvis ?

Elle soupira.

– L'Elvis première époque, c'était quelqu'un. Il chantait la liberté, tout ce que vous aviez envie d'être. Ne plus être rejeté parce que vous étiez différent. « Don't step on my blue suede shoes »... J'avais sept ou huit ans quand ses premiers succès étaient déjà des disques d'or, mais ils me parlaient. Vous comprenez ça ?...

– Sept ou huit ans ? C'est plutôt grave pour une petite gamine. La plupart de ces chansons étaient sur la solitude, les chagrins d'amour.

– Bien sûr. C'était lui qui incarnait ce personnage de rêve : le rebelle sensible, poli mais à qui on ne pouvait pas raconter de conneries, romantique et cynique en même temps. J'ai été élevée dans des orphelinats, dans des foyers d'accueil, et je savais déjà ce qu'était la solitude, j'avais déjà quelques fêlures au cœur...

La serveuse ariva avec leurs hamburgers et le garçon leur resservit du café.

Harry se sentait redevenir un être humain. Sale, endolori, fripé, las, apeuré, mais un être humain quand même.

– O.K. Je comprends que vous ayez craqué pour l'Elvis des premiers temps et que vous ayez retenu tous ses tubes. Mais plus tard ?

Connie secoua un peu de ketchup sur son hamburger.

– À sa façon, sa fin a été aussi intéressante que le début de la tragédie de l'Amérique.

– Une tragédie ? Parce qu'il a fini à Las Vegas tout boursouflé en survêt à paillettes ?...

– Bien sûr. Le roi magnifique et courageux dont on attendait tout, l'homme transcendant – et puis, à cause d'un défaut tragique, c'est la chute, à quarante-deux ans.

– Mort dans les toilettes.

– Je n'ai pas dit qu'il s'agissait d'une tragédie shakespearienne. Il y a dans tout ça un élément d'absurdité. Qui en fait une tragédie *américaine*. Aucun pays au monde n'a autant le sens de l'absurde que le nôtre.

– Je ne pense pas que les républicains ou les démocrates se servent de ce slogan pour une de leurs prochaines campagnes.

Harry trouvait son hamburger délicieux. Entre deux bouchées, il demanda :

– Et quel était donc ce défaut tragique d'Elvis ?

– Il a refusé de grandir. Ou alors, il n'en a pas été capable.

– Est-ce qu'un artiste n'est pas censé s'accrocher à l'enfant qui est en lui ?

Connie mordit dans son hamburger en secouant la tête.

– Ça ne veut pas dire rester *perpétuellement* dans l'enfance. Vous comprenez, le jeune Elvis voulait la liberté, passionnément, comme nous tous, et c'est à travers la musique qu'il cherchait cette liberté totale de faire ce qu'il voulait. Et quand il l'a eue, quand il a eu la possibilité d'être libre pour toujours... Qu'est-ce qui s'est passé ?

– Dites-le-moi.

Il était clair qu'elle y avait longuement pensé.

– Elvis a perdu le nord. À mon avis, il est tombé sous le charme de la célébrité plutôt que de la liberté. La vraie liberté, la liberté sans dépendance – un rêve d'adulte valable. Mais la célébrité n'est qu'un plaisir facile, un miroir aux alouettes. Vous ne croyez pas qu'il faut être vraiment immature pour que la célébrité vous rende heureux ?

– Je n'aimerais pas être célèbre. Quoiqu'il soit probable que je le devienne.

– C'est fugace, sans valeur, c'est une babiole que seul un enfant prendrait pour des diamants. Elvis avait l'air d'un adulte, il parlait comme un adulte...

– C'est sûr aussi qu'il chantait comme un adulte au mieux de sa carrière.

– Oui. Mais, sur le plan émotif, il présentait un cas de blocage du développement. L'adulte n'était qu'un costume, une mascarade. Ce qui explique pourquoi il a toujours eu un entourage important, son propre club de garçons, et pourquoi il mangeait des sandwichs à la banane frite avec du beurre de cacahuète, comme les gosses, pourquoi il louait des parcs d'attractions quand il voulait s'amuser avec ses amis. C'est pour ça qu'il n'a pas pu empêcher des gens comme le colonel Parker de l'exploiter.

Adultes. Enfants. Développement bloqué. Psychose. Célébrité. Sorcellerie. Contes de fées. Blocage du développement. Monstres. Mascarade.

Harry se redressa. Ses pensées couraient à toute allure.

Connie continuait de parler, mais sa voix semblait venir de très loin.

– ... c'est pour cela que la dernière partie de la vie d'Elvis montre combien de pièges il y a...

Enfant psychotique. Fasciné par les monstres. Avec le pouvoir d'un sorcier. Développement bloqué. Comme un adulte déguisé.

– ... combien il est facile de perdre sa liberté et de ne pas pouvoir faire marche arrière pour la retrouver...

Harry posa son hamburger.

– Mon Dieu, je crois savoir qui est Tic-tac.

– Qui ?

– Attendez. Il faut que je réfléchisse.

Un rire aigu monta d'une table près de l'estrade. Deux hommes qui avaient trop bu, la cinquantaine fortunée, avec deux blondes qui devaient avoir vingt ans. Ils essayaient de vivre leurs propres contes de fées : les deux hommes rêvaient de sexe parfait et de tout ce dont les hommes peuvent avoir envie. Les filles rêvaient de richesses, heureusement inconscientes qu'un jour leurs fantasmes leur sembleraient mornes, tristes et minables.

Harry se frotta les yeux, essayant de mettre de l'ordre dans ses pensées.

– Est-ce que vous n'avez pas remarqué qu'il y avait quelque chose d'enfantin chez lui ?

– Chez Tic-tac ? Ce veau ?

– Non, ça, c'est son golem. Je parle du véritable Tic-tac, celui qui crée les golems. Ça semble être comme un jeu pour lui. Il joue avec moi comme un sale gamin qui arrache les ailes d'une mouche pour voir comment elle volera ensuite, qui torture un hanneton avec des allumettes. Les attaques méprisantes, cet ultimatum à l'aube, tout ça est puéril. Il se comporte comme une petite brute dans une cour d'école.

Il lui revint encore certains des mots que Tic-tac avait crachés alors qu'il se levait du lit, avant que l'autre ne déclenche l'incendie :

... *Vous autres, les gens, ça fait tellement plaisir de jouer avec vous... Parce que tu crois que tu peux abattre n'importe qui, mon héros... secouer les gens comme tu le veux...*

Secouer les gens comme tu le veux...

– Harry ?

Il cilla et frissonna.

– Certains sociopathes ont été des enfants qui ont souffert. Mais d'autres sont nés comme ça, tordus.

– Un cafouillage génétique, acquiesça Connie.

– Supposons que Tic-tac soit né naturellement mauvais.

– Il n'a jamais été un ange.

– Et supposons que son incroyable pouvoir ne vienne pas d'une expérience bizarre de laboratoire. Qu'il soit peut-être aussi le résultat d'un cafouillage génétique. S'il est né avec ce pouvoir, cela l'a séparé des autres, tout comme la célébrité l'a fait pour Presley. Il n'a jamais appris à grandir, il n'a pas pu ou n'a pas voulu. Au fond de lui, il reste un enfant. Qui joue à un jeu d'enfant. Un jeu méchant.

Il se rappelait le vagabond géant dressé dans sa chambre, le visage rouge, beuglant sans fin : *Est-ce que tu m'entends, le héros, est-ce que tu m'entends, est-ce que tu m'entends, est-ce que tu m'entends, EST-CE QUE TU M'ENTENDS, EST-CE QUE TU M'ENTENDS ?...*

Ce comportement avait été terrifiant à cause de la force et de la taille du vagabond mais, rétrospectivement, la litanie menaçante était celle d'un petit garçon.

Connie se pencha pour agiter une main devant son visage.

– Hé, Harry, on ne tombe pas en catalepsie avec moi ! J'attends toujours la révélation. Qui est Tic-tac ? Vous croyez qu'il peut *vraiment* être un enfant ? On doit rechercher un collégien, c'est ça ? Bon Dieu ! Ou alors une collégienne ?

– Non. Il est plus âgé. Encore jeune. Mais plus âgé.

– Comment pouvez-vous en être aussi certain ?

– Parce que je l'ai rencontré.

Il parla alors à Connie de l'adolescent qui s'était glissé sous les bandes du périmètre de sécurité pour aller jusqu'à la vitrine fracassée du restaurant où Ordegard avait frappé. En tennis et jean, avec un T-shirt de la bière Tecate.

– Il était fasciné par le sang, les cadavres. Il avait quelque chose d'effrayant... le regard perdu... et il se léchait les lèvres comme si... je ne sais pas... comme s'il y avait quelque chose d'érotique dans tout ce sang et ces morts. Quand je lui ai dit de retourner derrière la barrière, il a fait comme s'il ne m'entendait pas, mais il ne m'a sans doute pas entendu... il était en transe...

Harry reprit son verre ballon et vida la dernière gorgée de cognac d'une traite.

– Vous avez son nom ?

– Non. Je me suis affolé. J'ai fait tout faux.

Il se revit en train d'empoigner le gamin, de le traîner sur le trottoir, de le frapper, ou peut-être pas – est-ce qu'il ne lui avait pas donné un coup de genou dans le bas-ventre ? –, il l'avait secoué, lui avait tordu le bras pour le faire repasser de l'autre côté du périmètre.

– Plus tard, je me suis dégoûté. J'en ai été malade. Je n'arrivais pas à croire que j'avais pu le malmener comme ça. Je pense que j'étais encore sous le coup de ce qui était arrivé dans le grenier. Ordegard avait failli m'éclater, et quand j'ai vu ce gamin qui se régalait de tout ce sang, j'ai réagi comme... comme...

– Comme j'aurais réagi moi, acheva Connie en reprenant son hamburger.

– Oui. Comme vous.

Même s'il avait perdu l'appétit, Harry mordit dans son hamburger, car il avait besoin de réserves d'énergie pour ce qui pouvait les attendre.

– Mais je ne comprends toujours pas comment vous pouvez être aussi sûr que ce gamin était Tic-tac, dit Connie.

– Je le *sais*.

– Rien que parce qu'il était un peu bizarre ?

– Plus que ça.

– Une intuition ?

– Bien mieux. Appelons ça l'instinct du flic.

Elle l'observa une seconde.

– D'accord. Vous vous rappelez à quoi il ressemblait ?

– Assez nettement, je crois. Dix-neuf ans peut-être, en tout cas pas plus de vingt.

– Et sa taille ?

– Cinq centimètres de moins que moi.

– Son poids ?

– Je dirais soixante-cinq, soixante-dix kilos. Mince. Non, pas vraiment mince, ni maigre non plus. Élancé mais musculeux.

– Et le teint ?

– Pâle. Il ne sort que rarement. Les cheveux épais, noirs ou brun foncé. Plutôt beau, comme cet acteur, Tom Cruise, mais avec un côté oiseau de proie. Et des yeux vraiment étranges. Gris. D'un gris d'argent terni.

– Voilà ce que je pense, dit Connie. On va aller voir Nancy Quan. Elle habite ici, à Laguna Beach...

Nancy Quan était une dessinatrice qui travaillait pour les Projets Spéciaux et qui était particulièrement douée pour interpréter toutes les nuances dans la description d'un suspect. Ses croquis se révélaient souvent comme des portraits réalistes des malfaiteurs une fois qu'ils avaient été arrêtés.

– Vous lui décrivez l'ado, elle le dessine, et on file voir la police de Laguna pour savoir s'ils ont quelque chose sur cette petite ordure.

– Et s'ils n'ont rien ?...

– Alors on fera du porte-à-porte avec notre petit dessin.

– Du porte-à-porte ? Mais où ?

– Dans toutes les maisons et les immeubles autour de l'endroit où vous l'avez rencontré la première fois. Il est possible qu'il vive dans le coin. Et même si ce n'est pas le cas, il doit traîner par là, il a des amis dans le quartier...

– Ce gamin n'a pas d'amis.

– ... des relations alors. Quelqu'un pourra le reconnaître.

– Les gens ne vont pas vraiment apprécier qu'on aille sonner chez eux au milieu de la nuit, remarqua Harry.

– Vous voulez attendre l'aube ? demanda Connie avec une grimace.

– Je ne pense pas.

Le quartet revenait sur l'estrade pour un dernier morceau.

Connie finit son café, repoussa sa chaise, se leva, et sortit deux billets qu'elle jeta sur la table.

– On partage, proposa Harry.

– Non, c'est moi qui invite.

– Non, vraiment...

Elle lui jeta un regard du style « ça va pas ou quoi ?... ».

– J'aime bien que mes comptes soient en règle avec tout le monde, vous le savez.

– Harry, et si vous laissiez un peu tomber vos comptes pour aller faire un petit tour du côté du désordre. Du chaos. Parce que je vais vous dire une chose : si l'aube arrive et qu'on se retrouve en enfer, c'est vous qui allez payer le breakfast.

Elle se dirigea vers la porte.

Le garçon en costume Armani et cravate en soie battit en retraite dans la cuisine.

Harry, en emboîtant le pas à Connie, regarda sa montre. Il était exactement une heure vingt-deux du matin.

L'aube se levait dans cinq heures.

8

Il trotte à pattes feutrées dans la nuit de la ville. Les gens, dans leurs endroits obscurs, autour de lui, sont tous endormis.

Il bâille et il pense à se coucher sous un buisson pour dormir. Quand il dort, il y a un autre monde, un monde plaisant où il a une famille qui vit dans un endroit bien chaud, où il est bien accueilli, où on le nourrit tous les jours, où on joue avec lui quand il veut jouer, où il s'appelle Prince, où on le promène en voiture et on le laisse pencher la tête dans le vent avec les oreilles qui battent – c'est bon, toutes ces odeurs qui lui arrivent à une vitesse étourdissante, oui oui oui –, jamais on ne lui donne de coups de pied. C'est un monde bon dans le sommeil, même s'il n'arrive toujours pas à y capturer des chats.

C'est alors qu'il se souvient de l'homme-jeune-chose-mauvaise, l'endroit noir, les yeux de gens et d'animaux sans leurs corps, et il n'a plus du tout sommeil.

Il doit faire quelque chose à propos de la chose mauvaise, mais il ne sait pas quoi. Il sent qu'elle va faire du mal à la femme, au garçon, beaucoup de mal. La chose est en colère. Elle a de la haine. Elle serait prête à mettre le feu à leur poil s'ils en avaient. Il ne sait pas pourquoi. Ni quand, comment et où. Mais il doit faire quelque chose, les sauver, se montrer un bon chien, bon chien.

Donc...

Faire quelque chose.

O.K.

Donc...

Jusqu'à ce qu'il sache quoi faire à propos de la chose mauvaise, il ferait tout aussi bien de se chercher à manger. Peut-être que l'homme gras lui aura laissé quelques bons restes derrière l'endroit où il y a de la nourriture pour les gens. Peut-être que l'homme gras est encore devant la porte ouverte, il cherche son Copain. Il se dit qu'il va l'emmener chez lui, dans un endroit bien chaud, lui donner à manger tous les jours, jouer avec lui quand il voudra, le promener en voiture pour qu'il puisse pencher la tête dans le vent.

Il se hâte à présent. Il essaie de retrouver l'odeur de l'homme gras. Est-ce qu'il est dehors ? Est-ce qu'il l'attend ?

Il renifle, renifle encore, il passe devant une voiture qui sent la rouille, la graisse, l'huile, garée dans un grand espace vide, et c'est alors qu'il flaire la femme, le garçon, à travers les vitres. Il s'arrête, lève la tête. Le garçon dort, il ne peut pas le voir. La femme est appuyée contre la portière, la tête contre la vitre. Elle est éveillée mais elle ne le voit pas.

Peut-être que l'homme gras aimerait la femme, le garçon, peut-être qu'il aurait assez de place pour eux dans son endroit où il fait bien chaud, et qu'ils pourraient jouer ensemble, tous ensemble, manger ce qu'ils veulent, partir en voiture et pencher la tête dans le vent et flairer les odeurs à une vitesse étourdissante. Oui oui oui oui oui oui. Pourquoi pas ? Dans le monde du sommeil, il a une famille. Pourquoi pas dans ce monde aussi ?...

Ça l'excite. C'est bon. Vraiment bon. Il devine la chose merveilleuse juste à l'angle, la chose merveilleuse qu'il a toujours devinée quelque part. Bon. Oui. Bon. Oui oui oui oui.

L'endroit pour la nourriture des gens avec l'homme gras qui attend n'est pas très éloigné de la voiture, donc il pourrait aboyer pour que la femme le voie, et ensuite la conduire, elle et le garçon, jusqu'à l'homme gras.

Oui oui oui oui oui oui.

Mais, attention, attention, il leur faudrait trop longtemps, trop longtemps pour le suivre. Les gens sont si lents à comprendre les choses parfois. L'homme gras aurait le temps de disparaître. Ils arriveraient, l'homme gras serait parti, ils attendraient dans la ruelle sans comprendre pourquoi, et ils penseraient qu'il n'est qu'un chien stupide, un pauvre chien idiot stupide, humilié comme quand un chat le regarde du haut d'un arbre.

Non non non non. L'homme gras ne peut pas s'en aller, il ne le peut pas. Si l'homme gras s'en va, il ne seront plus ensemble dans un endroit bien chaud et joli, ou dans une voiture avec les vitres ouvertes et la tête dans le vent.

Que faire, que faire ? Il est excité. Aboyer ? Ne pas

aboyer ? Rester sur place, partir, oui, non, aboyer, ne pas aboyer ?

Pisser. Il faut qu'il pisse. Lever la patte. Ah... oui. Sa pisse sent très fort. Elle fume sur le trottoir, elle fume. Intéressant.

L'homme gras. Ne pas oublier l'homme gras. Il attend dans l'allée. Il faut d'abord aller voir l'homme gras, avant qu'il rentre, qu'il disparaisse à jamais, il faut le ramener ici, oui oui oui oui, parce que la femme et le garçon n'iront plus nulle part.

Bon chien. Chien malin.

Il s'éloigne en trottant de la voiture. Puis, il court. Jusqu'à l'angle. Il tourne au coin. Il s'avance. Un autre angle. Il est dans la ruelle, derrière l'endroit où il y a de la nourriture pour les gens.

Haletant, excité, il court vers la porte où l'homme gras lui a donné des restes. La porte est fermée. L'homme gras n'est plus là. Et il n'y a plus de restes.

Il est surpris. Il était tellement sûr. Ils allaient tous se retrouver dans le monde du sommeil.

Il gratte à la porte. Il gratte, gratte encore et encore.

L'homme gras ne vient pas. La porte reste fermée.

Il aboie. Il attend. Aboie encore.

Rien.

Et maintenant ? Que faire ?

Il est encore excité, mais pas autant qu'avant. Il n'a plus envie de pisser, mais il ne peut quand même pas rester sur place. Il passe et repasse devant la porte, il descend la ruelle, la remonte, il gémit. Parce qu'il est frustré, et troublé, parce qu'il commence à se sentir un peu triste.

Des échos de voix lui parviennent du fond de l'allée, et il sait que l'une des voix est celle de l'homme qui pue, qui sent tout ce qui est mauvais, y compris la chose-qui-va-vous-tuer. Même à cette distance, l'odeur de l'homme qui pue est très nette. Il ne sait pas à qui est l'autre voix, et il ne peut pas faire la différence entre les deux odeurs : celle de l'homme qui pue couvre tout.

Peut-être qu'il est avec l'homme gras, qui cherche son Copain.

Ça se pourrait.

En remuant la queue, il court vers le fond de la ruelle, mais quand il y arrive, il ne voit pas l'homme gras, et il cesse de remuer la queue. Il n'y a qu'un homme et une femme qu'il n'a encore jamais vus, debout près d'une voiture, devant l'endroit où il y a de la nourriture pour les gens, avec l'homme qui pue, et ils parlent tous.

Vous êtes vraiment des flics? dit l'homme qui pue.

Qu'est-ce que tu fichais avec cette voiture? dit la femme.

Rien. Je ne faisais rien.

S'il y a une quelconque saloperie dans la voiture, tu es un homme mort.

Non, écoutez-moi, pour l'amour de Dieu.

On va te mettre en désintox, tas de merde.

Mais comment j'aurais pu monter dans cette voiture? Elle est bouclée.

Alors c'est que tu as essayé, hein?

Je voulais juste voir si vous étiez des vrais flics.

Je vais te le montrer, moi, qu'on est des vrais flics, saloperie.

Hé, laissez-moi!

Seigneur, qu'est-ce que tu renifles!

Laissez-moi! Laissez-moi!

Venez, laissons tomber. Ça va comme ça, dit l'homme qui ne pue pas.

Il flaire, il flaire. Il renifle sur ce nouvel homme une odeur qu'il y a aussi sur l'homme qui pue, et il est surpris. La trace de la chose-qui-va-vous-tuer. L'homme a été tout près de la chose mauvaise il n'y a pas longtemps.

Tu pues comme une décharge toxique ambulante, lance la femme.

Elle aussi a sur elle l'odeur de la chose-qui-va-vous-tuer. Ils l'ont tous les trois. L'homme qui pue, l'autre homme, et la femme. Intéressant.

Il se rapproche en flairant.

Écoutez, s'il vous plaît. Il faut que je parle à un flic, dit l'homme qui pue.

Alors parle, fait la femme.

Mon nom est Sammy Shamroe. Je dois dénoncer un crime.

Laisse-moi deviner : quelqu'un t'a volé ta dernière Mercedes.

J'ai besoin d'aide!

Nous aussi, mon pote.

Non seulement ils ont sur eux la trace de la chose mauvaise, mais ils sentent la peur, la même peur qu'il a déjà sentie sur la femme et le garçon qui l'appellent Wouf. Ils ont peur de la chose mauvaise, tous.

Quelqu'un va me tuer, dit l'homme qui pue.

Oui, moi, si tu ne bouges pas ta gueule.

Du calme. Ça va.

L'homme qui pue ajoute :

Et il n'est pas humain. Je l'appelle l'homme-rat.

Peut-être que ces gens devraient rencontrer la femme et le garçon dans la voiture. Séparément, ils ont peur. Ensemble, ils n'auraient peut-être plus peur. Ensemble, tous, ils pourraient vivre dans un endroit bien au chaud, jouer tout le temps, lui donner à manger tous les jours, et ils iraient tous en voiture – sauf l'homme qui pue qui devrait les suivre en courant, à moins qu'il ne cesse de puer jusqu'à en faire éternuer un chien.

Je l'appelle l'homme-rat parce qu'il est fait de rats. Quand il se défait, il se transforme en une bande de rats qui courent de tous les côtés.

Mais comment ? Comment leur faire rencontrer la femme et le garçon ? Comment leur faire comprendre ? Les gens sont tellement lents, quelquefois.

9

Quand le chien s'approcha en leur reniflant les pieds, Harry se demanda s'il était avec le clochard, Sammy, ou si c'était simplement un chien errant. Si le clochard se mettait à trop rouspéter, et s'ils devaient employer la force, le chien choisirait son camp. Il n'avait pas l'air bien dangereux, mais allez savoir.

Même chose pour Sammy, qui ne semblait pas plus menaçant que le chien. La vie dans les rues l'avait usé, en dehors de ce qui avait pu le conduire aussi bas, et il était plus que décharné. Les vêtements de l'Armée du Salut qu'il portait pendaient si lamentablement sur lui qu'on s'attendait à entendre cliqueter ses os à chacun de ses gestes. Ce qui ne signifiait pas nécessairement qu'il était affaibli. Il se dégageait de lui une énergie excessive, au contraire. Il avait les yeux écarquillés, comme si on lui avait cousu les paupières ouvertes. Son visage était marqué de plis de tension, et il retroussait régulièrement les lèvres sur ses dents abîmées en un rictus de fauve qu'il pensait être un sourire engageant mais qui était en fait inquiétant.

– L'homme-rat, vous comprenez, c'est comme ça que

je l'appelle, mais il ne se donne pas ce nom. Je ne l'ai jamais entendu dire son nom. Je ne sais pas d'où il sort, merde, où il planque son vaisseau, mais tout à coup, il est là, ce putain de fumier, ce salopard sadique, ce fils de pute qui me fait crever de trouille...

En dépit de son allure minable et dégradée, Sammy se comportait comme un mécanisme robot en surcharge, sur le point d'exploser, de se désintégrer en shrapnels de ressorts, de circuits, de tubes pneumatiques qui pourraient mitrailler les gens à un bloc de distance. Il pouvait aussi avoir un couteau, ou plusieurs, peut-être même un flingue. Harry avait déjà rencontré des petits mecs qui semblaient tellement fragiles qu'à la première bouffée de vent ils pouvaient s'envoler jusqu'en Chine. Et puis, ensuite, il s'étaient révélés bourrés de poudre d'ange qui pouvait transformer les chatons en tigres, et il fallait en général trois types costauds pour les maîtriser et les désarmer.

– ... Vous savez, je m'en fous s'il me tue, parce que c'est peut-être ce qui pourrait m'arriver de mieux. Je pourrais me saouler à mort et le laisser faire, et comme ça j'aurais même pas conscience de ce qu'il me fait. (Sammy était collé à eux. Il allait à gauche quand ils allaient à gauche, à droite quand ils allaient à droite.) Mais ce soir, pendant que j'avais la tête dans le sac et que je finissais mon deuxième litron, j'ai compris qui il est. Je veux dire que *je sais* qu'il fait partie des envahisseurs !

– C'est ça, les extraterrestres, dit Connie d'un ton écœuré. Les extraterrestres, toujours. On dirait qu'on les a plantés dans vos cervelles pourries. Dégage, saleté, sinon je te jure que je vais te...

– Non, non, écoutez. On a toujours su qu'ils allaient arriver, non ? On l'a toujours su et maintenant ils sont là, et c'est moi qu'ils ont contacté en premier, et si j'avertis pas le monde, on va tous mourir.

En prenant le bras de Sammy pour essayer de l'écarter, Harry se sentit tout aussi méfiant à l'égard de Connie. Si Sammy était un mécanisme trop remonté, au bord de l'éclatement, alors Connie était une centrale nucléaire au seuil de l'accident. Elle était furieuse parce que le vagabond les retardait et qu'elle voulait absolument voir Nancy Quan, la dessinatrice de la police, parce qu'elle voyait l'aube approcher à l'est. Harry lui aussi était en colère, mais, à la différence de Connie, avec lui il n'y avait aucun danger qu'il donne un coup de genou dans l'entrejambe de Sammy avant de l'envoyer à travers la vitrine du restaurant d'à côté.

– ... Je veux pas être responsable quand les extraterrestres vont tuer le monde entier. J'en ai déjà assez gros sur la conscience comme ça, et je supporte pas cette idée. J'ai déjà laissé tomber tellement de gens...

Si Connie cognait sur le type, jamais ils ne trouveraient Nancy Quan à temps et ils n'auraient plus aucune chance de repérer Tic-tac. Ils seraient coincés là pendant une heure à arrêter Sammy dans les règles, en essayant de ne pas dégueuler et de ne pas se livrer à des brutalités policières (parce que quelques clients du bar attardés les épiaient). Ils risquaient de perdre plusieurs précieuses minutes.

Sammy s'était agrippé au blouson de Connie.

– Écoutez-moi, madame ! Écoutez-moi !

Connie se dégagea d'un geste violent et referma le poing.

– Non ! lança Harry.

Connie se contrôla au dernier instant, prête à frapper Sammy.

Qui postillonnait en continuant à clamer dans la ruelle :

– ... Il m'a donné trente-six heures à vivre, l'homme-rat, mais maintenant ça doit faire vingt-quatre, peut-être moins, j'en suis pas sûr...

Harry tendit la main pour empêcher Connie de tomber sur le clochard, tout en écartant Sammy de l'autre. C'est alors que le chien sauta sur lui. Les babines retroussées, haletant, la queue battant furieusement. Harry se retourna, secoua la jambe, et le chien retomba sur le trottoir.

Sammy déversait un flot de paroles, fébrilement, cramponné à présent à la manche de Harry, essayant désespérément de retenir son attention, comme s'il ne l'avait pas déjà.

– ... Il a des yeux de serpent, verts, atroces, atroces. Et il dit qu'il me reste trente-six heures à vivre, tic-tac, tic-tac...

Quand il entendit ce mot, Harry resta stupéfait, effrayé, et la brise de l'océan lui parut tout à coup plus froide.

Et Connie, saisie, se figea sur place.

– Attends. Qu'est-ce que tu viens de dire ?

– Des extraterrestres ! Des extraterrestres ! hurla Sammy, furieux. Vous ne m'écoutez même pas !

– Je ne parle pas des extraterrestres, dit Connie. (Le chien sauta sur elle. Elle se contenta de lui tapoter la tête et dit :) Harry, est-ce qu'il a dit ce que j'ai cru entendre ?

– Moi aussi, je suis un citoyen ! glapit Sammy, dont le désir de témoigner était devenu une détermination inflexible et fébrile.

– J'ai le droit qu'on m'entende quelquefois.

– Tic-tac, dit Harry.

– C'est juste, confirma Sammy. (Il était accroché à la manche de la veste de Harry qui menaçait de craquer.) Tic-tac, tic-tac, le temps s'écoule, tu seras mort demain matin, Sammy. Et puis, il se détruit, il se transforme en un tas de rats, comme ça, sous mes yeux.

Ou en un tourbillon de détritus, songea Harry. Ou en une colonne de flammes.

– D'accord, attends, on va parler, dit Connie. On se calme, Sammy, et on discute. Je suis navrée de ce que j'ai dit, vraiment. On se calme.

Sammy dut se dire qu'elle lui mentait et qu'elle essayait seulement de lui faire baisser sa garde, car il ne montra aucune réaction particulière à cette nouvelle attitude de respect et d'attention. Il piétina sur le trottoir, et ses vêtements flottèrent autour de son corps décharné, le faisant ressembler à un épouvantail pris dans les vents de Halloween.

– Des extraterrestres, espèce de femelle stupide ! Des extraterrestres !

En jetant un coup d'œil au Green House, Harry constata qu'une bonne dizaine de témoins les observaient.

Il prit conscience qu'ils constituaient un spectacle plutôt particulier : ils étaient tous trois plutôt en mauvais état, ils s'empoignaient, se secouaient et poussaient des cris à propos d'extraterrestres. Il vivait probablement les dernières heures de son existence, et son combat ultime et désespéré pour survivre s'était changé, du moins pour un moment, en théâtre de rue.

Bienvenue dans les années quatre-vingt-dix. L'Amérique au seuil du bimillénaire. Doux Jésus !

Il perçut des échos de musique étouffés qui filtraient du Green House. Le quartet s'était lancé dans un swing West Coast, « Kansas City », avec des riffs bizarres.

Le garçon d'accueil en costume Armani était au nombre des spectateurs. Il était sans doute en train de se reprocher d'avoir été trompé par de faux flics avec de fausses plaques, et il n'allait pas tarder à appeler la vraie police.

Une voiture ralentit à proximité.

– Espèce de femelle stupide ! cria encore Sammy.

Le chien venait de s'accrocher au bas de la jambe droite du pantalon de Harry, et tirait si fort qu'il faillit le faire tomber. Harry vacilla, reprit son équilibre et réussit à se libérer de Sammy, mais pas du chien. Qui reculait maintenant, avec une ténacité parfaitement canine, traînant Harry. Qui essaya de résister, et faillit tomber une deuxième fois quand le corniaud le lâcha brutalement.

Connie essayait toujours de calmer Sammy, qui lui hurlait toujours qu'elle était stupide mais, au moins, ils n'essayaient plus de se cogner dessus.

Le chien trottina sur le trottoir, direction sud, et s'arrêta sous un réverbère, tourna la tête et aboya. La brise lui hérissait le poil et lui agitait la queue. Il reprit sa course, s'arrêta dans une zone d'ombre cette fois, et aboya à nouveau.

Sammy, constatant que Harry se laissait distraire par le chien, se montra encore plus indigné. Et son ton se fit sarcastique.

– Oh, mais oui, bien sûr, un chien, c'est plus important que moi ! Après tout, je ne suis qu'une poubelle, moins qu'un chien, et vous n'avez aucune raison de vous occuper des détritus humains. Vas-y, Timmy, va donc voir ce que te veut Lassie ! Peut-être que P'pa est coincé sous son tracteur sur cette putain de fédérale 40 sud !

Harry ne put s'empêcher de rire. Il ne s'était pas attendu à ce genre de vanne de la part de Sammy, et il se demanda ce qu'il avait pu être avant de plonger.

Le chien émit une plainte, interrompant son rire. Il avait coincé sa queue touffue entre ses pattes arrière. Les oreilles baissées, la tête penchée, il tournait à présent en rond en reniflant l'air du soir.

– Il se passe quelque chose, déclara Connie en jetant un regard inquiet autour d'eux.

Harry le pensait également. Quelque chose avait changé dans la nuit. C'était comme une pression étrange. Autre chose. L'instinct du flic. L'instinct du flic *et celui du chien.*

Le corniaud avait dû flairer une odeur et il se mit à japper de peur. Il tourna en rond sur le trottoir, claqua la mâchoire, et se précipita vers Harry. Un instant, Harry craignit qu'il ne le heurte de plein fouet et l'envoie sur le cul, mais le chien dévia sa course vers le Green House, plongea dans un bac de plantes vertes, sauta et retomba à plat ventre dans un bouquet d'azalées. Seuls son museau et ses yeux étaient désormais visibles.

Sammy se dégagea et s'élança soudain dans la ruelle.

– Non, attends ! cria Connie avant de courir derrière lui.

– Connie ! cria Harry.

Il ne savait pas vraiment pourquoi il devait l'arrêter, mais il sentait qu'ils n'avaient pas intérêt à se séparer.

– Qu'est-ce qu'il y a ? fit-elle.

Sammy venait de disparaître à l'angle de la ruelle.

Et c'est alors que tout s'arrêta.

Une dépanneuse grimpait en grondant la file sud de l'autoroute du Pacifique. Elle allait sans doute au secours d'une voiture. Elle s'arrêta sur la bande d'urgence, mais sans le moindre grincement de freins. Le bruit du moteur s'éteignit net, sans tousser, sans la moindre pétarade d'échappement. Mais ses feux restaient allumés.

Dans le même temps, une Volvo qui suivait la dépanneuse à une trentaine de mètres de distance s'arrêta dans un brusque silence.

Et la brise tomba. Non pas graduellement, paisiblement, mais comme un gigantesque ventilateur cosmique qu'on aurait éteint. Et des milliers et des milliers de feuilles cessèrent de bruire.

Et, très exactement au même instant, quand s'éteignit le bruit de la circulation et du vent dans les arbres, la musique du bar se tut entre deux accords.

Harry eut l'impression d'être devenu brusquement sourd. Jamais encore il n'avait affronté un silence aussi profond dans un appartement confiné. Mais là, ils étaient au milieu d'une ville, avec les myriades de bruits de fond du monde naturel qui engendraient une symphonie atonale que l'on percevait entre minuit et l'aube. Il ne s'entendait même plus respirer. Puis, il prit conscience qu'il s'était tu volontairement dans le silence surnaturel. Il était tellement stupéfié par ce changement dans le son du monde qu'il en retenait son souffle.

Et, de même que le son, tout mouvement avait cessé, capturé par la nuit. La dépanneuse et la Volvo n'étaient pas les seules choses à s'être complètement immobilisées. Les arbres et les haies qui bordaient le Green House paraissaient être bloqués par un givre-éclair. Non seulement les feuillages ne bruissaient plus, mais on aurait dit à présent qu'ils avaient été sculptés dans la pierre. Au-dessus des baies du Green House, la marquise dentelée qui battait jusqu'alors dans la brise du Pacifique était devenue rigide comme une feuille de métal. Et, de l'autre côté de la rue, un signal au néon venait de se bloquer sur la position PASSEZ.

– Harry?... fit Connie.

Il bougea enfin. Mais son cœur ne s'était pas ralenti, loin de là.

Il lut sur le visage de Connie le reflet de son anxiété et de sa détresse.

Elle s'avança vers lui et demanda :

– Harry, que se passe-t-il?

Il y avait dans sa voix un frémissement qu'il ne lui connaissait pas, mais en même temps elle avait changé, elle était plate, étouffée, sans accent.

– Bon Dieu, j'aimerais bien le savoir.

Il se dit que sa voix à lui aussi était différente, comme si elle était émise par un mécanisme très compliqué et bien mis au point – mais pas encore vraiment parfait – qui ne respectait pas exactement encore le langage humain.

– C'est lui qui a fait ça, dit Connie.

Il hocha la tête.

– Oui, je le pense, plus ou moins.

– Tic-tac.

– Oui.

– Merde, mais c'est une histoire de dingue!

Elle porta la main à son holster, effleura la crosse de son revolver, puis abandonna. Une ambiance de menace, de frayeur absolue s'était abattue sur eux. Mais, dans l'immédiat, elle ne voyait pas sur quoi tirer.

– Où il est, ce fumier?

– Je pense qu'il ne va pas tarder à se montrer.

– Nul sur cette question. (Elle montra la dépanneuse.) Mon Dieu!... regardez ça.

Tout d'abord, il crut que Connie venait de s'apercevoir que la dépanneuse s'était arrêtée mystérieusement, comme toute chose, puis il réalisa ce qui la bouleversait. L'air était suffisamment frais pour condenser les gaz d'échappement du véhicule (mais pas leur haleine pour autant), et les changer en plumets pâles dans la nuit. Mais ils étaient demeurés en suspens dans l'air derrière la dépanneuse, ils ne s'étaient pas dispersés et évaporés. Et il y en avait d'autres – gris pâle, comme un fantôme à peine discernable, presque blanc – à la sortie du tuyau d'échappement de la Volvo arrêtée plus loin.

Et à présent que son attention était éveillée, il découvrait d'autres phénomènes stupéfiants de tous côtés, et il les fit remarquer à Connie. Des détritus légers – emballages de chewing-gum et de barres de sucreries, moitiés de sucettes glacées, feuilles mortes, lambeaux de chiffon rouge – avaient été emportés par la brise. Et maintenant qu'elle était morte, ils restaient en l'air, comme emprisonnés dans un cristal, immobiles dans leur vol pour l'éternité. À portée de main, à une vingtaine de centimètres au-dessus de sa tête, Harry découvrit deux papillons de nuit blancs comme des flocons de neige, figés dans la clarté du réverbère, leurs ailes de perle déployées.

Connie tapota sa montre avant de la lui montrer. C'était une Timex à aiguilles avec une trotteuse rouge. Elle était arrêtée à une heure vingt-neuf et seize secondes.

Harry consulta sa propre montre à lecture digitale. Elle indiquait aussi une heure vingt-neuf, et les deux points rouges luminescents qui indiquaient les secondes ne clignotaient plus. Il était très exactement une heure vingt-neuf du matin.

– Le temps s'est..., commença Connie, et elle s'interrompit au milieu de sa phrase

Elle observait la rue silencieuse avec une expression stupéfaite. Elle déglutit avec peine et retrouva enfin sa voix :

– Le temps s'est arrêté... Tout simplement. C'est ça ?...

– Et pourquoi ?

– Pour le monde entier, sauf pour nous ?

– Le temps ne peut pas... il ne peut pas s'arrêter.

– Alors quoi ?

La physique n'avait jamais été son fort. Même s'il avait quelque affinité avec la science à cause de sa quête incessante de l'ordre dans l'univers, Harry n'avait pas les connaissances qu'il aurait dû avoir à une époque où la science régnait. Néanmoins, il avait retenu certains cours, suivi certaines séries spécialisées et lu suffisamment de *best-sellers* de vulgarisation pour savoir que ce que Connie venait de dire n'expliquait nullement les divers aspects des événements en cours.

D'abord, si le temps s'était arrêté, pourquoi étaient-ils encore conscients ? Comment pouvaient-ils avoir conscience du phénomène ? Pourquoi n'étaient-ils pas paralysés dans une ultime fraction de temps, comme les détritus, comme les papillons de nuit ?

– Non, fit-il enfin, la voix frémissante. Ça n'est pas aussi simple. Si le temps s'était arrêté, *rien* ne bougerait plus – non ? – même pas les particules subatomiques. Et sans le mouvement des particules subatomiques... Eh bien... les molécules d'air... Disons qu'elles seraient solides comme du fer, non ? Et comment pourrions-nous respirer dans ce cas ?

Ils inspirèrent tous les deux à pleins poumons. Il y avait une légère trace d'odeur chimique dans l'air de la nuit, tout aussi étrange que le timbre de leurs voix, mais il semblait apparemment qu'ils pouvaient survivre.

– Et la lumière, reprit Harry. Les ondes lumineuses se seraient arrêtées. Donc, nos yeux n'enregistreraient rien. Comment pourrions-nous voir autre chose que l'obscurité absolue ?

En fait, l'idée du temps arrêté semblait infiniment moins catastrophique que l'immobilité et le silence qui s'étaient abattus sur cette nuit de mars. Harry avait toujours eu le sentiment que le temps et la matière étaient deux parties inséparables de la création, et que si le cours du temps était interrompu, la matière cessait aussitôt d'exister. L'univers imploserait, non ?... Il se replierait sur lui-même pour redevenir une boule d'une densité extrême... En tout cas, ce qu'il avait pu être avant d'exploser et de créer l'univers.

Connie se dressa sur la pointe des pieds, tendit la main et pinça délicatement l'aile d'un des papillons. Elle retomba sur ses talons et examina de près l'insecte.

Harry, un bref instant, s'était demandé si elle allait pouvoir déplacer le papillon. Il n'aurait pas été surpris de s'apercevoir qu'il était collé dans l'air figé, aussi indéplaçable et fixe qu'un papillon de fer soudé à un mur d'acier.

– Il n'est pas aussi fragile qu'il devrait l'être, dit Connie. On dirait du taffetas au toucher... ou un tissu apprêté.

Elle ouvrit les doigts et le papillon de nuit resta suspendu au même endroit.

Harry le repoussa doucement du dos de la main et, fasciné, le vit s'arrêter après quelques centimètres. À nouveau parfaitement immobile, dans une position différente.

Ils semblaient exercer un effet normal sur les choses. Leurs ombres bougeaient quand ils bougeaient, même si toutes les autres étaient immobilisées. Ils pouvaient agir sur le monde et le traverser comme d'habitude, mais il n'existait plus d'interactivité entre eux et le monde. Connie avait pu déplacer le papillon, mais le fait de le toucher ne l'avait pas ramené dans *leur* réalité et ne lui avait pas redonné la vie.

– Le temps ne s'est peut-être pas arrêté, dit Connie. Il a ralenti seulement, pour tout excepté nous.

– Non, ce n'est pas ça non plus.

– Comment vous pouvez en être aussi sûr?

– Je ne sais pas. Mais je pense... je pense que si nous vivons le temps avec une telle rapidité, assez vite pour que le reste du monde nous paraisse immobile, en ce cas, chacun de nos gestes est d'une vitesse *incroyable*, non?...

– Et alors?

– Ce que je veux dire, c'est que nous allons plus vite qu'une balle. Et la vélocité est destructrice. Si j'attrapais une balle dans ma main et que je vous la relance, ça ne créerait aucun dommage. Mais à plusieurs milliers de mètres par seconde, ça vous ferait un joli trou.

Connie hocha la tête, les yeux fixés sur le papillon gelé dans l'espace, le regard pensif.

– Donc, si nous vivions dans un temps plus rapide, la petite gifle que vous avez donnée à ce papillon l'aurait désintégré.

– Oui, je le crois. Et je me serais aussi fait très mal. (Il regarda sa main. Pas la moindre trace sur ses doigts.) Et à supposer que les ondes lumineuses voyagent plus lentement que d'ordinaire... alors, les lampes ne seraient pas aussi brillantes. Elles seraient presque rouges, presque éteintes, je pense, dans l'infrarouge. Et les molécules d'air seraient plus lentes...

– Comme si on respirait de l'eau ou du sirop?...

Il acquiesça.

– Je le pense, oui. Mais je n'en suis pas absolument certain. Je dois même dire, Bon Dieu, que je ne suis pas sûr qu'Albert Einstein lui-même trouverait la solution s'il était ici.

– À la façon dont ça se passe, il ne va pas tarder.

Personne n'était descendu de la dépanneuse ou de la Volvo, ce qui amena Harry à se dire que leurs occupants étaient aussi prisonniers de ce monde changé que les papillons de nuit. Il ne discernait que deux silhouettes à l'avant de la Volvo, mais il voyait un peu mieux l'homme au volant de la dépanneuse qui était immobilisée à une rue de distance. Les silhouettes dans la Volvo et la dépanneuse n'avaient pas bougé d'un centimètre depuis que l'immobilité s'était installée. Harry se dit que s'ils n'avaient pas été sur la même piste temporelle que leurs véhicules, ils auraient explosé et fracassé les vitres pour se répandre sur l'autoroute avant même que les roues aient cessé de tourner.

Derrière les baies du Green House, les six spectateurs avaient gardé la même attitude qu'avant la Pause. (Harry considérait le phénomène comme une Pause plutôt qu'un Stop car il se disait qu'avant peu Tic-tac ferait tout redémarrer. En supposant que c'était bien lui le responsable de cette halte temporelle. Sinon, qui ? Dieu ?...) Deux d'entre eux étaient assis à une table d'angle, et les quatre autres étaient debout, de part et d'autre de la table.

Il traversa le trottoir et s'avança dans la haie pour les examiner de plus près. Connie le suivit.

Ils étaient juste en face de la vitre et sans doute à vingt-cinq centimètres des consommateurs.

En plus du couple aux cheveux grisonnants installé à la table, il y avait une jeune blonde et son copain quinquagénaire. L'un des couples qui s'étaient manifestés si bruyamment près de l'estrade de l'orchestre. Ils étaient maintenant aussi silencieux que des momies. Et, de l'autre côté de la table, il y avait le garçon d'accueil et le serveur. Ce qui faisait six spectateurs au regard vide, penchés en avant. Et aucun d'entre eux ne cligna des yeux sous le regard scrutateur de Harry. Ils n'eurent pas la moindre réaction. Leurs vêtements paraissaient faits de marbre et ils n'avaient pas un seul cheveu au vent. Leurs expressions étaient différentes : elles allaient de l'amusement à la stupéfaction ou à la curiosité, et dans le cas du garçon d'accueil, l'irritation. Mais ils ne réagissaient pas à l'incroyable immobilité de la nuit. Car ils n'en avaient pas conscience puisqu'ils en faisaient partie. Tous les regards étaient fixés sur l'endroit précis où Harry et Connie s'étaient trouvés après la disparition du clochard et du chien. Et, sur leurs visages, on lisait leur totale réprobation de cette scène de rue.

Connie leva la main devant la vitre et l'agita. Aucun des six spectateurs du bar ne parut s'en apercevoir.

– Ils ne nous voient pas, dit-elle d'un air perplexe.

– Mais ils nous voient encore, sur le trottoir, à la seconde où tout s'est arrêté. Ils ont été givrés dans cette fraction de temps, et ils ne voient plus rien de ce que nous faisons depuis.

Dans un même mouvement, ils se retournèrent vers la rue silencieuse, immobile. Ils se rappelaient tous deux avec quelle discrétion étonnante Tic-tac était apparu dans la chambre de James Ordegard et le prix douloureux qu'ils avaient dû payer. Mais là, il n'y avait pas trace de sa présence. Pourtant, Harry était certain qu'il allait survenir.

Connie se tourna à nouveau vers le bar et frotta les doigts contre la vitre, provoquant un bruit ténu, à peine audible, altéré comme leurs voix.

Les gens, à l'intérieur, n'avaient pas bougé.

Pour Harry, ils semblaient être dans une prison plus sûre que la plus profonde cellule de sécurité du monde entier. Ils étaient comme des moustiques pris dans l'ambre, suspendus dans un instant éternel et sans signification. Et, dans leur état de suspension et d'oubli absolu, cela avait quelque chose d'abominable.

Ils semblaient supplier, et Harry ressentit un frisson jusque dans la nuque.

– S'ils continuent à nous voir, dit Connie, que se passera-t-il si nous partons et que tout recommence ?...

– Je suppose qu'ils nous verront disparaître par magie dans les airs, là, sous leurs yeux.

– Mon Dieu !

– Je crois que ça va les secouer pas mal.

Connie se retourna, l'air inquiet, le regard sombre. Et quand elle parla, sa voix était différente, plus grave, ce qui ne s'expliquait pas seulement par leur situation.

– Harry... Ce salaud ne se contente pas de tordre les

petites cuillères, de dire l'avenir, de faire des tours de cartes comme à Las Vegas...

– Nous savions déjà qu'il possédait un pouvoir réel.

– Un pouvoir ?

– Oui.

– Harry, c'est plus qu'un pouvoir. Le mot ne convient pas trop. Vous m'écoutez ?...

– Mais oui, dit-il d'un ton conciliant.

– S'il peut arrêter le temps par sa seule volonté, arrêter le monde, débrayer les rouages du réel, faire ce qu'il veut avec n'importe quoi, bordel... C'est plus qu'un pouvoir. Il... il est Dieu. Et quelle chance avons-nous sur quelqu'un comme ça ?...

– Nous avons une chance.

– Mais laquelle, Harry ? Et comment nous allons faire ?

– Nous avons une chance, insista-t-il.

– Ah, oui ? Laquelle ? Moi, je crois que ce type peut nous écraser comme des mouches quand il le voudra. S'il attend, c'est parce qu'il aime voir souffrir les mouches.

– Ça, ça n'est pas la Connie Gulliver que je connais, dit-il sur un ton plus dur qu'il ne l'aurait voulu.

– Oui, sans doute pas.

Elle se mordit un ongle. Jamais encore il ne l'avait vue faire ça, et il fut plus impressionné que si elle s'était mise à pleurer.

– Disons que j'ai choisi une trop grosse lame et que j'ai perdu mon sang-froid, ajouta-t-elle.

Pour Harry, il était impensable que Connie Gulliver puisse perdre son sang-froid, à propos de quoi que ce fût, même devant des événements aussi étranges et effrayants que ceux qu'ils affrontaient. Comment était-ce possible alors qu'elle était construite en dur, avec moins de soixante kilos de nerfs d'acier à l'état pur ?

Elle se détourna, balaya la rue du regard, s'avança jusqu'à un buisson d'azalées, révélant le chien qui s'y était terré.

– On ne dirait pas vraiment des feuilles. C'est plus raide au toucher. Comme du carton.

Il la rejoignit, s'accroupit et tapota la tête du chien, qui était aussi gelé dans la Pause que les clients du bar.

– Il a le poil comme une brosse métallique.

– Je crois qu'il essayait de nous dire quelque chose.

– Moi aussi. C'est ce que je pense maintenant.

– Parce qu'il savait sûrement que quelque chose se préparait quand il s'est caché dans ces buissons.

Harry se souvint alors de la réflexion qu'il s'était faite dans les toilettes du Green House : *Le seul signe certain qu'il n'était pas prisonnier d'un conte de fées était l'absence d'animal parlant.*

Bizarre de constater à quel point il était difficile de perdre le contrôle de sa raison. Après un siècle d'analyse freudienne, les gens étaient conditionnés pour croire que la santé mentale était un bien fragile, que tout un chacun était une victime potentielle de névroses ou de psychoses provoquées par des abus, par la négligence ou même simplement par le stress de la vie quotidienne. Si on lui avait présenté les événements qu'il avait vécus en trente ans comme les éléments d'un scénario, il l'aurait jugé incroyable. Il aurait été persuadé que le personnage principal – lui-même – aurait craqué sous la pression d'autant de violence et d'événements surnaturels. Et pourtant, il était toujours là, les muscles et les articulations douloureux, mais la pensée encore claire.

C'est à cet instant qu'il se dit qu'il ne pouvait réellement le savoir. Tout ça était tellement improbable qu'il pouvait tout aussi bien être sanglé sur un lit dans un asile, avec une bande de caoutchouc sur la bouche pour éviter qu'il n'avale sa langue dans une crise de démence. Et ce monde immobile et silencieux n'était peut-être qu'une illusion.

Quelle pensée réconfortante !

Lorsque Connie lâcha les branches d'azalées quelle avait écartées, elles ne retombèrent pas en place. Et Harry dut appuyer doucement afin qu'elles dissimulent à nouveau le chien.

En se redressant, ils scrutèrent la partie visible de l'autoroute du Pacifique, les plages d'ombre entre les immeubles.

Le monde était devenu un immense mécanisme dont les ressorts étaient cassés, la clé grippée, les rouages bloqués. Harry tenta de se dire qu'il devait s'accoutumer à ce genre de situation étrange, mais il ne réussit pas à se convaincre lui-même. S'il en avait pris son parti, pourquoi cette sueur froide qui perlait sur son front, sous ses aisselles et au creux de son dos ? Cette nuit immobile n'avait pas la moindre influence apaisante, car sous cette apparence paisible, il devinait la violence et la mort brutale. À chaque seconde figée, dans ce non-temps, tout devenait de plus en plus sinistre et menaçant.

– Un sortilège, dit-il.

– Quoi ?

– Un sortilège. Comme dans un conte de fées. Le monde entier est prisonnier d'un enchantement, d'un sortilège.

– Et alors, bordel, où est la méchante sorcière ? C'est ça que j'aimerais bien savoir.

– Pas question de sorcière ici. Nous avons affaire à un mâle. Un sorcier. Un magicien.

Elle était déchaînée.

– Je m'en fous. Merde, qui il est, et pourquoi il joue avec nous ? Pourquoi il met si longtemps à se montrer ?

Harry jeta un coup d'œil à sa montre : l'indicateur rouge des secondes était toujours arrêté et l'heure restait à une heure vingt-neuf.

– En fait, tout dépend de la façon dont on le considère. Je dirais qu'il ne prend pas son temps, absolument pas.

Connie consulta elle aussi sa Timex.

– Allons, allons, on va liquider ce problème. Ou bien vous pensez qu'il nous attend quelque part ?...

Du fond de la nuit, un son monta, le premier depuis que la Pause s'était installée. Un bruit qui n'émanait pas d'eux. Un rire. Le rire rauque du vagabond qui avait flambé comme un immense candélabre dans l'appartement de Harry et qui était réapparu plus tard pour les harceler dans l'appartement d'Ordegard.

Et, une fois encore, par habitude, ils portèrent la main à leurs holsters. Pour se rappeler aussitôt l'inutilité absolue de leurs armes.

Au sud, tout en haut du bloc d'immeubles, de l'autre côté de la rue, Tic-tac franchit l'angle avec son aspect de vagabond qui leur était trop familier. Le golem. Plus grand encore. Deux mètres et demi, les cheveux et la barbe encore plus hirsutes. Une tête léonine sur un cou massif comme un tronc d'arbre. Des épaules colossales. Un torse immense et des mains grandes comme des raquettes de tennis. Son imperméable noir était déployé comme une tente.

– Mais pourquoi j'étais si impatiente de le voir ? souffla Connie, exprimant exactement la pensée de Harry.

Avec son rire de troll étouffé, Tic-tac s'éloigna du

tournant et s'avança en diagonale dans la rue, droit sur eux.

– Et c'est quoi le plan? demanda Connie.

– Quel plan?

– Mais merde, on a toujours un plan.

Et Harry fut réellement surpris de s'apercevoir qu'ils attendaient l'arrivée du golem sans même songer à un plan d'action. Ils étaient flics depuis tant d'années et ils faisaient équipe depuis pas mal de temps : ils devaient savoir comment réagir au mieux dans n'importe quelle situation, comment répondre à n'importe quelle menace. D'ordinaire, ils n'avaient même pas besoin de cogiter sur telle ou telle stratégie, ils agissaient d'instinct, en totale confiance dans les réactions de l'autre. Dans les rares occasions où ils avaient dû définir une action, quelques mots avaient suffi, dans le langage de deux partenaires parfaitement synchrones. Mais là, confrontés à un adversaire quasi invulnérable, fait de pierres, de boue, de vers de terre et de Dieu sait quoi, par un destructeur sauvage et acharné qui appartenait à une inépuisable armée que leur *véritable* ennemi pouvait susciter, ils semblaient avoir perdu leur instinct, leurs facultés de réflexion. Ils attendaient qu'il approche, paralysés.

Courir, il faut courir, se dit Harry, et il était sur le point de suivre ce conseil lorsque le golem géant s'arrêta au milieu de la rue, à vingt mètres d'eux.

Harry ne lui avait encore jamais vu de tels yeux. Ils n'étaient pas lumineux mais embrasés. Et bleus. Bleus comme les flammes du gaz. Ils dansaient dans ses orbites et projetaient des formes lumineuses sur ses pommettes, changeant les boucles de sa barbe en filaments de néon.

Tic-tac déploya les bras et leva ses mains énormes au-dessus de la tête à la façon d'un prophète de l'Ancien Testament dressé sur une montagne, prêt à transmettre à ses adeptes les messages d'ailleurs. En vérité, il devait y avoir sous son imperméable des tables de pierre capables de contenir une *centaine* de commandements.

– Dans une heure de temps réel, le monde recommencera. Je vais compter jusqu'à cinquante. Si vous survivez pendant une heure, je vous laisserai vivre, et je ne reviendrai plus vous tourmenter.

– Doux Seigneur Jésus! chuchota Connie. C'est *vraiment* un enfant méchant qui joue.

Ce qui le rendait au moins aussi dangereux que

n'importe quel sociopathe. Plus encore : certains jeunes enfants, dans leur ignorance de toute empathie, pouvaient se montrer cruels à l'extrême.

– Je vais vous donner la chasse en jouant franc jeu, dans les règles. Je ne me servirai d'aucun de mes tours, seulement de mes yeux. (Il pointa un doigt sur ses orbites bleues.) De mes oreilles aussi, et de mes sens. (Il se tapota le crâne.) Pas de mauvais tours. Pas de Pouvoirs Spéciaux. Ça sera plus drôle comme ça. Un... deux... vous feriez bien de vous mettre à courir, vous ne pensez pas ? Trois... quatre... cinq...

– Mais ça ne peut pas être vrai, dit Connie, tout en se retournant pour se mettre à courir.

Harry la suivit. Ils descendirent la ruelle, tournèrent devant le Green House, et faillirent percuter le clochard décharné qui s'appelait Sammy et qui était à présent gelé en plein bond, sur un pied. Le bruit de leur course éveilla des échos bizarres quand ils plongèrent dans l'ombre. Ils ne semblaient pas appartenir aux bruits du monde réel, ils étaient trop brefs, moins réverbérants.

Tout en courant, grimaçant sous les multiples douleurs que chaque foulée faisait monter en lui, Harry essaya d'imaginer une stratégie qui pût leur permettre de survivre dans l'heure que leur accordait Tic-tac. Mais, tout comme Alice, ils avaient traversé le miroir pour pénétrer dans le royaume de la Reine Rouge, et aucun plan, aucune logique ne seraient efficaces au pays du Chapelier Fou et du Chat du Cheshire, où l'on méprisait la raison pour épouser le chaos.

V

1

Onze... douze... Si je vous trouve, vous êtes morts... treize...

Bryan s'amusait bien.

Il était vautré dans ses draps de soie noire, il créait activement, et Devenait glorieusement, sous les regards d'adoration des yeux votifs dans leurs reliquaires de verre.

Cependant, une partie de lui-même était dans le golem, ce qui était tout aussi enthousiasmant. Cette fois, il avait conçu la créature plus grande, comme une machine à tuer terrible et imparable, ce qu'il y avait de mieux pour terroriser le super-héros et sa pute. Ses épaules énormes étaient les siennes, *à lui,* également, de même que ses bras puissants dont il maîtrisait chaque muscle. En les faisant jouer, en éprouvant les contractions et les extensions de ces muscles inhumains, il pouvait tout juste contenir son excitation maintenant que la traque allait commencer.

... Seize... dix-sept... dix-huit...

Il avait construit ce géant à partir d'argile et de sable, il lui avait donné l'apparence de la chair, il l'avait animé – tout comme le premier dieu avait créé Adam à partir de boue inerte. Bien que sa destinée fût de devenir une divinité plus impitoyable encore que celles qui l'avaient précédé, il pouvait créer aussi bien que détruire. Et personne ne pouvait prétendre qu'il était un dieu inférieur à ceux qui avaient régné. Personne.

Il se dressait au milieu de l'autoroute du Pacifique, il s'y *érigeait*, contemplait le monde immobile et silencieux, et se satisfaisait de ce qu'il avait modelé. C'était cela son Très Grand et Très Secret Pouvoir : la capacité d'immobiliser toute chose comme un horloger qui ouvre une montre et pointe l'outil adéquat dans le mécanisme.

... Vingt-quatre... vingt-cinq...

Le pouvoir avait grandi en lui pendant sa période de croissance, quand il avait atteint l'âge de seize ans, mais il avait dû attendre d'avoir dix-huit ans pour s'en servir. Ce qui était normal. Jésus, lui aussi, avait eu besoin de temps pour apprendre à changer l'eau en vin, à multiplier les pains et les poissons.

La volonté. Le pouvoir de la volonté. C'était l'outil qui permettait de refaire la réalité. Avant le commencement du temps et la naissance de cet univers, il y avait une volonté qui avait tout éveillé, une conscience que les gens appelaient Dieu, bien que Dieu ait été sans aucun doute différent, et de bien des façons, de l'image que s'en faisait l'humanité – Il n'avait peut-être été qu'un enfant qui, dans ses jeux, avait créé les galaxies qu'il avait semées comme autant de grains de sable. Si l'univers était une machine en perpétuel mouvement créée par la seule volonté, elle pouvait être aussi modifiée de même, reconstruite ou défaite. Pour manipuler et reproduire la création du dieu premier, il suffisait du pouvoir et de la compréhension. Ce qui était échu à Bryan. La puissance de l'atome n'était qu'une timide lumière quand on la comparait à la lueur aveuglante du pouvoir de l'esprit. En imposant sa volonté, en se focalisant sur ses pensées et ses désirs, il avait découvert qu'il pouvait susciter des changements fondamentaux dans les fondements de l'existence.

... Trente et un... trente-deux... trente-trois...

Parce qu'il se vouait à Devenir et qu'il n'était pas encore le nouveau dieu, Bryan n'était capable de soutenir ces changements que durant de courtes périodes d'une heure tout au plus dans le temps réel. Il lui arrivait d'être irrité par ses limitations, mais il était persuadé qu'un jour viendrait où il pourrait altérer la réalité de façon permanente s'il le désirait. Entre-temps, tout en continuant à Devenir, il se contentait d'altérations amusantes qui changeaient les lois de la physique, au moins momentanément, et façonnait la réalité selon son caprice.

Lyon et Gulliver pouvaient avoir l'impression que le temps s'était arrêté, mais la vérité était plus complexe que cela. En mettant en application son extraordinaire volonté, comme s'il faisait un vœu avant de souffler les bougies d'un gâteau d'anniversaire, il avait reconçu la nature du temps. Si le temps avait été un fleuve qui coulait en permanence et dont le cours exerçait ses effets, il l'avait transformé en une série de ruisseaux, de lacs tranquilles, et de geysers dont les effets étaient *très variés*. Le monde se trouvait à présent dans un des lacs où le temps s'écoulait si lentement qu'il semblait s'être arrêté – pourtant, et selon sa seule volonté, lui et les deux flics étaient entrés en interaction avec cette nouvelle réalité tout comme avec l'ancienne. Ils n'avaient rencontré que des changements mineurs dans les lois qui régissaient la matière, l'énergie, le mouvement et la force.

... Quarante... quarante et un...

Un souhait d'anniversaire, le passage d'une étoile filante, un vœu prononcé à une marraine. Des vœux, des vœux, encore des vœux.... c'est ainsi qu'il avait créé son terrain de jeux favori pour les parties de cache-cache. D'accord, il avait tordu l'univers pour s'en faire un jouet, et alors ?...

Il avait conscience d'être deux personnes de natures absolument différentes. D'un côté, il était un dieu en train de Devenir, exalté, avec des responsabilités et une autorité infinies. De l'autre, il n'était qu'un enfant irréfléchi et égoïste, cruel et vaniteux.

Et, de ce côté, il se disait qu'il ressemblait à l'humanité – en pire peut-être.

... Quarante-cinq...

En fait, il croyait qu'il avait été désigné justement parce qu'il avait été l'enfant qu'il avait été. L'égoïsme et l'orgueil n'étaient que de simples reflets de l'ego, et sans un ego puissant, nul homme ne pouvait avoir assez confiance en lui pour créer. Un certain degré de témérité était nécessaire si l'on souhaitait explorer les limites de sa puissance créatrice. Il fallait prendre des risques sans se soucier des conséquences. Ce qui pouvait être une vertu libératrice. Et comme il était destiné à être le dieu qui allait punir l'humanité pour avoir pollué la terre, la cruauté accompagnait nécessairement son Devenir. Sa capacité à rester un enfant, à éviter de gaspiller son énergie créative en nourrissant de manière insensée le troupeau, faisait de lui le candidat parfait à la divinité.

Quarante-neuf... cinquante !

Pendant un certain temps, il tiendrait sa promesse, il les pourchasserait en utilisant ses seuls sens humains. Ce serait amusant. Un vrai défi. Et ce serait bien de pouvoir faire l'expérience des limitations sévères de leur existence, non pour développer de la compassion à leur égard – ils ne la méritaient pas – mais pour profiter plus pleinement, par comparaison, de ses extraordinaires pouvoirs.

Et dans le corps du vagabond géant, Bryan quitta la rue pour s'avancer dans ce parc d'amusement fabuleux qu'était la ville immobile, morte, silencieuse.

– Prêt ou pas prêt, j'arrive ! cria-t-il.

2

Une pomme de pin avait été arrêtée dans sa chute par la Pause. Elle ressemblait à une décoration de Noël suspendue à l'arbre dont elle était tombée. Un chat orange et blanc avait été paralysé en plein bond, entre une branche et le haut d'un mur en stuc, les pattes avant déployées, les pattes arrière encore dans la détente. Plus loin, un filigrane de fumée s'était arrêté au-dessus d'une cheminée, rigide comme une sculpture.

Connie, en courant au côté de Harry dans le cœur étrange et gelé de la ville, se dit qu'ils n'en réchapperaient pas vivants. Pourtant, elle échafaudait et évacuait fébrilement des stratégies variées pour déjouer Tic-tac. Sous sa coquille de cynisme, dans laquelle elle s'était depuis si longtemps amoureusement abritée, comme toute âme en ce monde, elle gardait l'espoir d'être différente et éternelle.

Elle aurait dû être choquée de découvrir au fond d'elle une foi aussi stupide et animale mais, bien au contraire, elle en fut heureuse et y adhéra pleinement. L'espoir pouvait être une forme de confiance trompeuse, mais elle ne voyait pas comment l'épreuve qu'ils enduraient pouvait être aggravée par une pensée positive.

En l'espace d'une nuit, elle avait appris tant de choses sur elle-même. Ce serait vraiment malheureux de ne pas vivre assez longtemps pour construire une vie nouvelle à partir de ces découvertes.

Seules des stratégies pathétiques émergeaient du flot

de ses pensées. Sans ralentir, le souffle de plus en plus rauque, elle suggérait tel ou tel changement de rue, de direction, avec le faible espoir qu'un parcours sinueux serait plus diffile à suivre qu'une trajectoire en ligne droite. Et elle les entraînait tous deux vers le bas de la colline parce qu'ils pourraient parcourir plus de distance en moins de temps s'il n'avait pas à affronter des côtes.

Tout autour d'eux, les citoyens de Laguna Beach, inertes, n'avaient pas la moindre conscience de leur course désespérée. Et s'ils étaient pris, Harry et elle, leurs cris n'arracheraient pas tous ces dormeurs à l'enchantement.

Elle savait maintenant pourquoi les voisins de Ricky Estefan n'avaient pas entendu le golem fracasser le plancher du hall et battre Ricky à mort. Tic-tac avait arrêté le temps partout, sauf à l'intérieur du bungalow. Ricky avait été torturé et assassiné dans un espace de loisir sadique. De la même manière, quand Tic-tac les avait agressés dans la maison d'Ordegard et qu'il avait lancé Connie à travers la vitre de la porte du balcon, les voisins n'avaient pas réagi au fracas ni aux coups de feu, puisque l'affrontement avait eu lieu dans un non-temps, une dimension à l'écart de la réalité.

Sans ralentir sa course, elle essayait de garder le rythme lent qui avait été celui de Tic-tac quand il avait commencé à compter. Elle atteignit très vite cinquante, et elle douta qu'ils aient mis suffisamment de distance entre eux et lui pour être en sécurité.

Si elle avait continué à compter, elle en aurait certainement été à cent quand ils durent s'arrêter, à bout de souffle. Ils s'appuyèrent contre un mur de brique pour récupérer.

Connie avait l'impression que sa poitrine s'était rétrécie et que son cœur n'allait plus tarder à éclater. À chaque inspiration, du feu pénétrait dans ses poumons, comme si elle inhalait de l'essence en flammes. Sa gorge était à vif. Tous les muscles de ses jambes étaient douloureux, et sous l'effet de la circulation sanguine, tous les bleus et les égratignures de la nuit reprenaient vie.

Harry avait l'air en plus mauvais état qu'elle. Bien sûr, il avait reçu plus de coups de Tic-tac parce qu'il l'avait affronté plus souvent.

Quand elle retrouva la parole, elle lui demanda :

– Et maintenant ?

Il cracha les mots comme autant d'explosions.

– Qu'est-ce ! que vous ! diriez ! si on ! utilisait ! des grenades !...

– Des grenades ?

– Comme Ordegard.

– Oui, oui, je me rappelle.

– Les balles n'ont pas d'effet sur un golem.

– J'ai cru le remarquer.

– Mais si on fait éclater cette saleté...

– Où est-ce qu'on va trouver des grenades ? Hein ? Vous connaissez une petite boutique d'explosifs sympa dans le coin ?

– Il y a peut-être un arsenal de la Garde nationale, non ? Quelque chose de ce genre.

– Harry, soyez réaliste.

– Le reste du monde ne me le semble guère.

– Si on fait péter cette ordure en miettes, il va récupérer de la boue et fabriquer un autre machin.

– Mais ça va le ralentir.

– Deux minutes, tout au plus.

– Chaque minute compte. Il faut qu'on tienne une heure.

Elle le fixa d'un regard incrédule.

– Harry, vous êtes en train de me dire que vous croyez qu'il va tenir sa promesse ?

Du revers de sa manche, il s'essuya le front.

– Eh bien... ça se pourrait.

– Tu parles !

– Mais si, insista-t-il.

Elle aurait tellement voulu le croire qu'elle en avait honte.

Elle guetta les bruits de la nuit. Il n'y en avait aucun. Ce qui ne signifiait nullement que Tic-tac n'était pas à proximité.

– Il faut y aller ? dit Connie.

– Où ?

En se redressant, Connie regarda autour d'eux et s'aperçut qu'ils se trouvaient dans un parking, à côté d'une banque. À cinq mètres de là, une voiture était garée près d'un distributeur de billets. Deux hommes se tenaient près de la machine, dans la lueur de la lampe de sécurité.

Il y avait quelque chose d'anormal dans leur attitude. Ils n'étaient pas seulement des statues vivantes, mais autre chose.

Connie s'avança vers l'étrange duo.

– Vous allez où ? demanda Harry.

– Vérifier quelque chose.

Son instinct ne l'avait pas trahie. La Pause était tombée à l'instant précis d'un vol.

Le premier homme avait introduit sa carte bancaire pour retirer trois cents dollars. Il avait la cinquantaine avancée, les cheveux blancs, moustachu. Son visage doux était marqué par la peur. La liasse de billets neufs venait de sortir de la fente pour lui tomber dans la main quand tout s'était arrêté.

L'agresseur devait avoir dix-huit ou vingt ans. Il était blond, plutôt beau gosse. Jean, Nike, sweat-shirt : le type parfait du *beach-boy* que l'on trouvait durant tout l'été dans les rues de Laguna, en sandales et short déchiré, le ventre plat, le bronzage acajou, les cheveux décolorés par le soleil. En le regardant tel qu'il était figé en cet instant, ou tel qu'il serait quand viendrait l'été, on pouvait penser qu'il manquait d'ambition et qu'il avait un certain talent pour la paresse, mais on avait du mal à imaginer qu'un garçon aussi beau pouvait nourrir des intentions criminelles. Même pris sur le fait, il gardait une expression de chérubin, un sourire câlin. Dans sa main droite, il avait un pistolet de calibre .32 dont le canon était pointé sur l'échine de l'homme plus âgé.

Connie tourna autour du couple en les étudiant d'un air pensif.

– Mais qu'est-ce que vous faites ? fit Harry.

– Il faut qu'on s'occupe de ça.

– On n'en a pas le temps.

– Mais on est des flics, non ?

– Des flics pourchassés, Bon Dieu !

– Mais qui d'autre empêchera le monde de plonger dans l'enfer, sinon nous ?

– Une minute, juste une minute, protesta Harry. Je pensais que vous faisiez ce métier parce qu'il était excitant, pour vous prouver quelque chose à vous-même. Ça n'est pas ce que vous m'avez dit ?

– Et vous, vous n'êtes pas là pour faire régner l'ordre et protéger les innocents ?

Harry retint son souffle, comme s'il allait poursuivre la discussion, mais il se contenta d'un soupir exaspéré. Ce n'était pas la première fois qu'un de leurs accrochages se terminait de cette façon.

Elle se dit qu'il était plutôt séduisant quand il était poussé à bout. C'était un changement agréable par rapport à son habituelle sérénité qui devenait fatigante à la longue. En fait, elle découvrait qu'elle l'aimait tel qu'il était cette nuit, épuisé, pas rasé. Elle ne l'avait jamais vu ainsi, et n'avait même *jamais* espéré le voir sous cet aspect. Il paraissait plus brutal que minable, plus dangereux qu'à aucun autre moment.

– O.K., O.K., dit-il en s'avançant enfin pour inspecter de plus près la scène pétrifiée.

– Vous comptez faire quoi ?

– Procéder à quelques rectifications.

– Ça pourrait être dangereux.

– À cause de cette question de vélocité ? Mais le papillon ne s'est pas désintégré.

Prudemment, elle effleura d'un doigt le visage du jeune agresseur. Sa peau, au toucher, était comme du cuir, et la chair plus ferme qu'elle n'aurait dû l'être. En retirant son doigt, elle laissa un creux qui, à l'évidence, ne disparaîtrait qu'à la fin de la Pause.

Elle le regarda dans les yeux et dit :

– Ordure.

Il ne réagit pas : pour lui, elle était invisible. Quand le temps reprendrait son cours normal, il ne saurait pas qu'elle s'était trouvée là.

Elle fit pression sur son arme. Et rencontra une nette résistance.

Elle agissait avec précaution car elle se disait que le temps pouvait recommencer brusquement à s'écouler alors qu'elle ne s'y attendait pas, que sa seule présence alerterait le jeune type et qu'il pourrait appuyer sur la détente. Il pourrait tuer l'autre homme, alors que son intention n'avait été que de lui voler ses dollars.

Lorsque l'extrémité du canon du .32 ne fut plus dans le dos de la victime, Connie le repoussa vers la gauche jusqu'à ce qu'il soit braqué sur la nuit.

Harry vint à son aide et écarta lentement les doigts du beach-boy.

– C'est comme si on était des gosses en train de jouer avec des modèles grandeur nature.

Le .32 resta suspendu en l'air. Connie s'aperçut qu'elle pouvait le déplacer plus facilement que le bras du braqueur. Elle s'en saisit, le plaça dans la main droite de l'homme figé devant le distributeur et lui referma les doigts. Quand la Pause cesserait, il découvrirait qu'il avait tout à coup une arme au poing, surgie de nulle part. Connie prit la liasse de billets de vingt et la lui fourra dans la main gauche.

– Maintenant, je sais comment ce billet de dix dollars que j'avais donné au clochard est revenu dans ma main par magie, dit-elle.

Harry, tourné vers la nuit, ajouta :

– Et moi, je comprends comment j'ai retrouvé ces quatre balles dans la poche de ma chemise.

– Et moi, la tête de cette statuette religieuse de Ricky Estefan... Ça vous fiche une sale trouille de penser qu'on était comme ces gens, gelés dans le temps, pendant que ce pourri s'amusait avec nous.

– Vous avez fini, là ?

– Pas encore. Tenez : aidez-moi à écarter ce type du distributeur.

Ensemble, ils réussirent à faire pivoter la statue humaine de cent quatre-vingts degrés. Et, quand ils eurent fini, c'était la victime qui braquait le .32 sur le jeune agresseur.

Connie et Harry, tels des manipulateurs habiles dans un musée de cire, avaient recomposé la mise en scène et donné un sens nouveau au drame.

– O.K., fit Harry. Maintenant, on dégage.

Il partit au pas de course à travers le parking.

Connie hésita en admirant leur œuvre.

Harry, voyant qu'elle ne l'avait pas suivi, se retourna.

– Et alors ?

Elle secoua la tête.

– C'est trop dangereux.

– Mais c'est le bon type qui tient le flingue, maintenant.

– Oui, d'accord, mais il va être surpris. Il peut le lâcher. L'autre crapule le récupérera, et tout recommencera comme quand on les a trouvés.

Harry revint sur ses pas, l'air furibond.

– Est-ce que vous auriez oublié ce monsieur dégueulasse et dément en imperméable noir, avec sa gueule pleine de cicatrices ?

– Je ne l'ai pas encore entendu.

– Connie, pour l'amour de Dieu, il peut arrêter le temps rien que pour nous, il peut nous rattraper quand il le voudra, attendre de se trouver juste devant nous, là, pour nous remettre dans le jeu. Et vous ne l'entendrez pas jusqu'à la seconde où il vous arrachera le nez et vous demandera si vous n'auriez pas besoin d'un mouchoir par hasard !

– S'il triche comme ça...

– Tricher ? Mais qui parle de tricher ? demanda-t-il d'un ton excédé. (En dépit du fait que, deux minutes auparavant, il avait prétendu qu'il existait une chance pour que Tic-tac joue franc-jeu.) On ne joue pas avec Mère Teresa !

– Alors peu importe qu'on finisse notre boulot ou qu'on fiche le camp. De toute façon, il va nous coincer.

Les clés de la voiture de l'homme aux cheveux blancs étaient sur le tableau de bord. Connie alla ouvrir le coffre, mais elle dut le soulever à la force du poignet.

– Rétention anale, commenta Harry.

– Vraiment ? Alors, normalement, c'est *vous* qui auriez dû vous en charger, hein ?

Il la dévisagea, muet.

Puis, il prit le beach-boy par les aisselles, tandis que Connie lui soulevait les pieds. Ils le déposèrent avec ménagement dans le coffre. Le garçon semblait nettement plus lourd qu'il aurait dû l'être dans le temps réel. Et Connie, pour refermer le coffre, dut peser de toutes ses forces.

Quand la Pause cesserait, la jeune crapule se retrouverait au fond d'un coffre de voiture sans le moindre souvenir. En un clin d'œil, l'agresseur serait transformé en prisonnier.

– Je comprends comment je me suis retrouvé trois fois dans la cuisine d'Ordegard avec mon flingue dans la bouche, dit Harry.

– Il n'arrête pas de vous sortir du temps réel pour vous poser où il veut.

– Oui. Un gamin un peu farceur, quoi...

Connie se demanda si cela expliquait les tarentules et les serpents de la cuisine de Ricky Estefan. Est-ce que, profitant d'une précédente Pause, Tic-tac n'avait pas pu les prendre dans des labos, des magasins, ou même dans leurs nids, quelque part dans le désert, pour les déposer dans le bungalow ? Pour relancer ensuite le temps – du moins pour Ricky, et le tourmenter avec cette infecte invasion ?...

Elle s'éloigna de la voiture et s'arrêta pour épier les bruits de cette nuit surnaturelle.

Tout semblait mort dans le monde. Le vent, les êtres. La terre était un vaste cimetière où l'herbe, les arbres, les fleurs et les gens en pleurs étaient faits du même granit que les pierres tombales.

Parfois, durant les dernières années, elle avait songé à laisser tomber son boulot de flic pour s'installer dans n'importe quelle cabane au bord du désert de Mojave, le plus loin possible des autres. Elle menait une existence tellement spartiate qu'elle avait des économies. En vivant comme un rat du désert, elle pourrait les faire durer longtemps. Les étendues désolées de rocs, de sable et d'herbes rachitiques étaient tellement attirantes comparées à la civilisation moderne.

Mais la Pause était bien différente du désert paisible sous le soleil, où la vie faisait encore partie de l'ordre naturel et où la civilisation, aussi malade fût-elle, existait encore, quelque part derrière l'horizon. Et, après dix non-minutes de silence et d'immobilité aussi denses que la mort, Connie appelait de toute son âme la folie flamboyante du grand cirque de l'humanité. Les hommes aimaient trop le mensonge, la duplicité, l'ignorance, l'apitoiement sur eux-mêmes, la droiture et les visions utopiques qui conduisaient aux massacres – mais, jusqu'à ce qu'ils se détruisent, c'était encore en eux qu'on trouvait le potentiel d'une générosité plus grande, la responsabilité de leurs actes, le pouvoir de vivre et de laisser vivre, et de régir la terre.

L'espoir. Pour la première fois de son existence, Connie commençait à croire que l'espoir, en lui-même, était une raison de vivre et de tolérer la civilisation telle qu'elle était.

Mais Tic-tac, aussi longtemps qu'il vivrait, était la fin de tout espoir.

– Je hais ce fils de pute comme jamais je n'ai haï personne, dit-elle. Je veux qu'on l'ait. J'ai tellement envie de l'effacer que c'en est insupportable.

– Pour l'avoir, il faut d'abord rester en vie, lui rappela Harry.

– Allons-y.

3

A priori, courir dans ce monde immobile semblait le comportement le plus raisonnable. Si Tic-tac respectait sa promesse de ne se servir que de ses yeux et des ses oreilles et de son esprit pour les traquer, plus ils mettraient de distance entre eux et lui, plus ils seraient en sécurité.

Tout en courant avec Connie dans les rues désertes, Harry se dit qu'il y avait plus de cinquante pour cent de chances que le fou tienne parole et qu'il les traque en n'utilisant que des moyens ordinaires, qu'il les abandonnerait sans doute indemnes à la fin de la Pause s'il n'était pas parvenu à les capturer dans l'heure qu'il avait accordée. Ce salopard, après tout, était à l'évidence immature en dépit de son incroyable pouvoir. C'était un enfant qui jouait, et les enfants, souvent, prennent les jeux bien plus au sérieux que la vie réelle.

Bien sûr, quand il les libérerait, quand les pendules se réveilleraient, il serait toujours une heure vingt-neuf du matin. Et il leur resterait encore cinq heures avant l'aube. Même si Tic-tac suivait strictement les règles de ce jeu dans le jeu qu'il leur avait imposé, il avait toujours l'intention de les tuer avec le jour. S'ils survivaient à la Pause, il ne leur resterait qu'une mince chance de le retrouver et de le détruire quand le temps se serait remis à couler.

Et même s'il ne tenait pas sa promesse, s'il se servait de quelque sixième sens pour les débusquer, mieux valait continuer à courir. Il leur avait peut-être collé des tags psychiques, ainsi que Harry s'en était inquiété déjà. Dans ce cas, s'il trichait vraiment, il serait capable de les retrouver n'importe où. En bougeant sans cesse, ils étaient en sécurité aussi longtemps qu'il ne pouvait prévoir leur prochain but.

Ils passaient d'une rue à une ruelle, franchissaient des cours et des terrains vagues entre les maisons silencieuses, escaladaient des murs et des clôtures, traversaient des préaux d'écoles dans les échos quasi métalliques de leur course, passaient entre des ombres denses comme des blocs de fer, des néons qui jetaient des arcs-en-ciel éternels sur l'asphalte. Ils croisèrent un homme en manteau de tweed qui promenait son terrier écossais. Ils dévalèrent un ruisseau où l'eau de l'orage de la journée s'était figée sans pourtant se changer en glace. Les tourbillons étaient plus transparents, marqués de noir profond par la nuit et d'éclats d'argent étincelants. La surface n'était pas plate, mais ridée, creusée de tourbillons, de mousse immobile sur les rochers. Des éclaboussures immobiles brillaient comme des éclats de verre, comme des perles.

Il était nécessaire qu'ils continuent à fuir, mais courir sans cesse était impossible. Ils avaient été déjà fatigués, les muscles roidis par la douleur, en se lançant dans le jeu de Tic-tac, et chaque nouvel effort les épuisait dans une terrible progression géométrique.

S'ils se déplaçaient apparemment aussi aisément dans ce monde pétrifié que dans la réalité, Harry remarqua cependant qu'ils ne provoquaient aucun déplacement d'air dans leur course. L'air s'ouvrait devant eux comme le beurre sous un couteau, mais il ne laissait pas de turbulences, ce qui indiquait que l'atmosphère était réellement plus dense qu'elle ne le paraissait subjectivement. Et leur vitesse devait en être considérablement diminuée, ce qui signifiait que chacun de leurs mouvements exigeait plus d'efforts.

Et puis, le café, le cognac et le hamburger avaient gravement attaqué l'estomac de Harry. Et d'aigres bouffées d'indigestion montaient en lui.

Plus grave encore : tandis qu'ils traversaient la ville-mausolée, une inversion inexplicable de leurs réactions biologiques augmentait leurs tourments. Ils auraient dû être baignés de sueur mais, au contraire, ils avaient de plus en plus froid. Harry n'avait pas une goutte de transpiration sur le corps, même glacée. Ses orteils et ses doigts lui donnaient l'impression de s'être péniblement traîné sur un glacier en Alaska, et non pas d'avoir couru dans une station balnéaire de Californie du Sud.

La nuit ne semblait pas plus froide qu'avant la Pause. Et même peut-être moins, puisque la brise du Pacifique s'était arrêtée comme tout le reste. La cause de cet étrange froid intérieur n'était sans doute pas dans l'air ambiant. Elle était plus profonde et mystérieuse – plus effrayante.

C'était comme si le monde qui les entourait, et dont l'énorme énergie avait été prise au piège de cette stase, était devenu une espèce de trou noir qui absorbait en permanence leur énergie, la buvait, jusqu'à ce qu'ils deviennent aussi inanimés que toute chose, degré par degré. Harry commençait à soupçonner qu'il était impératif qu'ils gardent les quelques ressources qui leur restaient.

Quand il fut indéniable qu'ils devaient s'arrêter et se trouver un refuge, ils venaient de quitter un quartier résidentiel pour pénétrer dans l'extrémité sud d'un canyon aux berges couvertes de broussailles. La route de service à trois voies, éclairée par des lampes à vapeur de sodium qui transformaient la nuit en une trame noir et jaune, était bordée de constructions semi-industrielles. Du genre que les villes soucieuses de leur image comme Laguna Beach cachaient soigneusement loin des itinéraires touristiques.

Ils marchaient, à présent, en frissonnant. Connie lui serrait le bras. Il releva son col et resserra son manteau de sport.

– Il s'est écoulé combien de temps ? demanda Connie.

– Ça, j'aimerais le savoir. J'ai complètement perdu conscience de l'heure.

– Une demi-heure ?

– Peut-être.

– Plus ?

– Peut-être.

– Moins ?

– Peut-être.

– Merde !

– Peut-être.

Sur leur droite, au-delà d'une clôture de chaînes couronnées par du ruban d'acier, des camping-cars étaient alignés dans l'ombre d'un parking comme des éléphants endormis.

– C'est quoi, tout ça ? demanda Connie.

Le parking occupait les deux côtés de la rue, réduisant les trois voies à deux, les camping-cars bloquant une partie de l'accotement et une moitié de la chaussée. Quand la Pause s'était abattue, tout était déjà fermé, et, en fait, tous les véhicules étaient obscurs et bouclés comme ils l'avaient été depuis sept ou huit heures.

À droite, un immeuble de béton abritait une société de maintenance de décoration paysagiste. Derrière, une pépinière montait jusqu'à mi-flanc du canyon.

Sous un des réverbères, ils rencontrèrent une voiture dans laquelle un jeune couple était arrêté dans l'amour. Elle avait sa blouse ouverte, il y avait glissé la main. Ses doigts de marbre étaient rivés à son mamelon de marbre. Sous la lueur du sodium, en dépit de leur expression de passion, Harry les trouva aussi érotiques que deux cadavres enchevêtrés sur un lit.

Ils passèrent devant deux garages, de part et d'autre de la route, spécialisés dans des marques étrangères. L'un et l'autre étaient flanqués de décharges de véhicules accidentés.

Plus loin, des voitures étaient agglutinées sur les bas-côtés, bloquant l'accès aux zones commerciales. Un jeune type de dix-huit ou dix-neuf ans, torse nu, en jean et Rockports, pétrifié par la Pause, était étendu sur le capot d'une Camaro 86 noire, les bras en croix, les yeux fixés sur le ciel avec une expression de plaisir stupide.

– Ça, c'est bizarre, dit Connie.

– Oui, bizarre, dit Harry en ployant ses doigts raidis par le froid.

– Vous savez pourquoi ?

– Parce que c'est familier.

– Oui.

Maintenant, la rue était uniquement bordée de hangars. Certains étaient en béton, couverts de stuc crasseux, marqués par la rouille de la tôle ondulée. D'autres étaient de simples abris de métal.

Ici, les voitures devenaient encore plus nombreuses, tout près du fond du canyon. Par endroits, elles étaient en double file.

Tout au bout, ils atteignirent un grand hangar anonyme, crépi en stuc avec l'habituelle toiture de tôle d'acier. Sur la façade, un immense calicot annonçait À LOUER, avec un numéro de téléphone.

L'éclairage de sécurité se reflétait sur les portes à volets roulants assez larges pour laisser entrer des semi-remorques. À l'angle sud-ouest du bâtiment, près d'une porte d'entrée, deux jeunes types à l'air dur, qui devaient avoir une vingtaine d'années, avec des muscles nourris aux stéroïdes et certainement pas à coups de régimes, étaient immobilisés.

– Deux videurs, dit Connie.

Et soudain, toute cette scène prit un sens pour Harry.

– C'est une *rave*.

– Pendant le week-end ?

– C'est peut-être une fête, un anniversaire, n'importe quoi...

Le phénomène de la « rave », importé d'Angleterre quelques années plus tôt, était devenu très populaire chez les adolescents et les jeunes qui voulaient s'éclater jusqu'à l'aube, à l'écart des forces de la loi.

– Vous croyez que c'est un bon endroit pour se planquer ? demanda Connie.

– Ça en vaut bien d'autres, je pense, même sans doute mieux.

Les organisateurs de raves louaient des hangars et des locaux industriels pour une ou deux nuits, changeant sans cesse de site pour éviter d'être repérés par la police. Les annonces des raves étaient publiées dans la presse *underground* ou dans les tracts des magasins de disques, des night-clubs, des collèges, toutes rédigées dans le code contre-culture, du style : Mickey Mouse X-press, American X-press, Double-Hit Mickey, Get Y-rayed, Tout sur la Dentisterie, ou De Beaux Ballons pour les Petits. Mickey Mouse et X étaient les surnoms courants d'une drogue plus couramment appelée Ecstasy. Les références à la dentisterie et aux ballons signifiaient simplement que le peroxyde d'azote – anesthésique et gaz hilarant – serait vendu sur place.

Il était essentiel d'éviter la police. Le thème central de toute rave illégale – par opposition aux versions plus soft des night-clubs – était le sexe, la drogue et l'anarchie.

Harry et Connie passèrent devant les deux videurs pour pénétrer au cœur du chaos, mais un chaos où la Pause avait apporté un ordre ténu et artificiel.

La salle était une énorme caverne éclairée par des dizaines de lasers verts et rouges, des spots jaunes, et des stroboscopes. Tout cela avait été étincelant, aveuglant, frénétique, avant que la Pause n'immobilise tout. Les lances de lumière, à présent, étaient fixées sur certains, laissant les autres dans l'ombre.

Il devait y avoir là quatre ou cinq cents jeunes, entre dix-huit et vingt-cinq ans, mais certains ne dépassaient pas quinze ans, tous figés dans la danse, au milieu d'un geste. Les *disc-jockeys* des raves passaient invariablement de la *dance music techno* avec des basses qui secouaient les murs, et la Pause avait cueilli la plupart des participants dans des atttitudes bizarres, les bras levés, le corps abandonné à la rotation, ou bien contorsionnés, échevelés. Les garçons étaient pour la plupart en jeans ou en pantalons bouffants, avec des chemises de flanelle et des casquettes à l'envers, des vestes de sport sur des T-shirts. Certains étaient vêtus tout en noir. Pour les filles et les jeunes femmes, c'était plus varié, mais toujours provocant : moulant, court, ouvert, translucide, révélateur. Les raves, après tout, étaient des célébrations charnelles. Un silence de tombe avait remplacé la musique et les cris. La trame sinistre des projecteurs immobiles conférait un aspect cadavérique aux seins, aux cuisses, aux mollets paralysés. Plus rien d'érotique dans tout cela.

Tandis qu'ils s'avançaient dans la salle, Harry remarqua que toutes les expressions des danseurs semblaient grotesques : elles devaient avoir été excitées et joyeuses quand le temps s'était arrêté. À présent, on aurait dit autant de masques de rage, de haine, de souffrance.

Dans l'embrasement des spots et des lasers et la clarté des images psychédéliques des projecteurs sur les parois immenses, il devenait facile d'imaginer qu'ils n'étaient pas dans une rave, mais dans un diorama de l'enfer, où les damnés se tordaient en hurlant dans des tourments atroces.

La Pause était tombée comme un filet sur le tumulte et le délire, et elle semblait avoir capturé la vérité. Le vilain secret, qui se cachait sous les éclairs et le vacarme, était peut-être que tous ces jeunes déchaînés, dans leur quête obsessionnelle de sensations fortes, n'éprouvaient pas fondamentalement du plaisir mais cherchaient seulement à évacuer leurs souffrances privées, à trouver un soulagement.

Harry précéda Connie au large des danseurs vers les spectateurs groupés sur le périmètre de la salle. La Pause en avait surpris quelques-uns en petits groupes lancés dans des conversations animées. Les visages étaient déformés par des rires exagérés, et les tendons des cous indiquaient qu'ils s'étaient balancés au rythme de la musique.

Mais la plupart étaient isolés. Avec une expression vide, le regard perdu dans la foule. D'autres semblaient tendus, fiévreux. C'était sans doute à cause de l'éclairage style Halloween et des ombres denses, mais les uns comme les autres étaient comme les zombies d'un film d'horreur paralysés à l'instant où ils allaient commettre leurs crimes.

– Un vrai spectacle d'épouvante, commenta Connie, mal à l'aise, sensible elle aussi à cette menace qui émanait de l'ensemble et qui n'avait pas dû être aussi évidente avant la Pause.

– Bienvenue dans les années quatre-vingt-dix...

De nombreux zombies, autour de la piste de danse, tenaient des ballons multicolores. Mais ils n'étaient pas attachés à des cordelettes ou des bâtons. Un rouquin couvert de taches de rousseur, qui devait avoir dix-sept ou dix-huit ans, avait tordu l'embouchure d'un ballon jaune canari autour de son index pour l'empêcher de se dégonfler. Plus loin, un autre, avec une moustache à la Pancho Villa, pinçait fermement un ballon vert, de même qu'une fille blonde aux grands yeux bleus et vides, tout près de lui. Ceux qui ne se servaient pas de leurs doigts avaient des pinces à dessin comme on en trouvait dans toutes les papeteries. D'autres avaient l'embouchure de leur ballon entre les lèvres. Ils avaient été arrêtés à l'instant où ils aspiraient quelques bouffées d'oxyde d'azote. Ils avaient tous acheté ces ballons à un vendeur installé dans un van à l'extérieur du hangar. Tous ces ballons et ces regards perdus ou intenses donnaient l'impression qu'une partie des morts-vivants s'était égarée dans la soirée d'anniversaire d'un gamin.

La Pause rendait cette scène infiniment fascinante et bizarre mais, pour Harry, elle lui ramenait des souvenirs familiers et effrayants. Après tout, il était inspecteur de la criminelle, et il y avait souvent des morts soudaines dans les raves.

Parfois, elles étaient dues à des overdoses. Aucun dentiste n'aurait anesthésié un patient avec de l'oxyde d'azote concentré à plus de 80 pour cent, mais le gaz qu'on trouvait dans les raves était souvent pur, sans oxygène. Si l'on prenait trop de bouffées dans un laps de temps trop court, ou une trop longue bouffée, on pouvait passer du rire dingue à la crise cardiaque. Plus grave : on pouvait s'en sortir avec des lésions cérébrales irréversibles et se retrouver comme un poisson agonisant sur le plancher, ou dans un état absolument catatonique.

Harry repéra une galerie qui dominait la salle sur toute sa largeur, à l'autre extrémité du hangar, à plus de cinq mètres du sol. Deux escaliers y accédaient.

– Par là, dit-il à Connie en tendant le doigt.

De là-haut, ils pourraient surveiller toute la salle et repérer Tic-tac dès qu'il entrerait, quelle que soit la porte qu'il emprunterait. Et les deux escaliers leur permettaient d'avoir une issue pour fuir.

Ils passèrent devant deux filles à la poitrine opulente.

Just say NO [1], proclamaient leurs T-shirts. Une vanne de *raver* sur la campagne antidrogue de Nancy Reagan. Ce qui voulait dire que ces deux-là, au moins, disaient *oui* au NO.

Connie et Harry durent contourner deux filles qui s'étaient écroulées contre le mur, le visage rouge, leurs ballons à demi dégonflés. Une troisième avait la bouche ouverte, elle était apparemment inconsciente, son ballon dégonflé sur la poitrine.

Près du fond de la salle, à proximité de l'escalier de droite, un immense X avait été peint. Deux types avec des sweat-shirts de Mickey – l'un d'eux avait même les oreilles sur la tête – avaient été figés en plein commerce, échangeant des billets de 20 dollars contre des capsules ou des biscuits à l'ecstasy.

Une gamine qui ne devait pas avoir quinze ans, avec le visage et le regard innocent d'une jeune nonne, portait un T-shirt noir avec un fusil à pompe et la légende MOI AUSSI. La Pause était tombée sur elle à la seconde où elle allait avaler un biscuit d'ecstasy.

Connie le lui subtilisa et le jeta sur le sol. Mais elle n'y avait pas mis suffisamment de force et le biscuit s'arrêta à quelques centimètres du béton. Elle dut l'écraser du pied tout en commentant :

– Stupide gamine.

– Ça ne vous ressemble pas, dit Harry.

– Quoi donc ?

– Le genre adulte borné.

– Il faut bien que quelqu'un se dévoue.

L'ecstasy, méthylène-dioxy méthamphétamine, une amphétamine aux effets hallucinogènes, pouvait provoquer l'euphorie tout en stimulant l'énergie. Elle pouvait aussi engendrer un sentiment profond d'intimité avec n'importe quelle personne étrangère dès qu'on en absorbait.

Dans les raves, on trouvait aussi quelques autres drogues, mais l'ecstasy et le NO dominaient de loin. L'oxyde d'azote, après tout, n'était qu'un gaz hilarant, non ? Et l'ecstasy pouvait vous mettre en harmonie avec vos frères et sœurs humains et notre mère nature. O.K. ? C'était ce qui la faisait vendre. C'était la drogue préférée des avocats de la paix, des défenseurs de l'écologie, quand ils se réunissaient pour sauver la planète.

1. NO est le symbole chimique de l'oxyde d'azote. *(N.d.T.)*

D'accord, elle n'était pas recommandée aux gens qui souffraient de troubles cardiaques, mais, sur l'ensemble du territoire des États-Unis, aucun décès n'avait été officiellement enregistré. Les scientifiques, bien sûr, avaient découvert récemment que l'ecstasy laissait de petits trous d'épingle dans le cerveau, des centaines, ou des milliers si l'usage était continu, mais on n'avait pas pu prouver que ces trous diminuaient la capacité mentale. Ils n'étaient pas plus graves, probablement, que les rayons cosmiques, et dans un environnement meilleur, plus protégé. Non ?...

L'escalier de la galerie était à claire-voie et, tout en montant, Harry repéra dans l'ombre des couples figés en pleine démonstration amoureuse.

Tous les cours d'éducation sexuelle du monde, tous les pamphlets et les slogans sur l'utilisation du préservatif pouvaient être balayés par une seule petite tablette d'ecstasy s'il y avait une réaction érotique du partenaire, ce qui était souvent le cas. Comment se préoccuper encore de la maladie quand on venait de rencontrer un étranger qui vibrait sur votre longueur d'onde, qui était le yin de votre yang, rayonnant et pur sous le regard de votre troisième œil, tellement en phase avec tous vos désirs ?

Sur la galerie, la lumière était plus atténuée, mais Harry découvrit des couples couchés sur le sol ou adossés à la paroi. Ils étaient plus avancés dans leurs démonstrations que ceux du bas. Bouches contre bouches, chemisiers déboutonnés, jeans dézippés et mains plongeantes.

Deux ou trois couples, emportés par l'ecstasy, avaient sans doute perdu tout contact avec l'endroit et devaient être vraiment en train de faire l'amour dans toutes les positions quand la Pause était tombée sur eux.

Harry n'avait nulle envie de le vérifier. Tout comme le cirque lugubre de la piste de danse, la scène qu'il avait sous les yeux était déprimante.

En tout cas, elle n'avait rien d'érotique, même pour un voyeur peu exigeant. Elle évoquait plutôt les peintures de Jérôme Bosch : l'enfer et ses créatures.

Tandis qu'ils progressaient entre les couples en direction de la balustrade d'où ils pourraient surveiller la salle, Harry dit :

– Faites attention où vous mettez les pieds.

– Vous êtes dégoûtant.
– J'essaie seulement de me conduire en gentleman.
– Ça, vous devez être le seul dans cet endroit.
Ils se penchèrent sur la balustrade et découvrirent la foule pétrifiée dans une rave éternelle.
– Bon Dieu, qu'est-ce que j'ai froid, dit Connie.
– Moi aussi.
Côte à côte, ils se passèrent les bras autour de la taille en essayant de se réchauffer un peu.
Jamais, à aucun moment de sa vie, Harry ne s'était senti aussi proche de quelqu'un. Non pas au sens amoureux. Les couples défoncés, agglomérés dans toute la salle étaient bien assez antiromantiques pour interdire tout sentiment de ce genre. L'atmosphère n'incitait pas à la rêverie. Ce qu'éprouvait Harry, en fait, était le rapprochement platonique d'ami à ami, de deux partenaires qui avaient été poussés au-delà de leurs limites, et plus loin encore. Qui seraient probablement morts sans que – et c'était le plus important – ni l'un ni l'autre n'ait encore décidé de ce qu'il attendait de la vie et du sens qu'elle pouvait avoir.
– Dites-moi une chose, dit Connie. Tous les gamins ne vont pas dans des trucs comme ça pour se bourrer la cervelle de produits chimiques ?
– Non, pas tous. Même pas la majorité. Dans l'ensemble, ils sont plutôt raisonnables.
– Parce que j'aime mieux ne pas penser que ceux-là sont les représentants typiques de « notre prochaine génération de leaders », comme on dit.
– Pas du tout.
– Sinon, le bal du bimillénaire risque d'être plus dur encore que tout ce que nous vivons depuis quelques années.
– L'ecstasy laisse des trous d'épingle dans le cerveau.
– Je sais. Imaginez que les membres du Congrès soient accros à l'X-press.
– Qu'est-ce qui vous fait croire que ça n'est pas déjà fait ? demanda Harry.
Elle eut un sourire amer.
– Oui, ça expliquerait pas mal de choses.
L'air n'était ni chaud ni doux, mais ils frissonnaient de plus en plus.
Et l'immobilité de la mort régnait toujours sur le hangar.

– Je suis désolée pour votre appart, dit Connie.
– Quoi ?
– Il a brûlé, vous vous en souvenez ?...
– Oui.
Il haussa les épaules.
– Je sais à quel point vous l'aimiez.
– Il y a l'assurance.
– Mais, quand même, il était joli, confortable, et tout était si bien rangé.
– Ah ? La première fois que vous y êtes venue, vous avez dit que c'était « la parfaite prison autoconstruite » et « un exemple pour tous les maniaques doux-dingues qui faisaient de la rétention anale de Boston à San Diego ».
– Non, je n'ai jamais dit ça.
– Mais si.
– Vraiment ?
– Disons que vous étiez en colère contre moi.
– Sûrement. À quel sujet ?
– Ça s'est passé le jour où on a arrêté Norton Lewis. Il nous avait fait pas mal galoper et je vous avais interdit de l'abattre.
– Exact. Je voulais vraiment le flinguer.
– Ça n'était pas nécessaire.
Elle soupira.
– Je l'aurais vraiment fait.
– On l'a serré de toute façon.
– Ça aurait pu mal tourner, en tout cas. Vous avez eu du bol. Mais je persiste à dire que ce fils de pute méritait de se faire trouer.
– Là, je ne suis pas contre.
– Mais... ce que j'ai dit à propos de votre appart : je ne le pensais pas.
– Mais si.
– D'accord, je le pensais. Mais à présent, j'ai une nouvelle approche. C'est un monde de tordus, et il faut bien qu'on ait un moyen de faire avec. Le vôtre est bien meilleur que d'autres. En fait, meilleur que le mien.
– Vous voulez que je vous dise ce qui se passe entre nous ? Je crois bien que c'est ce que les psychologues appellent le *bonding*. On est en train de nouer des liens.
– Mon Dieu, j'espère que non.
– Mais si, je le crois.
Elle sourit.

– Quelque chose me dit que ça a démarré il y a des semaines ou même des mois, mais on commence seulement à l'admettre.

Ils gardèrent un temps un silence amical.

Harry se demanda combien de temps avait passé depuis qu'ils avaient commencé à courir loin du golem, sur l'autoroute du Pacifique. Il avait la sensation physique de courir depuis une heure au moins, mais il était difficile de mesurer le temps réel quand on n'y vivait pas.

Plus la Pause se prolongeait, plus Harry était enclin à croire que leur épreuve ne durerait qu'une heure, ainsi que le leur avait promis leur ennemi. Il avait le sentiment vague, ou bien était-ce l'instinct du flic, que Tic-tac n'était peut-être pas aussi omnipotent qu'il le semblait, qu'il existait des limites à ses pouvoirs phénoménaux, et que le seul fait de générer la Pause était si épuisant pour lui qu'il ne pourrait tenir plus longtemps.

Le froid intérieur qui les perturbait, lui et Connie, pouvait être le signe que Tic-tac avait de plus en plus de difficulté à les tenir à l'écart du sortilège qui paralysait le monde. En dépit de l'effort que faisait leur tourmenteur pour maîtriser la réalité modifiée qu'il avait créée, Harry et Connie quittaient peut-être graduellement leur rôle de pions mobiles pour se changer en décors fixes sur l'échiquier.

Harry se rappela le choc qu'il avait eu en entendant la voix graveleuse de Tic-tac à la radio de sa voiture dans la soirée, alors qu'il fuyait les cendres de son appartement d'Irvine pour rejoindre Connie à Costa Mesa. Mais, jusqu'alors, il n'avait pas pris conscience de l'importance des mots du golem : *Faudrait te reposer, maintenant, mon héros... Il le faut... Tu es... très fatigué... rien qu'un petit somme...* Et il avait continué sur le même ton, menace après menace, jusqu'à ce que sa voix râpeuse se perde dans l'électricité statique, puis dans le silence. Néanmoins, Harry comprenait soudain que la chose la plus importante à propos de cet incident n'était pas le fait que Tic-tac pouvait contrôler les ondes et lui parler par radio, mais la révélation que cet être dont les pouvoirs étaient presque ceux de Dieu avait ses limites et devait se reposer périodiquement comme un mortel ordinaire.

En y réfléchissant, Harry réalisa que les manifestations les plus spectaculaires de Tic-tac étaient toujours suivies d'une période d'une heure ou plus durant laquelle il ne se manifestait plus pour les tourmenter.

Faudrait te reposer maintenant, mon héros... Il le faut... Tu es... très fatigué... rien qu'un petit somme...

Il se rappelait avoir déclaré à Connie, quand il était arrivé chez elle, que même un sociopathe avec des pouvoirs paranormaux aussi immenses devait avoir des points faibles, vulnérables. Et puis, dans la soirée, alors que les tours de Tic-tac se succédaient, tous plus stupéfiants les uns que les autres, il était devenu plus pessimiste quant à leurs chances. Et voilà que maintenant, l'optimisme était de retour.

Faudrait te reposer maintenant, mon héros... Il le faut... Tu es... très fatigué... rien qu'un petit somme...

Il était sur le point de faire partager ses espoirs à Connie quand elle se raidit soudain. Il avait encore le bras autour de sa taille, et il perçut la seconde précise où elle cessa de frissonner. Un instant, il craignit qu'elle ne soit totalement gelée, qu'elle ait rejoint l'entropie pour faire partie de la Pause.

Puis, il vit qu'elle venait d'incliner la tête, comme si elle avait capté un son qui lui avait échappé alors qu'il était perdu dans ses rêveries.

Le bruit se répéta. Un déclic.

Puis un raclement sourd.

Et un claquement plus fort.

Tous ces sons étaient aussi plats et détachés que ceux qu'ils avaient produits pendant leur longue course depuis le littoral.

Connie, inquiète, se détacha de Harry, et il la laissa aller.

Là, en bas, sur le sol du hangar immense, le vagabond-golem se déplaçait entre les ombres de fer et les faisceaux de lumière gelée, les spectateurs zombies et les danseurs suspendus dans le temps.

Tic-tac était entré par la même porte qu'eux. Il avait suivi leur piste.

4

L'instinct de Connie lui commanda de s'éloigner de la balustrade, afin que le golem ne puisse la surprendre en levant la tête, mais elle réprima ce premier réflexe et demeura immobile. Dans le silence insondable de la Pause, le plus léger frottement de chaussure sur le sol, le moindre craquement de latte attirerait immanquablement l'attention de la créature. Harry, lui aussi, verrouilla son instinct et resta aussi immobile que les jeunes pris dans la Pause. Dieu merci.

Si la chose levait la tête, elle ne les verrait sans doute pas. Les projecteurs et les lasers éclairaient avant tout la salle, et la galerie restait plongée dans l'ombre.

Connie prit conscience qu'elle s'accrochait à l'idée stupide que Tic-tac ne les traquait qu'avec ses seuls sens humains, fidèle à sa promesse. Comme si n'importe quel tueur en série sociopathe, doué ou non de pouvoirs paranormaux, était capable de tenir une promesse. C'était stupide, ça n'était pas digne d'elle, mais, pourtant, elle restait rivée à cette possibilité. Si le monde pouvait basculer dans un sortilège aussi profond que dans les contes de fées, qui saurait dire si ses espérances et ses souhaits n'avaient pas quelque effet ?

N'était-ce pas une idée bizarre venant de quelqu'un qui n'avait pas connu l'espoir dans son enfance, qui ne se souvenait pas d'avoir jamais souhaité aucun cadeau, qui n'avait connu aucun répit ni apaisement ?

Tout le monde peut changer, disaient les autres. Elle n'y avait jamais cru. Durant toutes ces années, elle n'avait pas changé, elle n'avait rien attendu de ce monde qu'elle n'eût déjà. Elle en avait tiré une consolation perverse du seul fait de ne jamais dépasser ses espérances.

« Parfois, la vie peut être aussi amère que des larmes de dragon. Mais que les larmes de dragon soient douces ou amères, cela ne dépend que de la façon dont chaque homme en perçoit le goût. »

Dont chaque homme ou chaque *femme* en perçoit le goût.

Elle ressentait un changement important au fond d'elle-même, et elle voulait vivre pour savoir sur quoi il allait déboucher.

Mais, tout en bas, le vagabond-golem rôdait. Chassait.

Connie respirait par la bouche, lentement, doucement

Tout en se déplaçant entre les danseurs fossilisés, la créature massive tournait la tête à droite et à gauche, épiant la foule. Elle changeait de couleur dans le jeu des faisceaux de lasers et de projecteurs, tantôt verte ou rouge, jaune ou blanche, grise ou noire quand elle franchissait une plage d'ombre. Mais ses yeux restaient en permanence bleus, luminescents, inhumains.

Le golem se retrouva coincé dans un étroit espace entre les danseurs et souleva du sol un jeune type en jean et veste de velours bleu qui bascula en arrière, mais sans réellement tomber, soutenu par la Pause. Il s'immobilisa à quarante-cinq degrés, suspendu de façon précaire dans les airs, les membres immuablement figés dans une figure de danse, le visage excité, rayonnant. Il tomberait au sol dans la première fraction de seconde quand le temps redémarrerait. S'il devait jamais redémarrer.

Le golem continua sa marche vers le fond de la salle, repoussant d'autres danseurs qui basculaient et tournoyaient dans des trajectoires de collision avec le sol. S'échapper du chaos serait une réelle épreuve quand la Pause prendrait fin : les danseurs en délire, n'ayant pas vu passer la chose, s'en prendraient à tous les autres et des dizaines de bagarres risquaient d'éclater en quelques secondes. Ce serait le pandémonium, puis la panique générale. Dans le jeu des projecteurs et le rythme de la *techno music*, ils s'entasseraient tous aux portes, et ce serait un miracle s'ils n'étaient pas piétinés par dizaines dans la mêlée.

Connie n'éprouvait aucune sympathie particulière pour la foule de cette rave. Tous ces danseurs en délire défiaient la loi et la police, et c'était l'une de leurs motivations essentielles pour se regrouper dans ce genre d'endroit. Mais ils étaient des êtres humains, même rebelles, destructeurs, socialement perturbés, et elle ne pouvait supporter la violence de Tic-tac qui les basculait comme des quilles sans penser à ce qu'il adviendrait d'eux quand le monde se remettrait à tourner.

Elle jeta un regard à Harry et lut sur son visage et dans ses yeux la même colère. Il avait les dents serrées et les mâchoires contractées.

Mais ils ne pouvaient rien contre ce qui se passait en bas. Les balles de leurs revolvers n'auraient aucun effet contre Tic-tac, et le monstre ne réagirait pas à leurs sentiments.

Et ils ne pouvaient prendre le risque de lui révéler ainsi leur présence. Le golem, pour l'instant, n'avait pas encore levé les yeux vers la galerie, et ils ne pouvaient savoir s'il se servait de ses simples sens pour suivre leur trace ou s'il savait déjà exactement où ils étaient.

C'est alors que Tic-tac se livra à un acte affreux qui révélait qu'il avait vraiment l'intention de laisser un chaos sanglant dans son sillage. Il s'était arrêté devant une fille de vingt ans, figée dans une de ces expressions d'extase et de joie que le rythme de la musique pouvait donner à n'importe quelle danseuse, même sans l'apport de drogue. Il resta érigé au-dessus d'elle un moment. Il la scrutait, comme séduit par sa beauté, ses cheveux en auréole autour de son visage, ses bras minces levés au-dessus d'elle. Et il s'empara alors d'un de ses bras, il le saisit entre ses mains monstrueuses, le tordit avec une violence inouïe, et l'arracha de son torse. Il le lança derrière lui avec un rire grave et gargouillant. Le bras resta suspendu dans les airs, entre deux danseurs.

Il n'y eut pas de sang : c'était comme s'il venait de démembrer un mannequin. Mais, bien sûr, le sang se mettrait à couler avec le flot du temps. Et ce crime de dément et ses conséquences ne seraient alors que trop évidents.

Connie ferma les yeux, incapable de regarder ce qui pouvait suivre. En tant que flic de la criminelle, elle avait été témoin d'actes de barbarie insensés – ou de leurs conséquences – et elle avait une collection d'articles sur des crimes d'une violence absolue. Elle avait pu constater ce que ce dément avait fait subir au malheureux Ricky Estefan, mais le geste sauvage qu'il venait d'avoir dans la salle de danse la mit hors d'elle.

La jeune fille avait été *absolument* vulnérable, et cette différence suffit à glacer Connie. Toutes les victimes étaient vulnérables à un degré ou à un autre, et c'est bien pour cela qu'elles étaient la cible des barbares. Mais ce qu'avait subi cette jeune fille dépassait tout en horreur : elle n'avait pas vu venir son agresseur, elle ne connaîtrait jamais son identité, ne le verrait jamais s'éloigner : elle avait été cueillie comme une petite souris des champs par les serres d'un faucon qui s'était abattu sur elle du haut du ciel. Elle avait perdu un bras, et elle ne se souviendrait jamais de l'attaque. Elle s'éveillerait dans l'abomination, avec ce même sourire collé sur le visage, probablement condamnée à mort ou à vivre en infirme.

Et Connie savait que, face à cet agresseur monstrueux, elle était aussi atrocement vulnérable que la jeune fille. Sans moyen. Même en courant aussi vite qu'elle le pouvait, en utilisant toutes les stratégies qui lui viendraient à l'esprit, aucune défense ne serait efficace. Et elle n'aurait aucun refuge.

Elle n'avait jamais été portée sur la religion, mais elle comprenait brusquement pourquoi un fondamentaliste chrétien pouvait trembler à la seule pensée que Satan soit libéré de l'enfer et déchaîne Armageddon sur la terre. De son pouvoir effroyable. De l'implacabilité de sa violence. De sa brutalité sans merci, jubilante.

Elle sentit alors une nausée épaisse monter au creux de son ventre et elle eut peur de vomir.

Tout contre elle, elle entendit Harry pousser un léger soupir de crainte, et elle rouvrit les yeux. Elle était déterminée à affronter la mort en face avec toutes les forces qui lui restaient, même si toute résistance était inutile.

En bas, le golem avait atteint l'escalier qu'elle et Harry avaient emprunté. Il hésitait, comme s'il songeait à les chercher ailleurs, quelque part dans la salle.

Elle gardait toujours l'espoir qu'avec le silence absolu qu'ils maintenaient, et en dépit de toutes ses provocations, Tic-tac penserait qu'ils ne pouvaient s'être cachés qu'au sein de la cohue.

C'est alors qu'il lança de sa voix rugueuse de démon :

– Na, na, na, na, nère ! Je vous ai vus ! (Il escalada la première marche.) Mmm, je hume le sang de mes superhéros de flics.

Son rire monta, froid et inhumain, comme celui d'un crocodile – mais il portait la trace indéniable et ignoble d'un ravissement enfantin.

Développement interrompu.

Un enfant psychotique.

Connie se souvint que Harry lui avait dit que le golem en flammes, à l'instant d'embraser son appartement, avait crié : « *Vous autres, les gens, ça fait tellement plaisir de jouer avec vous.* » C'était son jeu à lui, qu'il jouait selon ses règles, et même sans aucune règle s'il le voulait, et elle et Harry n'étaient plus que des jouets. *Ses* jouets. Elle avait été stupide de croire une seconde qu'il tiendrait sa promesse.

Le craquement de chacun de ses pas pesants se répercutait dans les poutres, dans toute la galerie. Et même le sol du hangar vibrait. Il montait de plus en plus vite : BOUM, BOUM, BOUM, BOUM !

Harry lui empoigna le bras.

– Vite ! L'autre escalier !

Ils s'écartèrent de la balustrade pour courir vers l'autre extrémité de la galerie.

En haut de l'escalier, un second golem se dressait devant eux, absolument identique au premier. Énorme. Les cheveux hirsutes. La barbe échevelée. Avec un imperméable qui était comme une cape noire. Un sourire large. Et les mêmes flammèches bleues qui dansaient dans ses orbites profondes.

Maintenant, ils savaient autre chose à propos du pouvoir de Tic-tac : il pouvait créer et contrôler au moins deux corps artificiels en même temps.

Sur leur droite, le premier golem était arrivé en haut des marches. Il s'avançait sur eux, repoussant du pied avec violence les corps des amants paralysés.

À gauche, le second golem s'approchait lui aussi, avec la même cruauté. Quand le monde recommencerait, des centaines de cris de souffrance monteraient dans le hangar.

Sans lâcher le bras de Connie, Harry l'entraîna vers la balustrade et souffla :

– *On saute !*

Les pas des deux golems étaient comme deux énormes tambours dans l'ombre de la galerie, auxquels répondait le cœur de Connie, assourdissant.

Elle imita Harry et, lançant les deux mains derrière elle, elle se jucha sur la balustrade.

Les golems se rapprochaient, shootant plus violemment encore dans les couples qui leur faisaient obstacle.

Elle leva les jambes et se tourna vers le hangar. Le sol était à plus de cinq mètres. De quoi se casser une jambe ou se fracturer le crâne ?... Probablement.

Mais les golems n'étaient plus qu'à quelques mètres. Ils arrivaient comme deux locomotives énormes, et leurs yeux d'un bleu ardent étaient comme des phares de gaz incandescent, des trous sur l'enfer. Leurs mains géantes étaient levées sur eux.

Harry sauta.

Dans un cri résigné, Connie poussa des pieds et des mains et se jeta à son tour dans le vide... pour se retrouver à deux mètres en contrebas, suspendue dans les airs, non loin de Harry. Elle avait la tête tournée vers le bas, bras et jambes déployés comme dans un saut en chute libre. En bas, les danseurs étaient toujours emmêlés et figés, inconscients de tout depuis le sortilège de la Pause.

Depuis que leur course à travers Laguna Beach avait commencé, depuis que le froid les avait gagnés peu à peu et qu'ils avaient commencé à perdre leur énergie au même rythme, elle avait compris qu'il n'était pas aussi facile de se mouvoir dans le monde de la Pause que dans la réalité normale. Le fait qu'ils ne provoquaient pas de déplacement d'air en courant, ce que Harry avait remarqué lui aussi, semblait confirmer que leurs mouvements rencontraient une opposition, même s'ils n'en avaient pas conscience. Et leur chute arrêtée en était la preuve. Aussi longtemps qu'ils exerçaient une pression physique, ils pouvaient se déplacer, mais il leur était impossible de se fier à la force d'inertie ou même à la gravité.

En regardant par-dessus son épaule, Connie mesura la distance qui la séparait de la balustrade : moins de deux mètres en fait. Pourtant, elle s'était élancée de toutes ses forces. Malgré tout, ils étaient hors de portée des golems, si on ajoutait les deux mètres qu'ils avaient gagnés en direction du sol.

Les golems avaient atteint la balustrade et tendaient leurs énormes mains vers eux, brassant l'air en vain.

– Vous pouvez bouger si vous le voulez ! lança Harry.

Elle vit alors qu'il se servait de ses bras et de ses jambes comme un nageur. Il s'était lancé dans une brasse vers le bas et avançait centimètre par centimètre, comme si l'air était une sorte d'eau curieusement dense.

Elle réalisa très vite qu'elle n'était malheureusement pas en apesanteur comme un astronaute en orbite dans une navette, et qu'elle n'avait droit à aucun des plaisirs de la chute libre. En quelques mouvements, elle comprit qu'elle ne pouvait se propulser comme dans l'espace et changer de direction au gré de ses caprices.

Mais en imitant Harry, elle constata qu'elle parvenait elle aussi à percer l'air gluant. Du moins si elle maîtrisait méthodiquement ses gestes sans relâcher d'un cran sa volonté. Un instant, cela lui parut presque plus agréable que le saut libre, parce que, entre la période de temps où l'on flottait dans le ciel comme un oiseau à haute altitude et l'instant où le sol se rapprochait rapidement, l'illusion n'était jamais pleinement convaincante. Là, par contre, elle survolait toute une foule à l'intérieur d'un bâtiment, ce qui provoquait un sentiment vivifiant de puissance et de légèreté. Comme dans ces délicieux rêves d'envol qu'elle n'avait malheureusement que trop rarement faits.

Elle aurait pu prendre plaisir à cette expérience bizarre si Tic-tac ne s'était pas manifesté sous la forme d'un golem double et si elle n'avait pas lutté pour essayer de sauver sa vie. Elle entendait toujours les pas des colosses sur la galerie et, en levant la tête, elle vit que les deux monstres retournaient vers les escaliers.

Elle était encore à trois mètres du sol et « nageait » aussi furieusement que lentement vers la trame glacée et multicolore des spots et des lasers, le souffle court. Et le froid la gagnait de plus en plus rapidement.

Pourtant, elle avait l'impression de se propulser plus vite, comme si elle avait maintenant un appui, une paroi, un pilier... Mais il n'y avait rien derrière elle. Elle ne poussait que sur l'air, comme si elle se soulevait elle-même par la ceinture.

Sur sa gauche, Harry avait une cinquantaine de centimètres d'avance sur elle, mais il n'allait guère plus vite. Il avait simplement plongé le premier.

BOUM-BOUM-BOUM-BOUM ! Les pas des golems résonnaient dans tout le hangar.

Elle était maintenant à un peu plus de deux mètres du sol et se dirigeait vers un espace libre entre les danseurs. Méthodiquement, elle nageait. Et le froid la gagnait de plus en plus.

Elle regarda une fois encore derrière eux, même si ce simple geste allait la ralentir.

Un des golems avait atteint le haut d'un escalier et descendait les marches deux par deux. Sous son imperméable noir, les épaules voûtées, sa tête de colosse inclinée, bondissant un peu à la façon d'un gorille, il rappela à Connie une illustration d'un livre de son enfance. Elle l'avait oubliée depuis longtemps et lui revenait soudain : un troll de légende.

Elle luttait frénétiquement. Elle était maintenant à un peu plus de deux mètres du sol et il lui semblait que son cœur allait exploser. Mais elle arrivait la tête en avant et elle se dit qu'il lui faudrait se retourner avant de toucher la surface de béton et de reprendre son équilibre.

BOUM-BOUM-BOUM-BOUM !

Le golem venait d'atteindre le bas des marches.

Connie était épuisée. Glacée.

Elle entendit Harry jurer tout près d'elle.

Le rêve d'envol si séduisant était devenu le cauchemar classique, celui où l'on ne peut s'échapper que très lentement, les pieds englués, pendant qu'un monstre agile vous poursuit à une vitesse terrifiante.

À moins de deux mètres du sol, maintenant, elle discerna un mouvement sur la gauche et entendit le cri de Harry. Le golem venait de s'abattre sur lui.

Une ombre fondit alors sur la salle, à sa droite.

Suspendue dans l'air, comme un ange menacé par un démon, la tête encore vers le bas, elle était soudain face à face avec l'autre golem. Mais, malheureusement, à la différence d'un ange, elle n'avait aucune épée flamboyante au poing, pas le moindre éclair, pas la plus petite amulette bénie de Dieu qui pût repousser les démons vers le bouillonnement du Puits.

Et, avec un sourire, Tic-tac serra les doigts sur sa gorge. La main du golem était tellement énorme que ses doigts lui encerclaient complètement le cou. Mais il ne serrait pas encore.

Elle se souvint comment la tête de Ricky Estefan avait été tordue à l'envers, comment le bras de la jeune fille avait été arraché de son torse.

Un éclair de rage perça sa terreur et elle cracha sur le visage immense et affreux.

– Laisse-moi, tas de merde !

Son haleine immonde la recouvrit et elle grimaça tandis que le golem disait :

– Félicitations, pute. On est au bout du compte.

Le bleu de ses yeux parut plus intense un bref instant, puis ils s'éteignirent, ne laissant que des orbites noires dans lesquelles Connie pouvait scruter l'éternité. La face hideuse du vagabond se transforma brutalement en une sculpture monochrome et finement ciselée qui semblait faite d'argile ou de boue. Des fissures se formèrent de part et d'autre de l'arête de son nez, se transformant très vite en une spirale qui envahit tout le visage. En un clin d'œil, ses traits se défirent.

Tout le corps du vagabond géant suivit et se fragmenta.

Et, dans une détonation fracassante de *techno music*, le monde recommença.

Connie tomba droit vers le sol, la tête en avant, et percuta l'amas de terre, de sable, d'herbe, de feuilles mortes et d'insectes qui avait été le corps du golem. La masse inerte lui avait évité de se fracasser le crâne, mais elle resta un instant à cracher de dégoût, haletante.

Et, autour d'elle, dominant la pulsation de la musique, elle entendit les cris de terreur, d'horreur et de souffrance.

5

– La partie est finie – pour l'instant.

Sur cette annonce, le golem se dissipa.

Et Harry tomba des airs. Il s'affala sur le ventre dans les restes de la créature, qui ne sentaient que la terre humide.

Sous les yeux, il avait une main. Entièrement faite de terre, comme celle qu'il avait vue dans le bungalow de Ricky, mais plus large. Deux doigts bougèrent sous l'effet d'un dernier flux d'énergie surnaturelle et se pointèrent vers son nez. D'un coup de poing, il pulvérisa cette abomination.

Des danseurs s'écroulèrent sur lui dans un concert de hurlements. Il réussit à se dégager des corps enchevêtrés et à se relever.

Un garçon en T-shirt Batman se précipita sur lui et leva le poing. Harry se baissa, le frappa au ventre, ajouta un uppercut au menton, l'enjamba dans la seconde, et chercha Connie du regard.

Elle était tout près, occupée à évacuer une fille à l'air redoutable d'un coup de karaté. Puis, elle pivota pour expédier son coude dans le plexus d'une jeune brute musclée qui afficha un air surpris en tombant. À l'évidence, il s'était dit qu'il allait en faire un chiffon pour cirer ses chaussures avant de la jeter.

Si elle était dans le même état délabré que lui, songea Harry, elle ne pourrait sans doute pas tenir le coup longtemps. Il avait les phalanges douloureuses et glacées, il était épuisé, comme s'il avait porté une charge énorme sur plusieurs kilomètres.

Il la rejoignit et lui cria par-dessus le vacarme :

– Venez ! On est trop vieux pour ces conneries ! Foutons le camp !

De part et d'autre, la danse s'était transformée en bagarres qui ne s'expliquaient que par les tours cruels de Tic-tac. On se secouait, on se cognait un peu partout, mais tous les garçons et les filles n'avaient pas compris, car certains riaient comme s'ils avaient été simplement pris dans une danse un peu agitée.

Harry et Connie étaient trop loin du devant du hangar pour pouvoir gagner la sortie avant que la foule ne comprenne la situation. Bien sûr, aucun incendie ne les menaçait, mais ils allaient réagir comme si quelqu'un avait *réellement* vu des flammes. Et certains le croiraient.

Dans cette ambiance chaotique, il était facile de comprendre que les jeunes défoncés de la rave pouvaient croire que la violence n'était qu'un truc pour animer la soirée, même s'ils n'avaient pas été défoncés. Les spots balayaient la voûte métallique du plafond, les faisceaux des lasers lacéraient la salle et la transformaient en un filet multicolore, les stroboscopes lançaient leurs éclairs et des ombres fantasmagoriques sautaient, tournaient et se tordaient dans la foule électrisée, révélant des visages jeunes, étranges et mystérieux derrière les masques de lumière et d'images psychédéliques. Le *disc-jockey* monta le son de la musique déchaînée et le vacarme de la foule devint étourdissant. Les sens étaient saturés et n'importe quel affrontement violent pouvait être pris pour une crise de rire.

Loin derrière Harry, un cri s'éleva, qui ne ressemblait à aucun autre, si perçant et hystérique qu'il domina la cacophonie du hangar. Il ne s'était pas écoulé plus d'une minute depuis la fin de la Pause. Harry se dit que c'était sans doute la fille brune qui, sortie de sa transe, venait de découvrir qu'elle n'avait plus qu'un moignon sanglant à la place de son épaule – ou bien quelqu'un qui venait de trouver le bras arraché sur le sol.

Même si le hurlement déchirant n'avait pas arrêté net la foule, elle était tout à coup décontenancée, et la réalité retrouvait sa place. Lorsqu'elle se serait réinstallée chez la majorité des jeunes défoncés, il y aurait une ruée brusque vers les issues, une cohue mortellement dangereuse, même s'il n'y avait pas d'incendie.

Son sens du devoir et sa conscience de policier incitaient Harry à rebrousser chemin pour retrouver la fille démembrée afin de lui porter secours. Mais il savait en même temps qu'il n'aurait pas la moindre chance de la repérer dans le maelström humain qui se formait avec la force d'un ouragan.

En serrant la main de Connie, il se mit à écarter les danseurs et les jeunes hurlant avec leurs bouteilles de bière et leurs ballons d'oxyde d'azote, se frayant un chemin vers le fond du hangar, qui se trouvait sous la galerie. Loin des projecteurs. Dans le lieu le plus obscur.

Il fouilla les ombres du regard, et ne trouva aucune porte.

Ce qui n'était pas surprenant, si l'on considérait qu'une rave était essentiellement une réunion illégale de drogués qui se tenait dans un hangar supposé désert, et que cela n'avait rien d'un bal des débutantes. Mais, Bon Dieu, ce serait totalement stupide et absurde d'avoir survécu à la Pause et aux golems pour être piétiné par des centaines de gamins bourrés à mort qui allaient tous tenter de fuir en même temps.

Harry opta pour la droite, sans raison particulière. Des gamins reprenaient conscience sur le sol, après de trop longues bouffées de gaz hilarant. Harry essayait de les éviter dans sa course, mais, dans l'ombre, il trébucha plusieurs fois sur des dormeurs en tenue sombre.

Une porte. Il avait failli passer devant sans s'arrêter.

Dans le hangar, le tempo assourdissant de la musique n'avait pas varié mais le brouhaha de la foule était maintenant ponctué de cris de panique, et l'hymne au plaisir ronronnant était marqué d'une note plus sombre.

Connie serrait si fort les doigts de Harry qu'elle en avait mal.

Harry pesa contre la porte. Puis la cogna des épaules. Elle ne bougea pas. Elle devait s'ouvrir de l'extérieur. Il tira. Sans plus de succès.

La foule éclata et se dispersa vers l'extérieur dans un déferlement de cris, et Harry sentit la fièvre et la terreur de cette vague humaine. Personne ne se souvenait de l'emplacement des sorties de secours.

Il chercha fébrilement la poignée de la porte, la barre d'ouverture, n'importe quoi, en priant pour qu'elle ne soit pas verrouillée. Il trouva enfin une poignée verticale à loquet, appuya, et perçut quelque part un déclic.

Le premier rang de la horde paniquée les bouscula par l'arrière. Connie poussa un cri. Harry se précipita pour tenter de les maintenir en luttant pour ouvrir la porte – *Seigneur, faites qu'on ne tombe pas dans un placard ou dans des toilettes !* –, le pouce écrasé sur le loquet. La porte céda, s'ouvrit vers l'intérieur, et il voulut crier à la foule d'attendre, Bon Dieu ! D'attendre encore une seconde. Et puis, la porte fut arrachée, claqua contre le mur, et, dans le même instant que Connie, il fut emporté dans la nuit froide par la première vague.

Une bonne dizaine de jeunes étaient rassemblés à l'extérieur, à l'arrière d'un van Ford blanc décoré de guirlandes d'ampoules d'arbre de Noël vertes et rouges branchées sur la batterie qui éclairaient vaguement la nuit entre l'arrière du hangar et les broussailles du canyon. Un type aux cheveux longs gonflait des ballons sur un réservoir d'oxyde d'azote installé sur une remorque, tandis que son comparse chauve collectait les billets de cinq dollars. Ils avaient tous la tête tournée, effarés devant les hordes hurlantes qui se déversaient à l'arrière du hangar.

Harry et Connie se séparèrent pour contourner le van. Connie se porta du côté passager tandis que Harry s'avançait vers la porte du conducteur.

Il l'ouvrit avec violence et s'installa au volant.

Le type au crâne rasé surgit et lui agrippa le bras.

– Hé, toi ! Où tu crois aller comme ça ?

Dans la seconde où il était tiré en arrière, Harry plongea la main sous sa veste et saisit son revolver. Il se retourna et pressa le canon sur les lèvres de son adversaire.

– Tu tiens à ce que je t'envoie les dents à travers la nuque ?

Le type au crâne rasé écarquilla les yeux et recula en levant les mains.

– Hé, non, mec ! Du calme. Prends le van. Il est à toi, amuse-toi bien, profites-en.

Harry n'aimait guère les méthodes de Connie, mais il dut admettre qu'il y avait un gain de temps certain à résoudre les problèmes dans son style.

Il revint au volant, claqua la portière et rengaina son arme.

Connie était déjà installée sur le siège du passager.

Les clés étaient sur le contact, et le moteur tournait pour alimenter les batteries sur lesquelles étaient branchées les guirlandes de Noël. Dieu du Ciel ! Des guirlandes de Noël. Des vrais marrants, ces dealers de NO.

Il desserra le frein à main, alluma les phares, et démarra en écrasant l'accélérateur. Les pneus couinèrent comme des cochons qu'on égorgeait sur le macadam, crachèrent de la fumée, et la foule se dispersa. Puis, ils mordirent dans la chaussée et Harry appuya sur le klaxon tout en fonçant vers le coin arrière du hangar.

– D'ici deux minutes, la route va être drôlement encombrée, fit Connie en se cramponnant au tableau de bord.

– Oui, ils essaient tous de ficher le camp avant que les flics ne rappliquent.

– De vrais rabat-joie.

– Des abrutis, oui.

– Ils ne savent pas se marrer.

– Jamais. Complètement coincés ces pauvres flics.

Ils décollèrent littéralement sur la route qui longeait le hangar. Sur ce côté, il n'y avait aucune issue de secours et ils n'avaient pas à s'inquiéter des éventuels fuyards. Le van répondait bien, à plein régime, avec une suspension parfaite. Harry diagnostiqua qu'il avait dû être un peu transformé pour des replis rapides en cas d'intervention de la police.

En se retrouvant devant le hangar, ils durent utiliser les freins et le klaxon pour se frayer un passage. Apparemment, la foule avait réussi à s'échapper du bâtiment plus vite qu'ils ne l'avaient imaginé.

– Les organisateurs ont eu la bonne idée d'ouvrir un des accès réservés aux camions, commenta Connie en détournant la tête.

– Je suis surpris que le volet ait fonctionné, dit Harry. Dieu sait depuis combien de temps c'est abandonné.

La pression avait été assez vite relâchée, se dit-il, et le chiffre des morts en serait réduit d'autant.

Harry restait sur la gauche, et il accrocha sans ralentir le pare-chocs d'une voiture garée, appuyant sans cesse sur le klaxon pour disperser les premiers fuyards qui dévalaient la rue comme les figurants terrifiés des films de Godzilla.

– Vous avez menacé ce type chauve avec votre flingue, dit Connie.

– Oui.

– Je vous ai entendu lui dire que vous alliez lui faire sauter la tête ?

– Quelque chose comme ça.

– Vous ne lui avez pas montré votre plaque ?

– Je me suis dit qu'il aurait du respect pour un flingue, mais pas vraiment pour une plaque.

– Je crois que je vais finir par bien vous aimer, Harry Lyon.

– Ça, ça n'a guère d'avenir – à moins qu'on tienne jusqu'après l'aube.

En quelques secondes, ils laissèrent derrière eux les derniers fuyards, et Harry put accélérer à fond. Ils dépassèrent les dernières voitures garées sur le bas-côté.

Harry ne pensait qu'à une chose : être aussi loin que possible quand la police de Laguna Beach déboulerait. Ce qui ne tarderait guère. S'ils se trouvaient pris dans la débâcle, ils risquaient de perdre leur unique chance de prendre Tic-tac au dépourvu.

– Vous allez où comme ça ? demanda Connie.
– Au Green House.
– Oui. Peut-être que Sammy est encore dans le coin.
– Sammy ?
– Le clodo. C'est comme ça qu'il s'appelle.
– Oh ! oui. Et il y a aussi le chien qui parle.
– Le chien qui parle ? répéta Connie.
– D'accord, peut-être qu'il ne parle pas, mais il voulait nous dire quelque chose qu'on avait besoin de savoir, ça j'en suis certain, et même s'il ne parle pas, Bon Dieu, qu'est-ce que ça fait ? On est dans un monde de dingues, on vit une nuit dingue. Il y a des animaux qui parlent dans les contes de fées. Pourquoi pas un chien qui parle à Laguna Beach ?

Il se rendit compte qu'il débloquait, mais il conduisait si vite qu'il ne pouvait pas détourner les yeux de la route pour voir si Connie affichait un air sceptique.

Mais elle ne semblait nullement inquiète de sa santé mentale quand elle lui demanda :
– Et c'est quoi le plan ?
– Je crois que nous disposons d'une toute petite chance.
– Parce qu'il doit se reposer de temps en temps. C'est ce qu'il vous a dit à la radio.
– Oui. Surtout après ce qui vient de se passer. Jusque-là, il s'est toujours écoulé une heure plus ou moins entre ses... apparitions.
– Ses manifestations.
– Comme vous voudrez.

Quelques virages plus loin, ils se retrouvèrent dans le secteur résidentiel, traversant Laguna en direction de l'autoroute du Pacifique.

À une intersection, ils croisèrent une voiture de police et une ambulance.
– Délai d'intervention correct, dit Connie.
– Probablement quelqu'un qui a appelé le 911 sur son téléphone de voiture.

Les secours arriveraient peut-être à temps pour sauver la fille qui avait perdu son bras. On pourrait peut-être même retrouver son bras et le lui recoudre. Mais oui... Et tout ce qu'avait raconté Ma Mère l'Oye était vrai.

Harry était surexcité depuis un moment, parce qu'ils avaient échappé à la Pause et à la rave. Mais, en se souvenant de la sauvagerie avec laquelle le golem avait amputé le bras frêle de la jeune fille, il sentit s'évaporer son taux d'adrénaline.

Et le désespoir s'infiltra à nouveau à l'orée de ses pensées.

– Si nous avons la plus infime chance pendant qu'il dort ou se repose, dit Connie, comment le trouver assez vite ?

– Certainement pas avec les portraits-robots de Nancy Quan, c'est sûr. On n'a plus assez de temps.

– Je pense que la prochaine fois qu'il se manifestera, il nous tuera, il ne jouera plus.

– C'est ce que je pense aussi.

– Du moins, il me tuera d'abord. Et vous ensuite.

– À l'aube. C'est une promesse que notre gentil petit garçon va tenir.

Ils restèrent plongés un instant dans le même silence lugubre.

– Et ça nous laisse où ? demanda enfin Connie.

– Il y a peut-être ce clochard du Green House...

– Sammy.

– ... Il pourrait savoir quelque chose qui nous serait utile. Sinon... Merde, je ne sais pas. Ça me paraît désespéré, non ?...

– Non, rien n'est désespéré. Tant qu'il y a de la vie... Et à propos d'espoir, il faut toujours essayer autre chose, continuer...

Il engagea le van dans une autre rue, à pleine vitesse, tout en lui jetant un regard étonné.

– Rien n'est désespéré ? Mais qu'est-ce qui vous est arrivé ?

Elle secoua la tête.

– Je ne sais pas. Mais ça continue de m'arriver.

6

Ils avaient passé au moins une demi-heure à fuir pendant la Pause avant d'atteindre le hangar au bout du canyon, mais il leur fallut moins de temps pour regagner leur point de départ. En consultant sa montre, Connie estima qu'il s'était écoulé moins de cinq minutes depuis qu'ils avaient piqué le van des dealers d'oxyde d'azote, sans doute parce qu'ils avaient suivi un itinéraire direct et aussi parce que Harry conduisait assez vite pour qu'elle ait eu peur.

Quand ils s'arrêtèrent devant le Green House, dans un carillonnement discret de guirlandes de Noël, il était exactement 1 h 37 du matin. Donc, un peu plus de huit minutes s'étaient écoulées depuis le début de la Pause, ce qui signifiait qu'il leur avait fallu en tout trois minutes pour sortir du hangar, s'emparer du van et traverser Laguna. Cela leur avait paru bien plus long.

La dépanneuse et la Volvo qui avaient été immobilisées sur la voie sud de l'autoroute n'étaient plus là. Quand le temps s'était remis en route, les conducteurs avaient dû redémarrer, eux aussi, sans même réaliser qu'il s'était passé quelque chose d'inhabituel. Et la circulation avait repris dans les deux sens.

Connie fut soulagée en découvrant Sammy devant le Green House. Il gesticulait avec véhémence, aux prises avec le garçon d'accueil compassé en costume Armani et cravate de soie peinte à la main. L'un des serveurs montait la garde sur le seuil, vraisemblablement pour le cas où l'affrontement deviendrait physique.

Lorsque Harry et Connie descendirent du van, le garçon se détourna et les interpella :

– Vous ! Mon Dieu, c'est vous !

Il s'avança, presque hostile, comme s'ils étaient partis sans régler leur addition.

Les clients et les employés étaient toujours derrière les baies et Connie reconnut certains de ceux qui les avaient épiés et qui étaient restés figés sur place quand la Pause était tombée. Ils avaient certes perdu leur rigidité mais rien de leur fascination pour ce spectacle impromptu.

– Mais qu'est-ce qui se passe ici ? ajouta le garçon avec une note d'hystérie dans la voix. Comment tout ça est arrivé ? Où étiez-vous passés ? Et... qu'est-ce que c'est... Qu'est-ce que c'est que ce van ?...

Connie dut réfléchir un instant : oui, il les avait vus disparaître en une fraction de seconde. Le chien avait jappé avant de plonger dans les buissons, ce qui les avait alertés. De même que Sammy, qui s'était élancé dans la ruelle. Mais elle et Harry étaient restés sur le trottoir, bien en vue des clients entassés derrière les baies du restaurant, quand la Pause avait frappé. Ensuite, ils avaient dû courir pour sauver leur vie. Et la Pause avait pris fin alors qu'ils n'étaient plus là. Pour les témoins, ils s'étaient évanouis dans les airs. Pour réapparaître huit minutes après dans un van décoré de guirlandes lumineuses de Noël.

La curiosité et l'exaspération du garçon d'accueil étaient excusables.

Si le délai pour retrouver Tic-tac n'avait pas été aussi mince, si chaque seconde qui passait ne les avait pas poussés inexorablement vers la mort, ils se seraient amusés du tohu-bohu qui régnait dans le restaurant. Après tout, c'était vraiment marrant, tout ça, mais ils n'avaient pas le temps de rire avec les autres. Plus tard, peut-être. S'ils survivaient.

– Mais c'est quoi tout ça? insistait le garçon. Qu'est-ce qui s'est passé? Je ne comprends pas un mot de ce que votre dingo me raconte!

Le dingo désignait Sammy, bien sûr.

– Mais ça n'est pas *notre* dingo, protesta Harry.

– Mais si, rectifia Connie, et vous feriez bien de lui dire deux mots. Moi, je m'occupe de tout ça.

Elle avait un peu peur que Harry, conscient du temps qui passait, ne finisse par sortir son revolver pour menacer le garçon à la cravate de soie de lui faire sortir les dents par la nuque s'il ne fermait pas sa gueule. Certes, elle approuvait cette nouvelle propension de Harry à se montrer plus agressif pour résoudre les problèmes, mais il y avait certaines circonstances où cela ne s'imposait vraiment pas.

Harry s'approcha de Sammy et engagea la conversation avec le clochard.

Tandis que Connie, passant un bras sur les épaules du garçon, le raccompagnait vers l'entrée du restaurant en lui expliquant d'un ton courtois mais ferme qu'elle et le lieutenant Lyon étaient sur une enquête importante et pressante, l'assurant qu'elle reviendrait plus tard tout lui expliquer en détail. Y compris tout ce qui lui semblait encore inexplicable.

– Dès que nous aurons résolu la situation actuelle...

Si l'on tenait compte du fait que c'était le boulot de Harry, d'habitude, d'apaiser les gens et que c'était à elle de les bousculer, elle eut un franc succès avec le garçon d'accueil. Elle n'avait nullement l'intention de revenir sur les lieux pour lui expliquer quoi que ce soit, et elle n'avait pas la moindre idée de ce qu'il penserait de ses explications sur la disparition soudaine des gens. Mais il se calma peu à peu, et elle réussit à le convaincre de rentrer dans le restaurant avec le serveur qui montait la garde.

Elle se pencha ensuite entre les buissons et constata ce qu'elle avait pressenti : le chien n'était plus là.

Elle rejoignit Harry et Sammy sur le trottoir à l'instant où le clochard déclarait :

– Comment je pourrais savoir où il vit ? C'est un extraterrestre, il est loin de sa planète. Il doit avoir un astronef caché quelque part.

D'un ton patient qui éveilla la surprise admirative de Connie, Harry déclara :

– Laisse tomber tout ça. Ça n'est pas un extraterrestre. Il...

Un aboiement soudain les fit sursauter.

Connie se retourna et découvrit le corniaud aux oreilles tombantes. Il venait de surgir en haut de la ruelle, suivi d'une femme et d'un garçonnet qui pouvait avoir cinq ans.

Dès qu'il vit qu'il avait attiré leur attention, il mordit dans le revers du jean du garçonnet pour l'entraîner. Après quelques pas, il le libéra, courut vers Connie, s'arrêta à mi-chemin, aboya dans sa direction, avant de se retourner vers la femme et le gamin et d'aboyer une deuxième fois. Pour recommencer avec Connie. Puis, il s'assit et les regarda tour à tour, comme pour dire : *Alors, est-ce que j'en ai assez fait ?*

La femme et le garçonnet semblaient curieux mais nullement effrayés. La mère avait un certain charme, et l'enfant était mignon, proprement habillé. Mais, sur leur visage, il y avait cette expression de méfiance de ceux qui connaissent trop bien les rues.

Connie s'approcha d'eux en souriant. Quand elle passa devant le chien, il leva son derrière et trottina à son côté en haletant.

Cet instant, se dit Connie, était marqué par le mystère et l'indicible, et Connie sut que quel que soit le lien qu'ils nouaient entre eux, il s'agissait d'une question de vie ou de mort pour elle et Harry, peut-être pour tous.

Elle n'avait pas la moindre idée de ce qu'elle devait leur dire jusqu'à la seconde où elle fut assez proche.

– Est-ce que... est-ce que *vous aussi*... vous avez vécu une expérience étrange récemment ?

La femme la regarda en cillant de surprise.

– Une expérience étrange ? Oh ! oui. Oh ! oui, bien sûr que oui.

TROISIÈME PARTIE

LE PETIT COTTAGE OU LA PEUR AU FOND DES BOIS

Là-bas, loin, en Chine,
les gens disent parfois
que souvent la vie est amère,
et rarement douce comme la soie.
Amère comme des larmes de dragon
qui pleuvent en cascade sur la terre
et emportent vers l'oubli des rivières
nos années de bonheur et de passion.

Là-bas, loin, en Chine,
les gens disent aussi,
que si parfois la vie est joyeuse,
elle a trop souvent des jours gris.
Et même en certaines saisons,
quand coulent les larmes de dragon,
il faut croire que c'est l'amère épice,
de nos années, de nos caprices.
Les bons moments sont notre riz,
et le chagrin est un parfum,
sur le ragoût de nos vies,
la saveur avant la fin.

Le Livre des chagrins comptés

VI

1

Maintenant ils savent.

C'est un bon chien, un bon chien, bon, bon.

Ils sont tous ensemble. La femme et le garçon, l'homme qui pue, l'homme qui ne pue pas trop, et la femme sans garçon. Sur tous, il y a la trace de la chose-qui-va-vous-tuer, et c'est pour ça qu'il a su qu'ils devaient se retrouver tous.

Eux aussi le savent. Ils savent pourquoi ils sont tous ensemble maintenant. Ils sont devant l'endroit où il y a de la nourriture pour les gens, ils se parlent, très vite, ils sont excités, ils parlent en même temps quelquefois, pendant que les deux femmes, le garçon et l'homme qui ne pue pas trop essaient de ne pas être sous le vent de l'homme qui pue.

Ils n'arrêtent pas de se pencher pour le caresser, pour le gratter derrière les oreilles et lui dire qu'il est un bon chien, un gentil chien, ça, et d'autres gentillesses qu'il ne comprend pas vraiment. Ça, c'est ce qu'il y a de meilleur. C'est bon d'être caressé et gratté par des gens qui, il en est sûr, ne finiront pas par vous mettre le feu au poil, par des gens qui n'ont pas de chat, pas de chat du tout.

Une fois, longtemps après la petite fille qui l'appelait Prince, d'autres gens l'avaient pris avec eux, ils l'avaient emmené chez eux, ils lui avaient donné à manger et ils étaient gentils. Ils l'appelaient Max, mais ils avaient un chat. Un gros chat. Méchant. Il s'appelait Fluffy. Max était gentil avec Fluffy. Max n'avait jamais donné la chasse à Fluffy. À cette époque, Max ne pourchassait jamais les chats. Enfin, presque jamais. Des chats, il y en avait qu'il aimait bien. Mais Fluffy n'aimait pas Max et ne voulait pas que Max vienne dans les endroits des gens, alors quelquefois, Fluffy volait la nourriture de Max, et à d'autres moments, Fluffy pissait dans le bol de Max. Les jours où les gens allaient dans un autre endroit, Max et Fluffy se retrouvaient seuls, et Fluffy se mettait à cracher et à griffer, il était fou, et il pourchassait Max qui avait peur dans toute la maison. Ou alors, il sautait d'en haut sur Max. C'était un gros chat. Il griffait. Il crachait. Il était fou. Et Max avait fini par comprendre que c'était son endroit à lui, à Fluffy, pas à Max et Fluffy, et alors il était parti loin des gens gentils et il était redevenu Copain.

Depuis, il s'inquiétait toujours quand il rencontrait des gens gentils qui voulaient l'emmener dans leur endroit et le nourrir tous les jours. S'ils avaient l'odeur du chat sur eux, quand il entrerait dans leur endroit, il y aurait un Fluffy. Gros. Méchant. Fou.

C'est donc bien qu'aucun de ces gens n'ait une odeur de chat, parce que si quelqu'un veut être sa famille, il sera en sécurité, il n'aura pas à s'inquiéter de trouver de la pisse dans son bol à nourriture.

Au bout d'un moment, ils sont tellement excités qu'ils ne le caressent plus, qu'ils ne lui disent plus qu'il est gentil, et il s'ennuie. Il bâille. Il se couche. Il aimerait dormir. Il est fatigué. C'était une journée active pour un bon chien.

Mais il voit alors les gens dans l'endroit où il y a de la nourriture pour les gens. Ils regardent au-dehors. Intéressant. Ils sont devant les vitres et ils le regardent.

Ils le trouvent peut-être mignon.

Ils veulent peut-être lui donner de la nourriture.

Après tout, *pourquoi* est-ce qu'ils ne voudraient pas lui donner de la nourriture ?

Alors, il se relève et trotte vers l'endroit où il y a de la nourriture. La tête dressée. Il fait le fringant. Remue la queue. Les gens adorent ça.

À la porte, il attend. Personne ne lui ouvre. Il pose la patte sur la porte. Il attend encore. Personne. Il gratte. Toujours personne.

Il retourne devant la vitre pour que les gens le voient. Il remue la queue. Il penche la tête, baisse une oreille. Ils le voient. Il sait qu'ils le voient.

Il retourne à la porte. Il attend. Attend encore.

Il gratte. Toujours personne.

Peut-être qu'ils ne savent pas qu'il veut de la nourriture. Ou ils ont peur de lui, ils pensent qu'il est un méchant chien. Il n'a pas l'air d'un méchant chien. Comment pourraient-ils avoir peur ? Ils ne savent donc pas quand il faut avoir peur ou pas ? Jamais il ne grimperait dans des endroits hauts pour sauter sur eux, jamais il ne pisserait dans leurs bols d'eau. Ces gens sont stupides. Stupides.

Finalement, il décide qu'il n'aura pas de nourriture, et il retourne vers les gens gentils qu'il a réunis. En s'éloignant, il redresse la tête, il se dandine et remue la queue, rien que pour montrer aux gens derrière les vitres ce qu'ils ont manqué.

Mais quand il s'approche des femmes, du garçon, de l'homme qui pue et de celui qui ne pue pas trop, il sent que quelque chose ne va pas. Il le sent et le renifle.

Ils ont peur. Ceci n'est pas nouveau. Depuis qu'il les a flairés, les uns et les autres, ils ont tous eu peur. Mais cette fois, leur peur est différente. Bien pire.

Et ils portent sur eux une petite trace de cette odeur d'étendez-vous-et-mourez. Les animaux ont aussi cette odeur sur eux, parfois, quand ils deviennent vieux, quand ils sont très fatigués et malades. Mais pas souvent les gens. Quoiqu'il connaisse un endroit où les gens ont cette odeur sur eux. Il y était plus tôt dans la nuit, avec la femme et le garçon.

Intéressant.

Intéressant et mauvais.

Il est ennuyé que ces gens si gentils aient cette trace de l'odeur d'étendez-vous-et-mourez sur eux. Que se passe-t-il ? Ils ne sont pas malades. L'homme qui pue l'est peut-être un peu, mais pas les autres. Et ils ne sont pas vieux non plus.

Leurs voix sont différentes, aussi. Un peu trop excitées, pas vraiment comme avant. Un peu lasses. Un peu tristes. Mais il y a autre chose... Quoi ? Quelque chose. Mais quoi ? Mais quoi ?

Il renifle leurs pieds, un par un. Sniff, sniff, sniff... Même les pieds de l'homme qui pue, et soudain, il sait ce qui ne va pas. Et il ne peut pas le croire, non, il ne le peut pas.

Il est stupéfait. Stupéfait. Il recule et les regarde. Stupéfait.

Sur chacun d'eux, il a senti cette odeur spéciale qui dit : Est-ce-que-je-le-pourchasse-ou-est-ce-qu'il-me-pourchasse ? Est-ce-que-je-cours-ou-est-ce-que-je-me-bats ? Est-ce-que-j'ai-assez-faim-pour-déterrer-quelque-chose-de-ce-trou-ou-est-ce-que-je-vais-attendre-que-les-gens-me-donnent-quelque-chose-de-bon-à-manger ?

C'est l'odeur du *je ne sais pas quoi faire*, qui est différente de l'odeur de la peur. Comme maintenant. Ils ont peur de la chose-qui-va-vous-tuer, mais aussi ils ont peur parce qu'ils ne savent pas quoi faire ensuite.

Il est stupéfait parce que *lui* sait ce qu'il faut faire maintenant, et il ne fait même pas partie des gens. Mais les gens, parfois, sont un peu lents à penser.

D'accord. Il va leur montrer ce qu'il faut faire.

Il aboie, et bien sûr, ils le regardent tous parce qu'il est un chien qui n'aboie pas beaucoup.

Il aboïe encore, puis il court, il les précède, il descend la pente. Il court, il s'arrête, il les regarde, il aboie, et il court encore et encore.

Ils parlent. Ils le regardent et ils parlent entre eux. Comme s'ils avaient compris.

Alors, il court encore plus loin et plus vite, il se retourne, il aboie encore.

Ils sont excités. Ils ont compris. Stupéfiant.

2

Ils ne savaient pas jusqu'où le chien allait les entraîner, et ils étaient tous d'accord : à cinq dans les rues, à deux heures du matin, ils risquaient de se faire remarquer. Ils décidèrent donc de voir si Wouf montrerait la route à suivre s'ils étaient en van.

Janet aida le lieutenant Gulliver et le lieutenant Lyon à débarrasser le véhicule de ses guirlandes de Noël qui étaient fixées avec des pinces et du ruban autocollant.

Ils doutaient que le chien les conduise directement sur les traces de cette personne qu'ils appelaient Tic-tac. Mais, quand même, il était plus prudent de ne pas trop attirer l'attention avec des ampoules rouges et vertes.

Sammy Shamroe les suivit près du Ford en leur racontant, et ce n'était pas la première fois, qu'il avait été stupide, qu'il avait tout perdu, mais qu'après ça il tournerait la page pour reprendre une nouvelle vie. Pour lui, ça paraissait très important qu'ils croient qu'il était sincère et prêt à entamer une nouvelle existence – comme s'il avait besoin de convaincre les autres avant de se convaincre lui-même.

– Je n'ai jamais vraiment cru que j'avais quelque chose dont le monde pouvait avoir besoin. Je me disais que j'étais plutôt inutile, rien qu'un artiste à la mode, qui savait bien parler mais qui n'avait rien à l'intérieur, mais voilà que je suis en train de sauver le monde d'un extraterrestre. O.K., ça n'est pas vraiment un extraterrestre, et je ne suis pas tout seul à me battre, mais au moins *j'aide* à sauver le monde, ça c'est sûr.

Janet restait stupéfaite de ce que Wouf avait fait. Nul ne saurait jamais vraiment comment il avait pu sentir qu'ils étaient tous les cinq sous la même étrange menace et qu'il serait utile qu'ils se regroupent. Tout le monde savait que les sens des animaux étaient par bien des côtés plus faibles que ceux des humains, mais aussi plus affinés parfois, et qu'au-delà des cinq sens usuels, il pouvait en exister d'autres qu'on avait du mal à comprendre. Mais, *après ça*, jamais plus elle n'aurait le même regard sur un chien – ou n'importe quel autre animal.

En laissant le chien vivre avec eux alors qu'elle avait du mal à les nourrir, Danny et elle, elle avait peut-être fait ce qu'il y avait de mieux dans son existence.

Avec les deux policiers, elle finit d'enlever les guirlandes de Noël du van, les enroula, et les rangea à l'arrière.

– J'ai arrêté de boire, déclara Sammy en les accompagnant. Est-ce que vous arrivez à le croire ? Mais c'est vrai. Plus une goutte. Nada.

Wouf était assis sur le trottoir à côté de Danny, sous la clarté d'un réverbère. Il les observait patiemment.

Dans un premier temps, quand elle avait appris que Miss Gulliver et Mr. Lyon étaient de la police, Janet avait failli fuir avec Danny sous son bras. Après tout, elle avait laissé le cadavre de son mari assassiné quelque part dans les sables de l'Arizona, et elle n'était pas certaine que cet homme abominable était encore là-bas. Si on avait découvert le cadavre de Vince, on allait lui poser des questions. Un mandat avait peut-être été lancé contre elle.

Et, si elle réfléchissait bien, les représentants de l'autorité n'avaient jamais été ses amis, si l'on exceptait Mr. Ishigura, à la clinique de Pacific View. Pour elle, ils étaient d'une espèce différente, des gens avec lesquels elle n'avait rien en commun.

Mais Miss Gulliver et Mr. Lyon semblaient sérieux, gentils et bien intentionnés. Elle ne pensait pas qu'ils étaient du genre à permettre qu'on lui enlève Danny, bien qu'elle n'ait pas l'intention de leur dire qu'elle avait tué Vince. Et elle avait certainement des choses en commun avec eux : avant tout, le désir de vivre et de trouver Tic-tac avant qu'il ne les retrouve, lui.

Elle avait donc décidé de faire pleine confiance aux policiers surtout parce qu'elle n'avait pas le choix. Ils étaient tous ensemble dans cette affaire. Mais aussi parce que le chien leur faisait confiance.

– Il est deux heures moins deux, déclara le lieutenant Lyon en regardant sa montre. Il faut y aller, Bon Dieu !

Janet appela Danny et grimpa à l'arrière du van avec lui et Sammy Shamroe.

Le lieutenant Lyon s'installa au volant et lança le moteur.

Janet, Danny et Sammy se tassèrent à l'avant pour mieux voir à travers le pare-brise.

Des serpentins de brume venus de l'océan se déployaient sur l'autoroute. Dans la lumière des phares d'une voiture qui venait dans l'autre sens, un arc-en-ciel se forma sur la courbe. Puis la voiture s'éloigna et se perdit dans la nuit.

Miss Gulliver et Wouf le chien attendaient toujours sur le trottoir.

Le lieutenant Lyon desserra le frein à main et, haussant à peine la voix, il dit :

– O.K., on est prêts.

Miss Gulliver se redressa, dit quelques mots au chien tout en lui faisant signe de filer et Wouf la regarda d'un air perplexe.

Avant de comprendre qu'ils lui demandaient de les conduire précisément là où il avait voulu les conduire quelques minutes auparavant. Alors, il partit vers le bas de la colline, vers le nord. Il parcourut ainsi le tiers d'un bloc d'immeubles avant de se retourner pour vérifier que le lieutenant Gulliver le suivait bien. Heureux, il remua la queue.

Le lieutenant Lyon laissa le van descendre la pente, à

quelques pas derrière Gulliver, en se disant que le chien serait rassuré de voir qu'ils suivaient aussi.

Ils n'allaient pas très vite, mais Janet dut se cramponner au siège du lieutenant Lyon pour rétablir son équilibre, tandis que Sammy agrippait l'appuie-tête du siège du passager. D'une main, Danny s'accrocha à la ceinture de Janet tout en se dressant sur la pointe des pieds pour essayer de mieux voir ce qui se passait au-dehors.

À l'instant où le lieutenant Gulliver le rejoignait, Wouf repartit en courant jusqu'à une intersection. Là, il se retourna de nouveau. Il observa la femme qui s'approchait, puis le van qui la suivait, revint à la femme, puis au van. C'était un chien intelligent. Il les emmènerait là où il devait les emmener.

– J'aurais préféré qu'il nous raconte ce qu'on a besoin de savoir, commenta le lieutenant Lyon.

– Qui ? fit Sammy.

– Le chien.

Quand Miss Gulliver eut laissé le chien franchir l'intersection et parcourir un demi-bloc, elle s'arrêta et laissa le van la rattraper. Elle attendit que Wouf se retourne et la regarde avant de monter et de s'installer sur le siège du passager.

Le chien s'était assis et les observait.

Le lieutenant Lyon laissa le van descendre sur quelques mètres.

Le chien dressa les oreilles.

Le van descendait toujours la pente, à petite vitesse.

Wouf se releva et se remit à trotter vers le nord. Il s'arrêta, puis se retourna pour s'assurer que le van suivait, et repartit.

– Bon chien, dit le lieutenant Gulliver.

– Très bon chien, ajouta le lieutenant Lyon.

– C'est le meilleur, dit Danny d'un air très fier.

– Je suis d'accord, appuya Sammy Shamroe en passant la main dans les cheveux du gamin.

Danny se tourna vers Janet :

– M'man, il sent très mauvais.

Gênée, elle lui dit :

– Danny !

– Non, y a pas de mal ! dit Sammy. (Il avait envie de se lancer dans un nouveau couplet de repentir.) C'est vrai. Je pue. Je suis une vraie ruine. Ça fait longtemps que je suis une ruine, mais c'est fini maintenant. Et vous savez pourquoi j'étais une ruine ? Parce que je pensais tout connaître, que je croyais savoir le sens de la vie, ce qu'elle signifiait, qu'il n'y avait rien de mystérieux là-dedans, seulement de la biologie. Mais après, et surtout après cette nuit, je vois les choses différemment. Je ne connais pas tout, finalement. C'est vrai. Merde, je sais vraiment rien du tout ! Il y a *des tas* de mystères dans la vie, qui dépassent même la biologie. Et s'il y en a plus, pourquoi on aurait besoin de vin, de cocaïne ou je ne sais quoi ? Non. Rien. Pas une goutte. Nada.

Un bloc plus loin, le chien tourna à droite et se dirigea vers l'est dans une rue en pente abrupte.

En abordant le virage, le lieutenant Lyon jeta un regard à sa montre :

– Deux heures. Bon sang, le temps passe trop vite !

Wouf venait de tourner la tête pour vérifier qu'ils le suivaient bien. Il était confiant. Ils resteraient avec lui.

Le trottoir sur lequel il courait était parsemé de fleurs rouges tombées des arbres-bouteilles qui bordaient les rues. Wouf les renifla tout en progressant vers l'est et renifla plusieurs fois.

Et soudain, Janet devina où le chien les emmenait.

– Mr. Ishigura, dit-elle.

Le lieutenant Gulliver se tourna pour la dévisager.

– Vous savez où il va ?

– On était là pour le dîner. Dans la cuisine. Mon Dieu !... La pauvre femme aveugle qui n'a plus d'yeux !

La maison de soins de Pacific View se trouvait dans le bloc d'immeubles suivant. Wouf escalada les marches en courant et s'assit devant la porte.

3

Après les heures de visite, il n'y avait plus personne à la réception. À travers la baie vitrée, en haut de la porte, Harry découvrit le hall désert, vaguement éclairé.

Quand il sonna, une voix de femme lui répondit à l'interphone. Il déclara qu'il était officier de police chargé d'une enquête urgente et, au ton de sa voix, elle parut inquiète et prête à coopérer.

Il regarda trois fois sa montre avant qu'elle n'ouvre. Elle n'avait pas mis très longtemps, mais il se souvenait de Ricky Estefan et de la fille qui avait laissé un bras dans la rave, et chaque seconde qui clignotait en rouge à son poignet les rapprochait de leur propre exécution.

L'infirmière qui dirigeait l'équipe de nuit était une petite Philippine qui n'avait rien de fragile sur le plan tempérament. Dès qu'elle vit Harry, elle se montra bien moins confiante qu'à l'interphone et refusa de lui ouvrir la porte.

D'abord, elle ne voulait pas croire qu'il était officier de police. Il ne pouvait lui en vouloir de se montrer suspicieuse : avec ce qu'il avait vécu depuis douze ou quatorze heures, il avait l'air de sortir d'une caisse d'emballage. D'ailleurs, Sammy Shamroe, lui, sortait *vraiment* d'une caisse d'emballage, et Harry, s'il ne semblait pas aussi mal en point, pouvait faire penser à un pensionnaire à vie de l'Armée du Salut.

Elle consentit à entrouvrir la porte sur la longueur de la chaîne de sécurité du genre industriel solide, qu'on devait employer sur les silos de missiles nucléaires. À sa demande, Harry lui fit passer sa carte d'officier de police. La photo n'avait rien de flatteur et pouvait ressembler à l'image qu'il donnait dans l'instant, plutôt détérioré et sale. Mais ça ne suffit pas à convaincre l'infirmière qu'il était un représentant de la loi.

En plissant son joli petit nez, elle lui demanda :

– Et vous avez quoi d'autre comme papiers ?

Il résista à la tentation de sortir son revolver et de le glisser à travers la lucarne en la menaçant de lui faire péter la tête. Mais elle devait avoir une trentaine d'années, et il était probable qu'elle avait grandi sous le régime de Marcos avant d'immigrer aux États-Unis, ce qui avait dû la durcir passablement. Et elle lui rirait probablement à la figure, elle mettrait un doigt dans le canon, et elle lui dirait d'aller se faire foutre.

Alors, il lui brandit Connie Gulliver, qui était pour une fois un officier de police tellement plus présentable que lui. Elle sourit à la mini Florence Nightingale façon Gestapo, lui parla gentiment, et lui présenta ses papiers quand elle les lui demanda. On aurait pu penser qu'ils tentaient de pénétrer dans le coffre central de Fort Knox et non pas dans une clinique privée.

Il jeta un coup d'œil à sa montre : deux heures trois.

S'il se fondait sur l'expérience limitée qu'ils avaient vécue avec leur Robert Houdin psychotique, celui-ci avait besoin d'au moins une heure à une heure et demie de repos entre deux numéros. Il rechargeait ses batteries surnaturelles tout comme un magicien de cirque a besoin de temps pour ranger les foulards de soie, les colombes et les lapins dans ses manches et se préparer pour la dernière séance. Si tel était le cas, ils n'avaient rien à redouter jusqu'à deux heures trente, et peut-être même trois heures.

Un peu moins d'une heure.

Harry était tellement fasciné par les deux points rouges clignotant de sa montre qu'il avait perdu le cours de l'échange entre Connie et l'infirmière. Ou bien elle avait réussi à la charmer ou elle avait proféré une menace efficace, car la chaîne de sécurité n'était plus en place, la porte était ouverte, et ils récupérèrent leurs pièces d'identité avec un sourire avant d'être admis dans Pacific View.

En découvrant Janet et Danny, qui étaient cachés dans la pénombre, sur le trottoir, l'infirmière de nuit réagit pourtant. Et plus encore quand elle vit le chien, même s'il remuait la queue en tirant la langue, essayant à l'évidence de se montrer gentil. Mais en voyant – et surtout en sentant – Sammy, elle fut sur le point de redevenir intraitable.

Pour les flics, comme pour les vendeurs de porte-à-porte, la difficulté suprême était toujours de franchir le seuil. Une fois à l'intérieur, Harry et Connie étaient aussi difficiles à virer que le vendeur d'aspirateur moyen qui déploie tout son matériel sur le tapis pour nettoyer jusqu'à la dernière trace de poussière.

Quand la redoutable Philippine comprit qu'en résistant aux envahisseurs, elle dérangerait beaucoup plus les patients qu'en coopérant, elle lança quelques mots en tagalog. Harry supposa qu'elle maudissait leurs ancêtres et tous leurs descendants. Mais elle les précéda vers la chambre où se trouvait la patiente qu'ils voulaient voir.

C'était l'unique femme aveugle aux paupières cousues de la maison de soins. Elle se nommait Jennifer Drackman.

En chemin, l'infirmière leur confia à mi-voix que le fils de Jennifer Drackman – qui habitait loin – payait les meilleures infirmières privées pour trois tours de garde, sept jours sur sept, afin de veiller sur sa mère qui souffrait de « désordre mental ». Elle était l'unique patiente de Pacific View à bénéficier de soins aussi « suffocants » qui s'ajoutaient aux services déjà « extravagants » que Pacific View proposait pour la pension minimale. L'infirmière ajouta encore quelques autres mots de son choix pour bien leur faire comprendre, très poliment, qu'elle n'appréciait guère le fils de Mrs. Drackman, que les infirmières privées étaient inutiles et constituaient une insulte à l'équipe de l'établissement, et qu'elle considérait que leur patiente faisait peur à tout le monde.

L'infirmière privée de l'équipe de nuit était une fille noire à la beauté exotique qui s'appelait Tanya Delaney. Elle n'avait pas l'air convaincue qu'il fût très sage de les laisser déranger sa patiente à une heure aussi tardive, même s'ils représentaient la police, et elle parut quelques secondes plus inflexible que l'infirmière de nuit.

La femme émaciée, osseuse, au teint terreux qui était dans le lit avait un aspect épouvantable. Pourtant, Harry ne parvenait pas à détourner le regard. Parce que, sous l'horreur de son état actuel, subsistait encore la trace tragiquement faible mais indéniable du fantôme de sa beauté passée. Le spectre qui hantait son visage ravagé et son corps, en refusant de s'emparer totalement d'elle, laissait deviner la différence glaçante entre ce qu'elle avait dû être dans sa jeunesse et ce qu'elle était devenue.

– Elle dormait, chuchota Tanya Delaney. (Elle se tenait entre eux et le lit, pour bien leur montrer qu'elle prenait son tour de garde très au sérieux.) C'est si rare qu'elle dorme paisiblement, et je n'aimerais pas qu'on la réveille.

Non loin des oreillers, sur une table de chevet, près d'un plateau à fond de liège sur lequel était posée une carafe chromée, il y avait un cadre noir, laqué, avec la photo d'un jeune homme plutôt beau qui pouvait avoir vingt ans. Le nez aquilin. Les cheveux bruns et drus. Des yeux pâles, sans doute gris comme de l'argent terni. Le garçon en blue-jean et T-shirt Tecate qui s'était léché les lèvres devant la vitrine du restaurant où ils avaient abattu James Ordegard. Qui savourait le spectacle des victimes ensanglantées. Et Harry se souvint de son regard de colère quand il l'avait repoussé et humilié devant la foule.

– C'est lui, dit-il doucement, l'air songeur.

Tanya Delaney avait suivi son regard.

– Bryan. Le fils de Mrs. Drackman.

Harry se tourna vers Connie et répéta :

– C'est lui.

– Il ne ressemble pas à l'homme-rat, commenta Sammy.

Il se tenait dans le coin le plus éloigné de la chambre. Il se rappelait probablement que les aveugles compensaient leur cécité par un sens de l'ouïe et de l'odorat surdéveloppés.

Quant au chien, il geignit une fois, brièvement, calmement.

Janet Marco serrait contre elle son petit garçon ensommeillé tout en observant la photo.

– Il ressemble un peu à Vince... les cheveux... les yeux. Pas étonnant que j'aie cru que c'était Vince qui revenait.

Harry se demanda qui pouvait être Vince, décida que ça n'était guère urgent, et dit à Connie :

– Si c'est vraiment son fils qui paie toutes les factures...

– Mais oui, c'est lui, dit l'infirmière Delaney. Il prend tellement soin de sa mère.

– ... alors, le bureau d'admission doit avoir son adresse, acheva Connie.

Harry secoua la tête.

– L'infirmière de garde ne nous laissera sûrement pas mettre le nez dans les dossiers. Elle va se coucher dessus jusqu'à ce qu'on revienne avec un mandat.

– Je pense que vous devriez repartir avant de la réveiller, dit l'infirmière Delaney.

– Je ne dors pas, dit l'épouvantail blanc dans le lit. Ses paupières cousues n'avaient pas bougé, comme si tous ses muscles étaient atrophiés depuis des années. « Et je ne veux pas que cette photo reste là. C'est lui qui me force à la garder.

– Mrs. Drackman..., commença Harry.

– Miss. Ils m'appellent Mrs. Drackman, mais je n'ai jamais été mariée. Jamais. (Sa voix était ténue mais ferme. Brisée. Froide.) Qu'est-ce que vous lui voulez ?

– Miss Drackman, nous sommes officiers de police. Nous désirons vous poser quelques questions au sujet de votre fils.

C'était leur première chance d'en savoir plus sur Tictac et Harry se dit qu'ils devaient absolument la saisir. La mère pouvait leur révéler un détail qui mettrait au jour une faille chez son extraordinaire rejeton, même si elle n'était pas consciente de sa vraie nature.

Elle demeura un moment silencieuse, en mordant sa lèvre décolorée. Tout son sang semblait s'être retiré de ses veines.

Harry jeta un regard à sa montre.

Deux heures huit.

La vieille femme ravagée leva un bras et referma les doigts sur la barre de sécurité de son lit, comme des serres.

– Tanya, est-ce que vous voulez bien nous laisser seuls ?

L'infirmière émit une timide protestation, mais la femme répéta son ordre d'un ton plus net.

Dès que Delaney se fut retirée en refermant la porte, Jennifer Drackman demanda :

– Combien êtes-vous ici ?

– Cinq, dit Connie, omettant le chien.

– Vous n'êtes pas tous des officiers de police, et vous ne menez pas une enquête officielle, ajouta Jennifer Drackman avec une perspicacité qui compensait ses longues années de cécité.

Il y avait dans sa voix une note curieuse d'espoir qui incita Harry à lui répondre sincèrement :

– Non. Il n'y a pas que des flics ici, et nous n'agissons pas vraiment en tant que tels.

– Qu'est-ce qu'il vous a fait ?

Il en avait tellement fait, songea Harry, qu'il était difficile pour quiconque de le résumer brièvement.

La femme interpréta son silence et dit :

– Savez-vous ce qu'il est ?

C'était une question hors du commun qui révélait que la femme, à un certain degré, avait conscience du caractère différent de son fils.

– Oui, dit Harry. Nous le savons.

– Tout le monde croit que c'est un garçon si gentil, fit la femme d'une voix tremblante. Ils n'écoutent rien. Pauvres idiots. Ils n'écoutent rien. Jamais ils ne m'ont crue, durant toutes ces années.

– Mais nous sommes là pour vous écouter, dit Harry. Et nous vous croyons déjà.

Une expression d'espoir joua sur le visage ravagé, si l'on pouvait parler d'espoir. La femme leva la tête, et ce simple mouvement fit apparaître ses tendons, comme des câbles sous la peau flasque de son cou.

– Est-ce que vous le haïssez ? demanda-t-elle.

Après un instant de silence, Connie lui répondit :
– Oui. Je le hais.
– Oui, ajouta Janet Marco.
– Moi, dit la femme, je le hais autant que je me hais moi-même.
Maintenant, sa voix était amère comme du fiel. Et, brièvement, le fantôme de sa beauté passée ne fut plus visible sur ses traits usés. Elle était totalement laide. Une harpie grotesque.
– Est-ce que vous allez le tuer ?
Harry n'était pas certain de ce qu'il devait répondre.
Mais la mère de Bryan Drackman, elle, n'était pas à court de mots.
« Si je le pouvais, je le tuerais moi-même... mais je suis tellement faible... si faible... Est-ce que vous allez le tuer ?
– Oui, dit enfin Harry.
– Ce ne sera pas facile.
– Non, ce ne sera pas facile. (Il regarda de nouveau sa montre.) Et il ne nous reste pas beaucoup de temps.

4

Bryan Drackman dormait.
D'un sommeil profond et satisfaisant. Réparateur.
Il rêvait d'énergie. Il dirigeait les éclairs. Même si dans son rêve il faisait jour, les cieux étaient toujours sombres comme la nuit, bouillonnant des nuages noirs du Jugement dernier. Et de cet orage plus violent que tous les autres, des flots d'électricité surgissaient pour s'écouler en lui. Et, à son gré, quand il tendait les mains, il projetait des lances d'éclairs, des boules de foudre. Il Devenait. Quand le processus serait achevé, il *serait* l'orage, le grand destructeur, le nettoyeur, balayant tout ce qui avait été avant lui, baignant le monde dans le sang. Et dans les yeux de ceux qu'il autoriserait à survivre, il ne lirait que le respect, l'adoration, l'amour, et encore l'amour.

5

Dans la nuit aveugle, des mains de brouillard cherchaient. Leurs doigts vaporeux palpaient les fenêtres de la chambre de Jennifer Drackman.

La lumière de la lampe de chevet faisait luire les gouttes de condensation sur la carafe d'eau fraîche qui ruisselaient sur le chrome.

Connie et Harry se tenaient d'un côté du lit. Janet s'était installée dans le fauteuil de l'infirmière avec son petit garçon endormi sur les genoux, le chien à ses pieds. Quant à Sammy, il n'avait pas quitté son recoin, silencieux, solennel dans la pénombre, reconnaissant peut-être certains éléments de sa propre histoire dans ce qu'il entendait.

La femme desséchée dans le lit semblait se flétrir un peu plus en parlant, comme s'il lui fallait brûler sa substance vitale afin de trouver assez d'énergie pour ouvrir ses sombres souvenirs.

Harry avait le sentiment qu'elle s'était accrochée à l'existence durant toutes ces années pour cet unique instant, pour parler à des gens qui la croiraient, qui ne seraient pas là uniquement pour la consoler et la sermonner.

De sa voix rouillée, poussiéreuse, elle leur dit :

– Il n'a que vingt ans. Et j'en avait vingt-deux quand je suis tombée enceinte... mais je devrais... je devrais commencer quelques années avant sa conception...

Un simple calcul lui donnait quarante-deux ou quarante-trois ans. Les autres en prirent conscience et réagirent nerveusement. Car Jennifer ne semblait pas vieille, mais ancienne. Elle paraissait avoir quarante ans de plus.

Les lambeaux de brouillard se faisaient plus denses dans la nuit, tandis que la mère de Tic-tac leur racontait comment elle avait fugué du foyer familial alors qu'elle n'avait que seize ans, écœurée du collège, comme une enfant excitée, assoiffée d'expériences, plus mûre que les autres enfants depuis ses treize ans mais, ainsi qu'elle devait le découvrir plus tard, sous-développée sur le plan émotionnel, et pas aussi intelligente qu'elle le croyait.

À Los Angeles, et plus tard à San Francisco, au sommet de la société de l'amour libre, à la fin des années soixante et au début des années soixante-dix, une jolie fille pouvait s'envoyer en l'air avec des milliers de partenaires et elle disposait d'un choix quasi infini de substances chimiques psychotropes. Après un certain nombre de petits boulots dans des boutiques psychédéliques où elle avait vendu des posters, des lampes à parfum, et tout le bazar qui accompagnait la drogue, elle avait tenté le gros coup et vendu elle-même de la drogue. En tant que dealer, et aussi parce qu'elle était jolie et douée, elle avait pu essayer tout un choix de substances exotiques que l'on trouvait rarement dans la rue.

– Mon grand truc, dit-elle, c'était les hallucinogènes. (On retrouvait les accents de la fille perdue.) Des champignons tibétains séchés, des lichens luminescents des vallées perdues du Pérou, des liqueurs distillées à partir de fleurs de cactus et de racines bizarres, de poudres de lézards africains, d'œil de salamandre : tout ce que des chimistes doués pouvaient concocter dans leurs laboratoires. Je voulais tout essayer, et j'en avais de plus en plus besoin. Tout ce qu'on pouvait m'envoyer des endroits où je n'étais jamais allée, pour me faire voir des choses que personne ne verrait jamais.

Même si sa vie l'avait conduite au fond du désespoir, il subsistait dans la voix de Jennifer Drackman une trace effrayante de regret, de désir.

Et Harry se dit qu'elle referait sans doute les mêmes choix si elle devait revivre toutes ces années enfuies.

Il n'avait pas réussi à se débarrasser de ce froid qui s'était infiltré en lui durant la Pause de Tic-tac, et à présent, il se sentait glacé jusqu'aux os.

Il regarda sa montre : deux heures douze.

Comme si elle était consciente de son impatience, Jennifer Drackman poursuivit :

– En 1972, je suis tombée enceinte...

Elle ne savait pas lequel de ses trois derniers amants était le père, mais, au début, elle avait été ravie à l'idée d'avoir un bébé. Elle n'aurait su définir de façon cohérente ce que l'ingestion permanente de tant de substances chimiques lui avait appris, mais elle sentait qu'elle avait une vaste sagesse à transmettre à sa progéniture. Un pas de plus en avant dans l'illogisme, et elle avait décidé qu'en continuant – et même en augmentant – l'absorption d'hallucinogènes durant sa grossesse, elle accoucherait d'un enfant à la conscience augmentée. En ces temps étranges, nombreux étaient ceux qui croyaient que l'on pouvait trouver le sens de la vie dans le peyotl et qu'une tablette de LSD pouvait vous faire accéder à un trône des Cieux pour entrevoir le visage de Dieu.

Pendant les trois premiers mois de sa grossesse, Jennifer avait bercé l'idée de mettre au monde un enfant parfait. Qui serait peut-être un autre Dylan, un autre Lennon, un nouveau Lénine, un génie, un pacificateur, mais en mieux, puisqu'il aurait déjà appris dans la matrice, grâce à la clairvoyance audacieuse de sa mère.

Et puis, tout avait changé à cause d'un mauvais trip. Elle n'était pas parvenue à se rappeler quels étaient les ingrédients du cocktail qui avait marqué le commencement de la fin de son existence. Elle savait seulement qu'il y avait du LSD et une poudre confectionnée à partir de la carapace d'un scarabée asiatique très rare. Alors qu'elle se trouvait au plus haut niveau de conscience qu'elle eût jamais atteint, elle avait traversé une série d'hallucinations transcendantes, bouleversantes, qui l'avaient soudain terrifiée.

L'effroi était resté en elle, même après la fin de ce mauvais trip : des hallucinations de mort et d'horreurs génétiques. Et cet effroi avait grandi jour après jour. Tout d'abord, elle n'avait pas retrouvé le souvenir de la source de cette peur mais, graduellement, elle s'était focalisée sur l'enfant qu'elle portait, et elle avait fini par comprendre que, dans son état psychique second, elle avait reçu un avertissement : son bébé ne serait pas Bob Dylan, mais un monstre. Et loin d'éclairer le monde, il ne ferait qu'apporter les ténèbres.

Elle ne saurait jamais si cette certitude était fondée ou simplement suscitée par les drogues, si l'enfant qu'elle portait était déjà un mutant ou un fœtus parfaitement normal. Sous l'effet de la peur, elle avait réagi en commettant des actes divers qui avaient très bien pu induire l'ultime facteur mutagène, augmenté par les prises de drogues, et qui avaient fait de Bryan ce qu'il était. Elle avait pensé à l'avortement, mais pas selon les moyens habituels, car elle redoutait les sages-femmes avec leurs aiguilles à tricoter et les toubibs ratés et alcooliques qui acceptaient des opérations pas toujours claires. Elle s'était rabattue sur des méthodes bien moins traditionnelles, et à terme plus risquées.

– C'était en 1972...

Jennifer Drackman, cramponnée à la barre de son lit, s'agita pour prendre une position plus confortable. Ses cheveux blancs étaient raides comme du fil de fer. Sous un angle maintenant différent, Harry devina le réseau des veines bleues autour de ses orbites, sur la peau laiteuse.

Et sa montre lui dit : deux heures seize.

– La Cour suprême n'a légalisé l'avortement qu'en 1973, reprit Jennifer. J'étais alors à un mois d'accoucher, et c'était donc trop tard.

À vrai dire, même si l'avortement avait été légal, jamais elle ne serait entrée en clinique, parce qu'elle se méfiait de tous les docteurs, parce qu'elle les craignait. Elle avait tout d'abord tenté de se débarrasser de cet enfant qu'elle ne désirait pas avec l'aide d'un praticien homéopathe mystique d'origine indienne qui exerçait dans un appartement de Haight Ashbury, le centre de la contre-culture de San Francisco, à l'époque. Il lui avait donné toute une série de potions à base d'herbes supposées affecter les parois de l'utérus et provoquer des accouchements avant terme. Quand cela avait échoué, il avait essayé divers lavages vaginaux à haute puissance pour essayer de déloger l'enfant.

Après ce deuxième échec, Jennifer s'était tournée vers un charlatan qui proposait un lavage vaginal rapide au radium, qui était censé ne pas être trop radioactif pour affecter la mère mais suffisamment pour tuer le fœtus. Cette tentative un peu plus radicale encore s'était révélée tout aussi inefficace.

C'est alors qu'il lui était apparu que si cet enfant dont elle ne voulait pas avait conscience de ses efforts pour se débarrasser de lui, s'il s'accrochait à la vie avec une telle ténacité, c'est parce qu'il était plus qu'un mortel ordinaire non encore né : une chose redoutable, haïssable, invulnérable jusque dans la matrice.

Deux heures dix-huit.

Harry devenait nerveux. Jennifer, jusqu'alors, ne leur avait rien dit qui pût les aider à affronter Tic-tac sur le plan pratique.

– Où pouvons-nous trouver votre fils ? demanda-t-il enfin.

Jennifer s'était sans doute dit que jamais elle n'aurait pareil public, et qu'elle n'allait pas abréger son récit dans leur seul intérêt, quel qu'il fût. En vérité, c'était pour elle une forme d'expiation.

Harry avait de la peine à supporter sa voix et le spectacle de son visage. Laissant Connie seule près du lit, il alla jusqu'à la fenêtre et observa le brouillard, qui semblait tellement froid et propre.

– La vie, disait Jennifer, était comme un mauvais trip pour moi.

« Mauvais trip »... Harry était soudain désorienté d'entendre cette expression venue du passé dans la bouche de cette vieille femme hagarde.

Jennifer disait que la peur qu'elle avait de cet enfant qui allait naître avait été plus forte que tout ce qu'elle avait connu avec les drogues. Jour après jour, la certitude qu'elle portait en elle un monstre s'était renforcée. Elle avait besoin de dormir, mais elle avait peur du sommeil, car ses rêves étaient habités par une violence inouïe, des souffrances humaines d'une variété infinie. Et qu'elle devinait à chaque fois une présence entre les ombres, invisible et terrible.

– Un jour, on m'a trouvée dans la rue. Je hurlais avec les mains sur mon ventre. Je maudissais la bête qui était en moi. On m'a internée.

Ensuite, elle avait été conduite jusque dans le comté d'Orange par les soins de sa mère, qu'elle n'avait plus revue depuis six ans. Les examens avaient révélé des cicatrices intra-utérines, des adhérences et des polypes bizarres. Et les analyses avaient fait apparaître une chimie du sang absolument anormale.

Même si on n'avait décelé aucune anomalie chez le fœtus, Jennifer restait convaincue que c'était un monstre, et elle devenait chaque jour plus hystérique. Les conseils, profanes ou religieux, ne parvenaient pas à apaiser sa peur.

Elle avait été hospitalisée pour un accouchement sous haute surveillance justifié par toutes les tentatives qu'elle avait faites pour se débarrasser de son enfant, et elle avait alors sombré dans la folie. Perdue dans des flash-backs psychédéliques avec des visions de monstruosités organiques, elle s'était bloquée sur la conviction irrationnelle que si elle posait seulement le regard sur l'enfant qu'elle allait mettre au monde, elle serait immédiatement vouée à l'enfer. Le travail avait été anormalement long et difficile et, vu sa condition mentale, Jennifer avait été sous contrainte la plupart du temps. Mais au moment où l'on avait brièvement desserré ses sangles pour son confort, tandis que l'enfant récalcitrant sortait enfin, elle s'était arraché les yeux avec les pouces.

Debout devant la fenêtre face aux visages qui se formaient et se dissolvaient dans le brouillard, Harry frissonna.

– Et il était né, acheva Jennifer Drackman. Il était né.

Même aveugle désormais, elle connaissait la nature obscure de la créature qu'elle avait mise au monde. Mais c'était un joli bébé, à ce qu'on lui disait, qui devint un beau jeune homme. Au fil des ans, personne ne prit plus au sérieux les divagations paranoïdes d'une femme qui s'était énucléée.

Harry regarda l'heure : deux heures vingt et une.

Il leur restait au mieux quarante minutes. Peut-être moins.

– Ensuite, j'ai subi tellement d'opérations : à cause de ma grossesse, de mes yeux, des infections... Ma santé a commencé à chuter régulièrement, j'ai eu quelques attaques, et jamais je ne suis retournée à la maison, auprès de ma mère. Ce qui était mieux. Parce qu'il y était, *lui*. J'ai passé plusieurs années dans un hôpital public. Je voulais mourir, je priais pour ça, mais j'étais devenue trop faible pour me suicider... trop faible pour tout. Et puis, il y a deux ans, après qu'il a assassiné ma mère, il m'a fait transférer ici.

– Comment savez-vous qu'il a tué votre mère ? demanda Connie.

– Il me l'a dit. Et aussi comment. Il m'a décrit son pouvoir, comment il augmentait sans cesse. Il m'a même montré des choses... Et je crois qu'il peut faire tout ce qu'il dit. Vous le croyez, vous ?

– Oui, dit Connie.

– Où habite-t-il ? demanda Harry, sans quitter le brouillard des yeux.

– Dans la maison de ma mère.

– À quelle adresse ?

– Mon esprit n'est pas très clair sur bien des choses... mais je me souviens de ça.

Et elle leur donna l'adresse.

Harry se dit qu'il connaissait à peu près le secteur. Ce n'était pas loin de Pacific View.

Deux heures vingt-trois lui apprit sa montre.

Il avait hâte de quitter la chambre, pas seulement parce qu'ils devaient affronter Bryan Drackman sans tarder. Il se détourna enfin de la fenêtre et dit :

– On y va.

Sammy Shamroe s'extirpa de son recoin d'ombre. Janet se leva avec son petit garçon endormi dans les bras. Et le chien les imita.

Mais Connie avait encore une question à poser. Une

question très personnelle que Harry aurait sans doute posée lui-même et qui aurait agacé Connie. Mais, cette nuit, ils avaient appris l'essentiel.

– Pourquoi Bryan continue-t-il à venir vous voir ?

– Pour me torturer, d'une manière ou d'une autre, dit Jennifer.

– C'est tout ?... Alors qu'il a tout un monde à torturer ?

En lâchant enfin la barre de sécurité de son lit, Jennifer Drackman dit dans un souffle :

– C'est l'amour.

– Il vient vous voir parce qu'il vous aime ?

– Non, non. Pas lui. Il est incapable d'aimer, il ne comprend même pas le sens du mot, mais il y croit. Il a besoin de mon amour. (La femme squelettique émit un rire sec et sans humour.) Pouvez-vous le croire ? Il vient me voir, *moi,* à cause de cela...

Harry se surprit à éprouver une sorte de pitié pour l'enfant psychotique dont cette femme dérangée n'avait jamais voulu.

Cette chambre, aussi confortable qu'elle fût, était le dernier endroit de la création où quiconque serait venu chercher de l'amour.

6

Le brouillard se déversait du Pacifique pour envelopper le littoral, dense, profond et froid dans la nuit. Il coulait sur la ville endormie, pareil au fantôme d'un océan ancien dont le niveau de marée aurait été plus élevé.

Harry roulait vers le sud sur l'autoroute, plus vite qu'il ne l'aurait dû avec cette visibilité limitée. Mais il valait mieux risquer une collision que de courir le danger d'arriver trop tard à la maison Drackman.

Il avait la paume des mains moite, comme si le brouillard de l'océan se condensait sur sa peau.

Deux heures vingt-sept.

Plus d'une heure avait passé depuis que Tic-tac était parti se reposer. D'un autre côté, ils avaient accompli pas mal de choses. Mais le temps leur apparaissait non plus comme un fleuve, mais comme une avalanche de minutes.

À l'arrière, Janet et Sammy gardaient le silence. Le garçon dormait. Et le chien veillait, inquiet.

À côté de lui, Connie alluma la petite lampe du lecteur

de cartes. Elle fit basculer le barillet de son arme pour vérifier qu'il était bien chargé.

C'était la deuxième fois.

Harry savait ce qu'elle pensait : si Tic-tac s'était réveillé, s'il avait réussi à arrêter le temps depuis qu'elle avait vérifié son arme la dernière fois, il avait pu en ôter toutes les balles, et il aurait un grand sourire quand elle appuierait sur la détente.

Mais toutes les chambres étaient chargées. Les projectiles brillaient sous la lampe.

Connie referma le barillet et éteignit.

Harry se dit qu'elle semblait très épuisée. Les traits tirés, les yeux injectés de sang. Il était inquiet : ils allaient affronter le plus dangereux criminel de leur carrière dans un état total de fatigue. Il savait que lui aussi était loin d'être dans sa forme habituelle. Ses réactions étaient plus lentes, ses perceptions engourdies.

– Qui va entrer dans la maison ? demanda soudain Sammy.

– Harry et moi, lui répondit Connie. C'est nous les professionnels. C'est tout à fait logique.

– Et nous ?... demanda Janet.

– Vous attendrez dans le van.

– Je pensais que je pourrais me rendre utile, insista Sammy.

– Eh bien, ôtez-vous ça de la tête.

– Comment vous allez entrer ?

– Ma collègue a sur elle toutes sortes de passes, dit Harry.

Connie tapota son blouson pour s'assurer que ses outils de cambriolage étaient toujours là.

– Et s'il ne dort pas ? s'inquiéta Janet.

Harry était occupé à lire les noms des rues.

– Il sera encore endormi.

– Mais s'il ne l'est pas ?

– *Il le faut*, répliqua Harry, et il mesura à quel point le choix qui leur restait était effroyablement limité.

Deux heures vingt-neuf. Bon sang ! Pour commencer, le temps s'était arrêté, et maintenant il allait trop vite.

Le nom de la rue était Phaedra Way. Les caractères des plaques de Laguna Beach étaient bien trop petits, difficiles à déchiffrer. Surtout avec le brouillard. Il se pencha sur le volant, plissant les yeux.

– Mais comment on peut le tuer ? s'inquiéta Sammy.

Je ne vois pas comment on peut liquider l'homme-rat. Non, pas vraiment.

– Ça, une chose est sûre, dit Connie, on ne peut pas prendre le risque de le blesser. Il se soignerait lui-même.

Phaedra Way. Phaedra. Allez, vite. Vite.

– Mais s'il a le pouvoir de se guérir, dit Harry, il le tire de la même source que tous ses autres pouvoirs.

– De son esprit, ajouta Janet.

Phaedra, Phaedra, Phaedra...

Harry ralentit, certain qu'ils approchaient de Phaedra Way, et dit :

– Oui. Le pouvoir de la volonté. Le pouvoir de l'esprit. Tout pouvoir psychique émane de l'esprit. Et l'esprit réside dans le cerveau.

– On vise la tête, conclut Connie.

Il acquiesça :

– Oui. À bout portant.

Connie affichait un air sombre.

– C'est la seule façon. Pas question de tribunal pour ce salaud. Il faut endommager instantanément son cerveau, le tuer aussitôt, ne pas lui laisser une chance de répliquer.

Harry se souvint du golem qui lançait ses boules de feu dans sa chambre, des flammes qui avaient jailli instantanément.

– Oui. Il ne faut pas lui laisser une chance de répliquer. Hé ! On y est. C'est Phaedra Way.

L'adresse que Jennifer Drackman leur avait donnée se situait à moins de cinq kilomètres de Pacific View. Ils la localisèrent à deux heures trente et une, c'est-à-dire un peu plus d'une heure après le début de la Pause.

Ils se trouvaient dans une allée prolongée qui desservait cinq maisons avec vue sur le Pacifique perdu dans la brume. Du printemps à l'automne, toute la région côtière était envahie par les touristes qui cherchaient désespérément à se garer le plus près possible des plages, et un panneau annonçait : VOIE PRIVÉE – ENLÈVEMENT. Mais il n'y avait pas de barrière.

Harry ne franchit pas le tournant. La rue était trop petite et le van risquait, à cette heure de la nuit, de réveiller tout le voisinage. Il alla se garer cinquante mètres plus loin, sur l'accotement de l'autoroute.

Tout est mieux, ils sont tous ensemble, alors il peut dire que c'est une famille, qu'ils veulent un chien pour le nourrir et aller partout avec lui, dans des endroits secs où il fait bon – et puis voilà que tout à coup, rien ne va plus. Rien.

La mort qui approche. La femme qui n'a pas de garçon. L'homme qui ne pue pas trop. Ils sont devant le van et la mort les entoure.

Il la sent sur eux, mais ça n'est pas encore une odeur. Il la voit sur eux, mais pourtant, ils n'ont pas l'air différents. Il n'y a aucun son, pourtant il entend quand il écoute. S'il leur lèche les mains, le visage, il sait que la mort est sur eux, et pourtant il ne sent aucun goût particulier. S'ils le caressent ou le grattent, il sent aussi la mort dans leurs doigts. La mort qui approche.

Il tremble. Il ne peut pas s'en empêcher.

La mort qui approche.

Mauvais. Très mauvais. Pire que tout.

Il doit faire quelque chose. Mais quoi ? Quoi quoi quoi quoi ?

Il ne sait pas quand la mort qui approche sera là, ni comment, ni où. Il ne sait même pas si elle s'abattra sur l'un, sur l'autre, ou encore les deux. Il la sent sur tous les deux parce qu'ils seront ensemble quand la mort arrivera. Mais il ne parvient pas à sentir cette chose aussi clairement qu'il peut sentir les innombrables odeurs de l'homme qui pue, la peur qui est en eux, parce que ça n'est pas réellement une chose qui peut être être flairée ou goûtée, mais seulement ressentie : un froid, une obscurité, une profondeur.

La mort qui approche.

Alors...

Il faut faire quelque chose.

Alors...

Faire quelque chose.

Quoi quoi quoi ?

Dès que Harry eut coupé le moteur et éteint les phares, le silence lui parut presque aussi dense que durant la Pause.

Le chien s'agitait, reniflait et gémissait. S'il se mettait à aboyer, les parois du van étoufferaient le son. Et puis, Harry se dit qu'ils étaient trop loin de la maison Drackman pour que Tic-tac soit réveillé.

Sammy demanda :

– Vous pensez qu'on devra compter combien de

temps... avant... vous voyez ce que je veux dire ? Si vous ne l'avez pas et que ça soit lui qui vous ait ? Je suis désolé, mais il faut que je vous le demande. Parce qu'il faudrait qu'on sache quand on devra courir ?

– Si c'est lui qui nous a, vous n'aurez même pas une chance de courir, dit Connie.

Harry se retourna. Ils le dévisageaient, dans l'ombre du siège arrière.

– Oui. Il va se demander comment diable on a pu le trouver, et quand il nous aura tués, il fera une autre Pause, immédiatement, et il tombera sur vous pour essayer de savoir. Il vérifiera tout pour comprendre. Si c'est lui qui nous coince, vous le saurez tout de suite, parce que en quelques secondes de temps réel, un de ses golems se matérialisera probablement avec vous, ici même, dans le van.

Sammy battit des paupières comme un hibou et passa la langue sur ses lèvres craquelées.

– Alors, pour l'amour de Dieu, essayez de le tuer.

Harry ouvrit doucement la portière, tandis que Connie descendait de son côté. Le chien bondit brusquement entre les deux sièges et les suivit avant même que Harry ait pu réagir.

Il tenta de retenir le brave corniaud, mais il lui fila entre les jambes.

– Wouf, non ! souffla-t-il.

Le chien l'ignora et trotta vers l'arrière du van.

Harry le suivit.

Le chien partit alors en courant, Harry fit quelques pas, mais Wouf se perdait déjà dans l'épais brouillard, se dirigeant vers le nord. Vers la maison Drackman.

Lorsque Connie le rejoignit, elle entendit Harry jurer entre ses dents.

– Mais il ne peut pas aller là-bas..., chuchota-t-elle.

– Pourquoi pas ?

– Seigneur ! S'il fait quoi que ce soit qui puisse alerter Tic-tac...

Harry regarda sa montre : deux heures trente-quatre.

Il leur restait peut-être vingt ou vingt-cinq minutes tout au plus. À moins qu'il ne fût trop tard.

Il décida de ne pas s'inquiéter du chien.

– Rappelez-vous bien, dit-il. On vise la tête. De près et très vite. C'est la seule façon de l'avoir.

En s'engageant dans Phaedra Way, il se retourna vers le van. Mais le brouillard l'avait avalé.

VII

1

Il n'a pas peur. Non. Pas peur.

Il est un chien, il a des griffes et des dents acérées. Il est fort et rapide.

Il rampe entre les grands lauriers épais. Et il se retrouve dans l'endroit où il y a des gens et où il est déjà venu. De grands murs blancs. Des fenêtres sombres. Et tout près du haut, un carré de lumière pâle.

L'odeur de la chose-qui-va-vous-tuer est lourde dans le brouillard. Mais, comme toutes les odeurs dans le brouillard, elle n'est pas assez nette, pas assez facile à suivre.

La grille de fer. Ses barreaux serrés. Il se tortille. Il passe.

Faire attention au coin. La chose mauvaise était dehors la dernière fois, derrière l'endroit où elle habite, avec des sacs. Du chocolat. Des *marshmallows*. Des chips. Il n'a rien pris. Mais il a bien failli se laisser prendre. Alors, cette fois, il faut seulement flairer. Sniff, sniff, sniff... Puis passer la tête et regarder. Pas le moindre signe de l'homme-jeune-chose-mauvaise. Il était là, il n'y est plus. L'endroit est sûr pour l'instant.

Il va derrière l'endroit où habitent les gens. De l'herbe, de la terre, des pierres plates sur lesquelles les gens marchent. Des bosquets. Des fleurs.

La porte. Et dans la porte, la petite porte pour les chiens.

Attention. Sniff. L'odeur de l'homme-jeune-chose-mauvaise est très forte. Il n'a pas peur. Non non non non. C'est un chien. Un bon chien, très bon.

Attention. La tête en avant, il passe la porte des chiens. Elle grince un peu. L'endroit où il y a de la nourriture pour les gens. Sombre. Sombre.

Il y est.

Le brouillard doucement fluorescent reflétait tous les rais de clarté de Phaedra Way, des lampes-champignons de style Malibu de l'allée à la plaque lumineuse qui éclairait le numéro de la maison voisine. En apparence, cela semblait illuminer la nuit, mais cette lumière trouble et amorphe était trompeuse : elle obscurcissait plus qu'elle ne révélait.

Harry ne parvenait qu'à discerner vaguement les maisons devant lesquelles ils passaient. Elles étaient grandes, c'est tout. Les premières lui parurent modernes, tout en angles, mais les suivantes étaient de style méditerranéen, plus harmonieuses. Elles lui rappelaient plus les jours passés de Laguna Beach que le bimillénaire, abritées derrière leurs ficus et leurs grandes palmes.

Phaedra Way épousait le dessin du littoral sur un petit promontoire qui dominait l'océan. S'ils devaient se fier à ce que leur avait dit Jennifer, la maison Drackman était la plus avancée, au bord de la falaise.

L'épreuve à laquelle il avait été soumis, se dit Harry, était avant tout fondée sur les éléments les plus ténébreux des contes de fées, et il n'aurait pas été surpris de découvrir, tout en haut du promontoire, une petite forêt, sombre et surnaturelle, habitée de hiboux aux yeux-lanternes et de loups furtifs, avec la maison Drackman, nichée au milieu, sinistre et hostile, dans la plus obscure tradition des demeures de sorcières, de magiciens et de trolls.

Il l'espérait presque. Car ce serait un symbole réconfortant de l'ordre des choses.

Mais, quand ils atteignirent la maison Drackman, seul un lugubre lambeau de brouillard marquait la tradition. L'architecture et le décor étaient bien moins menaçants que la petite maison dans les bois qu'il avait si bien connue dans les légendes et les contes de fées.

Sur la cour du devant, il y avait des palmiers, comme dans les autres demeures. Et même sous le manteau de brume, les bougainvillées se détachaient nettement sur les murs de stuc, jusqu'aux tuiles du toit. L'allée était jonchée de leurs fleurs éclatantes. Une veilleuse, à côté de la porte du garage, éclairait faiblement la plaque de la rue en même temps que les buissons alentour.

Tout cela était trop joli. Et Harry en éprouva une soudaine bouffée de colère irrationnelle. Rien ne correspondait à ce qu'il avait attendu, et l'ordre se perdait à nouveau.

Ils inspectèrent rapidement les côtés nord et sud de la maison et virent deux fenêtres éclairées.

L'une se situait sur le côté sud, vers l'arrière. Une fenêtre unique qui pouvait être celle d'une chambre.

Si la pièce était éclairée, cela signifiait que Tic-tac s'était réveillé, ou bien qu'il ne s'était endormi à aucun moment. À moins que... Certains enfants ne dormaient jamais sans une lumière et, sous bien des aspects, Tic-tac restait un enfant. Un enfant de vingt ans, dément, méchant, excessivement dangereux...

La seconde lumière était sur la façade nord, à l'arrière de la maison, au premier étage – à moins que ce ne fût l'ouest. Si Tic-tac se trouvait là en haut, éveillé ou endormi, il risquait de surprendre leurs mouvements les plus furtifs.

Connie avait son jeu de passes, et ils ne s'attaquèrent pas aux fenêtres mais directement à la porte principale. Un solide panneau de chêne avec un heurtoir de cuivre.

La serrure pouvait être une Baldwin, moins facile qu'une Schlage. Mais, dans l'ombre, il était difficile de faire la différence.

De chaque côté, il y avait deux fenêtres latérales, à vitraux biseautés. Harry posa le front sur le verre pour essayer d'entrevoir le hall. Au-delà, il devina un couloir sombre esquissé par une porte entrebâillée, quelque part dans le fond, et qui pouvait être celle de la cuisine.

Connie ouvrit son sac de passes. Mais, avant de se mettre au travail, elle fit ce que n'importe quel cambrioleur aurait fait : elle essaya la porte. Elle n'était pas fermée au verrou et elle réussit à l'ouvrir sur quelques centimètres.

Elle fourra les passes dans une de ses poches sans se préoccuper de refermer le sac, puis sortit son revolver de sa veste en velours.

Harry lui aussi avait dégainé son arme.

Connie hésitait. Il prit conscience qu'elle venait de

faire basculer le barillet et s'assurait à l'aveuglette, elle aussi, que les balles étaient encore dans leurs chambres. Il entendit le léger déclic de l'arme quand elle la referma.

Elle franchit le seuil la première et il la suivit.

Le hall était dallé de marbre. Ils restèrent immobiles vingt secondes, une minute, guettant la nuit. Les doigts crispés sur leurs armes, la ligne de mire juste en dessous de leur regard. Harry couvrit le flanc gauche et Connie le droit.

Le silence leur répondit.

Le Hall du Roi de la Montagne [1]. Quelque part, un troll dormait. Ou pas. Il attendait peut-être.

Il n'y avait guère de clarté dans le hall. Ce reflet provenait d'une porte ouverte plus avant dans le couloir. Des miroirs sur la gauche, qui reflétaient leurs silhouettes obscures. Sur la droite, une porte devait ouvrir sur un placard, ou un cabinet de travail.

Devant eux, à droite, un escalier accédait à un palier perdu dans l'ombre, puis à un autre couloir, au niveau du second étage.

Le couloir s'ouvrait devant eux. Des arcades et des pièces obscures, la porte entrebâillée de la cuisine, d'où filtrait de la lumière, un peu plus loin.

Harry détestait ce genre de situation. Il s'y était retrouvé trop souvent. Il avait de l'expérience et c'était un flic doué. Mais il détestait toujours ça.

Le silence était toujours dense. Harry était seul avec le bruit de son cœur, rapide mais régulier, pas encore affolé, bien maîtrisé.

Ils ne pouvaient plus reculer, désormais. Et il referma la porte sur eux avec le bruit quasi imperceptible d'un couvercle de cercueil que l'on rabat dans le silence d'un salon funéraire aux rideaux de velours pourpre.

Bryan s'éveilla d'un rêve de destruction dans un monde qui lui avait offert le plaisir de victimes bien réelles, de sang véritable.

Un instant, il resta immobile et nu sur les draps noirs, le regard fixé sur le plafond noir de sa chambre. Il était encore imprégné de son rêve et il pensait qu'il dérivait dans la nuit, sur la mer des ténèbres, sous le ciel sans étoiles. Il flottait, il ne pesait plus rien.

1. Dans le drame lyrique d'Ibsen, *Peer Gynt*, mis en musique par Grieg. *(N.d.T.)*

La lévitation était un pouvoir qu'il ne possédait pas, et il n'était guère doué en télékinèse. Mais il avait la conviction qu'il serait capable de voler et de manipuler la matière de toutes les façons imaginables quand il serait complètement Devenu.

Graduellement, il prit conscience des plis de soie inconfortables sous son dos et ses fesses, de la fraîcheur de l'air, du goût aigre qu'il avait dans la bouche, et d'une faim pressante qui faisait gronder son estomac. Son imagination se replia, les eaux du Styx se changèrent en draps noirs, le ciel sans étoiles ne fut plus qu'un plafond noir mat, et il dut admettre que la pesanteur exerçait toujours son pouvoir sur lui.

Il s'assit, jeta les jambes par-dessus le bord du lit, et se leva. Il bâilla, s'étira langoureusement, puis se regarda dans les miroirs de la chambre. Un jour, lorsqu'il aurait éclairci les rangs de la horde des humains, il se trouverait des artistes parmi ceux qu'il aurait épargnés qui voudraient sans doute faire son portrait, avec révérence et adoration. Il serait comme ces figures de la Bible que l'on trouve dans les musées d'Europe, il figurerait dans des scènes de l'Apocalypse, dans des cathédrales où on le montrerait comme un titan faisant tomber son châtiment sur les foules qui venaient mourir à ses pieds.

Tandis qu'il contemplait son image, il vit dans les miroirs les étagères laquées de noir sur lesquelles étaient posés les bocaux reliquaires. Il avait laissé une lampe de chevet allumée durant son sommeil, et les yeux avaient pu le contempler, lorsqu'il voguait dans ses rêves de déité. Tous étaient fixés sur lui, avec le même regard d'adoration.

Il se rappela le plaisir qu'il avait éprouvé en faisant rouler les yeux bleus de la femme entre ses paumes et sur son corps, la douceur humide de leur intimité amoureuse.

Son peignoir rouge était froissé sur le sol, juste au bas des étagères, là où il l'avait abandonné. Il le revêtit et noua la ceinture.

Mais il observait toujours les yeux dans leurs bocaux. Aucun d'eux ne manifestait de mépris ou d'indifférence à son égard.

Il souhaita, et ce n'était pas la première fois, que les yeux de sa mère soient avec les autres. Si seulement il les possédait, il permettrait à sa mère d'entrer en communion avec toutes les convexités, les concavités de son corps parfaitement proportionné, et alors, elle comprendrait à quel point il était beau, ce qu'elle n'avait jamais su, jamais vu. Et elle saurait alors que toutes ses craintes à propos d'une mutation hideuse avaient été stupides et qu'elle avait sacrifié en vain sa vue.

S'il avait eu ses yeux devant lui en cet instant précis, il les aurait doucement posés sur sa langue. Avant de les avaler afin que sa mère voie que la perfection existait aussi à l'intérieur de lui. Et en comprenant enfin, elle pleurerait sur ce geste malheureux qu'elle avait eu le soir où il était né, et ce serait comme si toutes les années de séparation n'avaient jamais existé. La mère du nouveau dieu viendrait à ses côtés de son plein gré, et ainsi il Deviendrait plus facilement et accéderait plus rapidement vers l'Ascension au trône et le commencement de l'Apocalypse.

Mais les gens de l'hôpital avaient récupéré les yeux de sa mère depuis longtemps, tout comme ils récupéraient les tissus morts, le sang infecté, les appendices.

Et il eut un soupir de regret.

Harry s'efforçait de ne pas regarder dans la direction de la porte entrouverte, plus loin dans le couloir, afin d'accoutumer son regard à l'obscurité du hall. Il était grand temps qu'ils progressent. Mais ils avaient des choix à faire.

D'ordinaire, avec Connie, ils procédaient aux investigations intérieures pièce par pièce. Mais pas toujours.

De bons partenaires avaient une routine fiable et mutuellement admise pour toute situation de base. Mais elle pouvait être également flexible.

La flexibilité était essentielle, car il existait des situations où elle s'imposait. Comme celle-là.

Il ne pensait pas que ce serait une bonne idée de rester ensemble, parce qu'ils affrontaient un adversaire qui disposait d'armes bien supérieures à des revolvers, des mitraillettes ou à des explosifs. Ordegard avait failli les éliminer avec ses grenades, mais l'autre salaud pouvait très bien leur expédier un éclair du bout des doigts ou leur faire un tour de magie qu'ils ne connaissaient pas encore.

Bienvenue dans les années quatre-vingt-dix.

S'ils se séparaient, si par exemple l'un d'eux explorait

le premier étage tandis que l'autre montait vers les chambres du haut, non seulement ils gagneraient du temps, ce qui était essentiel, mais ils doubleraient leurs chances de surprendre le monstre.

Harry s'approcha de Connie, lui toucha l'épaule, colla ses lèvres à son oreille et souffla :

– Moi en haut, vous ici.

Il la sentit se raidir : il savait qu'elle n'aimait pas la division dans le travail. Il savait pourquoi. Ils avaient déjà jeté un coup d'œil dans la cuisine éclairée et l'avaient trouvée déserte. La seule autre pièce éclairée se trouvait à l'étage, et il était plus que probable que Tic-tac s'y trouvait. Elle ne craignait pas que Harry salope le travail s'il montait seul, mais elle avait une telle haine de Tic-tac qu'elle voulait avoir une chance égale de lui coller une balle dans la tête.

Mais ils n'avaient guère le temps de discuter, et Connie le savait. Ils ne pouvaient échafauder des plans. Ils devaient se laisser porter par la vague. Et quand il traversa le hall en direction de l'escalier, elle ne fit pas un geste pour le retenir.

Bryan détourna le regard des yeux votifs dans leurs bocaux. Puis traversa la chambre jusqu'à la porte ouverte dans le froissement léger de son peignoir.

Il avait constamment conscience du temps, à la minute près, et il savait qu'il avait encore quelques heures avant l'aube. Il n'avait pas besoin de se presser pour tenir les promesses qu'il avait faites au super-flic, mais il avait envie de le localiser et de voir jusqu'à quel degré de désespoir le héros avait sombré après que le temps s'était arrêté, qu'il avait découvert le monde gelé pour une partie de cache-cache. Cet idiot devait maintenant savoir qu'il se trouvait devant une puissance incommensurable, et que tout espoir de fuite était vain. Il se plaisait à l'idée de savourer un instant l'horreur avec laquelle il devait regarder son tourmenteur et la peur qu'il devait ressentir.

Mais tout d'abord, Bryan devait apaiser sa faim. Le sommeil ne restaurait qu'en partie ses forces. Il savait qu'il avait dû perdre quelques livres durant cette dernière séance de créativité. L'usage de son Très Grand et Très Secret Pouvoir était toujours éprouvant. Il était affamé : il avait besoin de choses salées et de sucreries.

Il quitta la chambre, enfila le couloir à droite, s'éloignant du devant de la maison en direction de l'escalier qui descendait vers la cuisine.

La lumière qui filtrait de sa chambre lui permettait d'observer son reflet, à droite comme à gauche, celui d'un jeune dieu en train de Devenir, une vision de puissance et de gloire. Il s'avançait d'un pas assuré dans une image multipliée à l'infini de tourbillons rouges.

Connie ne tenait pas à être séparée de Harry. Elle était inquiète.

Elle l'avait observé dans la chambre de la vieille femme, à la clinique : il ressemblait à un cadavre réchauffé. Totalement épuisé, couvert de contusions et d'éraflures. En moins de douze heures, son monde à lui s'était effondré, il avait non seulement perdu tous ses biens mais aussi toutes les idées auxquelles il était attaché, ainsi qu'une bonne part de son image personnelle.

Bien sûr, si l'on exceptait les biens matériels, on pouvait en dire autant d'elle. Ce qui était une autre raison pour laquelle elle ne voulait pas se retrouver séparée de Harry dans la fouille de la maison. Ni l'un ni l'autre n'étaient en totale possession de leurs moyens mais, compte tenu de la nature spéciale de leur adversaire, ils avaient besoin d'un avantage supplémentaire. Et ils *devaient* se séparer.

Tandis que Harry montait vers l'étage, Connie, avec réticence, se dirigea vers la porte de droite. Elle pesa doucement sur la poignée de la main gauche, serrant son revolver de la main droite, pointé droit devant elle. Le penne joua avec un déclic léger. Le battant s'ouvrit vers la droite, vers l'intérieur.

Elle passa le seuil aussi rapidement que possible : le seuil d'une pièce était toujours le point le plus dangereux. Elle se glissa sur la gauche en entrant, brandissant maintenant son arme des deux mains, les bras droits, bloqués. Elle demeura un instant collée contre la paroi. Elle essayait de distinguer quelque chose dans l'obscurité : elle ne savait pas où se trouvait l'interrupteur et, de toute façon, elle ne pouvait se permettre d'allumer.

Elle découvrit un nombre surprenant de fenêtres orientées vers le nord, l'est et l'ouest – *mais il n'y en avait pas autant de l'extérieur?* – qui n'apportaient qu'une faible clarté. Le brouillard, au-dehors, était vaguement luminescent, comme un nuage d'orage, et elle eut soudain l'impression bizarre de se trouver sous la mer, à l'intérieur d'une bathysphère.

La pièce avait quelque chose d'étrange. Et elle y éprouvait un sentiment pénible. Elle n'aurait su dire lequel, mais il y avait autour d'elle quelque chose d'anormal, indéniablement.

Le mur, contre son dos, était trop lisse. Lisse et froid. Elle détacha la main gauche de son arme et la glissa derrière elle. Du verre. Le mur était en verre, mais ce n'était pas une fenêtre, car il était contigu au hall.

Un instant, elle fut perturbée et se mit à réfléchir fébrilement : en pareilles circonstances, tout ce qui était inexplicable était effrayant. Elle prit conscience alors qu'elle était appuyée à un miroir. Ses doigts rencontrèrent une rainure verticale avant de palper une autre plaque de miroir. Un mur-miroir, du sol au plafond. Tout comme celui du côté sud du hall.

En se retournant, elle discerna de vagues reflets émanant des fenêtres orientées au nord et des doigts de brouillard. Pas étonnant que les fenêtres lui aient semblé anormalement nombreuses dans cette pièce : les parois sud et ouest étaient tapissées de miroirs, et les fenêtres qu'elle voyait étaient autant de reflets.

Elle comprit alors ce qui l'avait troublée. Même si elle s'était portée sur la gauche, changeant d'angle par rapport aux fenêtres, elle n'avait pas surpris la moindre silhouette sur les meubles qui se trouvaient entre elle et les panneaux gris des vitres. Et elle n'avait heurté aucun meuble installé contre la paroi sud.

Refermant à nouveau ses deux mains sur son arme, elle se porta vers le centre de la pièce, se méfiant à chaque seconde du moindre obstacle. Mais, pas à pas, centimètre par centimètre, elle finit par se convaincre qu'il n'y avait rien devant elle.

La pièce était vide. Tapissée de miroirs et vide.

En approchant du centre, en dépit de l'obscurité, elle surprit une esquisse de reflet d'elle-même sur la gauche. Un fantôme qui avait plus ou moins ses formes et qui se déplaçait lentement vers la fenêtre est et le brouillard.

Non, Tic-tac n'était pas ici.

Une armée chaotique de Harry Lyon montait les marches. Des clones qui brandissaient un revolver, tous, en complets sales et froissés, tous avec le même visage grisâtre rongé de barbe, tendu, le front plissé. Ils étaient cent, mille, innombrables, et s'avançaient en formation légèrement incurvée, se perdant à droite et à gauche. Dans leur symétrie mathématique absolue, leur parfaite chorégraphie, ils auraient pu représenter l'apothéose de l'ordre. Mais, même en évitant de se tourner directement vers tous ces reflets, Harry était désorienté et craignait à tout instant le vertige.

Tout l'escalier était revêtu de miroirs, du sol au plafond, de même que les portes, ce qui créait une illusion d'infini, une mise en abîme entre des milliers de reflets.

Harry savait qu'il devait explorer chaque pièce, ne laisser aucun territoire derrière lui sans l'avoir visité, ce qui permettrait à Tic-tac de l'attaquer par l'arrière. Mais l'unique pièce éclairée du second étage se trouvait droit devant. La clarté filtrait par l'entrebâillement, et il y avait toutes les chances pour que le fumier qui avait tué Ricky Estefan soit là et nulle part ailleurs.

Même s'il était épuisé au point que son instinct de flic l'avait déserté, et en même temps tellement remonté par l'adrénaline qu'il ne pouvait être certain que ses réactions soient calmes et maîtrisées, Harry décida d'abandonner la procédure, de se laisser porter par la vague, et de laisser les pièces obscures derrière lui. Il s'avança tout droit vers le seuil de la pièce éclairée, à droite du couloir.

La paroi en miroir, juste en face de la porte, lui révélerait en partie le reflet de la pièce avant qu'il franchisse le seuil. Il s'arrêta, le dos au mur, et tourna la tête vers l'image de l'embrasure.

Il ne vit qu'un ensemble confus de plans et d'angles noirs, d'autres textures, noires encore, sous la lumière, des formes noires sur des fonds noirs. Tout ici était cubique et étrange. Il n'y avait pas trace de couleur. Ni de Tic-tac.

Et Harry prit soudain conscience que s'il ne voyait, lui, que le reflet d'une partie de la pièce, quiconque se trouvait à l'intérieur, en regardant par l'entrebâillement de la porte sous un certain angle, verrait son reflet *à lui* multiplié à l'infini.

Il franchit le seuil d'un bond, s'accroupit, braquant son arme devant lui. La moquette cessait dans la chambre, qui était dallée de céramique noire sur laquelle ses chaussures claquèrent soudain. Il se figea sur place après trois pas, en espérant, Seigneur ! qu'on ne l'avait pas entendu.

Une autre pièce sombre, plus grande que la première. Peut-être un living, qui ouvrait sur le couloir du bas. D'autres fenêtres dans la luminescence de perle du brouillard, avec d'autres reflets de fenêtres.

Connie s'était habituée à cette ambiance bizarre, et elle perdit moins de temps dans cette nouvelle pièce que dans la première, qui s'ouvrait sur le hall. Encore une fois, trois des parois étaient tapissées de miroirs, et il n'y avait pas trace de meuble.

Ses reflets l'accompagnaient en fantômes fidèles, chacun dans son univers, à peine discernables.

Il était évident que Tic-tac aimait contempler son image.

Ce qu'elle voulait, c'était l'avoir en face d'elle, en chair et en os.

Silencieusement, elle regagna le couloir et s'avança.

Le vaste placard de la cuisine était plein à craquer de gâteaux, de bonbons, de chocolats, de caramels, de berlingots, de réglisses noire et rouge, de boîtes de biscuits et de cakes exotiques venus de tous les coins du monde, de sachets de pop-corn au fromage, au caramel, de chips, de tortillas, de chips à la tortilla et au fromage, de bretzels, de paquets de noix de cajou, d'amandes, de cacahuètes, de mélanges salés. Et des millions de dollars en liasses de billets de vingt et de cent.

Il s'était procuré toute cette somme en liquide après avoir tué sa grand-mère. Il avait arrêté le monde avec son Très Grand et Très Secret Pouvoir et s'était promené dans tous les endroits où il y avait de l'argent en grande quantité, protégé par des portes d'acier, des barrières verrouillées, des systèmes d'alarme et des gardes armés. Il avait pris tout ce qu'il voulait, et il avait ri en voyant tous ces crétins avec leurs armes et leurs expressions menaçantes qui n'avaient même pas conscience de sa présence.

Mais très vite, il s'était rendu compte qu'il n'avait guère besoin d'argent. Il pouvait se servir de ses pouvoirs pour prendre *n'importe quoi*, pas seulement de l'argent : il pouvait intervenir sur les ventes et les marchés boursiers afin d'augmenter ses avoirs légaux si jamais on venait à le questionner. De plus, même si le cas se présentait, il lui suffirait d'éliminer simplement ces idiots qui osaient le soupçonner pour modifier ensuite tous les dossiers et éviter d'autres enquêtes.

Il n'entassait donc plus de liasses de dollars dans le placard, mais il aimait encore faire crisser les billets sous son pouce, les respirer, et jouer avec eux quelquefois. C'était tellement agréable d'être différent des autres sur ce plan là aussi : il avait dépassé le besoin d'argent, les soucis matériels. C'était si drôle de se dire qu'il pourrait être l'homme le plus riche au monde s'il le désirait, plus riche que les Rockefeller et les Kennedy. Il aurait pu entasser de l'argent, des diamants, des émeraudes, des rubis dans toutes les autres pièces de la maison, n'importe quoi, comme les pirates des temps anciens qui cachaient leurs trésors dans leurs repaires.

Il remit la liasse de billets là où il l'avait prise. Puis, dans sa réserve de nourriture, il prit deux boîtes de beurre de cacahuète Reese et un sac géant de chips hawaïennes, nettement plus grasses que les chips courantes. À cette seule idée, grand-mère Drackman aurait eu une attaque.

Le cœur de Harry battait si fort et si vite qu'il redoutait de ne pas entendre approcher un éventuel assaillant.

Dans la chambre noire, sur des étagères noires, des dizaines de paires d'yeux flottaient dans un liquide transparent, légèrement lumineux dans la clarté d'ambre de la pièce. Certains devaient être des yeux d'animaux, car ils semblaient particulièrement étranges, mais d'autres étaient humains, merde, mon Dieu ! Il n'y avait pas le moindre doute. Des yeux bruns et noirs, bleus, verts, noisette. Sans cils ni paupières, ils avaient tous le même regard de terreur éternelle. Il eut une pensée démente : s'il les examinait de plus près, il y lirait peut-être le reflet de Tic-tac. Tous ces yeux morts étaient ceux de ses victimes. Il était la dernière chose qu'elles aient pu voir en ce monde. Mais il savait que c'était impossible, et il n'avait pas la moindre envie de se pencher sur eux.

Il fallait avancer. Ce dingue de fils de pute était dans le coin. Là, dans cette maison. Quelque part. Un Charles Manson doué de pouvoirs psychiques. Seigneur !...

Il n'était pas dans le lit, dont les draps froissés étaient rejetés, mais quelque part.

Jeffrey Dahmer croisé avec Superman, John Wayne Gacy avec les dons et les sortilèges d'un sorcier.

Et s'il n'était pas dans ce lit, c'est qu'il était éveillé, Doux Jésus ! Éveillé et encore plus redoutable, invincible.

La penderie. Harry l'explora rapidement. Des jeans et des peignoirs rouges. Plus vite, plus vite.

Cette petite crevure était à la fois Ed Gein, Richard Ramirez, Randy Kraft, Richard Speck, Charles Whitman, Jack l'Éventreur... tous les sociopathes légendaires en un seul maniaque doué de talents paranormaux démesurés.

La salle de bains. Il passa la porte, alluma : des miroirs, rien que des miroirs, sur tous les murs *et* au plafond !

De retour dans la chambre, tout en se dirigeant vers la porte aussi silencieusement que possible sur les dalles de céramique, Harry essaya d'éviter de regarder les yeux qui flottaient dans leurs bocaux. Mais il ne put s'en empêcher. Il prit alors conscience que ceux de Ricky Estefan devaient être là, avec tous les autres. Mais il ne pouvait pas les reconnaître, il ne voulait pas les reconnaître, pas maintenant, même s'il se souvenait très bien de leur couleur.

Il franchit le seuil et revint dans le couloir et le monde de reflets. Du coin de l'œil, il surprit un mouvement sur sa gauche. Un mouvement qu'aucun Harry Lyon n'avait fait dans les miroirs. Cela venait droit sur lui. C'était une silhouette très basse. Il pivota, braqua son arme, le doigt sur la détente, en se disant qu'il devait toucher la tête, la tête absolument, pour être sûr d'arrêter l'autre ordure.

Mais c'était le chien. Il remuait la queue, la tête penchée.

Il avait bien failli le tuer, et Tic-tac aurait su dans la seconde qu'il y avait un ennemi dans la maison. Harry relâcha la détente. Il faillit insulter le chien, mais sa voix se bloqua au fond de sa gorge.

Connie guettait une éventuelle détonation. Elle espérait que Harry allait trouver Tic-tac d'une seconde à l'autre et lui réduire la cervelle en purée. Mais le silence persistant commençait à la perturber.

Après avoir exploré rapidement une autre chambre à miroirs de l'autre côté du living-room, elle se retrouva dans ce qui aurait été la salle à manger dans n'importe quelle maison ordinaire. Elle se révéla plus facile à explorer que les autres, à cause du rai de clarté qui filtrait de la cuisine adjacente.

Il y avait des fenêtres sur un mur, les trois autres étaient couverts de miroirs. Pas le moindre meuble. Elle supposa que Tic-tac ne mangeait jamais ici, et qu'il n'était pas du genre à inviter les gens à dîner.

Elle s'apprêtait à retourner vers le couloir, mais décida de passer directement dans la cuisine. Elle avait eu un aperçu de la cuisine à travers une des fenêtres, et elle savait que Tic-tac ne s'y trouvait certainement pas. Mais elle devait y jeter encore un coup d'œil, rien que pour en être sûre, avant de rejoindre Harry en haut.

Bryan, les bras chargés de beurre de cacahuète et de chips, sortit du placard sans éteindre la lumière pour revenir dans la cuisine. Il jeta un regard sur la table, mais il n'avait pas envie de manger ici. Le brouillard s'était formé derrière les fenêtres, et s'il sortait dans le patio, il ne pourrait pas profiter du ressac sur la plage.

Il décida donc de regagner sa chambre : il était plus heureux quand il mangeait devant les yeux qui le regardaient avec adoration. Les dalles blanches et lisses reflétaient le rouge de la soie de son peignoir, et il avait l'impression de s'avancer dans un sillage ténu de sang qui s'évaporait sur son passage. Il se dirigeait vers la cuisine, vers l'escalier du fond.

Après s'être arrêté pour remuer la queue à l'intention de Harry, le chien le dépassa pour courir vers le fond du couloir. Il s'arrêta et pencha la tête vers l'escalier du fond, très excité.

Si Tic-tac se trouvait dans l'une des chambres du haut que Harry n'avait pas explorées, le chien se serait certainement arrêté devant une porte. Mais il avait parcouru tout le couloir en trottinant, et Harry le rejoignit.

L'escalier étroit était en spirale et se perdait dans l'ombre, comme dans un phare. Sur la droite, la paroi concave était dallée de miroirs étroits qui reflétaient les marches. À cause du jeu des reflets, dû à l'orientation de chaque miroir, Harry pouvait voir son image dans les premiers panneaux, sur sa droite, avant qu'elle ne diminue de l'un à l'autre et n'apparaisse plus du tout au-delà de la première spirale.

Il était sur le point de s'y engager lorsque le chien se raidit brusquement et lui mordilla le bas du pantalon. Il connaissait maintenant suffisamment le chien pour comprendre qu'il cherchait à le retenir parce qu'il y avait un danger plus bas.

Mais il cherchait le danger, après tout, et il devait le découvrir avant d'être découvert. La surprise était leur unique chance. Il essaya de repousser le chien sans faire de bruit, sans qu'il aboie, mais Wouf était arrimé à son pantalon.

Bon sang !...

Connie crut avoir entendu quelque chose avant de pénétrer dans la cuisine, aussi elle s'arrêta près de la porte pour écouter plus attentivement. Rien. Rien.

Elle ne pouvait pas attendre éternellement. C'était une porte pivotante. Prudemment, elle la fit tourner vers elle plutôt que de la pousser, ce qui lui aurait bloqué momentanément la vue.

La cuisine semblait déserte.

Harry tenta une fois encore de se libérer, mais sans résultat : le chien tenait bon.

En jetant un bref regard inquiet sur les miroirs, il eut le sentiment terrifiant que Tic-tac était là en bas, qu'il allait s'enfuir, ou pire encore : rencontrer Connie et la tuer. Tout ça parce que ce maudit chien ne voulait pas le lâcher pour qu'il puisse se lancer sur la piste de l'autre salaud. Alors, il tapota doucement la tête du chien avec la crosse de son revolver, même au risque d'un jappement de protestation.

Surpris, Wouf lâcha prise, mais, Dieu merci, il n'aboya pas, et Harry s'avança jusqu'à la première marche. À la fraction de seconde où il posait le pied, il entrevit un éclair rouge dans le miroir, à la fin de la spirale, puis un autre, puis un flot de tissu rouge.

Avant même qu'il ait pu comprendre ce qu'il voyait, le chien jaillit près de lui, faillit le faire basculer, et plongea dans l'escalier. Harry devina alors une sorte de robe, une manche rouge, un poignet et une main nus – la main d'un homme qui tenait quelque chose. Peut-être celle de Tic-tac. Et le chien qui se jetait sur lui.

Bryan avait entendu quelque chose. Il leva la tête et entrevit une meute de chiens à la gueule ouverte qui se déversaient sur lui, tous pareils, jaillis de l'escalier. Non pas une meute, bien sûr, mais un chien unique qui se reflétait sous tous les angles, qui venait de bondir pour l'attaquer mais n'était pas encore sur lui. Le temps d'un souffle, et l'animal franchirait la courbe. Il avait sauté si vite qu'il ne retomba pas sur ses pattes mais rebondit sur la paroi concave. Bryan lâcha ses friandises. Le chien avait repris son élan sur les marches et vint s'écraser sur le torse et la figure de Bryan. Ils basculèrent en arrière, et le chien, roulant sur le dos, continua de gronder en claquant les crocs.

En entendant un cri, des grondements et le choc d'un corps sur le sol, Connie se détourna du placard où elle venait de découvrir les liasses de billets. Elle se précipita vers l'arcade et l'escalier qui s'incurvait vers le haut.

Le chien et Tic-tac étaient sur le sol de la cuisine. Tic-tac étendu sur le dos, le chien sur lui, et, un instant, le chien faillit bien l'égorger. Mais il poussa un geignement et fut arraché du gamin, non pas par un coup de poing ou un coup de pied, mais littéralement *lancé* à travers la cuisine dans un éclair pâle de force télécinétique.

Il retombait, Grand Dieu, mais il la gênait. Elle ne s'était pas assez rapprochée de Tic-tac pour lui appuyer le canon de son revolver sur le crâne : elle était encore à plus de deux mètres de lui. Mais elle ouvrit le feu, pourtant, alors même que le chien était encore en vol plané. Elle tira une deuxième fois quand il percuta le sol devant le réfrigérateur. Elle avait atteint sa cible, parce que Tic-tac n'avait pas encore pris conscience de sa présence. Elle avait dû l'atteindre à la poitrine et à une jambe, et il roula sur le ventre. Elle tira une troisième fois, mais le projectile ricocha sur les dalles dans une gerbe d'éclats, et Tic-tac, toujours allongé, leva une main, la paume vers le haut, droit sur elle, lança ce même éclair étrange qu'il avait utilisé contre le chien, et elle se sentit décoller du sol. Elle fut projetée sur la porte de la cuisine avec une telle violence que tout le panneau de verre fut fracassé. Des ondes de douleur terribles jaillirent dans sa colonne vertébrale. Son arme s'envola hors de portée et sa veste de velours se mit à brûler.

Dès que le chien avait détalé avant de disparaître hors de vue, Harry l'avait suivi dans l'étroit escalier en spirale, dévalant les marches quatre à quatre. Il tomba avant d'aborder le tournant, fêla un miroir d'un coup de tête, mais réussit à se rétablir, une jambe coincée sous lui.

Étourdi, il chercha fébrilement son revolver et découvrit qu'il ne l'avait pas lâché. Il se redressa et continua, le regard encore flou, tendant la main pour s'appuyer sur les miroirs de la paroi.

Il entendit alors les glapissements du chien, les coups de feu, et il se laissa tomber vers le bas des marches à la seconde où Connie était projetée en arrière et s'écrasait sur la porte en prenant feu. Il vit Tic-tac étendu sur le ventre, en face des marches, la tête tournée vers la cuisine. Harry, dans un dernier bond, atterrit sur le peignoir de soie rouge du gamin-monstre, appuya le canon de son arme sur sa nuque, et vit soudain le métal qui devenait d'un vert incandescent. Il perçut dans la main ce qui devait être une soudaine et terrible chaleur, mais il pressa la détente. L'explosion fut assourdie, comme s'il avait tiré à travers un oreiller, et l'éclat vert disparut aussitôt. Il tira encore et encore, expédiant le contenu de son barillet dans la cervelle du troll. Ça suffisait, ça devait forcément suffire, mais avec la magie, on ne pouvait pas savoir, rien n'était sûr dans le bal du bimillénaire, dans la jungle des années quatre-vingt-dix, et Harry continua d'appuyer sur la détente. Le crâne de Tic-tac s'ouvrit comme un melon bien mûr attaqué à coups de marteau, mais Harry tirait toujours. Il n'y avait plus qu'un horrible gâchis répandu sur le sol, il n'avait plus de projectiles dans son arme, et le chien frappait dans le vide avec un bruit sec : *clic-clic-clic-clic.*

2

Connie avait arraché sa veste en flammes et éteint le feu quand Harry prit conscience que son arme était vide. Il se dégagea du troll mort et vint jusqu'à elle. Elle avait réagi avec une vivacité stupéfiante pour ne pas être changée en torche, surtout avec son poignet gauche brisé. Elle avait également une brûlure au bras gauche, mais qui n'avait rien de sérieux.

– Il est mort, dit Harry comme si c'était nécessaire.

Puis, il passa les bras autour d'elle et la serra aussi fort qu'il le pouvait sans lui faire mal.

Elle répondit à son étreinte, avec son bras valide, et ils restèrent ainsi un moment, incapables de dire un mot, jusqu'à ce que le chien s'approche en reniflant. Il était éclopé, la patte arrière gauche levée, mais il ne semblait pas avoir souffert par ailleurs.

Harry se dit que Wouf n'était pas la cause du désastre. En fait, s'il n'avait pas plongé et basculé Tic-tac cul par-dessus tête, préservant ainsi l'avantage de la surprise pour Connie et Harry durant ces quelques secondes capitales, ils seraient sans doute morts à présent, et le maître-golem se dresserait au-dessus d'eux, vivant et triomphant.

Il ressentit un frisson de crainte superstitieuse. Il fallait qu'il laisse Connie et retourne examiner le corps, pour s'assurer encore une fois que Tic-tac était mort.

3

Dans les années quarante, les maisons étaient construites plus solidement, avec des murs épais, bien isolés, ce qui expliquait sans doute pourquoi aucun voisin n'avait réagi à la fusillade et qu'ils n'entendaient aucune sirène dans le brouillard nocturne.

Mais brusquement, Connie se demanda si, à l'ultime instant de son existence, Tic-tac n'avait pas imposé au monde une autre Pause, n'isolant que sa seule maison, avec l'idée de les neutraliser avant de les tuer selon son bon plaisir. S'il mourait alors que le monde était arrêté, est-ce que le monde se remettrait en marche ? Ou bien elle, Harry et le chien devraient-ils errer seuls au milieu de millions de mannequins ?

Elle se rua vers l'extérieur. Elle reçut la brise de la nuit sur son visage, elle était fraîche, elle lui ébouriffait les cheveux. Elle vit les écharpes de brouillard qui glissaient au-dessus du Pacifique. Elles se déroulaient et bougeaient, elles n'étaient pas figées comme des flocules argentés dans un presse-papier. Et elle entendit le fracas du ressac au pied de la falaise. Et tous les autres bruits, les merveilleux bruits d'un monde en vie.

4

S'ils étaient officiers de police dans le sens du devoir et de la justice, ils n'étaient pas idiots au point de suivre la procédure officielle après cette affaire. Pas question d'appeler les autorités locales et d'expliquer les circonstances réelles des faits. Mort, Bryan Drackman n'était qu'un jeune homme de vingt ans, et ils n'avaient rien pour prouver qu'il avait possédé des pouvoirs étonnants. S'ils disaient la vérité, ils étaient bons pour la retraite anticipée.

Pourtant, les bocaux remplis de paires d'yeux qui flottaient dans la chambre de Tic-tac, l'aspect étrange de cette maison tapissée de miroirs pouvaient être la preuve qu'ils avaient eu affaire à un psychopathe homicide, même s'ils ne pouvaient produire les corps des victimes dont il avait arraché les yeux. Ils n'avaient en fait qu'un cadavre pour apporter la preuve d'un meurtre avec circonstances aggravantes : celui de Ricky Estefan, à Dana Point, qu'ils avaient retrouvé énucléé, en compagnie de serpents et de tarentules.

– En tout cas, déclara Connie alors qu'ils examinaient les étagères du placard chargées de liasses de dollars, il faut que nous concoctions une histoire pour tout expliquer, tout ce qui est inexplicable, les trous de cette affaire, et la raison pour laquelle nous avons violé la procédure. On ne peut pas repartir comme ça en fermant la porte parce qu'il y a beaucoup trop de gens à Pacific View qui savent que nous étions là-bas cette nuit, que nous avons parlé à sa mère, que nous lui avons demandé son adresse.

– Une histoire? fit Harry, indécis. Doux Seigneur, mais quel genre d'histoire?

– Je ne sais pas, moi, fit-elle en sourcillant sous la douleur qui fusait dans son poignet. C'est votre problème.

– Moi? Pourquoi moi?

– Parce que vous avez toujours aimé les contes de fées. Inventez-en un. Il faut qu'il explique l'incendie de votre appartement, la mort de Ricky Estefan, et ça. Au moins. (Il la fixait, encore abasourdi, quand elle lui montra les liasses de billets.) Ça, ça ne ferait que compliquer l'histoire. On va simplifier en les emportant.

– Mais je ne veux pas de cet argent.

– Moi non plus. Pas un dollar. Mais on ne sait pas où il

a pu les prendre, et ça reviendra au gouvernement, ce putain de gouvernement qui nous a jetés dans le bal du bimillénaire, et je ne peux pas tolérer l'idée qu'il en ait encore un peu plus. Et puis, vous et moi, nous connaissons quelques personnes qui pourraient bien en avoir l'usage, non ?...

– Grand Dieu, ils sont encore dans le van !

– On va mettre tout ce fric dans un sac et le leur donner. Après, Janet pourra prendre le volant, et elle et le chien ne seront pas mêlés à tout ça. Pendant ce temps, vous allez pondre votre histoire et, dès qu'ils seront partis, on sera prêts à appeler.

– Mais Connie, je ne peux vraiment pas...

– Il vaudrait mieux commencer à réfléchir dès maintenant, coupa-t-elle en prenant un grand sac de plastique sur une étagère.

– Mais c'est plus dingue que...

– On n'a pas beaucoup de temps devant nous.

Elle ouvrit le sac.

– D'accord, d'accord, fit-il d'un ton exaspéré.

– Je n'ai pas le temps de vous écouter, dit-elle en achevant de bourrer le premier sac avant d'en ouvrir un second. Mais je suis certaine que ça sera passionnant.

5

Une bonne journée. Bonne journée, très bonne. Le soleil brille, la brise souffle dans son poil, il y a des insectes intéressants qui s'activent dans l'herbe, des odeurs intéressantes sur les chaussures des gens qui viennent d'endroits lointains. Et pas de chats.

Ils sont tous là, tous ensemble. Depuis tôt le matin, Janet fait des choses à l'odeur délicieuse dans la pièce à nourriture, dans l'endroit où il y a des gens *et* un chien. *Leur* endroit. Sammy est dans le jardin, il cueille des tomates, il arrache des carottes – intéressant : on a dû les enterrer avant comme des os et il les apporte dans la pièce où mangent les gens, à Janet, qui fait des choses délicieuses. Ensuite, Sammy va laver les pierres que les gens mettent au milieu de l'herbe derrière l'endroit où ils vivent. Il les lave au jet, oui oui oui oui, il l'éclabousse et tout le monde rit. C'est frais et c'est bon. Il se roule dans l'herbe, oui oui oui oui. Et Danny est là aussi, il aide à mettre la nappe sur la table qu'on a posée sur les pierres, il dispose les chaises, les assiettes et les autres choses. Janet, Danny, Sammy. Il connaît leurs noms maintenant parce qu'ils sont ensemble depuis assez longtemps pour qu'il les connaisse tous : Janet, Danny et Sammy, tous réunis dans l'endroit de Janet, Danny, Sammy et Wouf.

Il se rappelle qu'il a été Prince, plus ou moins, et Max, à cause du chat qui pissait dans son eau, et il se souvient aussi de Copain, parce que tout le monde l'a appelé comme ça. Mais aujourd'hui, il s'appelle Wouf, rien que Wouf.

Les autres arrivent aussi, dans leur voiture, et il connaît aussi leurs noms parce qu'ils viennent souvent leur rendre visite. Harry, Connie et Ellie. Ellie est à peu près de la taille de Connie. Ils viennent tous de l'endroit où il y a Harry, Connie, Ellie et Toto.

Toto. Bon chien, bon chien, très bon. Ami.

Il conduit Toto jusque dans le jardin, là où ils n'ont pas le droit de creuser – s'ils creusent, ils sont de mauvais chiens, mauvais – pour lui montrer les carottes enterrées comme des os. Sniff sniff sniff sniff. Il y en a encore d'autres. Intéressant. Mais ne pas creuser.

Il joue avec Toto, Danny et Ellie, il court, il pourchasse, il saute et il roule et roule encore dans l'herbe.

Bonne journée. La meilleure. La meilleure.

Et puis la nourriture. La nourriture ! On l'apporte de la pièce à nourriture et on l'empile sur la table installée sur les pierres à l'ombre des arbres. Sniff sniff sniff sniff, jambon, poulet, salade de pommes de terre, moutarde, fromage. Bon fromage, qui colle aux dents mais bon quand même. Et encore de la nourriture, beaucoup beaucoup sur la table.

On ne saute pas. On est un bon chien. Bon chien. Les bons chiens ont toujours plus de restes, et souvent pas seulement des restes, mais de vrais morceaux de choses, oui oui oui oui oui.

Des criquets sautent. Criquet ! On court, on court, on va l'avoir, on va l'avoir. Toto court aussi, il saute, ici, là, ici, là. Le criquet aussi...

Mais attention : il y a la nourriture. Il faut revenir à la table. On s'assoit. On se dresse. On penche la tête. On remue la queue. Ils aiment tous ça. On se lèche les babines, pour leur donner une idée de ce qu'on attend.

Et voilà. Quoi quoi quoi c'est quoi ? Jambon. Un morceau de jambon pour commencer. Bon, bon, bon, très bon, il n'y en a plus. Bonne entrée, très bonne.

Bonne journée aussi, une journée qui devait venir un jour, il le savait bien, avec d'autres bonnes journées, l'une après l'autre, pendant très longtemps. Parce que tout ça s'est passé, vraiment, parce qu'il a tourné au coin de cette maison, parce qu'il a regardé à l'intérieur de ce nouvel endroit étrange, et qu'il a trouvé la chose merveilleuse, la chose merveilleuse qui l'attendait, il le savait. Cette chose merveilleuse, cet endroit, ce moment et ces gens. Et voilà une tranche de poulet, épaisse et juteuse !

Note à mes lecteurs

Tous les crimes auxquels Connie et Harry font référence dans leur collection d'atrocités du bal du bimillénaire ont été réellement perpétrés. Bien sûr, il n'existe en ce monde aucun être avec les pouvoirs de Tic-tac, mais la capacité d'exercer le mal n'est pas limitée à la fiction.

TABLE

OUVRAGES DE LA COLLECTION « TERREUR »

Iain Banks
Le seigneur des guêpes

Clive Barker
Secret Show
Le royaume des devins

William P. Blatty
L'Exorciste : la suite

Robert Bloch
L'écharpe
Lori
Psychose
Psychose 2
Psychose 13
Contes de terreur

J. R. Bonansinga
Black Mariah
Pire que le mal

Randall Boyll
Froid devant
Monsssstre
Territoires du crépuscule

Marion Zimmer Bradley
Sara

Ramsay Campbell
Envoûtement
La secte sans nom
Soleil de minuit

Cathy Cash Spellman
Dans les griffes du diable

Matthew J. Costello
Cauchemars d'une nuit d'été
La chose des profondeurs
Né de l'ombre

Martin Cruz-Smith
Le vol noir

Thomas Disch
Le caducée maléfique

Katherine Dunn
Un amour de monstres

Jeanne Faivre d'Arcier
Rouge flamenco
La déesse écarlate

John Farris
L'ange des ténèbres
Le fils de la nuit éternelle

Raymond Feist
Faërie

Bernard Florentz
Noces d'enfer

Christopher Fowler
Le diable aux trousses
L'illusionniste

Ray Garton
Crucifax
Extase sanglante

Christopher Golden
Des saints et des ombres
L'illusionniste

Linda C. Gray
Médium

William Hallahan
Les renaissances de Joseph Tully

Barbara Hambly
Le sang d'immortalité
Voyage avec les morts

Thomas Harris
Dragon rouge
Le silence des agneaux

James Herbert
Dis-moi qui tu hantes
Fluke
Fog
La lance
Les rats
Le repaire des rats
L'empire des rats
Le survivant
Sanctuaire
Sépulcre
Présages

Shirley Jackson
Maison hantée
La loterie
Le cadran solaire

Graham Joyce
L'enfer du rêve
Requiem

Stephen King
La part des ténèbres
Salem
Dolores Claiborne

Andrew Klavan
Il y aura toujours quelqu'un derrière vous
L'heure des fauves

Dean Koontz
Le masque de l'oubli
Miroirs de sang
La mort à la traîne
La nuit des cafards
La nuit du forain
La peste grise
Une porte sur l'hiver
La voix des ténèbres
Les yeux des ténèbres
La maison interdite
Fièvre de glace
Lune froide
La cache du diable
Mr Murder
Démons intimes
Tic Tac
Etranges détours

Steven Laws
Train fantôme
Gideon

Tanith Lee
La danse des ombres
Le festin des ténèbres
Caïn l'obscur

Charles de Lint
Mulengro
Symphonie macabre
Les murmures de la nuit

Bentley Little
Le postier

Charles McLean
Le guetteur

Robert Marasco
Notre vénérée chérie

Graham Masterton
Démences
Le démon des morts
Le djinn
Le jour « J » du jugement
Le miroir de Satan
La nuit des salamandres
Le portrait du mal
Les puits de l'enfer
Rituels de chair
Hel
Transe de mort
Manitou
La vengeance de Manitou
L'ombre du Manitou
Le trône de Satan
Apparition
La maison de chair
Les guerriers de la nuit
Les rivages de la nuit
Le fléau de la nuit
Tengu
Sang impur
Le maître des mensonges

Robert McCammon
L'heure du loup
La malédiction de Bethany
Scorpion
Le mystère du lac

Michael McDowell
Les brumes de Babylone
Cauchemars de sable

Andrew Neiderman
L'avocat du diable

Pierre Pelot
La nuit sur terre

D. Preston/L. Child
Relic

John Pritchard
Les sœurs de la nuit
Les anges du désespoir

Garfield Reeves-Stevens
Contrat sur un vampire
La danse du scalpel

Anne Rice
Chronique des vampires
1. Entretien avec un vampire
2. Lestat le vampire
3. La reine des damnés
4. Le voleur de corps

La momie
Le lien maléfique
L'heure des sorcières
Taltos

ANNE RIVERS SIDDONS
La maison d'à côté

FRED SABERHAGEN
Un vieil ami de la famille
Le dossier Holmes-Dracula
Les confessions de Dracula
Un amour de Dracula

JOHN SAUL
Cassie
Hantises
Créature

PETER STRAUB
Ghost Story
Julia
Koko
Mystery
Sans portes, ni fenêtres
La gorge

MICHAEL TALBOT
La tourbière du diable

BERNARD TAYLOR
Le jeu du jugement

SHERI S. TEPPER
Ossements

THOMAS TESSIER
L'antre du cauchemar

THOMAS TRYON
L'autre
La fête du maïs
Noire magie

JACK VANCE
Méchant garçon

LAWRENCE WATT-EVANS
La horde du cauchemar

CHET WILLIAMSON
La forêt maudite

PAUL F. WILSON
La forteresse noire
Liens de sang
Mort clinique

BARI WOOD
Amy girl
Double vue

BARI WOOD/JACK GEASLAND
Faux-semblants

T. M. WRIGHT
L'antichambre
Manhattan Ghost Story
L'autre pays

XXX

MICHÈLE SLUNG présente :
22 histoires de sexe et d'horreur

DOUGLAS E. WINTER présente :
13 histoires diaboliques

Dernières nouvelles de Dracula
L'année de la terreur

OUVRAGES DE LA COLLECTION « SCIENCE-FICTION »

ALDISS Brian
Cryptozoïque
Frankenstein délivré

ANDERSON Poul
Le barde du futur (Le grand temple de la S.-F.)
Tempête d'une nuit d'été
Trois cœurs, trois lions

ANTHONY Piers
Les livres magiques de Xanth
1 — Lunes pour Caméléon
2 — La source de magie
3 — Château-Roogna
4 — L'(A)ile du Centaure
5 — Amours, délices et ogres
6 — Cavales dans la nuit
7 — Dragon sur piédestal
8 — La Tapisserie des Gobelins

ANTHONY Piers/LACKEY Mercedes
Cher démon

ASIMOV Isaac
Asimov présente
1 — Futurs sans escale
2 — Futurs en délire
3 — Futurs à gogos
4 — Futurs pas possibles
5 — Futurs tous azimuts
6 — Futurs sens dessus dessous
7 — Futurs qui craignent
8 — Futurs mode d'emploi
10 — Futurs bien frappés
11 — Futurs moulés à la louche
L'avenir commence demain
Azazel
Les courants de l'espace
Destination cerveau
Les fils de Fondation
Némésis
Prélude à l'éternité (Le grand temple de la S.-F.)
Prélude à Fondation

ASIMOV Isaac/SILVERBERG Robert
L'enfant du temps
Le retour des ténèbres

BALLARD J. G.
Crash !
Sécheresse
Les statues chantantes (Le grand temple de la S-F.)
Le vent de nulle part
Vermilion Sands

BARJAVEL René
Les dames à la licorne
Le grand secret
La nuit des temps
Une rose au paradis

BLISH James
Les apprentis sorciers
1 — Faust Aleph Zéro
2 — Le lendemain du jugement dernier

BLOCH Robert
La boîte à maléfices
L'embarquement pour Arkham
Retour à Arkham

BOULLE Pierre
La baleine des Malouines
Contes de l'absurde
L'énergie du désespoir
La planète des singes

BRACKETT Leigh
Le livre de Mars
1 — L'Epée de Rhiannon
2 — Le Secret de Sinharat

3 — Le Peuple du Talisman
4 — Les Terriens arrivent

Bradley Marion Zimmer
Les amazones libres
Unité
Chasse sur la lune rouge
La romance de Ténébreuse
1 — La Planète aux vents de folie
2 — Reine des orages!
3 — La Belle Fauconnière
4 — Le Loup des Kilghard
5 — Les Héritiers d'Hammerfell
6 — Redécouverte
7 — La Chaîne brisée
8 — La Maison des Amazones
9 — La Cité Mirage
10 — L'Epée enchantée
11 — La Tour interdite
12 — L'Etoile du danger
13 — Soleil sanglant
14 — La Captive aux cheveux de feu
15 — L'Héritage d'Hastur
16 — L'Exil de Sharra
17 — Projet Jason
18 — Les Casseurs de mondes
Les voix de l'espace (Le grand temple de la S.-F.)

Bradley Marion Zimmer/ Norton André & May Julian
Les trois Amazones

Brin David
Terre
1 — La Chose au cœur du monde
2 — Message de l'univers

Brown Fredric
Paradoxe perdu

Brunner John
Le jeu de la possession
Noire est la couleur

Clarke Arthur
Et la lumière tue (Le grand temple de la S.-F.)
Le vent venu du soleil

Crichton Michael
Les mangeurs de morts

Delany Samuel
La chute des tours
3 — La Cité des mille soleils
Triton

Dick Philip K.
Le bal des schizos
Les dédales démesurés
Glissement de temps sur Mars
Le guérisseur de cathédrales
Les joueurs de Titan
La planète impossible (Le grand temple de la S.-F.)
Simulacres

Donaldson Stephen
Le cycle des Seuils
1 — L'Histoire véritable
2 — Le Savoir interdit
3 — L'Eveil du Dieu noir
L'appel de Mordant
1 — Le Feu de ses passions
2 — Le Miroir de ses rêves
3 — Un cavalier passe

Duveau Marc
Fantasy (Le grand temple de la S.-F.)
High Fantasy 1 — le Manoir des roses
Heroic Fantasy 2 — la Citadelle écarlate
New fantasy 3 — le Monde des chimères
Science Fantasy 4 — la Cathédrale de sang

Duvic Patrice
Naissez, nous ferons le reste

EDDINGS David
La Belgariade
1 — Le Pion blanc des présages
2 — La Reine des sortilèges
3 — Le Gambit du magicien
4 — La Tour des maléfices
5 — La Fin de partie de l'enchanteur
La Mallorée
1 — Les Gardiens du Ponant
2 — Le Roi des Morgos
3 — Le Démon majeur de Karanda
4 — La Sorcière de Darshiva
5 — La Sibylle de Kell
La Trilogie des joyaux
1 — Le Trône de diamant
2 — Le Chevalier de rubis

FARMER Philip José
Le jeu de la création (le Grand temple de la S.-F.)
Le masque vide
Les Mémoires intimes de Lord Grandrith
1 — La Jungle nue
2 — Le Seigneur des arbres
L'odyssée Verte
La saga des hommes-dieux
1 — Le Faiseur d'univers
2 — Les Portes de la création
3 — Cosmos privé
4 — Les Murs de la Terre
5 — Le Monde Lavalite
6 — Plus fort que le feu
7 — La Rage d'Orc le Rouge
Un exorcisme
1 — Comme une bête
2 — Gare à la bête
3 — L'Homme qui trahit la vie

GLUT Donald
Starwars
L'empire contre-attaque
(voir Kahn J. et Lucas G.)

HAMBLY Barbara
Fendragon

HEINLEIN Robert
L'âge des étoiles
Citoyen de la Galaxie
L'enfant tombé des étoiles
Histoire du futur
1 — L'homme qui vendit la Lune
2 — Les Vertes Collines de la Terre
4 — Les Enfants de Mathusalem
Longue vie (Le grand temple de la S.-F.)
Révolte sur la lune
Route de la gloire
Le vagabond de l'espace (le)

HERBERT Frank
La barrière Santaroga
Le bureau des sabotages
1 — L'Etoile et le fouet
2 — Dosadi
Champ mental
Cycle de Dune
1 — Dune tome 1
2 — Dune tome 2
3 — Le Messie de Dune
4 — Les Enfants de Dune
5 — L'Empereur-dieu de Dune
6 — Les Hérétiques de Dune
7 — La Maison des mères
Le dragon sous la mer
Et l'homme créa un dieu
Les fabricants d'Eden
Le preneur d'âmes
Les prêtres du psi
Le programme conscience
1 — Destination vide
2 — L'Incident Jésus
Le prophète des sables (Le grand temple de la S.-F.)
Les yeux d'Heisenberg

HUBBARD L. Ron
Au bout du cauchemar
Mission Terre
1 — Le Plan des envahisseurs
2 — La Forteresse du mal

3 — L'Ennemi intérieur
4 — Une affaire très étrange
5 — L'Empire de la peur
6 — Objectif mort
7 — Destination vengeance
8 — Catastrophe
9 — Noire victoire
10 — Requiem pour une planète
Final blackout
Terre champ de bataille
1 — Les Derniers hommes
2 — La Reconquête
3 — Le Secret des Psychlos

HUXLEY Aldous
Ile
Jouvence
Le meilleur des mondes
Retour au meilleur des mondes
Temps futurs

KAHN James
Starwars
Le retour du Jedi
(voir Glut D. et Lucas G.)

KNIGHT Damon
Le pavé de l'enfer

KOONTZ Dean R.
Le monstre et l'enfant

KURTZ Katherine
Les Derynis
1 — La Chasse aux magiciens
2 — Le Réveil des magiciens
3 — Le Triomphe des magiciens
4 — Roi de folie

KUTTNER Henry & MOORE Catherine
Ne vous retournez pas (le grand temple de la S.-F.)

LACKEY Mercedes
L'Honneur et la gloire
1 — Sœurs de sang
2 — Les Parjures

LAFFERTY R. A.
Tous à Estrevin !

LEE Tanith
Le bain des Limbes
1 — Ne mords pas le soleil !
2 — le Vin saphir
Le dit de la Terre plate
1 — Le Maître des ténèbres
2 — Le Maître de la mort
3 — Le Maître des illusions
4 — La Maîtresse des délires
5 — Les Sortilèges de la nuit

LE GUIN Ursula
L'autre côté du rêve
La ligue de tous les mondes
1 — Les Dépossédés
2 — Le Nom du monde est Forêt
3 — La Main gauche de la nuit
4 — Le Monde de Rocannon
5 — Planète d'exil
6 — La Cité des illusions
Terremer
1 — Le Sorcier de Terremer
2 — Les Tombeaux d'Atuan
3 — L'Ultime rivage
4 — Tehanu

LEIBER Fritz
Le cycle des épées
1 — Epées et démons
2 — Epées et mort
3 — Epées et brumes
4 — Epées et sorciers
5 — Le Royaume de Lankhmar
6 — La Magie des glaces
7 — Le crépuscule des épées
Demain les loups
Les lubies lunatiques
Le vaisseau lève l'ancre à minuit (Le grand temple de la S.-F.)

Lem Stanislas
Mémoires trouvés dans une baignoire
Le masque
Le congrès de Futurologie
Mémoires d'Ijon Tichy

Lovecraft H. P.
Les papiers du Lovecraft club
1 — Le Rôdeur devant le seuil
2 — l'Horreur dans le musée
3 — L'Horreur dans le cimetière
4 — L'Ombre venue de l'espace
5 — Le Masque de Cthulhu
6 — La Trace de Cthulhu
Légendes du mythe de Cthullu
1 — L'Appel de Cthulhu
2 — La chose des Ténèbres

Lovecraft J. P. /Campbell Ramsey
Nouvelles légendes du mythe de Cthulhu
3 — Le Livre noir

Lovecraft H. P. (psaumes pour)
R. Weinberg & M. Greenberg présentent :
L'ombre du maître

Lucas George
Starwars
La guerre des étoiles
(voir Glut D. et Kahn J.)

McCaffrey Anne
La Ballade de Pern
1 — Le Vol du dragon
2 — La Quête du dragon
3 — Le Chant du dragon
4 — La Chanteuse-dragon de Pern
5 — Les Tambours de Pern
6 — Le Dragon blanc
7 — La Dame aux dragons
8 — L'Aube des dragons
9 — Histoire de Nerilka
10 — Les Renégats de Pern
11 — Tous les Weyrs de Pern
Chroniques de Pern
1 — La Chute des fils
La dame de la haute tour
(Le grand temple de la S.-F.)
Les forces majeures
La transe du crystal
1 — La Chanteuse crystal
2 — Killashandra
3 — La Mémoire du crystal
Le vol de Pégase
1 — Le Galop d'essai
2 — Le Bond vers l'infini
3 — La Rowane
4 — Damia

McKillip Patricia
La magicienne de la forêt d'Eld

McKinley Robin
Belle

Matheson Richard
Journal d'un monstre (Le grand temple de la S.-F.)
Miasmes de mort

Moorcock Michael
Le cavalier Chaos (Le grand temple de la S.-F.)
Le navire des glaces
Le cycle d'Elric
1 — Elric des dragons
2 — La Forteresse de la perle
3 — Le Navigateur sur les mers du destin
4 — Elric le nécromancien
5 — La Sorcière dormante
6 — La Revanche de la Rose
7 — L'Epée noire
8 — Stormbringer
9 — Elric à la fin des temps
La Légende de Hawkmoon
1 — Le Joyau noir

2 — Le Dieu fou
3 — L'Epée de l'aurore
4 — Le Secret des runes
5 — Le comte Airain
6 — Le Champion de Garathorm
7 — La Quête de Tanelorn
Les livres de Corum
1 — Le Chevalier des épées
2 — La Reine des épées
3 — Le Roi des épées
4 — La Lance et le taureau
5 — Le Chêne et le bélier
6 — Le Glaive et l'étalon
La quête d'Erekosë
1 — Le Champion éternel
2 — Les Guerriers d'argent
3 — Le Dragon de l'épée

MOORE Catherine
Magies et merveilles

MOORE Catherine & KUTTNER Henry
Ne vous retournez pas (Le grand temple de la S.-F.)

PELOT Pierre
La nuit du sagittaire

POHL Frederik
La promenade de l'ivrogne

POHL F. ET KORNBLUTH C. M.
L'ère des gladiateurs
La tribu des loups

PRIEST Christopher
Le monde inverti

REMY Yves et Ada
La maison du cygne
Les soldats de la mer

RUSS Joanna
L'autre moitié de l'homme

RUSSELL Eric Frank
Guêpe
Plus X

SCARBOROUGH Elizabeth
Un air de sorcellerie

SHECKLEY Robert
Eternité société anonyme
Omega
Tu brûles (Le grand temple de la S.-F.)

SILVERBERG Robert
Le fils de l'homme
Le livre des crânes
La porte des mondes
Résurrections
Revivre encore
Trips
Voir l'invisible (Le grand temple de la S.-F.)

SIMMONS Dan
Hypérion 1
Hypérion 2
La chute d'Hypérion 1
La chute d'Hypérion 2

SMITH Cordwainer
Les seigneurs de l'instrumentalité
1 — Tu seras un autre
2 — Le Rêveur aux étoiles
3 — Les Puissances de l'espace
4 — L'Homme qui acheta la Terre
5 — Le Sous-peuple
6 — La Quête des trois mondes

SPINRAD Norman
Les avaleurs de vide
Le chaos final
La grande guerre des bleus et des roses
Les miroirs de l'esprit
Les pionniers du chaos
Rêve de fer

Springer Nancy
Le cerf pâle

Sturgeon Theodore
Les songes superbes
Un soupçon d'étrange (Le grand temple de la S.-F.)
Symboles Secrets

Tolkien J.R.R.
Contes et légendes inachevés
1 — Le Premier âge
2 — Le Deuxième âge
3 — Le Troisième âge
Le Seigneur des anneaux
1 — La Communauté de l'anneau
2 — Les Deux tours
3 — Le Retour du roi
Le silmarillion

Tolkien J.R.R. (chansons pour)
M. Greenberg présente :
1 — L'Adieu au roi
2 — Sur les berges du temps
3 — L'Eveil des Belles au bois

Tucker Wilson
L'année du soleil calme

Van Asten Gail
Le chevalier aveugle

Van Vogt A. E.
A l'assaut de l'invisible
Au-delà du néant
La bête
Les enfants de demain
Futur parfait (Le grand temple de la S.-F.)
La maison éternelle
Mission stellaire
Quête sans fin

Vance Jack
Les aventuriers de la planète géante
1 — La Planète géante
2 — Les Baladins de la planète géante
Châteaux en espace
Les chroniques de Cadwal
1 — La Station d'Araminta
2 — Araminta 2
3 — Bonne vieille Terre
4 — Throy
Chroniques de Durdane
1 — L'Homme sans visage
2 — Les Paladins de la liberté
3 — Asutra
Les cinq rubans d'or
Crimes et enchantements
Docteur Bizarre
Les domaines de Koryphon
Emphyrio
La geste des princes-démons
1 — Le Prince des étoiles
2 — La Machine à tuer
3 — Le Palais de l'amour
4 — Le Visage du démon
5 — Le Livre des rêves
Lyonesse
1 — Le Jardin de Suldrun
2 — La Perle verte
3 — Madouc
Les maisons d'Iszm
Les maîtres des dragons
Les mondes de Magnus Ridolph
Pagaille au loin
Papillon de lune (le Grand temple de la S.-F.)
Space Opera
Un monde d'azur
Un tour en Thaéry

Vonnegut Kurt
Le pianiste déchaîné

Watson Ian
La mort en cage
Les visiteurs du miracle

Weis Margaret / Hickman Tracy
Les portes de la mort
1 — L'Aile du dragon
2 — L'Etoile des elfes

3 — La Mer de feu
4 — Le Serpent mage
5 — La Main du Chaos
6 — Voyage au fond du labyrinthe
La rose du prophète
1 — Le Désir du Dieu errant
2 — Le Paladin de la nuit
3 — Le Prophète d'Akhran

WILLIAMSON Jack
Plus noir que vous ne pensez

WUL Stefan
La mort vivante

Piège sur Zarkass
Le temple du passé

ZAHN Timothy
Starwars
L'héritier de l'empire

ZELAZNY Roger
L'enfant de nulle part
1 — L'Enfant tombé de nulle part
2 — Franc-sorcier
Le maître des ombres
Le maître des rêves
Un pont de cendres

Achevé d'imprimer en février 1998
sur les presses de l'Imprimerie Bussière
à Saint-Amand (Cher)

POCKET - 12, avenue d'Italie - 75627 Paris Cedex 13
Tél. : 01-44-16-05-00

— N° d'imp. 468. —
Dépôt légal : mars 1998.

Imprimé en France